迷恋

平凹题

林哲/著

作家出版社

所有的悲剧都是爱与秩序的冲突。

——海灵格

1

有人说：上帝创造狗儿，是为了教会人类什么是爱。

我家的小葡萄证明上帝确实有此意图，它小小的躯体里仿佛装有爱的核动力，源源不断地释放出爱的能量。

早晨七点钟，小葡萄准时地跳上床，到我的枕边将我唤醒。

我抱着它，四目相视，“老唱片”开始播放，毫无新意，但绝对真情流露。

“小家伙，小东西，小心肝，妈妈爱你，怎么爱你都不够……”

这是我每天起床前的“早课”。

当我腾出一只手，摸向放在床头柜上的手机，小葡萄立刻跳下床奔向卫生间，蹲在浴缸边等着我，陪伴我在卫生间捧着手机“晨读”。

我的微信朋友圈人才济济，从贩夫走卒到才子佳人，各路神仙指点江山激扬文字，信息量极大。

卫生间晨读让我有皇帝“批阅奏折君临天下”的感觉。

卡卡的图文总是格外吸引眼球，我不曾见过比他更爱在朋友圈里搔首弄姿作秀的男士。他永远是镜头的焦点，当仁不让的“男一号”，穿了增高鞋身高仍不足一米七，身材短小却气场强大，派头不凡。“男一号”醉眼蒙眬地一手举着斟满红酒的高脚杯，一手插在裤兜里，身边围着一群比他高出许多的惊艳美女。

这个画面经久不衰地出现在他的朋友圈，随着季节轮替，“男一号”身穿不同的服装，左抱右搂的美女也总是不相同的，相同的是他春风得意和傲视群雄的表情，照片发出掷地有声的宣言：瞧，我是了不起的陈卡卡！

这个在朋友圈里夜夜笙歌灯红酒绿穷奢极欲的男人是我前夫钟涛的一母同胞兄弟，那个出生在饥馑年代被钟家外婆丢弃的小男婴，虽然未曾做过DNA鉴定，但钟涛对此深信不疑。

卡卡不给任何人任何机会探讨他的身世，一口咬定自己出生在高级知识分子家庭，父母都是大学教授，言谈中嘴里总是挂着“我爸爸”“我妈妈”，具体细微，言之凿凿。例如皮肤像妈妈，脑门像爸爸。他很注意保护皮肤，一年四季戴棒球帽，遇见阳光立刻伸手拉低帽檐，嘴里不厌其烦地嘀咕说：“我的皮肤像我妈妈，太娇嫩，容易晒伤……”他还喜欢变更自己的年龄，刚认识的时候他自报家门说生于1965年，后来变成1969年，如今在他的朋友圈里自称是承上启下的“70后”……

我对卡卡一向鄙夷不屑，却又忍不住关注他在朋友圈的高调作秀，心里的感受五味杂陈，疑惑重重，每每举着一双福尔摩斯的眼睛，试图从光怪陆离的各种“秀”中找到破绽，证明他不过是在虚拟的网络世界扮演一个子虚乌有的角色。

人们总是慷慨地把锦上添花的祝福送给不相关的人，对亲近的人却免不了嫉妒苛责。这是人性的弱点。

我对卡卡的成见是不是我的人性弱点在作祟？

对此，我感到困惑。

我的眼睛看着图片里的卡卡举着高脚杯美女环绕，脑子里总是不可抑制地浮现出二十多年前的最初印象，他是那么瘦小，那么土气，穿着一件布料低劣做工粗糙的西服，长长的衣袖上缝着歪歪扭扭的标签，可能是因为衣服太大显得他弱小单薄得有些可怜。

那时还是我丈夫的钟涛刚刚拿到澳洲的学生签证，他以为自己这一去再也不会回国了，专程回老家探望年迈的外婆。在他的生命中有两个重要的女人，一个是他的外婆，一个是他的女儿贝贝。此行无异于与深爱的外婆生离死别，看她老人家最后一眼。外婆大概也感觉到这次祖孙见面不同寻常，将隐藏心中二十多年的家族秘密告诉他。1963年冬天钟涛母亲生下一个小男婴，外婆亲手把小男婴扔在西街油条铺门口，油条铺店主阿蹁每天早晨四点半开门点火烧油锅，外婆四点一刻放下襁褓中的婴儿，偷偷躲在一个阴黑的角落关注着小男婴的命运，十五分钟之后，阿蹁准时开门了，外婆亲眼看着阿蹁弯下腰抱起婴儿。从此油条铺成了外婆每天必去的地方，阿蹁给捡来的孩子取名叫卡卡，卡的发音在当地方言是捡拾的意思。

根据外婆提供的信息，钟涛很快就找到了卡卡。这时卡卡正准备闯荡北京寻找他的初恋“冬妮娅”，几年来他买卖从海边渔船走私上岸的台湾香港生产的眼镜、录放机和塑料手表挣了一笔钱，成为令人艳羡的“万元户”，他觉得自己已经有资本去北京追求“冬妮娅”了。就在这时，天上掉下来一个在北京工作的“老乡”，这个老乡慷慨承诺为他提供一切可能的帮助。卡卡喜出望外，当即要求跟钟涛结拜兄弟，改口叫“哥”。

他们决定一起北上，因为时间仓促，卡卡又不配合，所以没能正式认亲，钟涛设饭局安排卡卡与外婆见了面，私下对外婆拍胸脯保证会照顾好卡卡。

在开往北京的列车上，钟涛试图与卡卡认亲，诱导他回忆身世，卡卡的陈述让钟涛无计可施，他是那么地爱他的双亲大人，为自己生于高级知识分子家庭感到由衷的自豪，洋洋洒洒如数家珍地说了一家三代人的故事，他的父母是教授，祖父母和外祖父母也都是高级知识分子，他的祖父是早年留学美国的博士，为了报效祖国放弃了美国绿卡……

这一路四十几个小时，能说会道的卡卡控制着话语权，以至于钟涛找不到任何缝隙把话题引向探索各自的身世。

我曾经以为卡卡是一个小说人物，在钟涛写的一组西街故事里我读过《阿蹁与卡卡》，钟涛把这个“小说人物”带回家，私下告诉我，卡卡是他的亲弟弟。我无法相信这个事实，钟家的日子难道不比油条铺的阿蹁好吗？钟家长辈为什么抛弃自己的骨肉？

我试图捅破窗户纸，问卡卡：“你的名字很特别，听说你们老家方言‘卡’是捡来的意思……”

卡卡坦然应道：“哦，我爸爸年轻的时候去过苏联，那时候中苏友好嘛，他在莫斯科认识了一个名叫卡秋莎的俄罗斯姑娘，两人还通了几年信，我猜我爸爸喜欢那个俄罗斯姑娘，所以给我起这个名字……”

我和钟涛错愕地互相看看，事后我才知道卡卡在火车上说自己名字的来由，故事更复杂更精彩。

钟涛目光严厉地制止我继续追问。

不知为什么，卡卡给我的第一印象很不好，甚至觉得如果让这个人长驱直入我家是一件有风险的事情，我的家除了大门再也没有一个地方上锁，虽然那时我们很穷，但是破家值万贯哪，我们的工资总是随意地放在抽屉里，抽屉里还有我外婆给我的两件祖传首饰……

我们的房子很小，只有一间卧房，门厅狭窄，我们把餐桌收起来为卡卡搭地铺，道过晚安之后，关上卧房的门，房间里顿时从一场旋风中恢复平静，我和钟涛都难以入眠，心照不宣地各自琢磨着卡卡。

钟涛说起苏联小说《这里的黎明静悄悄》里五个女兵的故事，其中一个娇滴滴的女兵嘴里总是挂着我爸爸我妈妈，但其实她是在孤儿院里长大的，那是因为她从小就幻想自己有一个完美的家庭，爸爸妈妈在她心里一直鲜活地存在着，她已经分不清虚幻与现实了。

“每一次听卡卡说我爸爸我妈妈，我心里都很难过，那是他在苦难中筑造的梦幻世界，对他来说那是真实的，我们就不要去打破他的平衡了……”

那一刻，我感受到钟涛内心的柔软与悲悯，想起他少年时代也曾遭遇种种坎坷不幸，心中消失已久的同情和怜爱悄然萌生，我悄悄地把放在抽屉里的传家宝藏在大衣柜里，转过身靠向钟涛，亲吻他的额头。

这个举动让钟涛诧异不已，好一会儿反应不过来。

我们结婚时间不长，夫妻关系却好像已经走到头了，冷战热战不断，离婚或不离婚让我苦恼纠结，如同一条毒藤在我的脑子里滋长攀爬。我知道钟涛也为此彷徨踌躇。无论如何，我们共同爱着我们的女儿贝贝，这份爱是警示牌立在眼前，告诉我们此路不通，千百次遏制着我们的冲动。

相比爸爸妈妈，卡卡更热衷讲述他的初恋，在各种场合觥筹交错之后深情款款地说起少年时代的一段朦胧而强烈的爱情。同样也有很多版本。他给他的初恋起了个浪漫的名字：冬妮娅。著名的苏联小说《钢铁是怎样炼成的》里的男主人公深爱的姑娘名叫冬妮娅，那是铭刻在一两代人心目中的美人儿。卡卡说他的“冬妮娅”比小说里的冬妮娅更漂亮。她是他的中学同学，临近毕业的时候这个让卡卡疯狂单恋的美少女突然从校园里消失，传说她考取了北京的文艺团体，跟当时几个红极一时的歌星同台演出。从那会儿开始，“冬妮娅”的北京成为卡卡心中的圣地，为有一天能朝拜圣地，他疯狂地挣钱……

他总说当年为了找到“冬妮娅”，行囊空空地登上北上的列车，怀里揣着一本《少年维特之烦恼》。而其实当时自称“万元户”的他，怀里揣的是二三十块台湾生产的塑料手表，假冒的劳力士和欧米茄。他以所谓的成本价八十块钱卖给我一块，一周之后那只假表就不走了。那时我每月工资加奖金还不到八十块钱。更让我耿耿于怀的是，我还帮我的同事从卡卡手里买了一块假劳力士，那块表也在几天之后坏了，我不得不再掏八十块钱赔偿我的同事。

卡卡已经不年轻了，至今未曾婚娶，自称还在“等待戈多”，静候一场伟大的爱情，但这不过是他的托词和自我销售。他从未间断走马灯似的换女朋友，同时乐此不彼地跟年岁比他大的成功女性周旋，认了好几个干姐姐。“冬妮娅”是他几十年不变的经典广告招牌，每交一个新的女朋友都觉得她像“冬妮娅”，每结束一段感情都感慨：“我以为我找到了冬妮娅……”

因为熟知卡卡的风格，我对他的五花八门的说辞总是左耳进右耳出，从不往心里去，几乎成为一种条件反射的生理机制，我的听觉会自动过滤，不向我的大脑传递卡卡的语言信息。我没有斟酌过他的所谓初恋是否真实存在，他每一次更新老故事，难免前后矛盾，我都听之任之。

我前夫指责我戴着有色眼镜看卡卡。是的，我从一开始就不看好他，在我心目中他是一个满嘴跑火车的江湖小混混。日后，这个小混混做了很多让我大跌眼镜的事情，事实证明，他不是小混混，而是不折不扣的大混混，听说他的公司就要上市了，估值几个亿……

今天微信朋友圈照样是五花八门似曾相识的信息，当我的目光落在卡卡发表的一段煽情文字时顿时目瞪口呆，差点从马桶上摔下来。

他这样写道：

夜里梦见少年时代的冬妮娅，她骑着自行车从我的眼前缓缓飘过，背景混沌而幽暗，一如我对故乡的印象，少女的红裙子在风中好似舞动的火焰，那么鲜亮，那么耀眼，她是我孤独晦涩的少年时代的太阳。

万能的互联网能帮我找到我的冬妮娅吗？她的名字叫董丽雅，曾经是北京某演艺团体的演员……

董丽雅，我只想知道你还好吗？只想告诉你当年有个少年炙热地爱着你，他一生的梦想就是能够遇见你，我的新公司就要举办隆重的开业典礼，不论你来或不来，你都是我最最重要的VIP……

……

卡卡的“冬妮娅”竟是我的闺蜜董丽雅！

上个世纪八十年代末，卡卡和董丽雅先后进入我的视线，但他们从未有过交集，有几次董丽雅到我家做客，她前脚离开，卡卡后脚登门。我不曾想过让他们认识，虽然他们都是单身，但在我看来他们俩是风马牛不相及的异类。

尽管我对卡卡的话习惯性地打折扣，但这条信息我不但全盘接受，并且脑补了许多不为人知的故事。

关于与冬妮娅的第一次邂逅，随着卡卡的“江湖地位”的变化衍生出各种不同的版本，我认为最初的版本比较接近真实。读中学的时候他的个子很小，因为多年颠沛流离没有好好读书，学习成绩很差，很自卑，是校园里坏男生欺凌取乐的对象。有一次几个男生在街头要他吃下一把泥土，他被推来搡去，这时一个穿红裙子的女生骑自行车路过，她跳下车，正义凛然地大声呵斥，几个坏小子立刻羞愧难当无地自容地散去。她是全校无人不知无人不晓的漂亮女生，大家都叫她“冬妮娅”。从那以后卡卡每天绕道走“冬妮娅”上学的小路，只为看她一眼。“冬妮娅”爱穿红裙子，她骑着自行车高高在上，从来没有注意过路边那个可怜的小男生痴情的目光……

卡卡对“冬妮娅”的后续故事也有很多版本的猜想，他坚信漂亮的女人运气一定不差，她要么嫁入侯门做了官太太，要么成了家族企业的老板娘，非富即贵。

如果他得知董丽雅真实的境遇会作何反应？

叶公好龙，龙来了他会不知所措。冬妮娅是他虚幻世界的一部分，真相会令他崩溃。当然，也可能他会掉几滴半真半假的眼泪，然后每每酒足饭饱之余添油加醋说起昔日的“冬妮娅”和如今的董丽雅……

2

那时候人们还不知道什么叫雾霾，北京的冬天也总是灰蒙蒙的，没有燃烧透的汽油和焦煤刺鼻的气味弥漫在空气里，人们清一色裹着深色厚重的大棉袄，看上去黑压压的一大片，我习以为常地认为这就是北方的冬季。

上个世纪八十年代末一个冬季的中午，董丽雅在灰蒙蒙黑压压的街景中出现在我的视线里，身材高挑衣着时髦牵着一条模样很萌的小狗走在大街上，几乎所有人的眼球都被她和她的狗狗吸引，她和它出现在灰蒙蒙的北京冬季的街头显得很不真实，让我想到俄罗斯古典油画里的人物。

我正在东四的一个路口等红灯，我工作的杂志社在著名的史家胡同，我和我的同事们都喜欢利用午休时间去逛隆福寺，那会儿隆福寺很兴旺，我时常在那儿给女儿买小衣物，给自己在街边小摊淘点便宜货。

我手上戴的新手套就是今天的收获。

时髦的年轻女子和她的狗迎面走来站在我身边，加入等待红灯的人群，边上两个北京大妈仰着脖子大大咧咧地盯着她问道："姑娘，你是跳舞的吧？""这狗值好多钱吧？"大妈似乎并不指望得到回答，接连不断地发问。

年轻女子的脸埋在大大的马海毛围巾里毫无反应。

我对小动物向来缺少抵抗力，狗狗友善地蹭着我的裤腿朝我摇尾巴，我的心立刻融化了，忍不住弯下腰抱它抚摸它。绿灯亮了，人们拥向斑马线，狗主人并没有牵起狗离开，而是耐心地陪我逗狗狗玩。

她在边上絮絮叨叨，说狗狗名叫阿发，是从俄罗斯坐几天几夜火车偷运到北京的，还让阿发为我表演节目，坐下、握手、拜拜、转圈……

红灯绿灯交替着，又一个绿灯亮了，我依依不舍地放下小狗，站起来准备说再见，抬眼撞见狗狗的女主人正出神地打量着我，目光流露出彷徨和抑郁，看上去内心很煎熬，她解开围在脸上的马海毛围巾，给了我一个苦涩的微笑："你喜欢狗狗吗？"

"这么可爱的小狗，谁不喜欢呢？"

我的女儿贝贝两岁多，在她还是小婴儿的时候看到狗狗就会兴奋不已，不管块头多大的狗狗她都敢伸手去摸，经常抱着人家的小狗哭着不肯撒手。那会儿宠物狗就像后来的爱马仕、路易·威登，是奢侈品，狗主人多是暴发户有钱人的老婆或女朋友，一条品种好的小狗价值几千甚至几万，对于我这样每天疲于奔命的工薪阶级那是天文数字，我在银行的存款只有一千多哪。

"它叫阿发，一岁半，是马尔济斯，有点小混血，体重三公斤，不会再长个了，特别乖……"

"哦，是挺乖……"

听说有钱有闲的女人都很无聊，这个女人大概是无聊到极致了。

"你看上去很善良，一定是个好人……"

她的眼睛直勾勾地打量着我，那目光像是一把刷子上上下下把我刷个遍，这让我有些不自在，心里暗暗怀疑此人是否精神不正常。

“阿发是我男朋友送给我的，我男朋友在俄罗斯做生意……”

她要跟我说她的爱情故事吗？我可没有心情奉陪，我丈夫钟涛正为了申请签证出国像个没头苍蝇在秀水街使馆区乱窜，他已经被美国、英国、德国拒签了，还不死心，眼下正在办澳大利亚签证。我预感他登上飞机离境之日就是我们的婚姻触礁沉没之时，尽管他信誓旦旦说一定会接我和女儿去看西方世界……

我抬起手腕看一眼手表：“对不起，我该上班了，再见……”

绿灯亮了，我摆摆手小跑着穿过马路，大步流星地往史家胡同走，一路上忍不住琢磨那个女人和她的狗，还旁征博引地想到一句名言：人生不过两种境遇，或痛苦，或无聊。

狗妈很无聊，我很痛苦。

转弯走进胡同，忽然身后有人喊：“喂，喂，你好……”

我听出是阿发主人的声音，还来不及做出反应，阿发已经从身后蹿上前拦住我的去路，热情洋溢地摇着尾巴。

阿发主人走上前，讨好地笑道：“我不知道咱俩谁大，我叫董丽雅，是电影剧团的演员……”

“哦……”

“阿发一路跟着你，看样子你跟它有缘，你就把它收留了吧……”

什么意思？

我错愕地定睛打量她，她哀婉无助的神情让我意识到这是一个有故事的女人。

我正在我们杂志主持一个关于当代妇女的栏目，职业病驱使我意图打探她背后的故事，于是委婉关切地问道：“怎么了？为什么不想养它了？”

董丽雅一怔，表情生硬地笑了，笑容僵在脸上，弯腰抱起阿发亲了亲，难过地说：“宝贝，妈妈真的舍不得你，可是你爸爸不要我们了，妈妈实在养不了你……”

此情此景触动了我内心的柔软，情不自禁地伸出手抱过阿发藏在大衣里，对董丽雅说：“走，去我办公室坐会儿……”

这天办公室里只有我一个人，部主任生病告假，两个同事借机溜之大吉。

关上门，泡两杯茶水，听董丽雅的故事。

她的男朋友是京城的高干子弟，三年前辞职下海做生意，把中国的羽绒服和茶叶卖往莫斯科，有人用羽绒服跟苏联人换一架飞机是那个时期非常轰动的新闻，于是许多人趋之若鹜地往苏联贩卖各种土特产。几个月前她的男朋友运送一批货物去莫斯科之后不再主动联系她，总是她跑去西单电报大楼给莫斯科打电话，几个月的国际长途花去了她几乎所有的积蓄，最后打电话也联系不上他了。房东收回他们借住的房子，她只能带着狗狗搬回剧团的集体宿舍。宿舍不允许养狗，剧团领导下了最后通牒，一周之内不把狗送走她就面临开除的处分。之前，女演员宿舍发生过类似的事情，有个配音演员跟男朋友分手带着宠物狗回宿舍，最后实在养不下去忍痛喂狗狗吃安眠药，狗狗就葬在宿舍窗外那棵老槐树旁边，埋葬爱狗的时候女演员哭得比黛玉葬花还伤心……

说到这里，董丽雅眼圈发红却仍然努力挤出难看的笑容，她不是一个爱哭的女人，面对败走麦城选择嬉笑怒骂，日后的交往证明她是一个不折不扣的女阿Q。

为了给狗儿找个合适的新主人，她带着阿发满街溜达已经三天了，有人想领养，她觉得对方不像好人，担心人家会把阿发卖掉或者吃掉不敢放手，她看中的人又以种种借口拒绝阿发。

“如果实在没有合适的新主人，我可能……不得不……让它也去那棵老槐树下睡觉……”

阿发竖着耳朵专注地听女主人说话，似乎知道此时的话题关乎它的生死，女主人说完最后一句话，回眸看阿发，四目相视片刻，阿发深情款款地伸出舌头温柔地舔着女主人的脸颊。

这一幕深深地打动了我，阿发是多么鲜活的、多么有灵性的生命啊，想到它可能被毒死葬身树下，我的心揪紧了，伸手抱过阿发，冲动得想说：交给我吧。但同时，我想到我的家正是风浪中的一叶扁舟，我丈夫若是出国走了，我和刚上幼儿园的女儿将会面对怎样的变故？我预感他会像董丽雅的男朋友一样泥牛入海杳无音讯。那时候我也和所有中国人一样以为外国灯红酒绿遍地黄金。我们办公室的两个女编辑跟我同年大学毕业一起进杂志社工作，她们还没结婚，眼下也正削尖脑袋找门路出国。我何尝不想出国呢？可是我的女儿这么小，我们夫妻曾经决定把孩子送去我的娘家杭州，买好车票临近出发宝贝女儿生病住院了，孩子在我怀里打着吊针，那一刻母性的本能让我放弃了出国的念头。我是外婆带大的，无论外婆怎样爱我都无法弥补离开父母双亲的缺憾。孩子高烧40度的时候我的丈夫也两眼泪汪汪地说："宝贝，爸爸不走了，哪儿都不去了……"但是没过多久他又开始像一只没头苍蝇在使馆区游荡……

我和董丽雅仿佛是一对失散的姐妹，无话不说。

天黑了，办公楼里所有人都下班回家了，我们抱着阿发找一家小馆子吃了羊杂汤和烧饼，然后一路说着话，竟然从小街走到和平里。

临别前董丽雅把藏在怀里的阿发塞给我："帮我照看阿发吧，放心，我会尽快接它回到身边，我一定能给阿发找个好爸爸……"说到这里，董丽雅仰起脸目光坚定神情凛然地眺望马路对面的楼群，一扇扇窗户透出星星点点的灯光，"我相信北京城万家灯火总有一盏是为我和阿发点亮的，不会太久。相信我，我会报答你的……"

……

我就这样收留了阿发，给它一隅栖身之地，它回报给我和我女儿十二年满满的爱和欢乐。

小家伙没有等到董丽雅给它找到一个好爸爸，十五岁那年寿终正寝。

岁月如梭，送走阿发不知不觉又过了十多年，这期间我还收留了董丽雅另一场爱情的"结晶"，一只名叫黑妹的小母狗。

时间对漂亮女人并没有格外开恩，董丽雅走在大街上再也没有人为她回头，再也不会有人问：你是跳舞的吗？

她自嘲说自己已经沦落成为街头跳广场舞的中国大妈，她说："没钱去健身房，没钱去美容院，只好跳广场舞活动活动筋骨……"

每一次见到董丽雅，我总会情不自禁地想起阿发和黑妹，想起那个遥远的夜晚，她望着和平里那一片楼群信誓旦旦两眼放光的坚定神情，心里暗自为这个昔日的美人的红颜薄命扼腕浩叹。

她租住的环境越来越差，最后竟然跟两个不到二十岁的河南籍打工妹合租一套简陋的破旧公寓，她的岁数可能比那两个外地女孩的母亲还要大。房东是个老光棍，手里攥着钥匙，号称查房经常不请自来。有一回董丽雅刚洗完澡裹着毛巾从卫生间出来撞见老光棍房东惊吓地高呼："流氓!"老光棍鄙夷地应道："你都老成什么样了？谁流氓你呀?"

董丽雅在电话里聊天把这事儿当成笑话说给我听，话筒里传来咯咯的笑声、上气不接下气的调侃："我老吗？哼，我还想勾引小鲜肉呢，纽约有个六十七岁的女设计师跟三十七岁的帅哥结婚，你看到新闻了吗?"说到这里董丽雅又一阵大笑，自嘲道，"我就是一只想吃天鹅肉的癞蛤蟆……"

住在合租房里的董丽雅正做着灰姑娘的白日梦，她在外交公寓给三户外交官住家做小时工，其中有一个挪威外交官名叫杰瑞。老杰瑞是离婚多年的单身白人老头儿，发现这个秘密仿佛猎人发现了猎物，董丽雅把在老杰瑞家的工作时间调整到下午，不计报酬地拖延工作时间等老杰瑞下班，跟他搭讪说话。一次无意间的聊天老杰瑞得知自家小时工曾经是北京某剧团的演员，而且还曾经开过公司当过老板，老头子惊讶得眼珠子都要掉下来了，竖起大拇指称赞这位中国保姆："董小姐，你很了不起，你有了不起的经历，但我认为现在的你更了不起……"从那以后老杰瑞经常主动跟董丽雅聊天，刨根问底打听她的身世，有时候还会开一瓶干红切几片奶酪邀请董丽雅坐在面朝大街的阳台上小酌。老杰瑞说他想在退休之后写一本关于中国的书，有故事的董小姐显然引起了中国通外交家的好奇心。

那些日子董丽雅在微信朋友圈天天晒她和老杰瑞的各种逸闻趣事，譬如她包饺子给老杰瑞吃，在一个饺子里放一个小辣椒，老杰瑞吃到辣椒满脸通红生气得哇哇乱叫，她告诉老杰瑞这是一种祝福，老杰瑞立刻眉开眼笑像个单纯的孩子……

不知情的人会认为她是外交公寓的女主人，她自己也渐渐进入角色，她会从老杰瑞手里夺下酒杯不让他喝酒，会因为老杰瑞没有跟她打招呼去外地出差而生气，直至有一天老杰瑞带回一个白人妇女，两人进门脱下外衣就旁若无人地拥抱亲吻着进卧房关上门，董丽雅正在客厅熨衣服，这一幕让她惊呆了，熨斗停在衬衣的袖子上冒出黑烟……

她用手机拍下烧出一个大黑洞的衬衣发到朋友圈，写下一句感叹：南柯一梦……

董丽雅辞了老杰瑞家的工作，她以为老杰瑞会联系她安抚她，准备引用小说《简·爱》的台词，那是她少女时代最喜爱的小说，简·爱说："穿过坟墓，到上帝面前，我们是平等的，难道因为我是用人就没有资格爱和被爱吗？"可是老杰瑞没有那么做，她故意留在老杰瑞家里的一件外衣过两天被送到物业管理公司办公室……

在社交网络出现之前，我和董丽雅的联系并不密切，但我们一直是彼此的精神垃圾桶，每一次约见都是为了彼此倾诉。有时她会石沉大海音讯全无，消失许久突然地从天而降，带着一段刚刚开始或刚刚结束的爱情故事，每一段恋爱都是"真爱"，情天恨海死去活来。

董丽雅的工作也像她的恋爱故事一样跌宕起伏，几乎每隔一段时间就有一个振奋人心的伟大事业。早年她从剧团辞职经商，在雅秀租下一个小摊位卖服装，雄心勃勃要把生意扩展到莫斯科，幻想在那里遇见抛弃她的前男友，构思了各种相逢的场面。在她的想象中前男友总是很潦倒，而她总是穿金戴银趾高气扬。前男友会吹小号，她幻想着在莫斯科街头遇到沦为街头艺人的前男友，她走上前朝他扔了几张大面额钞票……她绘声绘色地说着，仿佛那是已经发生的离奇剧情，涕泗横流地大笑不止。

莫斯科还没去成，董小姐已经转战股市了，声称炒股是女人最好的职业，还真在股市挣到了一桶金，之后，开过咖啡厅、贸易公司，跌跌撞撞一路走来，最后一场"真爱"像海啸卷走了她的一切。年过半百两手空空的董丽雅住进合租房，递出上百份求职申请，涉及十几个行业。其中包括外交公寓管家的职位。申请这份工作她的目的很明确，希望有机会嫁给外国人，她对中国男人再也不抱希望了，可是由于她不会外语，物业公司只给了她计时清洁工的工作。面试的时候她的账户里只剩下八十七块钱，如果不接下这份工作，过几天就会被房东撵出门流落街头。

老杰瑞对董小姐身世的好奇，让她自己有了写一部自传的念头，坚信那将是一部惊天地泣鬼神的伟大作品，她尝试过无数次却总是力不从心难以为继。她把几个版本的自传开篇都交给我，说："你来写，保证一炮而红，洛阳纸贵……"

那一包厚厚的手稿堆在我的书架最底层，至今还原封不动。

是谁说过：每一座墓碑下面都埋葬着一部精彩的长篇小说？

从上世纪八十年代至今，三四十年间哪一个中国人的经历不是一部惊世骇俗的长篇小说？时代像一艘星际飞船，高速运动千变万化，每个人的命运都经历了各种跌宕起伏，就连我们的狗儿阿发都可以写出一部精彩的小说。

3

我的前夫钟涛曾经是一个才华横溢的文学青年，他梦想成为加西亚·马尔克斯那样的大文豪，这个来自南方古城的青年在魔幻现实主义小说《百年孤独》里看到了故乡西街的风情画卷，那形形色色的人物，每一个都能找到对应的灵魂。钟涛并不认为加西亚的小说是魔幻想象，他在这位大师的作品里看到了比真实更真实的现实主义。当年他悬梁刺股发奋写作，写过西街和西街的人，从大学二年级就开始陆续在文学刊物上发表小说。上个世纪八十年代初是中国文艺复兴的伟大时代，青年作家堪比当今的影视明星偶像，许多女生翘首仰望这个未来的文坛巨星，我在强手林立的竞争中胜出成为钟涛的女朋友，虚荣心的满足让我一度幸福沉醉。

钟涛的西街系列故事里有一篇小说叫《卡卡与阿蹁》，那时候他还不知道卡卡就是他的亲弟弟，甚至不知道母亲生过一个弟弟，更不知道外婆在寒冬腊月的一个凌晨把刚出生的小男婴丢弃在西街油条铺门口。钟涛发表第一篇小说之后有“粉丝”把学生会的大门钥匙给了他，未来的文豪经常在一间没有窗户的库房里通宵达旦地写小说。那里也是我们谈情说爱偷吃禁果的“秘密花园”，许多个夜晚我枕着他的肩膀时睡时醒，他一手搂着我，一手握笔，笔尖在稿纸上行云流水地滑动着。他的手稿很干净，几乎一笔不涂不改，这让我佩服崇拜到五体投地。钟涛下海经商之前我坚定不移地相信我深爱的人就是中国的加西亚·马尔克斯。我无比幸福又无比自卑地爱着他，同时还特别缺乏安全感，时刻警惕着他身边的女粉丝……

钟涛的文字和口述在我的脑际里营造了比真实还真实的西街，在我的脑海里展开一幅幅画卷，于是那条表面上年久失修毫无生气却暗流涌动的老街似乎成了我曾经生活过的故土，闭上眼睛就能穿越到四十年前位于南方小城的西街：细雨蒙蒙，小街的两边是挤挤挨挨的木板房子，因为年头久远像是涂抹了黑漆；青石板铺设的小路和路边的大榕树迎来送往了多少代人，岁月把路面打磨得光滑透亮，大榕树长出密集粗壮的根须……

而事实上我见到西街的时候，那儿已经被钢筋水泥包围了，柏油马路两边种着稀稀拉拉还没长大的树木，古城西街成为全国清一色的城市街道，毫无个性特征……

卡卡的第一任养父因为自幼一条腿有残疾，西街人都叫他“阿蹁”，据说阿蹁的祖上是从外乡逃荒来到西街的。用今天的话说西街早年间属于城乡接合部，有为数不多的几家深宅大院，大部分居民是从远方来城里谋生的贫民。阿蹁的爷爷在街头架一口油锅炸油条，到阿蹁这代家里已经有了房子和一间小铺子。因为身患残疾，读过高中的阿蹁将就娶了一个乡下傻女人做妻子。早晨四点半生火开锅，这是三代人坚守的作业时间，雷打不动。

1963年腊月的一个寒冷的清晨，这时中国还没有挨过饥馑年代，据史料记载那几年死于饥饿的人数以千万为计，阿蹁的油条铺也经常因为买不到食材无法开张。

这天又是一个揭不开锅的日子，阿蹁老婆半夜去粮店门口排队买面粉要到日上三竿才知道能否买得到。阿蹁依旧准时把小铺的门打开，他听见微弱的啼哭声，以为谁家的母猫把孩子生在门口。当时西街大多数人家都还没有通电，阿蹁伸手拿起灶台上的油灯循声照去，他看到一个正在蠕动的襁褓，霎时明白发生了什么。在这之前他已经捡到了两个女婴，大概是因为闹饥荒无助的父母想着卖油条的阿蹁总能给孩子喂一口面糊糊，他真的那么做了，两个小女孩跟他自己的两个女儿混在一起，外人都不知道哪个是亲生的，哪个是捡来的了。蹁嫂生二胎因为大出血摘了子宫再也生不了孩子了，他们不可能有儿子了，这是阿蹁心里的痛。

他理所当然地认为这个小弃婴也是女孩儿，谁家会把男孩儿扔掉呢？即便饿死夭折的男孩儿也会得到安葬，而且他一定会有一个名字，堂堂正正地写进族谱。

阿蹁抱起嗷嗷待哺的婴儿，坐在冷冰冰的灶台边唉声叹气，他家的境况确实是比别人家好一些，但一家人也很久不知道吃饱是什么滋味了，碗里的稀饭越来越稀，生意开张的时候他会私吞两根油条切成小丁块浇点酱油作为饭桌上的一道主菜。闹饥荒以来小铺子经常歇业，老婆孩子天天喊饿。

阿蹁一手抱着襁褓，瘸着腿忙开了，从存放面粉的大缸里舀出一点面粉兑了开水成半碗糊糊，用小勺一点一滴地喂到婴儿嘴里，孩子咂吧咂吧吸吮着，很快就舒展小脸睡着了。

阿蹁盯着孩子，孩子毫无防范地安然入睡，他感受到一个生命对自己的信任和托付，爱意在心中泛起。可是，这个家已经有四张嗷嗷待哺的小嘴，实在很难再供养这个可怜的孩子……

阿蹁抱着熟睡的孩子斟酌许久做出决定：给孩子找一户好人家。他把家境好的街坊都想个遍，他们都是油条小铺的常客。黄医生夫妻是不二的人选，黄家的三个孩子有出息都去北方大城市读大学了，他们一定会愿意留下这个孩子……

蹁嫂拎着空空的面粉袋子回来，这天粮店也断货不开张，她一眼看到丈夫怀里抱着婴儿，当即丢下袋子咧着大龅牙乐呵呵地凑上前：“又捡一个呀？”

阿蹁看看老婆，莫可奈何地笑笑，心想傻人真是有福啊，天塌了都不知道害怕。

蹁嫂母性十足地抱过襁褓，在婴儿小脸上亲个不够。

阿蹁说：“哎呀，你的口水都快把孩子给淹了，快看看是不是该换尿布了？”

蹁嫂在西街是出名的傻女人，不会数数，有时帮着收钱，一毛钱以下进出没有问题，要是收了两毛以上的钞票就会犯糊涂。但傻女人也知道男孩子金贵，也为自己没有生出儿子感到自卑。她把孩子放在饭桌上解开襁褓，一眼看到被屎尿糊成一片的小鸡鸡，激动地尖叫：“阿蹁！阿蹁！快来看啊！”

阿蹁正在和面粉，大缸刮干净了大概有一两斤面粉，油锅已经烧起来了，能做多少做多少吧，开张总比不开张好，他对老婆的大惊小怪已经习以为常，置若罔闻地忙着。

“快来看哪！男孩子！有小鸡鸡！”

蹁嫂一边叫嚷着一边给孩子擦屁股。

阿蹁双手揉着面，反应迟钝地回味老婆的话：男孩子？他不相信。

蹁嫂开心地笑着，前言不搭后语的：“我家里好吃的都给我弟弟吃，我妈说女孩子都是讨债鬼，以后好吃好穿的都给你，房子也是你的……”

阿蹁这才有了点好奇心，搓了搓手，朝里屋走去。

他们家两层木楼，楼下隔成里外两间，临街的外屋开店铺，里屋是自家的灶房兼饭厅。

因为店门紧闭光线昏暗，阿蹁点亮小油灯照了照孩子光溜溜的小身子，他惊得下巴都要掉下来了，真的，是男孩子！可以为他传宗接代的男孩子！

阿蹁抖着手放下油灯，抱起从天而降的儿子动容落泪。

蹁嫂从来没有见过丈夫落泪，觉得很好玩，咯咯笑了：“阿蹁，我们有儿子了哭什么呀?”

……

这天，阿蹁的油条铺没有开张，一连好几天都没有开张，24小时亲历亲为细心呵护小男孩儿，小心翼翼到了神经过敏的地步。他用老婆陪嫁的一枚金戒指跟一个从印尼回来的华侨交换一罐奶粉，奶粉把小家伙喂得白白胖胖。孩子满月之后阿蹁每天往返十多里地去妹妹的婆家乡下找哺乳期妇女，用两根油条换她们给儿子喂一顿奶……

阿蹁是读书人，他为儿子想了很多名字，随身揣的小本里写满了儒雅又响亮的名字，譬如：陈栋梁，陈国栋，陈超凡……可是乡下的亲戚说孩子的名字要贱一些好养活，还说你要把他打扮成女孩子，这样阴间的鬼神就不会对他感兴趣。于是，他给儿子起了一个贱到不能再贱的名字：陈卡，小名：卡卡，意思是捡来的小破孩儿。他还把卡卡打扮成小姑娘，穿裙子扎小辫，街坊邻居都以为他又捡了个女孩子，说他家里“五朵金花”……

油条铺只做早餐的生意，每天上午十点关门打烊，阿蹁抱着卡卡坐在门口看街景，一年四季，冬天晒太阳，夏天纳凉，下雨天他们就坐在屋檐下面。阿蹁怀里的卡卡神情怡然地吃着各种高级的甜点零嘴，年景开始好转，阿蹁手头宽裕了，他给卡卡买大上海生产的奶糖和饼干，四个女儿流着口水眼巴巴地看着，有时候他的傻老婆也像孩子一样在边上垂涎欲滴，阿蹁和卡卡不正眼看她们，旁若无人，仿佛有一个无形的玻璃罩阻隔了外界的一切搅扰，整个世界只有卡卡和阿蹁，父子俩在自己的世界里其乐融融。

很长一段时间里，阿蹁抱着卡卡坐在门口成为西街一道不变的风景。

卡卡三岁那年一场大革命从北京闹到山高皇帝远的南方古城，西街也陷入革命的汪洋大海。阿蹁依旧抱着卡卡在小铺门口，先是看到年轻人统一穿起军绿色的服装戴着红袖标，他们叫红卫兵，红卫兵在街上唱歌跳舞烧书砸瓷器。隔壁修鞋铺的两个儿子也当上红卫兵了，他们把家里一个印有古代女人的腌菜坛子给砸了，说那是资产阶级的“四旧”，那是他们太奶奶就开始用的老物件。为此修鞋匠老王怒不可遏动手打儿子，从家里打到街头，他光着脚，一手抓一只鞋子追打，嘴里脏话像连珠炮叫骂不停。阿蹁的老婆领着女儿循声出来看热闹，咧着大龅牙笑得前趴后仰，瞬间街头就拥出许多看热闹的人。三岁的小卡卡也跟着手舞足蹈地乐，阿蹁赶忙抱起儿子往家里走。

陈家三代人在西街生活，阿蹁却打心眼里看不上西街人，这条街除了几户深宅大院，其他的全都是没文化的市井草民芸芸众生。阿蹁因为小儿麻痹症一条腿残疾没能上大学，没能走出西街，他把自己一生不可企及的梦想寄托在儿子卡卡身上，再难也要栽培卡卡读大学走出西街，走得越远越好，像陈医生家的三个孩子那样，去北京上海吃官家饭。因此他刻意疏远王胖子这样的粗俗之人，决不能让儿子学坏了。

这条街有两户人家是阿蹁仰慕的，陈医生两口子，还有姓郭的小学校长。陈医生爱吃回锅的油条，阿蹁老远地看到陈医生的身影就放两根油条回锅炸，等陈医生走上前，热乎乎的回锅油条已经出锅等着了。郭校长是阿蹁格外另眼相看的贵宾，三十年前郭校长是阿蹁的语文老师，对阿蹁很是呵护。阿蹁毫不掩饰自己的“势利眼”，在大多数街坊眼里他古怪孤傲，总是绷着一张铁板一样冰冷的脸，但是见到为数不多的几个“贵宾”立刻变成另一个人，满脸谄媚。爱嚼舌头的街坊背地里议论说：十蹁九毒。

起初阿蹁对家门外的大革命毫不在意，他不关心也不参与，仍然心心念念栽培小卡卡。他开始教卡卡识字背诗，忽然有一天买油条的客人告诉他：昨天晚上郭校长投井自杀了。阿蹁手里正抓着长筷子翻弄油锅里的油条，灶台外面排着几个等着油条出锅的客人，他惊呆了，一锅油条烧焦了……

接着，陈医生被红卫兵押上街头批斗……

偶像倒塌，阿蹁的世界彻底颠覆，原来读书是一件很危险的事情，他开始考虑让卡卡做一个靠手艺吃饭的劳动人民，再也不教卡卡认字背诗了。

父子俩仍然拥有自己的世界，把革命浪潮关在门外依旧浓浓地享受天伦之乐。

不幸的是卡卡四岁那年冬天阿蹁得了不治之症，当他意识到自己不久于人世最放不下的只有卡卡，这是他唯一需要亲自善后的事情，他拖着残腿求了几户人家都被拒绝了，兵荒马乱的年头谁有心情领养一个孤儿呢？

一个被打倒的大学教授发配在西街扫地，每天早晨四点半教授出现在西街，正是阿蹁打开店门准备点火揉面的时间。于是他们成了熟人，阿蹁不但没有歧视被打倒的教授，反而对他十分敬重，他会请教授到小铺休息，请他喝米汤吃油条。有一回隔壁老王家的两个儿子欺负教授，要用墨汁涂教授的脸，阿蹁挺身而出拎着一把小凳子上前拼命，把两个臭小子赶跑。阿蹁本来没有想把卡卡托孤给教授，文化人都是革命的对象，若是让卡卡背上这样的家庭出身以后还会有前途吗？可是病来如山倒，很快他就卧床不起了。这天清晨他让老婆上街把正在扫地的教授请到病榻前，含着眼泪求教授收养卡卡，教授答应了阿蹁的临终托付，年幼的卡卡就睡在阿蹁身旁，两个中年男人握着手相对啜泣流泪……

在钟涛的西街记忆里，阿蹁的油条铺是一道抹不去的烙印，至今想起来每一个细节仍然栩栩如生，那口油锅里炸出的油条金灿灿的颜色和香喷喷的气味，蹁嫂总是傻傻地笑着，几个小女孩儿在屋里屋外鸡飞狗跳地玩耍……

起初钟涛还没有灶台高，仰着小脸看外婆撩开衣襟从肚兜里掏钱递到阿蹁手中，然后接过裹着草纸的油条。外婆跟阿蹁家的关系特别好，逢年过节都会给阿蹁的孩子送去衣服和零食，她最喜欢卡卡，每次到油条铺都要抱抱这个被打扮成女孩儿的男孩儿。钟涛还记得自己对那个男孩儿满心的醋意，有一回舅舅从上海出差带回一盒大白兔奶糖，他和姐姐每人只分到三颗，外婆把几乎满满一盒大白兔都送给了阿蹁家的孩子，年幼的钟涛还为此大哭大闹满地打滚……

钟家的“文革”从母亲戴上红袖标回家破除四旧开始。她撕了墙上几张发黄的老招贴画，烧了写有“不宜出行”的日历，还摔碎一只大花瓶，钟涛和姐姐害怕得抱在一起躲在饭桌底下。

钟妈曾经是省里赫赫有名的劳动模范，“文化大革命”一开始她就被推举当了工厂的造反派领袖。钟涛小时候很少见到同在一座城市的母亲，有时候外婆会买一张报纸指着印在上面的照片：“你妈妈又上报纸了……”每一张照片里的钟妈都穿着纺织女工的白围裙，咧着嘴笑，露出两排整齐好看的牙齿，眼睛笑成弯弯的月牙。可是现实生活中钟妈几乎不笑，一脸严肃，处处以先进人物自居颐指气使，家里老少三代都是她的批评对象，说外婆思想落后，舅舅小资产阶级，钟涛姐姐刚上小学也不能幸免，钟妈揪下姐姐扎辫子的蝴蝶结扔掉，怒斥外婆把孩子带成地主家的小姐。后来钟涛才知道外婆很小的时候就去地主家做丫鬟，奇怪的是她跟地主家的大小姐结拜了干姐妹，相亲相爱比她的血缘亲人更亲。

钟涛和姐姐的成长过程父亲是缺席的，曾经在省报当记者的钟爸在全国闹饥荒的时候写了一篇分析文章，犯了“右倾”错误，被下放到远离省城的偏远山区工作，一年回家一次。沉默寡言的父亲像一尊会呼吸的木偶，夜以继日地钻在角落里抽烟。钟涛记得有一回他摔倒在父亲脚边，父亲都没有转过眼睛看他一眼。在钟涛上小学之后父亲再也没有回过家，姐姐告诉他妈妈跟爸爸离婚了，因为爸爸是反动派。

母亲作为造反派领袖的风光日子很短暂，她曾经作为劳动模范代表进京领取奖章，为她颁奖的国家领导人被打倒了，一夜之间她领导的造反派组织发声明与她划清界限，扯下她的红袖标把她押上批斗大会，剪去她的头发，关进“牛棚”……

接着，在电台工作的舅舅也被造反派关进“牛棚”，乡下的亲戚揭发钟涛的外婆是大地主的干女儿，某一天半夜一群人把外婆抓走了，西街的老房子里只剩下十一岁的姐姐和不到八岁的钟涛，这年大约是1967年。

姐弟俩相依为命，造反派每个月给他们发放八块钱生活费，这点钱只够吃稀饭咸菜。姐姐领着弟弟每天去西街菜市场捡菜叶和死鱼死虾，阿蹁生病之前时不时地给他们一两根油条，每次都念叨你外婆是好人。油条铺停业有些日子了，他们不知道阿蹁已经病入膏肓，姐弟俩还是每天都绕道经过阿蹁家门口期盼油条铺重新开张。

那天，阿蹁家门口围着几个交头接耳的妇女，看上去像是发生了什么特别的事情。钟家姐弟俩正好经过不免驻足观望。阿蹁家开门了，他们想到了香喷喷的油条直咽口水，就这样意外地撞见卡卡被教授抱走的一幕。

教授抱着卡卡从屋里走出来，卡卡还是被打扮成女孩子，头上梳着冲天小辫，手里抱着一块大发糕。

围观的妇女中有人塞给卡卡一个熟鸡蛋，哽咽地说："可怜的孩子，去了新家要听话哦……"

不知小卡卡是被大伙围观受了惊吓，还是意识到自己再也见不到爸爸了，忽然号啕大哭，手上的发糕和鸡蛋掉落地上，钟涛要冲上前捡被姐姐一把拉住。

这时有人压低嗓门说："阿蹁出来了！"

钟涛朝屋里望去，看到阿蹁吃力地攀扶着墙壁一步步往外挪，阿蹁瘦得可怕，深深凹陷的眼睛发出可怕的绿光，即使只有八岁也知道这个给他们油条吃的好人就要死了，钟涛很难过。

阿蹁走出来，倚靠着门框，眼睛紧盯着哭着要爸爸的卡卡，一句话也没说，过了一会儿摆摆手示意教授离开。

教授说了一句"你放心"悲怆绝然地抱卡卡离开。

……

关于那天，钟涛更深刻的印象是姐姐喧宾夺主毫无过渡的号啕大哭，她抱着钟涛撕心裂肺地叫喊"小涛，我想外婆！"这让钟涛惊慌不已，仿佛天塌了，他感到前所未有的害怕和孤独，世界一片黑暗。阿蹁和卡卡的生离死别变得不重要了，姐姐是他最后可以依靠的人，她是外婆的替身。家里发生了这么多灾难对他似乎没有太大的影响，他照样调皮捣蛋。十一岁的姐姐用弱小的肩膀为他撑起一个家，姐姐会像外婆那样管教他，拎着他的耳朵要他洗澡换衣服。那天姐姐在他心里瞬间变大了，他的童年瞬间结束了……

卡卡在钟家至今仍是一个不能言说的秘密，“文革”结束之后父亲回到省城报社工作，母亲却因为“文革”中当过造反派领袖被官场冷落，她早早地称病退休了。外婆亲自到报社把父亲叫回家，父母稀里糊涂又生活在一个屋檐下。上个世纪八十年代末，钟涛回家探望病重的外婆，外婆把家里的秘密告诉他，让他去找卡卡。又过了几年，外婆彻底糊涂了，谁也不认识了，当然不记得钟涛已经找到了卡卡，并且安排她和卡卡见了面。人事不知的外婆唯一不忘的是卡卡，嘴里时时念叨着卡卡，手里抓一把雨伞，嘟囔着要去找卡卡，好几次走失被人送去派出所。钟涛姐姐只好给外婆穿的每一件衣服都绣上联系电话。

外婆叮嘱过钟涛关于卡卡的任何音讯都不要惊动父亲母亲，也不要惊动姐姐，钟涛很是不理解。虎毒不食子，就算当年因为闹饥荒生了孩子怕养不活送人了，作为父母应该会牵挂，能找到孩子的下落无论如何都是值得庆幸的事情。这是最起码的人性。他曾经想让母亲说出真相，每每提起西街的老故事，母亲就会鼻子一皱表示对那些小市民不感兴趣；偶尔说到阿蹁和卡卡，她就手捂胸口说心脏不舒服。有一回他单刀直入问母亲：“我是不是还有一个弟弟？”母亲顿时暴怒，指责他无中生有，玷污她革命的一生，想把她气死。

钟涛以一个作家丰富的想象力推断母亲一定隐瞒了一个无法与他人分享的秘密，这个从来没有给过儿女温柔的女人说不定也有另一重人格，由此得出一个让他自己都惊呆了的结论：卡卡是母亲的私生子！那时候父亲常年在偏远山区工作，一两年才回家小住几天，她的母亲那么年轻那么漂亮，如果没有一点感情方面的隐私那才不符合人性。

他们母子关系一向紧张，说不上几句话就会不欢而散。钟涛姐姐跟母亲的关系更是水火不容，几乎不见面，见面也不说话。姐弟俩对曾经长期缺席的父亲倒是充满了理解和怜悯，他们同情父亲政治生涯坎坷，更同情父亲一辈子在母亲跋扈的高压中忍气吞声。

随着年龄阅历的增长，钟涛对母亲有了些理解和悲悯，认为她是一个值得同情的悲剧人物。因为外公早逝家境中落，母亲小学没毕业就去纺织厂做了童工，又因为性格好强，创造出纺织女工的织布纪录，成了著名的劳动模范。由此这个只有小学文化的女工被政治裹挟了一辈子。而政治对她来说实在是太深奥太复杂了，她至死也不明白自己为什么会被革命抛弃……

4

董丽雅辞去老杰瑞家的工作不久，因为肚子痛去医院看病竟然查出癌症。她在合租房的小屋里躺了一天做出一个非凡的决定：回老家把母亲留给她的遗产变卖了去旅行，走到哪儿算哪儿。老母亲生前怕膝下无儿无女的董丽雅将来老无所依，临终前把一套四居室的房子变换成两套小房子，分别留给董丽雅和她的弟弟，老人家要求弟弟一家人担负起为姐姐养老送终的责任。房本在弟弟手中，这也是母亲的遗嘱，她怕女儿把房子卖了最后悲惨地流落街头。董丽雅带着医院的诊断证明和住院通知回南方跟弟弟说她要卖房治病，弟弟和弟媳妇正在为儿子的婚房发愁，他们以低于市场价许多的价格买下姐姐的房子。

董丽雅身揣几十万回到北京，底气十足地打电话约我吃饭，字正腔圆地说："我请你！"我以为她否极泰来了。是啊，风水轮流转，好运也该轮到她了，我还想到她可能要给我一个惊喜，带来如意郎君，为此我刻意地打扮一番。

董丽雅也打扮得很精心，穿一条深红色的天鹅绒长裙，红裙子是她几十年不变的最爱。

我们互相夸了一通之后，她点了几道昂贵的菜肴和一瓶法国干红。

"买彩票中奖了？"我调侃道。

"嗯，中奖了，不过不是彩票。"

董丽雅的眼睛继续搜索菜谱神情淡然地回答我。

"钓到金龟婿，傍大款了？"

她昂起头，定定地看着我，“我就是大款！今天要好好请你吃一顿最后的晚餐，我们认识二十多年，你收留我的阿发和黑妹，我都还没有答谢，没有正儿八经请你吃过一顿饭……”

我的大脑细胞异常活跃地做着信息处理，想到董丽雅几场恋爱的几个男人，她跟谁破镜重圆了？

“唉，这儿有佛跳墙，尝尝……”

我摁住菜谱，“够了……”

她笑笑：“我有钱，腰包里有钱，人的感觉就是不一样……”

“董小姐！别云遮雾罩的让我摸不着头脑，你到底发了什么横财？”

“我把我妈留给我的小房子卖了。”

我知道她的母亲给她留了房子，也知道老人家把房子当作最后的救命稻草留给她。董丽雅非常反感母亲的担忧，觉得那是可怕的咒语，她一方面为越来越无望的未来焦虑担忧，另一方面却不认命，不相信自己真的会落到贫病交加老无所依，最终不得不靠母亲预备的救命稻草度过风烛残年。只要她四肢健全地活着心中就还有梦想，梦想总有实现的可能。她经常很阿Q地调侃说：“范进最后不是中举了吗？多励志的故事啊！”

“卖房子？你要干什么？”

这时，服务员开始上菜了。

董丽雅做了个手势，以命令的口吻说：“先吃，别辜负了山珍海味。”

我们愉快地吃着喝着，天南海北地聊天，认识这么久我才知道董丽雅的母亲留的房子在福州，这让我有些惊讶。福州是我前夫钟涛和卡卡的老家。

“福州？”

“是啊。”

“怎么从来没听你说过？”

“说它干吗？我对那个地方一点儿感觉都没有……”

董丽雅出生在北京，童年在西郊军队大院度过，八岁那年父亲倒霉了被降职到南方的福州。她不喜欢那个湿漉漉黏糊糊永远都在下雨的南方古城，那些年她和她的家人心心念念想的是重返北京。一直以来她只用“那个地方”代替福州，“我爸下放的那个地方”，她的父母是山东人，她的证件上籍贯一栏也写着山东，但她自认为是北京人。

我们聊到了阿发，我说阿发不是很聪明，但是很萌，招人喜爱。董丽雅说阿发大智若愚。由阿发说到我的女儿，我正为跟女儿剑拔弩张的关系苦恼不已，一杯酒下肚忘了探索董小姐中了什么奖，大吐自己的苦水。

酒足饭饱，放下餐具，董丽雅抓起餐巾仔细地擦干净嘴，对着小镜子补了口红，语气平淡地说：“告诉你吧，我就要死了。”

我也效仿她擦嘴补口红，以同样平淡的口吻说：“人生下来就注定要死，那是所有人的最终归宿，活一天是一天吧。”

“我真的要死了，我得了妇科癌症中最毒的癌，大概还有三个月到半年的生命，今天就算跟你说再见吧……”

我正把口红装进手提包，一惊，包落到地上，小杂物散落一地，我没有弯腰去捡东西，目瞪口呆地看着董丽雅，好一会儿才发出颤抖的声音：“你别跟我开这样的玩笑，这一点都不好玩！”

“不是开玩笑，你也别这么吃惊，人都要死的，我这辈子没能精彩地活着，所以我必须精彩地死去。感谢我妈妈，如果不是她老人家给我留下一套小房子，我会死得很难看……”

我开始相信她不是在开玩笑了，词不达意地说：“其实，其实，现在医学很发达了，癌症也不是必死的……”

“得了！打住！你想让我去开刀，去化疗，去放疗？活着进医院死了抬出来？”

我心里完全同意她的说法，那样的死亡毫无尊严。我刚刚送走我的父亲，他在医院里住了两年之久，几百个日夜没有离开他躺的病床，一天二十四小时不间断打针输液，苟延残喘到死，饱受各种医疗手段残酷蹂躏和摧残。

“你准备怎么死？”话刚脱口我立刻觉得不妥，赶忙道歉，“对不起……”

“哈哈，我都已经这样了，没有什么可忌讳的，我甚至觉得如释重负。我最害怕的是被我母亲不幸言中，像乌龟一样长寿，老无所依贫病交加。现在我不用为将来发愁了，多好，而且我有钱，我任性……”

她说着开怀大笑。

我感觉到她发自内心的释然，我们认识这么久都没有看到她如此的放松。

她做足了旅行攻略，准备坐火车去莫斯科，然后去欧洲，如果上帝不急着召见，就从欧洲坐豪华邮轮去美国。

“最好遇上泰坦尼克号，有一场艳遇，然后跟心爱的人一起去见上帝……”

她又一阵大笑，目光迷幻无限向往地说：“要是老杰瑞愿意跟我一起登上泰坦尼克号就好了……”

我说：“也许那个人在邮轮上等你，他会让你忘掉之前的所有男朋友，包括老杰瑞……”

……

你一言我一语接龙编撰“泰坦尼克号新传”，我们完全忘了这是一场生离死别，仿佛回到青春岁月沉浸在诗和远方的梦幻中。

从酒店出来散步去坐地铁，去6号线地铁站搭乘相反方向的车，我们继续着超现实的杜撰，旁若无人地说着笑着。

董丽雅的车进站了，她慌慌张张地跳上车，车门关上我才忽然地意识到可能这辈子再也见不到她了，最后一刻我竟忘了拥抱她。我跟着启动的列车跑了几步，车窗玻璃贴着她的笑脸消失在隧道里。我停下脚步，脑子里瞬间涌起许多与董丽雅有关的画面，她是那么的鲜活可爱……

心碎裂了，泪水如注。

董丽雅的俄罗斯之行就要结束了，按计划将从圣彼得堡离境进入欧洲。她在朋友圈里晒出一组图片，克里姆林宫、红场、冰淇淋大教堂……这些景点曾经出现在那个男朋友送给她的照片里，相同的背景，时隔二十多年。她平静地写了几个字：想起了一些往事……

看上去她的气色比任何时候都好，透着向死而生的潇洒，以至于我不敢问候关于她的健康状况。

我照例在卫生间“早朝”，批阅奏折，翻看手机，看各路朋友激扬文字指点江山。给董丽雅点个赞问个好，至于卡卡，我一般都选择视而不见。

我终于忍不住留言告诉董丽雅我认识的一个男人在寻找他少年时代的“冬妮娅”，根据各方信息推论“冬妮娅”正是董大小姐。

我希望董丽雅为此感到开心，现在的她只需要开心。

随即董丽雅给我发来语音聊天的请求。

这让我很有些意外，如果她刨根问底打听当年的少年维特，我该怎么办？

董丽雅正在圣彼得堡，当地时间是下半夜，她刚跟一群背包客在街头喝了酒，显得有些亢奋。

“哈哈，当年我在那个小城算得上是倾城美人，男生喜欢我很正常，皇城来的格格嘛，漂亮，出众。那个地方的人普遍的营养不良，我十三岁身高已经一米六七了，几乎比所有人都高，名副其实的鹤立鸡群……”

她并没有兴趣了解单相思的男生是何方神圣，醉意蒙眬地不停地大笑，转而说：“老杰瑞给我写电邮了，他离职了，回挪威了，还惦记着写中国的故事呢，邀请我去他在挪威的家里住一阵子，让我给他讲故事呢。我感觉他又恢复单身了，哼，上哪儿找我这么好的女人……唉，我在想要不要去呢……”

这才是她要跟我分享的喜讯。

“为什么不去？你暗恋他那么久，现在是时候把暗恋变成明恋……”

“哈哈，谁知道呢？那会儿我太穷了，我很怀疑自己的动机，可能只是想找一张饭票，现在我有钱了！”

董丽雅调侃地说笑，中气十足。

哪像个病人？分明是个活力四射的老作女。

“去吧，去看看是不是还有感觉？”

“嗯，不过，我觉得老杰瑞对我做生意谈恋爱的故事不太感兴趣，他总想挖出重大的历史背景，例如三年饥荒时代、‘文革’动乱之类的，可是我对那个年代印象并不深刻，我是不是应该补补课啊？”

我笑道：“别浪费时间了，玩的就是心跳，过把瘾就死……”

最后一个字儿滑出口让我有一种闯祸的感觉。

“说得好！”她抬高了声音，“是啊，我哪有时间跟他玩暧昧，再说干吗要拍他马屁？现在我还需要拍谁的马屁吗？老娘就要死了！”

我们隔空大笑。

在北京外交公寓的阳台上，看着夜幕降临华灯初上，董丽雅和老杰瑞喝着葡萄酒吃着奶酪。

那会儿董丽雅还做着“简·爱”的梦，以为一场异国黄昏恋悄然开始。

老杰瑞说：“我听说在你出生那个时候，中国饿死了很多人，你们家还好吗？”

董丽雅想说自己家和所有中国人一样吃树皮草根，可那是他父亲跟她和弟弟讲的红军长征的故事。

她跟卡卡同龄，小时候生活在北京西郊的部队大院，严父慈母，还有一个忠心耿耿心灵手巧的老保姆。她不知道什么叫饥荒，小时候家里有一个吊篮，里面总是放着馒头花卷，她和弟弟什么时候想吃就伸手去拿。

“我们家应该没有挨饿，只是食物比较单调，天天吃馒头，只有过年过节才包饺子……”

老杰瑞显得有些失望：“那么，你父亲一定是高级干部……”

“师级军官，在北京算不了什么，一片树叶落下来都会砸到两个司长局长……”

“树叶？”老杰瑞困惑了。

董丽雅莫可奈何地笑笑，每次想跟老杰瑞幽默一下，结果都会被他逼进墙角。

“哦，意思是北京的官员特别多……嗯，我说到哪里了？”

老杰瑞想了想："过年包饺子……"

"嗯，很少吃肉，那时候什么都要票，粮票、肉票、布票……"

"这个我知道，我在北京留学的时候用过粮票……那么，'文化大革命'，你爸爸没有被迫害吗？他是'四人帮'的干部吗？"

董丽雅想了想，摇摇头："至少我不知道……"

老杰瑞惊讶地瞪大了灰蓝色的眼睛："你和我认识的中国人都不一样……"

董丽雅反唇相讥："你跟我认识的外国人也不一样，那么喜欢研究革命……"

关于"文革"，她只记得街上有点乱，经常游行，到处都是大字报，母亲让她和弟弟背语录、唱革命歌曲。长大之后才听母亲说那时候父亲也挨整，从北京降职流放到南方古城，父亲内心很压抑，不过她的家始终是温暖的港湾。来自孔孟之乡的母亲相夫教子贤惠达观，董丽雅从来没有看到父母拌嘴红脸，记忆中母亲总是在灯下织着毛衣等晚归的父亲回家，等外出玩耍的孩子们回家，母亲永远是最后一个熄灯入寝的人……

这个家遭受最重大的打击是父亲的英年早逝，那年她还不满十五岁，当时父亲已经开始联系老领导试图调回北京。那位老领导从"牛棚"里出来官复原职了，她的父亲就是因为他受牵连被"流放"南方古城。正当一家人满怀希望地憧憬着重返北京，却不料父亲骤然离去，把孤儿寡母留在了古城。

董丽雅跟老杰瑞说了很多小时候家里温馨的小故事，例如，她十岁生日那天爸爸在妈妈指导下笨手笨脚地为她梳小辫子，家里的老保姆会在一个馒头里塞进一颗花生，然后悄悄地做了记号，故意让爸爸吃到，让他感觉自己的好运气就要来了……

老杰瑞感动得眼睛泛起泪光："我想起一部意大利电影，嗯，《美丽人生》，在纳粹集中营里一个父亲保护孩子的故事，你的爸爸妈妈很了不起……"

……

这句话勾起董丽雅对父亲母亲和老保姆的无尽思念，忽然泪水潸然。

老杰瑞很绅士地勾过董丽雅的肩膀给了她一个拥抱。

就是这个拥抱让董丽雅想入非非了，开始分不清自己在这个老单身汉生活中的位置，经常越线，以女主人自居限制老杰瑞酒量，不让他吃半生的鸡蛋……

事后，她自嘲那是“狗咬耗子多管闲事”。

老杰瑞的邀请显然让董丽雅很开心，喋喋不休说了很多关于老杰瑞的故事，他是独生子，父母来自德国，因而在挪威没有亲戚，他结过三次婚，三任妻子没有为他生过一个孩子……

“老杰瑞是一个很孤独的老男人，性格有些孤僻，但是心地很善良，真的很善良……我猜他一定会想念我曾经给他带来的那么多快乐……”

我明显感觉到远在千里之外圣彼得堡的深夜里董丽雅内心的柔软和憧憬。

以往我总是给她泼冷水，提醒她不要自作多情最后落得被伤害的下场，此刻我只为她高兴。

“大胆地往前冲！别犹豫！别回头！”

董丽雅咯咯笑道：“回不了头了啊，我手里只有单程票！”

我夸张地跟着笑，心里有些酸楚。

5

与此同时，卡卡发布了一组旧金山的风光照。他像年轻人一样随身带着自拍杆，那张已经不年轻的脸凸显在照片里，他的着装倒是非常的年轻前卫，总是大红大绿像个九十年代出生的潮男，为了逆生长相当拼搏。

我不给卡卡点赞留言，视而不见。我不能确定他是否真的在旧金山。许多时候他身在国内却在网上假装在纽约、巴黎、伦敦，或者某个著名的海滩。

道破“天机”的是我的女儿贝贝。去年夏天卡卡晒出一组纽约第五大道的图片，结果当天贝贝在北京街头撞见卡卡，他们驾车并排等红灯，她没有跟他打招呼。贝贝第一时间报告给远在南方山区修身养性的老爸，钟涛要求她沉默，说：“那是他想象的生活，对他来说想象才是真实的。”

我的前夫对卡卡自始至终有着父兄般的慈爱和心理学家般的理解。

不过，贝贝发现卡卡近期的游走行踪属实，他的IP地址证实他真的出现在图片所显示的地点。自从发现卡卡喜欢假装在国外之后，贝贝有时会好奇地查他的IP地址，这是她和她的男朋友茶余饭后的乐趣之一。他们把卡卡当成生活中的调味剂，一个喜剧人物，但同时他们也相信并钦佩卡卡的能量。我的女儿是无师自通的实用主义哲学家，所以明知卡卡满嘴跑火车却一点儿也不影响她与卡卡的交情。

卡卡在贝贝成长过程中一直是一个近亲，逢年过节以及贝贝的每一个生日卡卡都会出现。几乎每一次他前脚出门，我就忍不住要讥笑他的各种吹牛，尤其是在贝贝十几岁的时候卡卡经常吹牛要带她去见导演，那一个个如雷贯耳的名字在他嘴里都是亲密无间的铁哥们儿，譬如称张艺谋“老谋子”，称巩俐“小巩”，说他能把贝贝捧成“小巩”那样大红大紫的明星。这可真把我吓坏了，我能做到的便是在他转身离开之后不遗余力地戳穿他的牛皮，喋喋不休地叮嘱女儿不要相信卡卡的任何承诺，如果相信了后果会很严重，她可能因为不切实际的幻想而影响了学业。钟涛经常批评我刻薄，但是除了刻薄我还能做什么才能保护我的女儿不被带上歧途呢？

卡卡并不知道IP地址会出卖他，蒙在鼓里自娱自乐，毕竟是上个世纪六十年代出生的人，廉颇老矣，跟不上日新月异的网络时代。

这一年卡卡的生活似乎发生了一些变化，不但真的周游列国而且装备也彻底地更新升级，从手表、T恤、太阳眼镜到座驾全都是世界顶级名牌。每次见面都会耐心地对我这个“时尚盲”进行普及教育。例如我所知道的劳力士欧米茄根本排不上顶级名表之列，他手腕上的金表才是顶级名表，叫百达翡丽……

他开着宾利豪车来了，一进门就抱怨我住的老居民区路太窄，抱怨楼层太高没有电梯。

他是来取钟涛寄来的茶叶的，自从钟涛归隐山野之后我们总能喝上无公害的新茶。虽然我和钟涛离婚多年了，卡卡仍然是我和贝贝的“亲戚”，经常来串门，他还叫我“嫂子”。

卡卡站在窗前指了指停在楼下路边的豪车，一脸得意地说：“刚换了一部新车！知道是什么牌子吗？”

我摇摇头。

“宾利慕尚！”

“哦，宾利慕尚，没听说过……”

我的嘴角挂着讥讽的微笑，心里又不怀好意地猜测这部车是他的哪个红颜知己的。

卡卡的优点是抗击打能力特别强，即使当面戳穿他的牛皮，他也不会在意，更不会去揣度我嘴角边讥讽的微笑。

他昂首挺胸双手叉腰站到窗前，向外一番巡视，若有所思地说：“你们小区地点不错，但是年头太久了，我在考虑要不要把这一片拆了，建高楼……”

我又忍不住笑出声了，脑际飘出一组画面，在不同的时间，不同的地点，卡卡伸手随便一指说：“我打算把那片地拿下来……”

卡卡用这一招泡妞很管用，每一次带出来的女朋友都不一样，环肥燕瘦，一个赛一个漂亮。他在每一个姑娘身上都能找到一点儿“冬妮娅”的影子，然后无一例外地不了了之。

他至今未婚，对此他的解释始终如一：没有找到“冬妮娅”。而其实，他真正感兴趣的是成功并且富有的中年女人，乐此不疲地周旋在她们中间，很享受“姐姐们”的慷慨赠予。即使在他很有钱的时候，他也还是愿意接受女人们的付出，哪怕是喝一杯咖啡，女人买单也会让他心情很爽。年轻姑娘对他来说是出席社交活动的礼服，是给别人看的，满足虚荣心而已，他不舍得在她们身上花一分钱。他收集各种优惠券，用那些优惠券请姑娘看电影吃饭，如果没有优惠券可用，他就会说自己肚子不舒服只想吃方便面。他交往的姑娘中不少是被他的小气吓跑的。

卡卡声称对企图傍大款的姑娘零容忍。这或许是情有可原的，总比钟涛有钱的时候挥金如土泡妞要好得多。卡卡吝啬小气最极端的案例是对待狗狗。钟涛养过两条拉布拉多，一公一母，后来因为债务缠身逃难离开北京，把两条狗托付给卡卡，可是没过多久两条狗就死了。得知噩耗藏身在南方山区的钟涛如丧考妣捶胸顿足恸哭不已，一口气喝下半坛酒醉了几天几夜。过了许久，钟涛辗转听说卡卡把它们锁在笼子里一走了之，两条大狗被活活饿死了。钟涛包容卡卡所有出格的言行，唯独饿死宠物狗的事件令他耿耿于怀，或多或少影响了他对卡卡的信任。

我朝窗外看一眼停在路边的宾利，显然为了方便展示，卡卡精选了停车的位置，正对着我家窗户。我继续不怀好意地推测卡卡开的宾利豪车背后隐藏着的不那么光彩的故事。

他坐下来，喝着来自他老家的水仙茶，目光在我客厅里转一圈："嫂子，你在这儿住十多年了吧?"

"是啊……"

"太旧了，该换个好点的房子了……"

我不知道他又要吹什么牛皮，调侃道："莫非你要送房子给我?"

"嗯，是这个意思……"

我终于忍不住哈哈大笑："别吹了，卡卡，我不太喜欢做白日梦!"

"这不是梦!"卡卡神情庄严地站了起来，"嫂子，你必须知道咱们现在处于什么时代!"

"坐下，坐下，别激动……"

卡卡坐下喝一口茶水："嫂子，现在是金融时代，什么东西都变不了钱，只有钱能生出钱，所谓金融就是钱生钱……"

"金融跟我没什么关系，我码字为生，就像农民种地，收成好多花点，收成不好省着点……"

眼下我在一家影视公司工作，不用坐班，有时还能接到一两个改剧本的工作，收入不比那些高级白领差，我知足。

“所以，你需要我的帮助，你总不能一直住没有电梯的房子吧？再过几年你还能爬得动吗？”

我开始疑心卡卡登门拜访不单是为了取钟涛寄的茶叶，也不单是为了炫耀他的豪车，我再愚笨也见识过几个搞传销卖保险的人，他们最初出现都会让人以为遇到了活雷锋。

不怀好意的猜忌在我心里放大着，他在这个时候寻找“冬妮娅”是不是也跟传销有关？

前些日子我们讨论剧本的时候，一个年轻编剧贡献了一个情节：一对失散的初恋情人通过社交网络寻找彼此，他们急切地约会见面，在酒店里旧情复燃一番云雨之后，彼此发现对方真正的意图是为传销组织发展下线，一个推销美国保健品，一个推销大溪地果汁……

想到这里，我有些自责，我不应该这样无限放大卡卡的缺点，正如钟涛所言卡卡只是在扮演一个角色，他分不清幻想和现实。钟涛甚至称其有诗人气质。

诗人和骗子在表象上有相似之处，他们都把想象当作现实。

卡卡指了指放在一边的手提包：“嫂子，你这个包用好几年了吧？该买两个名牌包包。各行各业都需要包装，你出去谈剧本创作合同，要给人感觉不缺钱的样子，这样你的价码自然就高了，包装是一种包赢的投资……”

“卡卡，你的葫芦里到底卖的是什么药？咱们是自家人就不用使劲儿绕弯子，说吧，你想推销什么？”

卡卡不以为然地摇摇头：“我怎么能向嫂子推销什么呢？有好产品我会送上门的，不管你和钟哥是什么关系，你们都还是我的家人，你的家也是我的家……”

“那么，今天你要送什么给我呢？”

“嫂子，我开了一家金融公司，我们公司的金融产品年回报率不低于百分之二十，客户的最低门槛一百万……”

“我上哪儿去弄一百万？算了吧，我命中注定不会发横财，人都得认命……”

我准备下逐客令了，今天我给自己放假看美剧《国土安全》，卡卡来的时候我正沦陷在惊心动魄的剧情之中。

卡卡再一次站起来：“嫂子，你的房子没有贷款吧？你把它抵押给银行付出不到百分之五的利息，然后存到我的公司拿百分之二十的回报，轻轻松松净得百分之十五！这个房子地点好，眼下至少价值五百万，五百万乘以百分之十五等于七十五万，你可以拿第一个七十五万去交首付买一套有电梯的房子……”

我知道近期股市很疯狂，每次去银行存钱取钱都会被兜售各种金融产品的年轻人围攻轰炸。我的一个年轻同事从父母那儿弄了几十万炒股，几个月已经翻了两番，所有人都告诉我把钱老老实实地存在银行里很傻很可笑。

我当然也动心了，每次都从银行带回来一堆广告，甚至准备去股市开户，但是，手头总有忙不完的活儿。股市兴旺带动了影视事业，许多大鳄捧着钱要投资电影电视。我的老板准备加大产量，抬高市值，以便被上市公司收购。

我片刻的斟酌让卡卡以为他的游说成功了，他手比画着：“明天我派一个小助理带你去办抵押……”

我吓了一跳，好像有人要抢去我的房子，仿佛流离失所的危险近在咫尺，在我身边有不少这样的人，为了做生意把房抵押给银行最后落得居无定所。

我连忙摆手说：“不，不，我是一个老古董，缺乏安全感，抗风险能力特别差，欠银行一分钱我都会寝食难安……”

“嫂子，我能害你么？唉，你去我公司看看，每天门口都排着长队，客户挤破头抢购我们的金融产品。如果说我有什么目的，那就是钟哥和嫂子你这么多年一直照顾我，我希望有机会回报你们，也希望钟哥能回到北京生活，回到你的身边，这是我的心愿……”

卡卡声情并茂掏心掏肺的确打动了我内心脆弱的地方，同时我的理智坚定地告诫自己千万不要被他忽悠。我把一包茶叶塞到他手里，口吻决然不留余地："对不起，我不得不请你离开了，我还要加班赶活儿……"

卡卡不可思议地摇摇头起身："嫂子，机不可失时不再来，就算不为你自己，为贝贝挣一套房子做嫁妆，不好吗？"

"我相信一棵草一滴露，儿孙自有儿孙福，我不会为贝贝的嫁妆折腾自己……"

卡卡叹了一口气，同情地看着我。他知道自从贝贝中断学业从澳洲回国之后我们母女时不时地硝烟骤起，我为女儿的渐行渐远悲伤心痛发展至麻木。当初我亲自送贝贝出国留学，亲自为她选了金融专业，四年之后我满心欢喜准备去参加毕业典礼，却意外得知贝贝已经回国好几个月了。她在艺术区租了画室画画。我的女儿成了艺术家对我的冲击不亚于那些正统的父母得知自己的儿子是同性恋。我彻底地崩溃。我曾经试图干预挽救我的女儿，屡试屡败，以至于我和贝贝的关系几乎就要到了仇人相见分外眼红的地步……

想到贝贝，我心里对卡卡有了一些感激，好几次我们母女闹僵了卡卡都会借一个契机——生日、过节，亲自去把贝贝带回家。虽然我嘴里有时会说就当没生这个女儿，但是心里怎么可能割舍下呢。

"嫂子，贝贝挺好的，她从小喜欢画画，也许真能画出名堂，一个人冥冥之中认定的事业也许就是上天的启示，是注定的命运……"

这话我爱听，事已至此，我除了默默祈祷女儿能靠画笔养活她自己，还有别的选择吗？

接着卡卡又开始吹他自己了。

"我也一样，我从小就知道我会成为李嘉诚霍英东那样的商场大鳄，过去二十年我没少挣钱，但是我从来没有满足过，现在机会来了！嫂子，恭喜我吧！"

我不置可否地笑笑，又下意识地看看墙上的挂钟，急切地想让他离开。

"我爸爸妈妈都过世了，你们一家三口是我在这个世界上最亲的人，我不关照你们关照谁呢？嫂子，你放心，我一定会全力支持贝贝，给她办画展，把她包装推上拍卖会，收藏年轻画家的作品也是我们公司众多项目中的一项……”

卡卡被他自己这番肺腑之言感动了，目光真诚，泪花闪烁。

这一刻，我想到钟涛说的“诗人气质”，是的，他的真诚和激情更像一个诗人，我还灵光一闪顿悟到：诗人和骗子都把假象当真，诗人对假象深信不疑热情投入，而骗子却是揣着明白装糊涂，这就是诗人和骗子本质的区别。

卡卡是诗人还是骗子？我还无法鉴定。

卡卡离开之前留下一张印有“海森鑫”金融公司CEO的名片，再三叮嘱我认真考虑他的建议。

我站在窗前看着他上了豪车轰然离开，心里一瞬间疑惑了：也许这回他真的成功了？

在这个疯狂的年代一切皆有可能。

6

两条血统纯正的拉布拉多惨死的真相曾经让钟涛怒不可遏，叫嚣着要找卡卡算账，但许多年过去了，他至今也没有当面指责过卡卡。他把卡卡所有的“不良癖好”都归咎于他童年的不幸遭遇。他喜欢成熟女性是因为缺失母爱，他在与他建立亲密关系的女人身上寻求母爱；他对狗狗生命的漠视、小气吝啬、喜欢吹牛，那是因为他曾经活得比丧家之犬更可怜更没有尊严……

我认为钟涛对卡卡的怜悯是一种自怜心理的折射，渴求母爱无疑也是钟涛内心的真实写照，在他的记忆里母亲没有对他笑过，没有拥抱过他，他也在女人身上寻找母爱。我们度过几年一地鸡毛的婚姻生活之后离婚了，那正是钟涛在生意场上最得意的时候，我受不了他的各种风流韵事，决然提出离婚。但是，他最后选择的并不是围绕在他身边的那几个貌美如花的年轻姑娘，生意破产之后他公开了和梨花的关系，那个女人是他少年时代随母亲下放农村认识的乡下姑娘。

得知这个真相，我惊掉了下巴。

大学时代我就知道梨花的存在。我以为她只是钟涛的老乡，一个在城里打工的乡下姑娘。梨花一度还以保姆的身份在我家里帮我照顾女儿，他们竟然在我眼皮底下暗度陈仓十几年！即使我已经跟钟涛离婚多年，这期间我也有过爱与被爱的经历，但是当钟涛与我面对面像好朋友一样坦承他与梨花的曲折而悠久的感情和他最终的选择时，我怒不可遏失态地给了他一个耳光。

沉淀许多年之后，我理解了钟涛的选择，梨花用朴实坚忍不计回报的爱收服了这个浪子的心。这点我做不到，大多数女人都做不到。我在恋爱中是一个小女人，不论活到什么年龄段，我都做不到不求回报地去爱一个男人，甚至对我的女儿都很难说能做到不求回报。我的童年也未曾得到过爱的饱足。同样生于六十年代初饥饿年代，我最初的记忆是街头的武斗，两派造反组织真枪实弹地打了几天几夜，外婆抱着我躲在厨房炉灶的角落里，相当恐怖。我家在漫长的十年动乱中同样经历了各种磨难，我也缺乏安全感。随着岁数的增长和自我觉察的加深，我终于走出重重迷雾，看清了我和钟涛的婚姻，那是一场彻底的误会，基于这样的认知我才有可能放下怨恨，得以解脱。

1969 年钟家外婆结束了长达两年的劳动改造，农村的造反派原本并没有打算如此长时间地关押这个地主家的“干女儿”，毕竟她出身无产阶级劳动人民家庭，因为家里贫困才被卖到地主家当丫鬟。造反派要求她跟地主阶级划清界限，在批斗会上控诉地主如何凶恶，如何欺凌她。如果她那么做了，可能几天之后就能回家。她稀里糊涂地被造反派推上批斗台，一眼撞见头上戴着高帽胸前挂着木头牌子的老地主，他是那么的苍老无助，钟外婆顿时泪如泉涌。她从小给他家做丫鬟，从来没有被虐待过，她和大小姐一起长大，情同姐妹，大小姐离家上大学之后主人夫妇亲自做媒把她当女儿嫁出去。她在批斗台上泪流满面地向造反派求情，造反派头目是当地有名的酒鬼，她认识他。她哭着说：先生是读书人，家里的土地是祖上传下来的，先生和太太都是菩萨心肠，连一只蚂蚁都不舍得踩死，他们待我像亲生女儿……最后一句话还没说完就被那人一脚从台上踹到台下，因此被扣在乡下劳动改造，直至那个造反派死于一次酗酒斗殴。

外婆从不后悔自己的选择，那两年里她照顾垂垂老矣的地主夫妇，并先后为他们送终，亲手安葬了她的干爹干妈。地主家子孙几十口没有一个人回来看一眼，对他们而言出身地主阶级家庭是一场无法醒来的噩梦。过了一二十年，地主的孙辈们从全国各地争先恐后回到从未踏足过的老家，为了财产分配闹到对簿公堂的地步……

钟家在西街的一条巷子里，外婆从乡下回城没有急着赶回家，她先来到阿蹁的油条铺，远远地闻到油锅飘出的香气心里很是欣慰。这两年里她牵肠挂肚城里的亲人，卡卡是其中的一个，每次想起卡卡就对阿蹁满心感恩，这孩子在阿蹁身边不会受委屈。

她看到站在油锅边忙碌的是一个身材壮硕的男人，心想阿蹁生意好啊，请帮手了。

阿蹁老婆靠在门框边手里抓着瓜子嗑着，一口一口地往地上吐瓜子皮，她没有认出钟家外婆。陌生的壮汉目不斜视地忙着手里的活儿，锅台上的铁丝网竖着几根已经发软的油条，看样子正在收摊。

外婆摸摸自己的脸，她知道自己这两年在农村劳动风吹日晒整个人都变形了。

“蹁嫂，你不认得我了吧?”

阿蹁老婆继续嗑着瓜子吐着瓜子皮：“就剩这几根油条了，我们想留着自己吃……”

外婆朝屋里张望，几个小女孩儿在饭桌边乱窜着，没有看到阿蹁和卡卡。

“阿蹁在家吗?”

蹁嫂咧着大龅牙一笑：“阿蹁死了，死两年了，现在我弟弟管我家生意……”

“那个捡来的男孩子卡卡呢?”

灶台边的陌生男子说话了："阿蹁把儿子送人了，就一个男孩子还给送人了，奇怪吧？真不知道他怎么想的……"

外婆两腿发软，感觉心头被人挖去了一块肉。

从这天开始，钟家外婆就像一个负有特殊使命的地下工作者，她独自一人开始寻找卡卡的下落，每天抓把伞就往外跑，早出晚归神出鬼没。

钟涛和他的姐姐都觉得很奇怪，外婆劳动改造变了一个人，每天魂不守舍四处游荡，他们怀疑外婆精神错乱了。

钟家外婆很快就打听到阿蹁把卡卡交给曾经在西街扫马路的教授，但西街扫马路的已经换成另外一个人了。没有人知道那个教授姓甚名谁，在哪一所大学教书。好在福州只有三所大学，她找遍三所大学，逐一打听曾经在西街扫马路的教授。

这时候中国开始"上山下乡运动"，干部下放知青下乡，人口流动性很大。三所大学找了整整三个月，终于找到教授的宿舍，可是教授已经不在那儿住了。幸好新房客认识教授，告诉钟家外婆教授一家已经下放到几百公里之外的农村，在这之前教授夫妻因为领养孩子经常吵架，教授让他们家的保姆把孩子带回老家了……

于是，钟家外婆踏上了新的寻找之路。

"牛棚"生涯并没有削弱钟妈的革命热情，一个清晨"牛棚"里来了一个军代表，向她宣布可以回家等待分配工作了，她第一个反应是问到自己的党籍，希望组织上重新接纳她。得到的回答是她必须继续改造思想。钟妈从"牛棚"回家的路上听到广播里播音员字正腔圆地播发领袖的最新指示："广阔天地大有作为……"这位昔日的劳动模范顿时热血沸腾激情澎湃，她快步回家，推开门呼喊道："我要去最艰苦的地方！我要带着你们扎根农村！"

钟涛姐弟俩正在吃饭，外婆又不见踪影了，家里的生活还和过去一样由姐姐操持。他们看着久别的陌生的母亲，分别两年多姐弟俩长大了很多，母亲老了很多，若是在大街上相遇未必能认出彼此。

母亲走到饭桌边，两眼放光地说："妈妈带你们去农村，离开这个死气沉沉的老街老房子！广阔天地大有作为！”

钟涛觉得妈妈和外婆一样也精神错乱了。

当晚，钟妈连夜写决心书，主动请缨要求下放去最艰苦的地方，第二天一早红纸黑墨的“大字报”就在她上班的大楼张贴出来，请求批准她带领全家老少扎根农村永远不回城市。当时的领导机构叫“革命委员会”，她的请求很快就获得批准。

钟涛和姐姐还小，无力抵抗意志强大的母亲，唯一跟钟妈作对的是外婆，这让他们感到很意外。外婆坚决不去，任凭钟妈软硬兼施就是不去，外婆说她死也要死在自己家里。钟妈恼羞成怒歇斯底里地叫骂数落外婆，抱怨外婆没有跟地主阶级划清界限毁了她的革命前程。她越说越生气动手摔盘子摔碗，家里所有能砸碎的东西都砸了，一个不留。外婆一语不发，默默地打扫着满地碎玻璃碎瓷片，姐姐可怜巴巴地哀求外婆一起去农村，外婆神情凛然坚定地摇头拒绝。

这让钟家姐弟感到不可思议无法理解。外婆大半辈子任劳任怨为这个家的每一个成员倾尽所有地付出，她只为儿孙们活着，赴汤蹈火在所不惜，而今为什么会变得这样自私冷漠呢？

钟家母子三人离开西街那天早晨，“革命委员会”派人敲锣打鼓欢送，外婆躲在屋子里没有出来，姐姐哭着抱着门框不愿意离开，钟涛舍不得外婆也不肯出门。这样的场面让钟妈觉得颜面尽失，她气疯了，本来希望自己扎根农村的行为能挽回她的革命形象，没想到家里人竟这样拖后腿。她挥手给两个孩子几个耳光，拖拽着姐弟俩离开西街……

没有人知道外婆不近人情的举动是因为卡卡。她独自生活在老房子里，每天还是抓把伞城里城外奔波找卡卡，她要找到这个可怜的孩子，把他“卡”回家。

外婆找到保姆老家的时候已经进入上个世纪的七十年代初了，这时卡卡已经十岁了。外婆千辛万苦找到穷乡僻壤里却没有见到保姆和卡卡，村里一个多嘴的妇女告诉外婆：保姆的丈夫曾经是村里有史以来唯一考上大学的读书人，不知为什么被开除了，遣送回乡种地。他的脾气非常古怪易怒，从来不跟村里人说话，他们家却是鸡飞狗跳，这个古怪的男人打老婆孩子成瘾，卡卡更是他的眼中钉，没有一天不挨打。就在前几个月卡卡被打跑了，有人看到他跟一群流浪儿混在一起，保姆一气之下也离家出走了……

外婆走进保姆家，见了那个凶悍的男人，想问他讨一张卡卡的照片，得到的回答是农村人一辈子只拍一张照片，那是快死的人去镇里的照相馆拍遗像。他特别加了一句“我以后连遗照也不拍”。

不过外婆获得了一个比较好的信息，那就是卡卡没有改姓名，因为教授和阿蹁都姓陈，所以他还叫陈卡卡。

起初，钟家外婆寻找教授只是想知道卡卡过得好不好，探访保姆老家之后，她决定找到卡卡之后把他带回家抚养。她的儿子女儿都下放遥远的山村，她以为他们真的会扎根在那里再也不回来了。她没有生活来源，女儿跟她断绝关系不给她寄生活费，每个月就靠儿子寄的十块钱生活。为了找到卡卡，为了把他抚养成人，钟家外婆开始拾荒捡破烂了。

她混迹在流浪的群体，那时候北方某地发大水，福州来了很多叫花子，她围绕着福州城东西南北捡破烂，遇见每一个流浪乞讨的人都上前打听“陈卡卡”。

年复一年，春夏秋冬，风雨无阻，就像电视新闻里那些丢了孩子的父母，发现一点蛛丝马迹就万水千山地去找，希望和失望周而复始。

有一天，外婆经过阿蹁的油条铺，在门口嗑瓜子的蹁嫂告诉外婆那个扫大街的教授回来教书了，他把卡卡弄丢了，正到处打听卡卡的下落。

原来，教授并没有抛弃卡卡，他把卡卡托付给保姆，每个月背着妻子给保姆家寄生活费。他们夫妻感情长年不和，妻子选择去另外一座城市工作，婚姻名存实亡，妻子不再控制他的工资了，他没有忘记阿蹁临终时的嘱托，决定接卡卡回城一起生活。在卡卡走失一年多之后，教授从山区回来放下行囊就去保姆的老家，同样只见到保姆的丈夫，没有人知道保姆和卡卡在哪里。

钟家外婆找到了教授的新居，那里成了外婆最常去拾破烂的地方。

这期间钟涛和姐姐回城看望过外婆。姐弟俩在路上看到一个身躯佝偻扛着一大包破烂的老太婆在前面走。他们跟在老人身后，一路从鼓楼跟到西街，走进小巷子。老太婆在他们家门口停下脚步，放下肩上的破烂掏出钥匙，钟涛意识到这个拾荒的老太婆可能是自己的外婆！他跑上前近距离打量，是一张布满皱纹和汗水的脸，他的心被撕裂了，抱着外婆失声痛哭……

外婆是在大户人家跟富家千金一起长大的，识文断字，干净讲究。钟涛保存着一张外婆中年时期的照片，那时的外婆面貌姣好，梳着光洁的发髻，穿着一身香云纱唐装，像极了电影里书香门第相夫教子的贤妻良母。

少年钟涛把外婆沦落到如此可怜境地归咎于母亲拒绝赡养外婆，母亲试图以经济封锁逼外婆到山区跟他们团聚。他恨透了母亲。结束假期重返那个名叫大樟溪的山沟沟，他再也不听母亲的任何训导，处处跟她作对。钟妈患过肾脏疾病，医生要求她要少吃盐，钟涛经常故意在菜里大把地撒盐。钟妈晚年饱受肾病折磨，钟涛有时会为自己年幼时的荒唐行为感到深深的内疚。

钟涛对母亲最严厉的反叛是在他十六岁的时候跟十七岁的梨花好上了。梨花的爷爷是当地的大地主，钟妈发现他跟地主的孙女如胶似漆立刻出手棒打鸳鸯，钟涛坚决不从，宣称梨花就是他未来的妻子，钟妈一头撞到墙上血流如注差点死去，却仍然没能阻止少男少女疯狂的恋情……

7

董丽雅坐在老杰瑞家没有院墙的院子里，四周翠绿的群山环抱，远远近近的一条条瀑布在夕阳中雀跃，清澈的蓝天云卷云舒，湿润的空气弥漫着香草的气味……

人间天堂莫过于此。

她有些恍惚，几天来总是恍惚，怀疑自己在做梦，她用力咬了咬下嘴唇，让疼痛的感觉证实眼前的景象并非梦境。

十多天前的那个夜晚，她坐在莫斯科红场的一个角落，心里莫名地感到孤独和软弱，没有人陪伴的旅行其实并不总是像她在朋友圈里展示的那样美好潇洒，孤独和软弱经常像蝗虫一样偷袭她的心，她有时还会怀疑自己这趟慷慨赴死的旅行能否走到底。她忽然想到老杰瑞，老杰瑞的名片一直藏在随身带的钱包里，她拿出来看看，上面有老杰瑞的电子邮箱，她冲动地想给老杰瑞写一封信。为了得到WIFI网络，她到附近酒吧买了一杯啤酒，其实想喝鸡尾酒，但只会说“BEER”，只好一路喝“BEER”蹭网络。信中告诉老杰瑞她已经退休了，正在旅行，引用了一句时髦的话：“世界那么大，我想去看一看”，还大胆地表达了对老杰瑞的想念和关切。她并没有指望老杰瑞会给她回信，所以之后的几天根本就没有打开邮箱，到了圣彼得堡才意外地发现老杰瑞的回信……

她立刻修改了行程计划，退了去爱沙尼亚的船票，直飞奥斯陆，在机场见到老杰瑞情不自禁地扑上前热烈拥抱，大声地嚷嚷：“老杰瑞，我想死你了！”

老杰瑞开心地大笑，他和很多北欧人一样性格抑郁，还时不时受到抑郁症的困扰，正如董丽雅猜想的那样，在董丽雅离开之后老杰瑞时常会想起她，怀念她给他带来的许多欢乐。后来外交公寓的物业公司给他换了好几个小时工都不如意，他的那个女朋友在他决定退休回挪威的时候和他友好地分手了。接到董丽雅的电子邮件老杰瑞喜出望外，这让他自己都感到惊讶。

老杰瑞很绅士地接过董丽雅的大背包挎在自己身上，董丽雅挽起他的手从机场大厅说笑着走到停车场。

老杰瑞的家在著名的峡湾沿岸一个小镇，距离奥斯陆开车要两个小时，那是他父亲在铁路工作一辈子留下的房子。

这一路董丽雅被车窗外流动的美景震惊得大呼小叫。

“啊，老杰瑞，你看瀑布！”

“在我们挪威到处都是瀑布……”

老杰瑞看着这个喧闹的老女孩儿回忆起一件事情咯咯笑了。

“你笑我像刘姥姥进大观园是吧?”

“谁是刘姥姥?”

“《红楼梦》总该看过吧?”

“哦，但是，我不记得刘姥姥……”

“哼，还是汉学家呢，以后好好跟我补课吧……”

“我愿意……”

老杰瑞说起令他忍俊不禁的往事。那时董丽雅在外交公寓做小时工已经有些日子了，他爱吃饺子，她经常为他包饺子，每次剁肉馅剁得咚咚响，他嫌吵告诉她超市里有机器绞好的碎肉卖，董丽雅一边剁肉一边大声地回应：“机器绞的肉馅能跟手工剁的肉馅比吗？你说我包的饺子好吃，那就是因为肉馅是我亲手剁的!”

那天老杰瑞第一次发现这个姓董的女佣跟别的女佣不一样。

又有一次，董丽雅正在包饺子，老杰瑞打电话给他的中国朋友说挪威某剧院到北京演出，问对方需要几张票，董丽雅向他讨一张票，老杰瑞拒绝说：“对不起，在我的计划里没有你的票……”董丽雅生气地吼道：“以后你再也别想吃到我手工剁的饺子馅了!”

老杰瑞说当时他想打电话给管理公司让他们换一个女佣。

董丽雅得意地说：“你需要我！上帝知道你需要我，所以没有让你打那个电话!”

两人在车里说着北京的故事，笑声不断。

太阳下山了，夜深了，夏季的挪威依然敞亮，青山绿水环抱中的董丽雅心里充满了感恩，这次意外的行程是上天赐予的大礼包，相比之下过去遭遇的所有磨难都可以忽略不计了。

那天晚上在红场怎么会想到给老杰瑞写信呢？是冥冥之中的神灵推动她大胆冒昧地那么做。

她想起一句曾经抄写在笔记本里的希腊史诗名言：神制造了灾难，目的是让人们有嗟叹歌咏的题材。从少女时代钻在被窝打着手电筒偷看

《简·爱》《安娜·卡列尼娜》，至今她都是一个文艺青年，她还没有忘记自己无数次起草的“自传体小说”，遗憾的是受文字功力和时间的限制没能实现写作的梦想。

老杰瑞正在楼上伏案敲电脑，他已经开始对董丽雅进行录音采访了，这会儿可能正在整理录音。

董丽雅开宗明义对老杰瑞说：我生于饥饿时期，长于十年动乱，可是我没有你所需要的故事，我的故事从第一场恋爱开始。

“爱情是文学作品永恒的主题，难道不是吗？”她说。

老杰瑞沉默不语，在他构思的小说里没有爱情故事。这个没有受过高等教育的中国女佣竟然说出了文学的真谛，让拥有文学专业学士学位的老杰瑞有些惊讶，还有些尴尬。

老杰瑞的沉默让董丽雅以为自己得到了赞许，口无遮拦地继续贩卖着从诸多杂书中摄取的半杯水：

“所有流传百世的文学作品都有一段打动人心的爱情故事，从司汤达的《红与黑》到昆德拉的《生命不可承受之轻》，哪一本书不是以爱情故事贯穿始终？因为爱情最能表现人性，哦，对了，我在一本书里看到一个大作家说刻画人性才是文学的终极目的……”

老杰瑞的脸有些挂不住了，他摆摆手：“你只需要告诉我你的真实经历，不要干预我怎么处理我的故事。写作是我的隐私，我不会跟你讨论写什么，怎么写……”

董丽雅这才意识到自己有些越位了：“对不起，我班门弄斧了……”

“板门？”

“班门弄斧，这是一个成语，还有一个相似的民间说法叫：关公面前舞大刀，意思是我这个没文化的女用人在你这个高级知识分子面前卖弄学问，冒犯了……”

老杰瑞的蓝灰色眼睛一瞪：“NO！你是我的好朋友！”

董丽雅并没有就此打住，谦卑不是她的本性，为了争取话语权，接着推销自己：

“老杰瑞，我虽然没有上过大学，但是我读过几乎所有在中国能读到的名著，我是军队大院子女，大院子女没有一个不爱好文学的，我们大院出了著名的作家和著名的导演，他们都没有上过大学……”

老杰瑞显然没有领会董丽雅的言外之意，笑容里透着欣赏：“你喜欢读书很好，我从中国运回来大约两千本中文书，我想一定有你没有读过的，你可以读，有些书应该多读几遍，例如《红楼梦》和老子的《道德经》……”

董丽雅意识到在老杰瑞跟前犯小心眼是多余的，呵呵一笑，敷衍道：“好啊，坐在美丽的峡湾小镇读中国的书，好浪漫呢……”

然后，言归正传，董丽雅打开记忆的仓库，在里面寻找有价值的往事讲给老杰瑞听，许多被时间的尘埃封存的细节一一浮现……

董丽雅仰起头朝楼上看一眼，心里疑惑：他会写出一本什么样的中国故事呢？

她没有告诉老杰瑞，她不太相信他能写出有深度的中国故事，虽然他头上顶着汉学家的冠冕，但他看待事物非黑即白，思维方式简单，而且或多或少对中国有着固有的偏见，所谓的采访不过是为他事先的主观定义寻找证据……

在北京外交公寓的阳台上她曾经直言不讳地说：“老杰瑞，你不懂得中国，你写不好中国。”老杰瑞气得双手发抖，蓝灰色的眼球几乎就要从眼眶里蹦出来。

现在她不会再说那样打击他的话，这并非出于世故圆滑，而是她心里对老杰瑞更多了一点怜爱之心。她越发感觉到他的单纯，单纯得像一个少年，这使得她忽略了他比她大十多岁的事实。五千年沧桑的中国对于这个老少年实在太复杂了，但是看到笔耕写作让他每天生活充实快乐，他在做着他喜欢的事情，她由衷地为他感到高兴。

老杰瑞把楼下划归给她，她又开始剁肉馅包饺子打扫卫生。老杰瑞说你已经不是我雇用的女佣了，不要做这么多事情，董丽雅说我用我的劳动抵在这里住的房租。老杰瑞像孩子一样高兴极了，举手击掌说：

"哦，太好了，我希望你一直在这里住下去!"

她是一个有声有色的女人。老杰瑞说："我们这个静悄悄的小镇，来了你这么一个中国妇女像是来了一个中国旅行团。"她故作困惑地问："你这是夸我，还是批评我呢?"老头儿说："百分之八十夸你，百分之二十批评你……"说罢，他觉得自己很幽默，得意地大笑。其实，他是一个不怎么幽默的人，做什么都一根筋，过分的认真。

董丽雅能感觉到这些日子老杰瑞很开心，像一个孤独的孩子找到了玩伴，嘴角总是挂着微笑，急切地把好吃的好玩的分享给小伙伴。他为董丽雅做了一个详尽的旅行策划方案，他将驾车带她看遍周边方圆几百公里的所有风景。

她比在北京的时候更加怜惜老杰瑞。他是那么的孤独，十几岁离开这个安静的小镇，大学毕业之后一直都在亚洲各大都市工作，其间只回来过几次探亲短暂逗留，将近四十年之后重返老家定居生活，父母都不在了，周围的邻居也都不认识了。这里的居民都是虔诚的教徒，社交活动主要都在教堂，老杰瑞却是一个坚定的无神论者，他崇拜中国的老子，是一个孤独的异类……

她不知道自己能在这里住多久，身体里的定时炸弹什么时候会爆发？这让她在挪威的美景中独处时内心有那么一点忧伤。

8

我每天分享着董丽雅的挪威故事，通过网络交流了解她细微的心理活动，在图片和视频中我看到了峡湾小镇的风景，老杰瑞家厨房里年代久远的铸铁炉灶，还有院子里那棵大树，据说是老杰瑞父母年轻时种下的，董丽雅在那棵树下跟老杰瑞喝茶聊天……

但是我的眼球更多的是被卡卡吸引，看他在朋友圈里秀他坐落在CBD的豪华办公室，秀他跟各路名流的合影，他还是那样一手插在裤兜里，一手举着高脚杯，跟他碰杯的不再是那些不知名的美女，而是商场上呼风唤雨的名流巨擘，例如乐视和阿里的大老板，真可谓“春风得意马蹄疾，一日看尽长安花”。

卡卡如果作为一个文学形象几乎不需要太多加工就会很精彩，典型环境中的典型人物，非他莫属。

这么多年来，我像一个泥瓦匠，为别人的文章、别人的剧本修修补补。眼下正参与修改的一个剧本已经把我折磨得快要犯精神分裂症了，金融圈人士带着资金到文艺圈，资本运作渗透在影视创作和发行的各个环节，审稿的队伍越来越庞大，都是投资界的青年才俊，他们坐而论道侃侃而谈，我从他们嘴里听到各种闻所未闻的时髦名词和英语单词，例如：IP概念。青年才俊们说：缺少IP概念就没有市场竞争力。第一次在讨论会上听说IP概念，我不敢流露出我不知道何谓IP概念，回家悄悄地上网搜索才明白，IP就是网络概念。直接说网络概念不好吗？

编剧，特别是像我这样经常是不署名的剧本“泥瓦匠”，是影视公司的最底层的劳动者。随着审稿队伍的扩张，任何一个代表资方的人士都可以对剧本指手画脚，一部电视剧可能有好几家投资公司参与，七嘴八舌，每一个人的意见都要在剧本里体现，不停地修改，改到面目全非。更有甚者一开口便推翻剧本的根基。例如昨天那场讨论会，一个油头粉面全身名牌的年轻人代表投资股东发言，第一句话就宣判了死刑：“我认为这个剧本时代特征不明显，缺少时尚的因素……”

这活儿没法干了。

我关闭了耳朵，心里开始罢工。

之前，我经常情绪激动地给资方代表“补课”，告诉他或她：剧本修改是房屋装修，不能拆房梁和地基，你可以说人物性格不鲜明，矛盾冲突不激烈，但不能要求把一个五十岁的人物改成二十岁……

有一个资方代表是华尔街女海归，她真的是这么提建议的，要求把剧中的人物年龄减二十岁，理由是争取网络播出平台，争取年轻观众。可能是我的口气里透着专业人士的骄矜，女海归满脸不屑更加骄矜地回应我："跟不上时代发展，你们公司会倒闭，你会失业……"

自从资本运作介入剧本创作，我等"泥瓦匠"的活儿越来越不好做了，每次开会讨论都会遭遇各种令人吐血的离奇古怪刁难。文字劳动者越来越不受尊重，我已是去意彷徨。之所以还没有拂袖而去，是因为"泥瓦匠"的薪酬还不错，无论最后剧本是否投拍，老板都会给你结账，虽然通常老板会以各种借口克扣合同中写明的金额，但收入仍然可观。我还想着靠做"泥瓦匠"一砖一瓦地挣钱给贝贝买一套房子，艺术家糊口不容易，作为母亲我不愿意她最后潦倒到要靠男人生活。对女人而言，天底下最靠不住的就是男人。

我坐在会议室里，假装在笔记本里写写画画，脑子开小差想到卡卡，想到他可能也会出现在某一家影视公司侃侃而谈，还想到他的提议，把房子抵押给银行，钱生钱……

我曾经疑惑卡卡所谓"钱生钱"是"庞氏骗局"，在影视公司陆续接触了十几个资方代表，发现他们的做派跟卡卡十分相似，名表豪车是他们的标配，一样的满嘴跑火车，说出的项目都大得让我瞠目结舌。他们背后的资金操作模式似乎也跟卡卡有着惊人的相似，听说我们这家只拍过五部电视剧的公司估值竟高达五个亿！如果收购成功我的老板就可以通过股市变现，最终买单的是广大的股民……

莫非这就是卡卡说的"金融时代"？难道资本运作的本质就是"庞氏骗局"？也许这是一个重新大洗牌的时代，再过若干时候像我这样拒绝登上时代列车的人群，会是什么下场？

讨论会结束，我坐在办公室里想着以什么理由向我的顶头上司、项目负责人提出辞工，至少这个剧本我是无能为力了，他手里一定还有别的"烂尾楼"剧本，我要不要继续打工？

出乎意料的是，就在这时策划部总监找我谈话，总监面带难色地说：根据资方的意见，你暂时退出，他们正在联系两个网络写手，想换一种风格……

他一筹莫展地苦笑道："我也不知道往后这活儿怎么干了……"

……

在这个日新月异的年代最不值钱的就是日渐增长的岁数，谁都没有资格倚老卖老，当你透出老气就过时了，被淘汰了。

我既感到解脱又有些悲凉。

回家路上，意识到自己可能再也吃不了剧本“泥瓦匠”这碗饭，我心里生出对女儿的歉意，为她买房子的愿望估计无力实现了。想到她租住在北郊艺术区，日夜颠倒地画着无人问津的画，我感到很绝望。

就在这时，贝贝打来电话。通常她打电话给我都跟钱有关系，印画册、交房租，手机摔坏了，要钱的理由五花八门，有时候我觉得自己在女儿生活中只是一台提款机。

“妈，我要办个烧烤Party，你帮我买大约十个人的食材，多买点羊肉……”

接到“圣旨”我立刻调转车头直奔超市。

估计我的宝贝女儿又到了山穷水尽的地步，没有钱呼朋唤友了，否则不会欢迎我在她的Party上出现。

远远地看到卡卡的豪车，那部宾利慕尚停在贝贝画室门前。

他来干什么？

随即我惊讶地发现卡卡竟是今天Party的VIP。他坐在画室中间的沙发里，十来个年轻艺术家目光热切地环绕着他，听他侃侃而谈如何在画坛引进股市的概念。说到激动处，他站起来一手端着饮料，一手比画着：“你们都可能成为我的原始股！”这句话点燃了年轻人渴望成名的欲望与激情，小画室里响起雷鸣般的掌声。

我悄悄对贝贝说：“卡卡的话不能当真，千万不要相信天上掉馅饼的好事儿……”

贝贝不以为然地耸耸肩膀：“你不懂，妈，你完全没有跟上时代的节奏，当初乔布斯在车库里幻想苹果的未来，肯定也有人认为他是疯子骗子，总是要眼见为实的人就是没有理想的人，没有理想怎么可能成功呢？”

我告诫自己赶紧闭嘴，否则一定会引发母女战争。贝贝回国这三年多我和她之间战争频发，严重的时候几个月互相不搭理。

我埋头做着蔬菜沙拉，我的耳朵不设防地听着卡卡的激情演讲。

“想当年，那时候我比你们现在都小，为了找到人生的大舞台，我离开了舒适的家，告别爱我的父母，登上开往北京的列车，我的行李只有两身换洗衣服和一本《少年维特之烦恼》……”

卡卡的故事在不断地推陈出新，时常忘了现场有知根知底的老熟人，譬如我。

我的脑子再次穿越回到钟涛带着卡卡回家的那些日子，那两块假劳力士，那几乎是我当时两个月的收入……

“年轻人一定要有梦想，梦想是成功的基石，你们作为艺术家要有梦想，我作为商人也要有梦想，我不但要挣钱，还要有诗和远方……”

掌声再一次响起，我转过身看到贝贝和她的小朋友们在欢呼雀跃，心里很感慨。作为艺术圈这个名利场的新人，他们如此强烈地渴望出人头地，这个过程很煎熬，成名成家的永远都只是金字塔的顶尖，大多数人都会毁灭在渴望成功的路上，所谓“一将功成万骨枯”。

三年前，我花费不菲为自己定制一身旗袍，准备去澳洲参加贝贝的毕业典礼，我还四处张罗为学金融专业的女儿找一份体面的工作。在我办好签证订了机票的时候接到贝贝的电话，来电显示是北京的号码。贝贝用超乎寻常的平静口吻让我坐下，我的脑子一片空白双腿发软，预感到大祸临头。

“妈，你别去澳洲了，我已经回北京半年了，大学一年级我就换专业学艺术了……”

这是我生活中的一个重大事件，对我的打击几乎超过我这辈子经历的所有坎坷与不幸。

三年多过去了，我仍然不理解我精心培养的理工女怎么会走上艺术这条不归之路？我只希望她做一个普通的上班族，按部就班地工作结婚生孩子。每一次在街头看到穿着职业装脚步匆匆赶去上班的小白领，我都会心生羡慕和感慨。

似乎为了重新认识自己的女儿，我时不时地找各种借口来画室，冬天送棉被，夏天送西瓜。我看着她站在画架前画画，看着她跟年轻艺术家在一起既狂放又颓废地生活，看着他们被成名成家的欲望煎熬困扰，我心里没有一刻接受过现实，相比儿时的贝贝，眼前这个艺术家女孩儿显得那么陌生……

卡卡端着高脚杯走到我身边：“嫂子，这些年你为贝贝操碎了心，现在你可以把她交给我了，我一定会让她成为一颗耀眼的明星，贝贝具有这样的潜质，她很有才华……

我不置可否地笑笑，心里同时冒出两个声音，一个说：我不相信；另一个说：万一成了呢？

“我看着贝贝长大，我会全力扶持她。艺术品本质就是商品，据我所知全世界的大银行都把收藏艺术品当作投资手段，扶持新人是一种相对安全的风险投资。等着吧，很快你就不用爬格子煮字疗饥了，以后贝贝随便在画布上划拉几笔就够你用上一两年……”

“我只要她自食其力，能养活她自己，我就感激不尽了……”

“咦，嫂子，你也要有梦想，有梦想不一定会成功，但没有梦想一定不会成功……”

贝贝凑上前：“就是嘛！”

……

我喜欢深夜独自驾车在路上的感觉，这时候我的大脑总是格外清醒格外活跃。

离开画室已经很晚了，驱车回家的路上躬身反思：我是不是应该摘下对卡卡的有色眼镜？英雄不问出处，忘掉二十多年前买的那两块假表……

随即我自嘲地笑了，原来我也是实用主义者，我也很势利。

“泥瓦匠”毫无预警地被资本家炒鱿鱼了，坏心情来得比我自己预计的要快。

这才第三天，我的生物钟就紊乱了，早早地醒来，小葡萄还在它的小窝里打呼噜，平时它睡得比我晚醒得比我早，如果不是因为失眠我听不见它的呼噜声。我在床上翻来翻去好像熬过了一个世纪，小葡萄才跳到枕边喊我起床。

一阵阵空虚像海潮将我淹没，同时还有点心慌，担心从此失业，我被制片人和女儿宣判过时了，如同冰箱里忘了吃的食物只等着扔进垃圾桶，这让我感到无以言说的沮丧和落寞。

董丽雅、卡卡和我关注的所有人各自在朋友圈里依然如故地作秀，社交网络的好处是每一个人都可以借助虚拟舞台，展示亦真亦假的美好生活。

钟涛也出来冒泡了，这很难得，他发了几张深山云海的图片，虽然一字未写，但我能看出图片后面的潜台词：我过得很好。

数据显示微信用户在全球已经超过五亿，五亿人众口一词：我过得很好，这是多么巨大的正能量啊！当然也不乏另类，或愤愤然地针砭时政，或倡导保健养生，攻击转基因，无非是刷存在感，我屏蔽了所有那些喜欢宣泄愤怒的微信朋友。

看罢朋友们的各种“秀”，我也粉墨登场了，我当然不会告诉朋友们我的窘境，相反比任何时候都想表现得踌躇满志意气风发。

我转发了一张风景图片，写道：“为他人作嫁衣裳这么久，是时候写一本自己的书了。”

我的前夫第一个留言评论：“你不可能写出好作品。”

“为什么？”

“哼，你以为你还是冉冉升起的文坛巨星？”

年轻时的我以为自己爱上一颗未来之星，他的才华令我折服得五体投地，因此而卑躬屈膝，不敢班门弄斧舞文弄墨。那时候我对未来婚姻的全部想象都围绕着“红袖添香”伴郎写作，以为自己会像旧式妇女那样做一个大作家的贤内助。我就有这样的榜样——我的外婆。我外公是大学教授，我们这代人生活中似乎都有一个了不起的外婆。我外婆一辈子都像信徒崇拜偶像似的仰慕我外公，她一生都称外公“先生”，即使只有他们俩在场也恭恭敬敬地称她的丈夫“先生”。大学毕业那个夏天，在我的坚持下我和钟涛匆匆地结婚，匆匆地有了孩子。然而，婚后“红袖添香”的日子比南柯一梦还要短暂，我的偶像很快就让我信仰破灭了，接着是过山车似的剧烈震荡，出国，做生意，离婚，破产……

“你对苦难缺乏理解和同情，太骄傲，《圣经》说：上帝阻挡骄傲的人……”

“哼，你也配搬出上帝？”

我回复道：“我在上帝眼里和在你眼里肯定不是同一个人！”

“好吧，不打击你，想写就写吧，不要在乎结局。”

我能想象钟涛敲这一行字儿时脸上的傲慢和不屑。

当年我对他的崇拜依然惯性存在于他的下意识里，提及写作他总会摆出大巫见小巫的架势，而我相信我几十年写字谋生练就的功夫，好比乌龟与兔子赛跑，如今接近终点了，谁还敢说乌龟跑不过兔子？

董丽雅和卡卡同时留言表示支持。看到他们俩的头像上下并列着，我暗自感叹：这两个人究竟是什么缘分呢？

我还没有想好要不要告诉卡卡他的“冬妮娅”今安在。

接着，我看到来自贝贝的评论：

“给他人作嫁衣裳有什么不好？一针一线，按劳取酬，写书挣不到钱，说不定还要自费出版。”

很真实，也很残酷。

冰水灌顶，凉透了我的心。

我的女儿打击我从不心慈手软。

9

钟涛寻找卡卡的过程并不费周折，他的外婆在教授家附近捡破烂，直至卡卡重新回到教授身边，她才停止了捡破烂的营生回到正常的生活状态。钟涛有个小学同学的父母也是大学教授，认识卡卡。老同学听说钟涛要找卡卡，以为他想从卡卡手里“进货”带去北京贩卖。这很正常，那时候下海经商像一场史无前例的大运动，十亿人民九亿商人，尤其是南方的沿海城市，走私货物的贸易十分活跃。

卡卡怀揣着几块台湾生产的塑料手表到餐馆跟钟涛见面，两人推杯换盏很是投缘。听说卡卡有意去北京发展，钟涛立刻拍胸脯表示愿意鼎力相助。卡卡惊喜地认为自己遇上了命中的“贵人”，得知钟涛在北京一家著名的文学出版社工作，而且还是一个小有名气的青年作家，他没有拿出塑料手表做生意，而是投其所好谈文学。当作家也是卡卡的梦想，他没有考上大学，但在大学图书馆读遍中外小说名著。

钟涛有意选在西街一家小餐馆跟卡卡见面，他们落座的位置透过玻璃窗能看到马路对面的油条铺。阿蹁的傻老婆已经满头白发了，坐在门口嗑瓜子看风景，店里装修了，摆上几张简陋的小木桌，除了豆浆油条还卖盖浇饭。

阿蹁和卡卡生离死别的场景在钟涛的记忆中印象深刻。他有着超群的记忆力，能凭记忆再现许多往事的细节，譬如阿蹁那天的脸色、痛苦而狰狞的目光和杂乱的胡须，年幼的卡卡穿着粉红的小罩衫，手里攥着一块糕点……

记忆力太好有时会让他感到孤独，因为他经常无法跟别人分享往事，例如他的姐姐对阿蹁和卡卡的印象就很模糊了，在钟涛启发下，姐姐也就疑疑惑惑地说好像有那么回事儿。

钟涛说：“我是在这条街长大的，这里是我写作的源泉，我写过对面那家油条铺的故事……”

卡卡朝窗外望了望，不解地看着钟涛：“这家油条铺有什么特别之处吗?”

“小铺最早的老板是一个残疾人，西街人都叫他阿蹁，困难时期他收养过三个弃婴……”

“哦，善良的人……”

卡卡有些疑惑，好人好事也值得写小说吗？

钟涛从卡卡的神情里解读到他对油条铺和阿蹁毫无印象。

这也难怪，那时候他才四岁，钟涛记得许多四岁之前的事情，但大多数人四岁之前的记忆是空白的。

钟涛很想知道卡卡从保姆家离家出走都经历了什么，为了引导卡卡打开心扉畅所欲言，他率先交浅言深说了很多不为人知的苦难和隐私。关于他的情人和他的妻子，十六岁那年夏天他跟十七岁的梨花在大樟溪边上一棵柳杉树下偷尝禁果，从此无可救药地迷恋梨花的肉体。他以为她会是自己未来的妻子，不论母亲怎样棒打鸳鸯都不能禁止他跟梨花做爱。可是上大学不到一个月他就意识到跟梨花不会有结果，但他们从未了断关系，梨花一直悄悄地站在他的背后，随时随地只要他转过身，他们就会纵情恣意地做爱，他仍然像少年时代那样迷恋梨花的肉体。他和妻子的关系始于校园恋情，当时的心态就像《红与黑》里的于连，妻子的外祖父是他们大学著名的教授，她还有几分姿色，有几个和他一样有着于连式征服欲望的男生明里暗里展开角逐。教授的外孙女对他情有独钟，面对如此诱惑怎能拒绝？他不知道自己是否爱过她……

钟涛掏心掏肺自我解剖并没有打开卡卡的话匣子，作为回应他讲了“冬妮娅”的故事，美好而浪漫。

北上列车四十多个小时朝夕相处，钟涛发现卡卡的记忆具有选择性，他像切除肿瘤一样彻底清除他不愿意重温的记忆，同时无限放大能让他获得尊严的记忆。这是一种自我保护机制，钟涛心疼地猜想着这个身世飘零的弟弟曾经遭受了怎样的磨难？所以卡卡撒谎成性在钟涛看来无关品德。日后他们交往中钟涛总是小心地保护卡卡，为他的谎言圆场，也因此放弃了“认亲”仪式。

卡卡心知肚明给他最多爱和温暖的不是他挂在嘴里的“爸爸妈妈”，而是教授家的保姆汪姨。很小的时候他就隐隐约约地知道自己不是教授夫妻亲生的孩子，怀疑汪姨是自己的亲生母亲，至今也未能解惑，但他并不想去厘清其中的是非曲直。他常提起的“妈妈”在他六岁之后再也没有见到，他重返教授家的时候他们夫妇已经离婚了，他几乎想不起来她的相貌了。

卡卡有时会说起汪姨，最让他引以自豪的是他出资为晚年的老保姆家翻盖了房子，这是他成功和完美人品的证据。

他自小跟汪姨睡一张床，总是通宵达旦地钻在汪姨温热柔软的怀里。他的“妈妈”从来没有抱过他，也没有给过他好脸色，“妈妈”经常生气。那时候“爸爸”的日子不好过，每天拿着大扫把灰头土脸地上街扫地。后来才知道“爸爸”是教授，因为出身资本家家庭被造反派关押一年多之后被罚去扫大街，“妈妈”受“爸爸”牵连也被罚去洗厕所。“妈妈”对“爸爸”怨气冲天，两人经常吵架。汪姨的小屋是卡卡的避难所，他在那间不足十平方米的保姆屋里听汪姨讲鬼怪精灵的故事，听她唱小曲儿，她还会变魔术似的变出各种好吃的，鸡蛋、饼干、花生米……

汪姨年轻时不堪丈夫的家暴进城做保姆，教授家是她第一个也是唯一的东家。“文革”初期她被造反派赶回老家，没过多久被丈夫打得头破血流的她又跑回来，这时教授夫妻工资被造反派扣压，每个月只发放一点可怜的生活费。汪姨坚持留下不要工资，一如既往地照顾教授两口子的饮食起居，白天教授夫妇出去扫街洗厕所，她就去建筑工地做小工搬砖挑水泥，把挣到的工钱寄回老家。

卡卡六岁那年教授夫妇下放去北部山区，教授的妻子坚决不肯带卡卡和汪姨。他们两口子结婚十年没有生孩子，一直有领养孩子的计划，卡卡刚抱回来的时候，“妈妈”曾经试图接受这个孩子，但是两年多的相处她越来越不喜欢这个孩子，她忘不了在油条铺看到阿蹁的傻老婆和一群脏孩子，无论如何都不能接受自己的孩子的遗传基因来自这样的家庭。为此原本紧张的夫妻关系更是雪上加霜。教授的妻子想借着下放搬迁的机会把卡卡送回油条铺，教授不同意，阿蹁临死前托孤，他承诺照顾卡卡长大成人。教授只能把卡卡托付给汪姨，他负担抚养费。

卡卡跟着汪姨一程车一程船，汪姨挽着包袱背着他又走了十多里乡间小路才到家，卡卡从来没有见过那么破那么黑暗的房子，到家时天已经黑了，灶台边点着一盏小油灯。汪姨把背上的卡卡放下来，双脚刚落地他就哭着要回家。黑暗中走出一个目光凶狠的男人，走上前打量汪姨和卡卡，恶狠狠地责问：“你弄个小杂种回来什么意思?”汪姨和声细语地解释着，卡卡一个劲地哭，男人吼道：“再哭就把你丢到后山喂狼!”

卡卡还是哭，男人伸手要打他，汪姨一把拉住他，跪下哀求："可怜可怜这个孩子吧，他爹妈落难了，他也不白吃咱们家的，教授给了我一笔钱，以后还会按月寄钱……"汪姨解开包袱，从一件衣服口袋里掏出用橡皮筋捆成一卷的纸币交给丈夫。那是临行前教授背着妻子悄悄塞给汪姨的。十几张面额十元的现金让凶恶的男人安静下来，那时候汪姨每个月的工资才六块钱，她的丈夫一年劳作也才挣不到三四十块钱，村子里没有谁家能拿出一张十块面额的钞票。

这个家最难熬的不是贫穷，是这个男人无时无刻的暴虐。他总是无中生有大打出手，甚至连家里的老母鸡也不放过。卡卡亲眼目睹他发怒把一只刚下了蛋咯咯叫的母鸡扑倒，双手一拧鸡头落地鲜血四溅，这噩梦的一幕让卡卡很长时间里一看到汪姨丈夫就浑身发抖小便失禁尿裤子。

年幼的卡卡本能地抓住汪姨这根救命稻草，寸步不离地跟着她，晚上钻在她怀里睡觉，彻夜搂着她的脖子不肯松手。汪姨也更加呵护他，走哪儿都带着他，她买了鸡蛋线面放在邻居家，经常佯装串门带卡卡去补充营养，她自己的三个孩子却因为吃不饱瘦得皮包骨头。

卡卡在那个男人制造的恐怖和汪姨奋不顾身的爱中生活了三年多，他已经是村里的小学三年级学生了。这年的端午节，汪姨包了粽子，悄悄让她的大儿子给娘家父母送去一捆粽子，不料让丈夫撞见了，他跟娘家人从一开始就剑拔弩张势不两立，要求老婆孩子跟娘家老死不相往来。他夺下儿子手里的粽子扔到水田里，拔腿回家，一进门便不分青红皂白把刚煮好的一锅粽子掀了，抄起板凳朝汪姨砸去，汪姨应声倒在血泊中。放学回家的卡卡看到这一幕，他以为汪姨死了，汪姨的丈夫嘴里还骂骂咧咧着，一股鬼使神差的力量让卡卡抱起那把板凳砸向汪姨的丈夫。凶悍的男人一个踉跄差点摔倒，回过头两眼喷火地看着卡卡，在这个山高皇帝远的地方，方圆几里地没有人敢惹他，就在他发愣的几秒钟里卡卡拔腿跑了，汪姨丈夫举着锄头追出村口直至卡卡的身影彻底消失……

在此之前，卡卡已经有过两次因为家暴离家出走的经历，那两次都滞留在县城长途汽车站，那里有跟他年龄相仿的流浪儿，每回都被哭成泪人的汪姨找到带回家。汪姨曾经让卡卡代笔给在北部山区的教授夫妇写信，说她要带着卡卡去找他们，跟他们一起生活，教授夫妇没有回信。卡卡能背得出教授夫妇的地址，但是他不想去找他们，三年多的隔离对一个孩子是相当久远的，“爸爸妈妈”在他印象中已经很模糊了，况且之前他们之间几乎没有亲情互动。村里人风言风语说他是汪姨在外面生的孩子，他隐隐约约地听到过，回家问汪姨：我是你生的吗？汪姨不置可否地笑笑。从那以后他便坚信自己是汪姨的孩子。

卡卡轻车熟路跑了二十里地到县城车站，因为害怕汪姨丈夫追杀，他爬上一辆开往省城的长途汽车，车轮开始转动，他才想到死去的汪姨，躲在角落一路痛哭，有好心人问他怎么了，他说：“我妈死了……”

省城车站同样有不少流浪儿，他们接纳了卡卡。这是一群因为各种不幸离家出走的孩子，其中有父母被关押的，有父母双双自杀的，还有和卡卡一样不堪家暴的，他们白天靠乞讨偷窃甚至抢劫果腹，晚上在某个旮旯抱团取暖，遇上警察驱赶追捕，他们就扒火车离开，辗转在省内各个大小城市……

卡卡不知道汪姨并没有死，更不知道当天夜里汪姨就带着伤赶赴县城，从此踏上漫漫寻找之路，几年里找遍省内所有县城，和卡卡一样风餐露宿，沿途靠乞讨为生……

钟涛曾经借探亲之便，登门拜访教授家，那时候的钟涛还没有放弃当作家的梦想，雄心勃勃要写一本西街的“百年孤独”，每次回老家都花大量的时间跟上了岁数的街坊亲戚聊天采访。

在教授家他见到汪姨，汪姨找到卡卡，带着他回到教授身边，再没有离开，一直照顾体弱多病的老东家。汪姨知道钟涛是带卡卡去北京的“贵人”，说了很多卡卡儿时的坎坷经历，再三嘱托钟涛照顾卡卡。离别前钟涛含着眼泪拥抱了汪姨，那一刻他自怜地想到汪姨给卡卡的母爱是他的母亲从未给过他的。

钟涛还曾经试图去汪姨老家采访，挖掘那个“恶魔”的故事。他曾经是村里世世代代唯一考上大学的“状元”，他所在的村子因为出了个“状元”而名噪一时。村里人自愿凑份子为他筹集盘缠，公社领导调来一部拖拉机送他到县城长途汽车站。不料一年之后他灰溜溜地被遣送回乡，据说是因为他写了一首小诗在校刊上发表，他的同宿舍同学揭发他的诗里隐藏着“反动思想”。他与同学交恶的起因是宿舍里有人丢了一支钢笔，大伙一致怀疑是他偷的，因为他来自农村，穷得毫无尊严。他只有一双鞋，因为害怕穿坏了，总是光脚去上课，他的洗脸毛巾是旧衣服剪下的一块破布……钟涛想研究这个人物，弄清他的悲剧是社会造成的，还是性格所致。

庞大的写作计划止于上个世纪九十年代之初，钟涛忽然觉得做生意挣钱比文学创作更能激发他的生命力，更让他惊喜得意的是发现自己有着与生俱来的生意头脑。八十年代如雨后春笋的文艺复兴似乎悄然地偃旗息鼓了，所有人都急功近利地想挣钱。作家这个头衔像陨落的流星变得黯淡无光，成为无能、贫穷、不合时宜的代名词。至今仍如此，若是一个无名之辈声称自己要当作家，必然会招致耻笑，在某一档著名的相亲节目就有这么一个傻小子声称自己要当作家，顿时引来十二个女嘉宾异口同声的刻毒讥讽……

10

我家小葡萄是不用电池的绿色闹铃，每天发作两次，早上七点唤我起床，傍晚五点半唤我出去遛弯。

这个早晨，小闹钟把我唤醒，我们“母女”在床上亲热几分钟，我抓起手机，小东西冲进卫生间，蹲在浴缸边耐心陪伴我“君临天下”。

打开手机，微信里诸多“奏折”都被董丽雅的一连串小视屏淹没，她买了挪威当地4G卡，随时随地任性刷屏。

老杰瑞对董丽雅整天抱着手机玩很不以为然。他使用的手机还是老式的诺基亚，只能打电话和发送文字信息。他顽固地抵制智能手机，认为那和网络游戏一样是这个时代的“电子毒品”，占用了人们读书和思考的时间，祸害无穷。老杰瑞劝告董丽雅应该把时间用于回忆和思考，配合他的写作，他将在这本书里专门向她致谢。董丽雅我行我素玩着手机，她已经不是北京外交公寓那个梦想吃天鹅肉的女佣了，无欲则刚，每一天都可能是末日狂欢。况且在那个与世隔绝的小镇，她开始感到寂寞难耐了，北京摩肩接踵的人堆让她怀念。她直言不讳地告诉老杰瑞：我是中国人，我的DNA喜欢热闹，手机里有微信，微信的朋友圈可以让我感觉我还在北京。她还跑去教堂凑热闹，手脚并用比画着跟当地人交流，竟劝说老杰瑞去教堂，老杰瑞说：我是一个无神论者怎么可以去教堂亵渎别人的信仰？她说：既然是无神论就不存在亵渎，我希望你能交几个朋友，免得我不在了，你孤苦伶仃。老杰瑞笑笑：我可以去北京找你。她的肚子像被锐利的刀尖扎了一下，让她记起自己的病痛，佯装潇洒地说：你找不到我，我周游世界的万里长征才刚刚开始……

她已经开始熟悉周边环境，可以撇开老杰瑞独自闲逛了。这会儿她穿过一条蜿蜒的小路走到几公里之外的峡湾岸边，在山坡的高处坐下，看着水流、游船和远远近近的瀑布，偶尔有一两艘游船驶过，船上的游客几乎都是黄皮肤黑头发。世界的每一个角落都能遇到中国同胞，如今世界虽大却不再神秘。

她置身在浓墨重彩的山水画卷之中，继续想着如何更好地讲述她的中国故事，她真心想帮助老杰瑞完成写作心愿，但显然很难满足他先入为主的好奇心。

今天一早，老杰瑞炮制了咖啡端到院子那棵树下，启发她回忆她的父母与“反党集团”的瓜葛。

她感到很无奈，苦笑道：“你真是一根筋啊……”

老杰瑞想了想，谦虚好学地问：“我是一根什么？”

董丽雅忍俊不禁地一阵笑：“意思是你很固执……”

“嗯，我同意，我就是很固执。”

“我十八岁以前的故事已经全部都坦白交代了，我不想为了敷衍你睁眼说瞎话编故事……”

“董小姐，你经历了‘文化大革命’啊，全世界都知道那是一个很可怕很荒唐的时代，你是不是害怕回北京以后会有麻烦？不要害怕，如果需要，我会帮助你……”

董丽雅觉得自己被逼到黄河边上了，她奋起反击突破老杰瑞的围堵。

“老杰瑞，你忘了你比我大十几岁，而且你生长在西方世界，你觉得那时候的中国很荒唐，可是我不觉得！”

老杰瑞吃惊地张大了嘴巴：“哦？”

“‘文化大革命’开始的时候我只有三岁，从我有记忆开始周围的人都在革命，都在读语录，看样板戏！一个人生在什么样的世界，理所当然地认为那一切都是正常的，我不可能先知先觉！翻过这一页吧，‘文革’之后的中国难道不精彩吗？这三十几年，每一个中国人的故事都很精彩，我的故事可能更精彩……”

老杰瑞无言以对了，默默地喝了几口咖啡：“好吧，我接受你的意见……”

……

不过，通过断断续续碎片式的讲述，她明白一个道理：父母的爱庇护了她和弟弟，无论生活怎样动荡，父母遭受多大压力，都没有给他们姐弟的童年留下阴影。同时，她也疑惑：自己成年之后遭遇诸多坎坷，是否与父母的过度保护有关？她耿直善良，对任何人都没有防范之心，完全不知道世上有那么多的欺骗、背叛和诡诈，每一段感情都投入真心，结果是一次又一次飞蛾扑火粉身碎骨……

上个世纪八十年代初，北京黄寺一个高干子弟家的黑灯舞会，是董丽雅人生的一个分界线。

在这之前她是爸爸妈妈精心呵护教导出来的乖乖女，思想单纯，追求进步。爸爸英年早逝没能带领全家返回北京，爸爸的老上级派秘书出面“走后门”安排她进入电影剧团。奔赴北京报到，放下行李，她做的第一件事情是独自跑到天安门，凝望城楼上的毛主席照片流泪啜泣，发誓要努力学习好好工作，争取早日加入中国共产党，这也是临行前妈妈的谆谆叮嘱……

说到这里，她撞见老杰瑞瞪着错愕的眼睛。

“真的吗?”

“是的！这是发生在我身上真实的故事！如果你继续顽固不化先入为主，你的书出版以后，我会发表声明，说那是你凭空杜撰的!”

“当然，当然，只是我需要一些时间思考和理解……”

“所有打动人的作品都源于真实的生活，难道不是吗?”

老杰瑞粲然一笑：“是的，是的……”

剧团女生宿舍每到傍晚就会有很多年轻或不年轻的男人蜂拥而至，多数是京城的干部子弟，也有个别来自香港的生意人或海外华侨，从装扮能看出他们跟北京本地男生的区别，那时候北京干部子弟还都爱穿军便装。一个个打扮得花枝招展的姑娘从楼里出去，被男人带走，有的半夜回来，有的彻夜不归。

董丽雅的同屋小芳曾经在两部电影里露过脸，在剧团里不算什么，但在那些男人眼里她就是一个大明星，约她的男生最多，每天从早晨开始楼下把守电话的大妈就扯着嗓子喊：“小芳！电话!”男人们给她送各种礼物，墨镜、口红、丝袜，五花八门的小东西，包装上都印着英文。有一回她把写着“shampoo”的一瓶液体当成护肤膏，还让董丽雅一起用，两人用了好几天才发现不对，一致认为这瓶护肤膏过期变质了。小芳很生气，再也不搭理送她“shampoo”的香港男人。

这天是小芳的生日，一个高干子弟要在家为她开生日派对，小芳邀请董丽雅一起赴宴。早早地就有一辆军用吉普在楼下等着她们，董丽雅化妆打扮欣然以赴。随父母南迁多年之后再回北京，这座大都市并没有张开怀抱欢迎她，剧团大门之外没有一个熟人和朋友。在北京过第一个中秋节的那天，她给父亲的老上级家打电话，想去串个门儿，接电话的女人漠然地说“他不在”就挂断电话。“独在异乡为异客”几个月了，今天受邀成为京城家庭派对的客人，董丽雅觉得这是她重新成为北京人的机会。

吉普车里有两个穿军便装的年轻男子，小芳坐在副座，开车的男子不时地把手搭在小芳的肩膀上。另外一个男子和董丽雅并排坐在后座，两个男子说着什么可笑的事情，车里一阵阵的哄堂大笑。因为言语中夹着北京俚语和只有他们自己能听懂的暗语，董丽雅没有笑，像一个刚进城的乡下姑娘，内心怯弱自卑，一路上她都侧着脸看向车窗外面。

在小城那些年，她是人们眼中的北京女孩，漂亮出众，她打心底里认定自己是北京人，如今她湮没在一大群漂亮女孩当中，毫不显眼，所有人都把她当成外地姑娘。剧团老师指出她必须克服南方口音。她不会发“儿”音，分不清“哥儿们”还是“哥们儿”；有时还分不清前鼻音和后鼻音，例如“船”和“床”。

董丽雅回到朝思暮想的北京，还来不及陶醉就陷入前所未有的不自信。

小芳和两个男子在讨论“老莫”和“新桥”。

小芳大声嚷嚷：“老莫！老莫！”

董丽雅不知道何谓“老莫”，何谓“新桥”，怕露怯不敢问。

吉普车在停车场停下，抬眼看到有着俄罗斯风情的建筑，她记起这里是莫斯科餐厅，当初离开北京前夕爸爸带全家人在此吃过一顿大餐，奶油蘑菇汤给她留下深刻的印象。

餐厅包间里来了一拨又一拨年轻男女，董丽雅破天荒地喝了几杯洋酒。酒足饭饱之后一行人转场去黄寺，在一个高干子弟家跳舞。音乐响起，灯光熄灭，七八对男女搂在一起脸贴着脸，踩着节奏晃动。她的舞伴是跟她一起坐在吉普车后座的男生，小芳请她似乎就为了给他配对，刚才在老莫餐厅男生殷勤劝酒，这会儿他搂着她，脸贴着脸。她心里比任何时候都清醒，想到远在南方的妈妈，还想到没有交出去的入党申请书，为自己的堕落感到害怕，想逃离，可是她的身体却被酒精麻醉了，绵软无力，天旋地转，一支舞曲之后彻底失忆……

第二天迷迷糊糊醒来，头痛欲裂，先是闻到一股男人特有的浓烈的体味，睁开眼睛发现自己睡在凌乱的房间、凌乱的床上，董丽雅疑惑自己还在梦中。呆怔许久，她感觉到自己身体有些异样，意识到发生了什么，顿然酒醒从床上弹跳起来，床单上一摊血迹，五雷轰顶莫过于此，她双腿发软蹲在地上号啕大哭。

那个男生走进来，直到这一刻她还不知道他的姓名，他抱住她说："没想到你还是处女，我会对你负责，做我的女朋友，好吗？"

她攥紧双拳挥舞着朝他脸上身上胡乱捶打，歇斯底里地叫骂道："流氓！坏蛋！"

十八岁的她对爱情有着无限美好的憧憬，她在等一个属于她的白马王子，幻想着她和他浪漫邂逅如童话故事，一见钟情，海誓山盟，白头偕老……

现实竟是如此残酷，莫名其妙地失身在乱糟糟臭烘烘的房间，一个光着膀子穿着小裤头的男生要她做他的女朋友！她绝望得想一死了之。

他每天骑着二十八英寸永久牌自行车到剧团找她，她真的成了他的女朋友。他蹬着那辆自行车带她游遍北京周边的山山水水，大约两年多时间里他们拥有一分清贫而踏实的快乐。两人的工资加起来还不到一百块钱，月初到处吃喝玩乐，常去老莫、新桥，到了月底只能买街边的烧饼充饥，照样骑着车疯玩找乐。虽然故事的开始并不怎么美好，但是她越来越爱他，越来越依恋他。她对自己的演艺事业也越来越不在意了，剧团里年轻演员们为了出演一个电影里的小角色明争暗斗，甚至不惜出卖色相，董丽雅却乐得清闲。有一次导演到剧团挑演员，她被选中，试镜通过，听说剧组要去外地拍戏好几个月，她无法忍受跟男朋友如此长时间分离，于是打退堂鼓，拱手将机会让给别的女演员。

后来，他辞了工作跟朋友开公司做生意，倒卖纺织品和冰箱的指标，很快就腰缠万贯，买了一辆苏联生产的拉达二手车，成为京城屈指可数的几个私家车的车主之一。他开车接送她，非常惹眼，她在剧团里的姑娘们羡慕的眼光里上车下车，很是飘飘然，有点小人得志的轻狂。

他教她开车，有一天夜里她驾车经过天安门，想起一家人流放南方古城的日子，那时候做梦都不敢想今生会有机会驾车穿过天安门；想起刚回到北京时的怯懦自卑，此时此刻，她感受到北京正张开怀抱欢迎自己，不禁心潮澎湃感动落泪，她相信未来的人生就像车窗前的长安街，平坦、宽敞，一帆风顺。

他和他的朋友把生意做到莫斯科，第一次从莫斯科回北京他带了一只名叫阿发的小狗送她，他们俩以“阿发爸”“阿发妈”互称，可是在阿发三岁那年，他以失联的方式结束了他们的关系……

分手多年之后，他们有过一次邂逅。那时董丽雅是一家咖啡厅的准老板娘，老板是来自台湾的黄念皖。她在柜台后面忙着对账，忽然听到一个北京男人的声音，顿时心跳加速，抬眼望去，看到一个身材彪悍的男人正在责骂新来的女服务生：“我要的是卡布奇诺！你给我上的是什么？你自己说！”多么熟悉的声音，她不敢相信安静的咖啡店里会突然冒出只属于前男友的声音，起身走上前。不等做出判断，前男友先认出她，旧恨新仇顿然在她的心中涌起，这个男人让她经历那么痛苦漫长暗无天日的失恋，想起来如同被硫酸烧炙从未愈合的伤口。前男友向她道歉，说当时离开她是有不得已的原因，说眼下他很落魄，生意破产，老婆带着孩子跟别的男人跑了。她根本听不进他的话，急切地告诉他，我过得很幸福，感谢你不娶之恩，并拿起电话把刚出门办事的黄念皖叫回来，当着前任男友的面扑进黄念皖的怀里，发嗲地叫“老公”，而其实那会儿她的“老公”还是别人的丈夫，前男友抓起放在桌子上的汽车钥匙起身离开……

再后来，她一无所有地住进合租房，四处找工作，其中有一个职位是某大公司的后勤人员。面试的那天，她提早去了，随手捡起一张公司的简报翻看，发现这家公司的大老板竟是她的第一任男朋友！造化弄人莫过如此。不知过了多久，秘书喊她的名字，让她进办公室面试，她丢下手里的简报落荒而逃……

老杰瑞神情忡怔地想着什么。

董丽雅沮丧了：看样子他对我的讲述没有兴趣，对牛弹琴了……

“老杰瑞，你不喜欢听我的故事，是吗？”

老杰瑞醒过神：“哦，不，我想起四十年前我喜欢的一个上海姑娘，那时候我在上海大学学习古汉语，‘文革’还没有结束，不知道她后来经历了什么，过得好不好……”

“可以跟我说说你和她的故事吗？”

老杰瑞有些羞涩的一笑：“我想应该把那段故事写进我的书里……”

董丽雅得意地大笑，笑声响亮剔透：“这就对了！”

11

我坐在艺术区的一家小咖啡店里，抿着咖啡，盯着小路对面的窗户，那是我女儿租住的画室，我在等她睡醒来拉开窗帘。

咖啡店坐落在园区中心位置，放眼望去尽是装扮新潮的文艺青年，每个人都彰显出特立独行的风格，平庸的我在这里反而显得突兀和另类。

每一次来到这里，我都会有不真实和挫败的感觉，我仍然无法接受自己苦心栽培、倾尽所有送出国留学的女儿成为京漂艺术家的事实。

年轻的店长端着一块蛋糕，笑眯眯地走来：“阿姨，尝尝我们的新甜品，慕斯蛋糕……”

我仰起脸回应小伙子一个慈爱的笑容：“谢谢……”

别人家的孩子怎么都这么好呢？

想到曾经多少次一腔热忱来探访我的艺术家女儿，屡屡心灰意冷的不欢而散，我心里感慨万千。

贝贝也是这里的常客，店长知道这位阿姨又是在等待女儿的召见，他还见识过我们母女见面时剑拔弩张的场面。

年轻的店长是否暗自纳闷：这对母女的关系怎么会这样呢？

唯一的解释是我们上辈子做过彼此伤害的事情。

昨晚接到贝贝的电话邀请，让我来画室会面，惊喜之余难免忐忑：她又有什么要求？

窗帘终于拉开了，紧接着我收到贝贝的信息：给我带一杯摩卡。

我立刻喜滋滋地起身到柜台前，冲着店长说："我家小姐让我给她带一杯摩卡……"

我的口气像是通报喜讯，虽然从未与这位年轻的店长，同时也是艺术家的年轻人交流过关于我们母女的关系，但我从小伙子的眼神里能看出他的不解和同情，这让我很不舒服，总想粉饰太平。

贝贝穿着睡衣蜷在沙发里神情倦怠地喝着摩卡。

我在水池边洗着堆积如山的碗盘，心里琢磨：出什么事儿了？她没有像平时那样，一见面就迫不及待地嚷嚷着提要求，那简直就是债主逼债，今天一反常态的从容淡定，必是有一颗即将爆发的炸弹等着我。胡思乱想许多可能之后，忽然心头一惊：莫非怀孕了？

我在不同的场合撞见过她和不同的男生在一起，但是她从未向我正式介绍过其中任何一个男生，我每次小心翼翼地打探，总是被她嗤之以鼻。

那个男生也是一个京漂艺术家吗？她准备跟他结婚吗？或者她想做单身妈妈？

我的肩膀开始发沉，仿佛担当着一副沉重的担子，无论什么情况，她都会把孩子丢给我。就像小葡萄，她路过宠物店的玻璃窗，一眼喜欢上刚满月的小萌狗，花几千块钱买下它，半个月新鲜劲儿一过就丢给我。

我是否有能力迎接一个小生命？

"妈……"贝贝喝完最后一口咖啡，放下杯子，"别忙了，坐会儿……"

我擦干手走上前："宝贝，你怎么了？脸色不太好呢……"

"刚起床，别乱想，坐……"

我忐忑不安地坐在沙发边上的一把小椅子里："什么事儿这么严肃？快说吧，我的心脏受不了了……"

"我想把这间画室买下来……"

我一惊，口吃地问："那，那，要多少钱？"

"二百万左右吧……"

我女儿如此轻描淡写，让我感到惊愕，好像她只是想买一台电视机。

“每个月交房租，房东还总是涨价，不合算，以后我的画卖好了，换大画室，把这里卖掉，肯定挣钱……”

“问题是，你去哪儿弄二百万？”

贝贝的眉头一皱，挺直了身体：“卡卡叔没跟你说吗？现在是金融时代，钱生钱，房子生房子，其实，外国人早这样了，我在澳洲的房东零首付贷款买房子，租给留学生，几年之后，房子升值卖掉就能赚一大笔，比你坐在电脑前码字儿挣钱容易得多！”

“宝贝，这事儿有风险，而且风险很大，我们娘俩承受不了的……”

“人活在世界上每时每刻都有风险，过马路还可能被车撞到呢！”贝贝激动地站起来，双手比画着，“前怕狼后怕虎的都别活了！”

我在女儿身上看到我前夫和卡卡的身影，钟家一脉相承的不安分、欲壑难填。昔日被钟涛的欲望之火炙烤的感觉隔着一二十年仍然记忆犹新、痛彻心扉。我在脑子里运算着拒绝的后果和听命的后果，两者孰轻孰重？拒绝，我们母女会陷入难以缓解的冷战僵局；听命，我将可能重蹈董丽雅的命运，一无所有、居无定所。我和董丽雅的性格完全不一样，她天生有一颗吉普赛女人的心，喜欢流浪；而我非常恋家，老宅女一枚……

想到这里，我的脊梁发冷，额头冒汗。

接到召见懿旨，虽然心存疑虑，但我还是很高兴能跟女儿亲密接触，计划请她共进午餐，去吃我们母女都爱吃的日本料理。为了陪她喝日本清酒，我没有开车，步行两公里坐地铁到艺术区。我想借机向女儿倾吐衷肠，剧本“泥瓦匠”这个饭碗端不住了，我也不想吃这碗饭了，一拍两散，恰到好处。以我现有的经济能力完全可以不需要卖命工作，希望有时间写点自己的东西。我会很阿Q地告诉女儿：一切都是最好的安排，这是上天对我的启示，让我发现自己肩负使命。然后，调侃讥讽那些无知的投资人，拍烂片子编撰金融故事骗股民。我要争取说服贝贝，得到她的理解和支持，以后花钱省着点，不要再狮子大张嘴，别再买名牌鞋子、名牌包包……

我应该知道贝贝不会有兴趣跟我这个妈吃一顿没有意义的饭，没有兴趣海阔天空地说没有意义的话，如果有这样的闲工夫她宁可抱着iPad看韩剧或美剧。可是，只要隔一段时间不见面，我便会心无芥蒂地幻想我的女儿变成一个温柔体贴的乖乖女。

“妈，你说话呀！”

“哦，给我一点时间，想一想……”

面对这样近距离的“逼宫”，我只能含糊其辞，不肯定，也不否定，只想着如何金蝉脱壳。

“妈，我现在比任何时候都需要钱，一个艺术家没有金钱的支持，根本出不来，难道你希望我一辈子默默无闻，一辈子靠你养活？”

“哦……”

我想说：这就是我不愿意你学艺术的原因，你不是富二代，你妈没有能力一掷千金去捧红一个艺术家。

我算是艺术圈的“泥瓦匠”，知道那些默默无闻的所谓艺术家有多惨，没有名气的演员，长得再帅，也只能在剧组混一份盒饭吃；没有名气的画家的作品一文不值，丢在大街上连捡破烂的都不会弯下腰去捡。这个圈子挣钱跟勤奋毫无关联。

“我知道你能力有限，所以想折腾一下房子，挣了钱，请专业的公关公司做推广，到那时我的一张画最起码能换一间厕所，我会给你买别墅的！”

这分明是卡卡的口气，诗人和骗子的混合体。我女儿中了卡卡的毒，我还注意到贝贝从小直呼卡卡的名字，现在称呼变成“卡卡叔”了，他们最近一定有密切的互动。

这一刻，我恨卡卡。

“贝贝，你被卡卡洗脑了，过去你一直不喜欢他，觉得他爱吹牛，很可笑……”

“梦想失败了就成了吹牛，可是卡卡叔现在很成功，你不能再用过时的眼光看待他了……”

我抬起手腕，假装看时间，慌忙地站起来：“哟，我得赶去公司参加剧本讨论会，快迟到了……”

“明天我陪你去办银行抵押，行吗？”

我觉得自己被绑架了，被逼到墙角了，忍无可忍，终于爆发了，以高八度的声音叫嚷道：“这么大的事情，请你给我几天时间考虑！”

贝贝以同样高的声音吼道：“所有对我有利的事情你都不愿意去做，你还是我的亲妈吗？！”

……

很不幸，我们母女再次重蹈覆辙，不欢而散。

走出艺术区，我觉得自己就要瘫倒，浑身绵软无力，心里说不出的孤独和悲凉，就近在一家露天咖啡座坐下。

都说女人最怕嫁错丈夫，现在我才知道其中最惨重的代价是嫁错丈夫之后可能会生错娃儿。贝贝越来越像她的父亲，这让我经常陷入时空错乱，仿佛又回到那一地鸡毛的婚姻生活之中。

我一定是气糊涂了，拿出手机要给董丽雅打电话，在通讯录里看到董丽雅的名字，才恍然意识到她不在北京，霎时发现她在我生活中的角色竟是如此重要。此时此刻，偌大的北京城居然没有第二个我想见的人。我在北京媒体和影视圈工作近三十年，人脉广泛，可是真正能脱下面具一起哭一起醉的朋友，除了董丽雅我想不出还有谁。通讯录里上百个名字绝大多数是工作关系，相逢开口笑，过后不思量。

电话本里还有一个人，可以随叫随到，那是一个陪我度过许多悲欢离合的好男人，他在我的电话本里的名字是：老夫子。我们若即若离十几年，最初可能是我心里还没有真正跟前夫了断，而且当时年幼的贝贝对我和陌生男人的交往极为敏感和敌意，曾经离家出走以示抗议，我们只好从事“地下活动”，渐渐地彼此习惯了如此若即若离的关系，各自习惯了一个人的清静。因此，我们才能如此长久地一路走来。我们可以谈论天文地理和各自的喜怒哀乐，唯独不能涉及我的宝贝女儿。在他看来贝贝是被我和钟涛宠坏的孩子，我的所作所为完全不可理喻。我的理性知道他是对的，我的感性却抱怨他冷血，甚至认为是他对我的女儿缺少爱心而致使我们没能真正走到一起……

我用微信联系董丽雅："亲，我想你了……"

她立刻回复："跟女儿闹别扭了？"

"知我者莫过于董闺蜜。"

"哈哈，除此之外，你的老夫子会安慰你，别生气，回家，开瓶红酒，我也开一瓶，咱俩视频干杯，一醉方休！"

我回着信息，忽然想到不知哪一天我们的联系会中断，再也找不到她，顿时心痛难忍，大庭广众之下，泪水夺眶而出。

泪眼模糊中，我看到我女儿那辆红色MINI从艺术区方向驶来，穿过我的视线。

贝贝从澳洲悄悄潜回北京，用她的澳洲电话号码拨给我，要求寄钱买车，说同学都有车，她没有车，像个非洲难民被人看不起。我立刻用人民币换了澳元汇去，哪知道她就在北京，又把澳元换回人民币，买了这部车在艺术区招摇……

我的大众高尔夫已经跑十多年了，一直不舍得换，当初买这部车是为了接送读私立学校的女儿。贝贝从上小学开始一直有她爸爸的宝马奔驰接送，钟涛落难了，我不能让女儿的生活遭遇断崖式骤变，竭尽全力维持她继续读私立学校。私立学校的孩子父母都有车，一到周末学校门前豪车云集，我不能不买车。

我努力在女儿面前表现得慷慨，可是不管在她身上花多少钱也改变不了她对我的看法：小气。是啊，她小时候见识过她爸爸的慷慨，十岁那年生日，钟涛包下月亮河度假村一层楼，把她从幼儿园到小学的同学都请来狂欢，当晚烟火礼花放了整整一卡车。

贝贝十三岁之前是不折不扣的富二代，钟涛破产之后，尽管我努力减小她的落差，但她还是满心"落魄公主"的幽怨。

我认为我们关系紧张的根本原因是我挣的钱不够多，不能维持她富二代的骄奢生活，这让我寒心。我挣的每一分钱都是从键盘上敲出来的，我是一个耕耘不止的文字农民，字字皆辛苦，怎能跟当年她的父亲相提并论？

我回到家迫不及待地打开电脑，隔着万水千山，我和我的闺蜜面对面，分别启开各自的红酒，举杯对酌。

我幽怨地说："这三年多，我的心让我女儿剁成碎块，扔进垃圾桶，总有一天我会彻底放下她，转身离开……"

董丽雅扑哧一笑，赶忙伸手捂嘴，一口红酒还是喷了出来，她仔细地擦着电脑屏幕："我怎么觉得你像一个爱情得不到回应的少女呢？你是在跟你女儿谈恋爱吗？我的老闺蜜，你用错情了！"

她总说我对女儿的爱有点变态。

或许当初我应该让贝贝直面生活的变故，都说穷人的孩子早当家，如果我没有那样全力以赴却难免捉襟见肘地维持"富家女"的体面，今天我收获的会是另外一个女儿……

我终于对董丽雅说了卡卡的来龙去脉，他怎样深情款款地千呼万唤"冬妮娅"，还告诉她贝贝受卡卡指导准备"钱生钱，房生房"，我担心这会成为我们母女冲突的"核战争"……

"那是你自找的！18岁以后她想干什么跟你都没关系了！我们都是过来人，谁的青春不迷失？不犯错误，不叛逆，那样的人是行尸走肉，生下来就已经死了！"

我被董丽雅劈头盖脸一顿教训，醍醐灌顶，恍然大悟，把受伤的心医治好，等着下一次受伤。周而复始。

"还有，别告诉那个卡卡我的下落，我不认识他，他的冬妮娅跟我没有半毛钱关系，我可不想被他编进成功人士的故事。"

"我也是这么想的。"

"最后，重要的事情，我要说三遍，守住房子，守住房子，守住房子！"

我已经很久没有吃安眠药了，昨晚喝了红酒也睡不着，下半夜起来吃一片安定，这会儿小葡萄还在呼呼大睡，我已经早早地醒了。

我答应董闺蜜守住房子，却心猿意马忐忑不安，万一最终证明卡卡的操作真实可行，我岂不是要被女儿抱怨一辈子？

为贝贝买房子一直是我发自内心的愿望，自从得知她放弃金融专业，中断学业，在艺术区当一名京漂艺术家，我就有了这个念头。我希望她在追逐成名的路上不至于因为贫穷而饥不择食，希望她交往男朋友没有金钱的考量。

我的职业规划是熬到贝贝完成学业，不论她留在国外，还是回国，有一份体面的职业，我就放弃“泥瓦匠”的工作。当初为了挣更多的钱维持女儿昂贵的生活，我从杂志社跳槽到影视公司，临时抱佛脚，白天去电影学院编剧班进修，晚上拿着计时器看电视剧，计算每一集多少场，每一场几分钟，到今天总算熬成“老工匠”了。收入可观，我却总是去意彷徨，因为这是一份侮辱智商的工作。在资本运作介入之前，有话语权的是那些没什么文化却能弄到钱的制片人，他们最感兴趣的剧本是：婆媳战争、第三者插足、亲人反目……有一个山西女人，小学文化，对剧本的要求是每一集都要有“扇耳光”的戏，第一集“扇耳光”要发生在前五分钟。还有一个转业军人，喜欢多角恋爱和白血病。如此种种，无奇不有。令人不可思议的是，他们都在影视圈生存得很好。山西女人和转业军人都开了自己的影视公司，目前也都得到上市公司的青睐，即将摇身成为亿万富翁。我也遇到过高智商、高学历的制片人或老板，学富五车，有情怀，有追求，他们的下场都很惨，片子卖不出去，即使卖出去收视率也很差。通常是第一部片子出师不利，再也没有金主给他们投资，从此黯然告退，悄无声息……

我的老夫子经常听我抱怨工作，每一次都劝我辞职，说做自己喜欢的工作是人生之幸，反之，为“稻粱谋”做不喜欢的工作，则是莫大之不幸。他从小痴迷历史，读历史系，在历史研究所工作，历史学学者是他一生唯一的名片。他比我脱俗，也比我幸福。我没有告诉他，我身在曹营心在汉却又优柔寡断，是因为我的女儿。

贝贝没能如我所愿成为金融白领，我的负担不但没有减轻，反而更加沉重。继续供养她，支持她参加各种艺术活动，还默念着给她买房子，无奈稿酬增长的速度追不上疯狂膨胀的房价……

我想起外婆送给我的翡翠手镯和挂坠，伸手从床头柜里取出首饰盒，把手镯和挂坠都戴上。外婆把这两件宝贝交给我的时候叮嘱我要经常佩戴，说翡翠是活的，需要气血滋养，反之，它也会滋养主人的气血。因为戴在手上写字打字碍事儿，我一直把它随便地放在抽屉里。董闺蜜见过我的传家宝，表情夸张地惊呼“价值连城”，于是我再也不敢那么怠慢了，赶忙把它装进首饰盒，放在床头柜里，时常晚上睡觉前把它戴上，好让它得到气血的滋养。

现在，我多少也知道一点翡翠鉴赏的专业术语，A货，水头足，剔透，外婆给我的传家宝应该是介于玻璃种和冰种之间，如果我的判断没有错，可能真的值不少钱。

抬起手腕盯着手镯。

它值多少钱？够给贝贝换一间画室吗？

我为这一闪念感到震惊，怎么可以有这样的想法？每一次抚摸手镯和吊坠我都能感受到外婆的体温，出卖这两件首饰无异于背叛。

钟涛最狼狈的时候，欠债无数，其中有一笔是工人的工资，十几个工人四处围堵他，最恐怖的是围堵到我的家门口，扬言要绑架贝贝，吓得我赶忙把贝贝接到身边，不敢回家，躲在一家价格低廉的招待所里。之前，我已经倾尽所有帮助钟涛了，银行账户里剩的钱都不够交贝贝读的私立学校的学费。逃难远走他乡的钟涛电话遥控指挥我变卖手镯，他已经找好了买家，我坚决不同意，他勃然大怒，斥责我不顾女儿的死活。无奈之中，我记起董丽雅，那时她和台湾男朋友黄念皖正在开第二家咖啡店，当即揣着手镯去咖啡店找她，用手镯作为抵押借款十万。第二天董丽雅送钱给我，把手镯还给我，说当时收下是为了做样子给黄念皖看。

就在那天，我才知道我的董闺蜜跟台湾男人商场拼杀这么多年，没有为自己存下一分私房钱。他们俩没有合法的婚姻关系，这让我有一种不祥的预感，心里隐隐地有一点为她担忧。可这就是董丽雅，为男人赴汤蹈火肝脑涂地的董丽雅。

我以为钟涛在我的生活中已经成为传奇笑谈，有时候我甚至会对关系并不怎么亲密的朋友，把前夫的故事当作茶余饭后的谈资，每每博得哄堂大笑。却不料，隔着遥远的岁月他阴魂不散卷土重来，借着他的女儿再一次将我捆绑在欲望的过山车，让我永无宁日……

贝贝还会“逼宫”的，躲得过初一，躲不过十五，她跟他的父亲一样，每当一个欲望萌生，星星之火迅速地成为燎原大火，不惜一切代价也要让欲望得到满足，哪怕剁了他的胳膊、卸了他的腿。毫无回旋余地。

树欲静而风不止，我该怎么办？

12

钟涛是福州鼓岭附近一座小庙的常客，这里的住持是他的忘年好友。隐居大樟溪之后，每隔一段时间，他就会云游出走，带上梨花亲手制作的香菇、笋干、茶叶，跋涉几十里地，到庙里挂单住上几天。

他在人生的巅峰状态，几乎没有任何预警地跌落谷底深渊，别无选择地踏上逃亡之路，目的地是当年母亲带他和姐姐下放的山沟沟。路经福州，他没有惊动父母和姐姐，在火车站用投币电话联系梨花。除了梨花，包括我在内，没有人知道他的下落。梨花随即变卖了她在省城开的小饭馆，两人一起隐居大樟溪。

挥金如土的富豪一夜之间沦落到身无分文，靠梨花供养，他适应不了这样的变故，嗜酒如命，但愿长醉不愿醒。梨花掏钱买遍村里所有人家自酿的酒，钟涛无时无刻地喝，整整一年不曾一刻清醒。过量的酒精让他大病一场，他拒绝求医，一心求死。梨花也认识庙里的老住持，钟涛曾经带她到庙里避暑度假，那会儿他们假装分居不同的房间，却夜夜贪欢。当时的他有钱，用钱满足所有的欲望已经不新鲜、不刺激了，有时候从歌厅带小姐开房，他连碰一碰小姐的欲望都没有，直接付钱了事。在禁欲的寺庙偷情，让他找到久违的新鲜、刺激，雄风重振……

在庙里苟且一直让梨花感到后怕，钟涛落难证实了她的担忧，冒犯神灵必遭惩罚，她雇了一部车送奄奄一息的钟涛到小庙，哭求老住持救助。安顿好钟涛，她在佛像前流泪忏悔、长跪不起。

死而复活之后，钟涛对宗教产生了兴趣，频频到庙里挂单。可是，他内心的骄傲阻挡了他与宗教的缘分，读的经典越多，想法越离经叛道。

他喜欢和老住持一起坐在小庙后院，望着五岭逶迤、流岚缥缈，喝着茶，谈经论道。他坚持认为《心经》是反对偶像的，因此怀疑当今佛家从根本上背离了释迦牟尼的原旨。

老住持总是不以为意地笑笑，修行无止境，且见仁见智，他从不以权威自居。实际上，在佛教界他也属于另类，至今他创建的小庙都没有得到正宗的“册封”，没有法卷证明他的传承地位。翻过两座山头就是著名的鼓山千年古刹，那里的出家人以正统自居，他们的住持、方丈都是副厅级干部，那些正宗的僧人根本不把这座小庙里的“野和尚”放在眼里。

钟涛与老住持结缘是因为卡卡，当年为了探寻卡卡少年时代的轨迹，钟涛找到这里，跟住持成了好朋友。他发达的时候，曾经捐助一笔善款修缮扩建了残破不堪的小寺庙。当时这么做并不是出于对佛家的敬仰，而是为了报答老住持对卡卡的救命之恩。

九岁的卡卡加入流浪儿群体，很快就学会了乞讨、偷窃、抢劫，十八般武艺样样精通。他和他的兄弟们时常进出派出所，每一次他都痛哭流涕地告诉警察，爹妈都死了，记不清自己是哪里人。他的确不了解自己的身世，唯有汪姨经常出现在他的梦里，每每伤心欲绝地哭醒。他坚信汪姨是他的生身母亲，坚信他的母亲已经死于那个恶男人的毒手。

流浪儿们在全省境内流窜，扒运送货物的火车，想去哪儿就去哪儿，只要火车能到的地方都是他们的“家”。他们最喜欢滞留在省城，这里比较容易生存。每一次都因为偷窃食物被警察追捕或驱赶落荒而逃，等到他们觉得风声过去了再杀回来。

数不清多少次扒火车返回省城，和以往一样，他们在火车进站前各自跳车，每一次都有同伴受伤，有人因此丧生。卡卡身材瘦小灵活轻巧从未受伤，这次，也是最后一次，他摔得头破血流昏迷不醒，他的伙伴们把他背回“家”。车站厕所的后墙是他们的老根据地，那口用石头垒起的炉灶还在，厕所里可以取到自来水，架上锅就可以煮饭。同伴们把卡卡放在墙角阴凉的地方，用破衣服为他包扎了伤口，然后全体出动去行窃打劫。

住持下山化缘，与这帮野孩子狭路相逢，七八个孩子一拥而上抢走住持挎在肩上的包袱。那时候住持还不算老，身手敏捷，以一当十，夺回包袱，还抓住三个“人质”。他和颜悦色地请“人质”去小馆子吃热汤面。一碗面的工夫，三个小家伙就表示愿意跟师父上山，上山有饭吃、有书读，还可以学武功。他们喜滋滋地带师父到他们的“家”，这时躺在墙角的卡卡已经气若游丝，师父心疼地抱起他送医院抢救……

就这样，卡卡和他的伙伴们成了住持的弟子。他们称他“师父”，师父并不强求他们剃度皈依，只是跟他们讲经书，从认识经书里的汉字开始。也有个别孩子习惯了流浪，偷偷溜下山，重操旧业。

老住持年轻时毕业于省内一家医学专科学校，有过近十年的从医生涯，见多了生离死别，对佛家的“人生无常，四大皆空”深有感悟。老住持最后经手的病人是一个聪明可人的小姑娘，他倾尽全力想挽救小姑娘的生命，用尽一切医疗手段，小姑娘还是走了。这让他怀疑自己作为医生的意义，长时期陷入失眠抑郁。为寻求心灵的归宿，他决定去鼓山的著名古刹避世，阴差阳错地走错路来到鼓岭这座香火中断几十年的废弃小寺庙，此时天色已黑，不得不在残垣断壁的庙里留宿。这个夜晚睡得踏实极了，这对饱受失眠折磨的他是一个奇迹。第二天醒来，听见百鸟鸣唱，闻到花草香气，冥冥之中他感觉到一个遥远的声音向自己传递一个信息：这里就是他的归宿和使命……

老住持的徒弟大多数都是流浪儿，其中不少都还俗了，他们自食其力，娶妻生子，过上幸福平安的生活；也有些读书深造，成为社会的栋梁之才。

卡卡是老住持比较偏爱的小徒弟，他身体羸弱，脑瓜聪慧，能背诵十多部经书，不过，老住持并没有把卡卡留在身边的打算，他看出这孩子俗缘未了，或许命中注定要经历红尘磨炼。老住持专门买了小学课本，为卡卡开小灶教数学语文，他还想帮卡卡找到亲生父母，卡卡那时候就显现出编故事的“天才”，每一次说的身世都不一样，让老住持也犯糊涂。

有一回，老住持下山采买杂物，在市中心一根电线杆边看到一个衣衫褴褛的老女人在张贴寻人启事。他本能地走上前，他收容的流浪儿就有通过寻人启事与家人团圆的。这个女人正是卡卡以为死去的汪姨，手写的寻人启事没有照片，幸好卡卡没有改名字，老住持与汪姨几句对话就证实了她要找的孩子就是自己的小徒弟陈卡卡。汪姨也已经在全省境内为寻找卡卡流浪了上千个日夜，颠沛流离风餐露宿吃尽苦头，最近几天才遇到一个好心人，帮她写了几十张寻人启事。听说卡卡在山上好好地活着，汪姨撕心裂肺哭倒在地上。

汪姨出现的时候，卡卡正在握着长长的竹扫把打扫寺庙门前的空地，他没有认出汪姨，此刻的汪姨看上去比两年前老了至少二十岁；汪姨也没认出卡卡，在她印象中卡卡身高还不到她的肩膀，眼前这个扫地的男孩比她高出半个头。卡卡以为师父收容了一个流浪婆娘，心里还想：这成何体统？

师父把卡卡叫到汪姨跟前，告诉她：这就是你要找的陈卡卡。又对卡卡说：她是你的汪姨。

汪姨没有立刻哭出来，她似乎不相信眼前的事实，双手在卡卡身上又摸又掐，摸到卡卡头上被她丈夫暴打留下的伤疤，这才裂帛般惊天动地地号啕大哭。卡卡听出汪姨的声音，一把扔掉手里的扫把，屈膝跪下，哭喊道：“汪姨！汪姨！我以为你死了……”

这些年，我随剧组多次进出我前夫和卡卡的老家，我的工作是“跟组编剧”。影视圈大腕明星片酬呈几何级数增长，疯狂程度远超房市和股市。一线大腕明星片酬占据总投资三分之二或更多，而且是完税之后的真金白银，为了掩人耳目他们会要求剧组签一份无效的假合同，用以应付审计。这是公开的秘密。他们的“范儿”与片酬同步疯涨。拿着数千万现金，不看完整的剧本，助理会用彩笔画出他或她出场的戏，草草过目之后必定狮子大张口，要求改戏、改台词。不这么做，就算不上一线大腕明星。修改内容之荒诞可笑程度，较之“扇耳光”“白血病”，有过之无不及。于是，我等“泥瓦匠”就多了一个新头衔“跟组编剧”，像慈禧身边的小李子，听候大腕明星的差遣，不离左右，随叫随到。

每一次到福州，总会跟钟涛见面，我不知道这是出于什么心理。旧情未了？亲情使然？还是隐藏在内心深处的不曾消解的怨恨？

这个深刻地影响了我的命运的男人，屡屡向我揭示一个残酷的真相：他没有爱过我。他自比于连，于连勾搭贵妇人不是出于爱。但他坚持说对我有难以割舍的亲情，这份亲情超过他和他姐姐的感情。

他也不承认他与梨花之间存在爱情，最终选择梨花，是因为她毫无保留的奉献、信徒式的恒久忍耐，以及泥土般的卑下和朴实。他可以纵情恣意地践踏这块泥土，纵情恣意地做一个混蛋而不会有任何恶果。

我疑惑：破产之后，他还有别的选择吗？他花钱养的女人早就收拾细软，跑得比兔子还快。

梨花的奉献还包括她的身体，在床上她会像一个训练有素的性工作者，每一个细小的动作都是为了满足她的男人。钟涛抱怨说我是琼瑶笔下的女学生，满脑子想的都是虚无缥缈的爱情，把性当成爱情的祭品，跟我做爱是一种精神折磨……

我前夫赤裸裸的真实极具杀伤力，相比之下，卡卡睁眼说瞎话反倒显得无害。钟涛一次又一次稳准狠地命中我的要害，让我的心脏迸裂。其实，我宁可他说些谎言欺骗我。

见面之前，我总要上街买一身新衣服。因为每一次出发之前，我的议事日程里都没有安排跟前夫见面，箱子里装的是最简便的旧衣服，穿着邋遢是剧组的另一种“范儿”。

钟涛会从女儿那里得知我的行踪，热情洋溢地冒出来，要求尽地主之谊。或许，他以为他的前妻单身至今，是因为没有男人可以超越他这个前夫。解释没有用，所有的解释都会被他看成是欲盖弥彰。男人都很自恋，钟涛尤为自恋。

我精心打扮粉墨登场，似乎是为了打击他的自恋，告诉他：没有你我生活得很好。这可能是我没有拒绝跟前夫见面的动力。我是不是还有点“坏心思”想看到他过得不好？因为每一次见面我都会发现他没有想象中的落魄潦倒，表明我潜意识里从来没有祝福过他。

去年夏天，他开着梨花为他新买的东风雪铁龙小车，载着我到深山小庙。我们坐在他和老住持经常坐而论道的茶桌边喝茶聊天。他比画着告诉我原先的寺庙有多残破，他花了多少钱修缮扩建；声情并茂地说卡卡怎样被老住持救助收容，说到可怜的汪姨，他哽咽了。

我对卡卡产生了前所未有的同情，心里暗暗指责自己有时对卡卡的轻慢和刻薄，我时常不经意地当面戳穿他的谎言，例如，他说自己生于上世纪七十年代，我会纠正他，指出：我认识你的时候你就已经二十几岁了。

我发誓从今以后摘下有色眼镜，善待卡卡。

与此同时，我还对钟涛心生悲悯和惋惜，他的童年遭遇并不比卡卡好多少。根据当今时髦的海灵格心理学理论，“原生家庭”带给人的伤害必然伴随终生。他所有荒诞不经的行为都源自苦难的童年和缺少人情味的母亲。想起大学时代，他怎样让女生们痴迷，我不得不承认，在他之后没有男人在我心里唤起那样强烈的爱和激情。如果没有经历过这个“坏男人”，我可能不会多看一眼老夫子，那位老学究给了我安全和踏实，不悲不喜。有时我也怀疑自己是否真的爱他。

……

山清水秀，熏风宜人，不时有灰喜鹊在眼前嬉戏追逐。

我感觉自己开始对前夫心无芥蒂，释然了，放松地享受眼前的美景和山泉泡的新茶。

钟涛的额头开始冒汗，握茶杯的手有些颤抖。

我知道他的酒瘾犯了，当年酗酒留下的后遗症，酒精依赖。他的大脑和五脏六腑需要酒精的滋润，好比汽车需要机油，不喝酒就会失去正常的功能。

他从身上摸出银质小酒壶，问：“你来一口？”

我摇摇头：“在庙里喝酒，不合适吧？”

他抿一口酒，嘴巴发出啧啧的响声，酒瘾得到抚慰，神情陶醉："酒肉穿肠过，佛祖在心中……"

"你这可是亵渎神灵啊……"

我虽未曾皈依任何宗教，但对各派宗教心怀敬畏。

他哈哈一笑："这算什么？当年我跟梨花在庙里做爱，做得死去活来！"

我整个人石化了，愤怒让我智商骤降，傻傻地问道："那时候，我们离婚了吗？"

他满不在乎地继续抿着酒："这很重要吗？天下所有宗教，都只有一个主题，那就是看淡人生，人生不过百，白驹过隙而已，没有什么值得认真的……"

尽管我早就知道他跟梨花从来没有断绝过男女关系，面对他恬不知耻地坦荡指证"犯罪现场"，我又一次被他稳准狠地击倒了。我想操起茶壶朝他头上砸去，却竭力平静地端起茶盅喝茶，心里琢磨着用什么语言炮轰他，刺激他。

我放下茶盅，语速缓慢地说："钟涛，我相信因果报应，你没有敬畏之心，玩世不恭，敢冒天下之大不韪，所以，糟蹋了上天给你的才华，白费了命运给你的机会，不要告诉我，你现在活得很好，我不相信！"

反击的威力远超过茶壶砸到他的头上，他的脸色骤变了，拍案道："朱五月！你一点都没有长进，白活了几十年！你不就是想炫耀你那点功名利禄吗？我告诉你，只要我愿意，用脚后跟写作都比你强！"

我面带胜利者的微笑，不再说什么，从包里拿出手机，打电话约出租车到山上接我。

……

我决绝地坐上出租车，山路弯弯，后视镜里的小寺庙很快就掩没在翠绿的树林之中，我的心忽然有那么一点内疚。

下一次，我还会见他吗？

这是什么样的孽缘？

13

我的董闺蜜每一次与老杰瑞辩论都大获全胜，但这天她坐在树下冥想，惊讶地发觉自己的思维模式已经悄然发生改变，不知不觉地被老杰瑞带上他的轨道。叙事之前会下意识地探索表象背后的“时代因素”。

我们在东四街头邂逅，把阿发托付给我之后，董丽雅没有忘记自己在深夜的和平里大马路边许下的诺言：给阿发找个好爸爸，尽快接它回家。她真的以为自己与阿发只是短暂的分离，她自信，因为她漂亮，董小姐从来不缺追求者。大约一年里闪电般谈了几场恋爱，目标很明确，要结婚，要有房子。现实挫败了她的自信心，追求她的男人或是有家庭的，或是已经有了准备结婚的女朋友。他们跟那个消失的前男友有相似的背景，京城干部子弟，“下海”做生意，都有点钱，出手大方，带她吃喝玩乐，却给不了她婚姻。剧团里也有一两个男演员追求她，他们跟董丽雅一样，家在外地，住在集体宿舍。没有房子的，一概不考虑，因为等待分配房子是一个漫长而残酷的过程，她看到过为了房子，同事之间明争暗斗，反目成仇，人性之恶淋漓尽致。

董丽雅不打算讲述那几场闪电恋爱。其实，那些日子她根本就没有从第一场失恋中解脱。

一场深入骨髓的感情伤害，至少需要十年的时间才能医治痊愈。

这个警句名言是她经历多少伤痛之后的领悟？她说自己这一辈子只有二点五次恋爱，却要花费二十五年疗伤。伤好了，人老了。同时，她又自称阅男人无数，那些萍水相逢的男人是麻醉剂，放纵也是一种心灵医治。

今天，她跟老杰瑞说起电视剧《阿信》，当年这部日本电视剧在中国万人空巷，有口皆碑，轰动程度至今都没有任何一部电视剧可以与之比肩。许多经历过那个时代的成功女性，谈到自己的励志故事，都不约而同地说到《阿信》对她们的深刻影响，无一例外。

电视剧播出的时候，董丽雅正遭遇着感情和事业的双重打击，《阿信》成为又一个改写她命运的“推手”。

失恋之后，接踵而至的是，剧团领导对她演艺前途的放弃，把她调到服装仓库。她本来就是“走后门”混入演艺圈，基本功几乎为零，个子太高，而且还不上镜，生活中的她比剧团里几个当红女演员更惹眼，一到镜头里就失色许多。领导做出这样的调动，她心里没有怨言。可是，每天八小时在沉闷的仓库里，跟两个过气的老演员一起熨衣服、叠衣服，她总有噩梦未醒的感觉，手里熨着衣服，千百次地问自己：难道这就是我的人生？

渴望改变命运，却找不到出路。就在这时，《阿信》来了，集体宿舍新添置了一台十九英寸黑白电视，放在楼道的尽头。这时，她刚刚拒绝了一个追求者，他们交往一个多月，她发现他有妻子，而且妻子身怀六甲。他痛哭流涕，下跪发誓，等妻子生下孩子就离婚。她对他说：你这样的男人，我不敢要，回家陪你的老婆吧。《阿信》正好填补了感情的空窗期。

女生宿舍还是那样，一到傍晚，楼下涌动着拈花惹草的各路男人，私家车越来越多，轿车的品牌越来越高级。年轻漂亮的姑娘花枝招展地坐进私家车，去各种灯红酒绿的场所享受夜生活。

孤独的董小姐每天晚上七点半，端一把凳子坐在楼道里等《阿信》。阿信悲惨的身世、坎坷的命运，绝境中坚忍不拔、自强不息，让她感动，让她流泪。片头曲刚响起她就泪眼汪汪，时常动情地唏嘘啜泣。一起看电视的同事都被她哭得莫名其妙，背地里讥笑她被高干子弟甩了，神经不正常了。

《阿信》先是给了她莫大的安慰，眼睛盯着电视里的阿信，耳边依稀听见阿信对她说：你不是最命苦的女人，你也不是最伤心的女人。

她萌生一个念头：我能不能做一个中国的阿信？比起阿信，我的起点不算低，我缺少的只是她的精神。

《阿信》播出一个多月，每一天十九英寸黑白电视里的阿信都在鼓励她。“中国阿信”像一颗种子在她心里，不断地发芽壮大，令她寝食难安。她掰开揉碎地想了所有的可能和所有的风险，能想到的艰难困苦，阿信都经历过，这部电视剧像一本教科书，解释了她的一切疑惑。

这期间，董丽雅像个游魂，每天上班都会出错，把衣服放错地方，熨衣服的时候把一件龙袍烧煳了，服装组的老大姐建议她去“安定医院”看医生，那是北京著名的精神病医院。

她丢下熨斗，走出仓库，望见阳光的一瞬间，做出人生的重大决定：下海经商，背水一战。

一周之后，北京雅秀服装市场有了一个漂亮的女摊主，人们叫她“董小姐”。

她对老杰瑞说：“我是一个失败的阿信，如果成功了，你就没有机会认识我，因为成功的阿信不可能去给你当保姆，也不会坐在这里跟你讲故事……”

老杰瑞有些走神，没有理会董小姐的幽默，他在琢磨《阿信》为什么会轰动风靡十亿人口的泱泱大国。

“阿信是成功的企业家？”

“嗯，好像日本著名的八佰伴是她创立的……”

“哦？”

“后来，我才明白，八佰伴的阿信成功了，千千万万的阿信死在通往成功的路上，我还明白，生死有命富贵在天，我不是无缘无故地跟你认识，也不是无缘无故地来到挪威，都是命……”

她还没有告诉老杰瑞此番外出云游的真相，有时候坐在峡湾岸边，看着壮美的山川河流，想着要不要让自己的生命在此画上句号……

董丽雅自言自语云里雾里。

老杰瑞充耳不闻，他还在出神地琢磨阿信：是什么让这个日本女人成为亿万中国人的精神支柱？

董丽雅想起去年的某一天，她在老杰瑞北京的公寓打扫卫生，老杰瑞正在看电视，电视里忽然出现一张熟人的脸，虽然这张脸被整形医生大刀阔斧地改动过，拉皮、垫鼻子、开眼线、纹唇线，死板僵硬像戴着假面具，她还是一眼认出电视里正在接受记者采访的女人——阿真。

她手里攥着抹布，呆呆地站在老杰瑞身后，原来，这些年颇有知名度的“真唐装”的老板竟是曾经跟自己在雅秀摸爬滚打的东北姑娘阿真！

阿真谈到二十多年前《阿信》对自己的影响，字正腔圆，几乎听不出东北口音，说《阿信》播出的时候她还在读初中，当时父亲身体不好，母亲下岗了，还有两个在上学的弟弟，家里经常揭不开锅。看完阿信的故事，她决定扛起生活的重担，辍学外出打工，先是在深圳服装厂缝扣子，后来，开始卖衣服，从深圳卖到北京，在北京雅秀服装市场有了自己的小摊，因为她进货有眼光，生意特别红火……

董丽雅忽然失态地叫了起来：“胡说！胡说！”

老杰瑞一惊，回过头：“你怎么了？”

她抓着抹布指着电视机：“这个女人我认识！是我给她讲阿信的故事！是我教她怎么进货！”

那时的老杰瑞对阿信、阿真都不感兴趣，他拿起遥控器关了电视，站起来，语气严厉地说：“董小姐，你知道你违反了规则吗？你在工作时间不可以看电视，更不可以发出噪音，我警告你，如果……”

不等老杰瑞说完，董丽雅泪水泛滥，捧着脸哇哇大哭。

老杰瑞慌了神：“我，我打电话给管理公司，让他们派人来接你……”

董丽雅摁住座机，可怜巴巴地说：“对不起，我不应该这样，我真的不应该这样，我要时时刻刻记住自己是女佣，保姆……”

老杰瑞好奇了：“那么，不是女佣，你是谁呢？”

“我是一个没有红过的电影演员，一个失败的生意人，一个破产的女老板，一个被男人抛弃的老女人……”

老杰瑞那双蓝灰色的眼睛瞪大了：“哦，那么，那么，我愿意每一天多付你一个小时的工资，有时间跟我讲讲你的故事……”

董丽雅破涕为笑了：“我的故事只值一个小时工钱？”

老杰瑞认真地说：“哦，你认为多少合适？”

“一文不值！不要钱！只要你对我平等一些！”

“工作是工作，工作的时间，你必须按照你们公司制定的原则。”

老杰瑞就是这么死板。

不过，从这天开始他对这个特殊的女佣态度和蔼了许多。

“我想……”老杰瑞惯用“我想”做开头语，“我应该看看《阿信》，中文网站会有吗？”

“我看看……”

董丽雅当即打开手机百度，果真，所有中文视频网站都提供免费观剧。她把手机屏幕递到老杰瑞眼前：

“瞧，阿信在中国永不过时，她还是我们心中的偶像……”

“好，我去楼上看《阿信》，谢谢你让我认识了一个日本女英雄……”

老杰瑞自得地笑笑，在他自以为幽默的时候就会发出这样率真的笑声。

《阿信》的主题曲从二楼窗户传来，董丽雅在熟悉的旋律中继续想着雅秀服装市场的阿真。

她和阿真同时进驻雅秀，两人的摊位背靠背，两个姑娘很快就成为亲密无间的伙伴，好到可以把筷子伸到对方的饭盒里夹菜吃，闲暇的时候，她们肩膀靠着肩膀盘腿坐在衣服堆里，吃着零食互诉衷肠。

董丽雅是演艺圈人士，搭配服装有眼光，1.5平方米的小摊，放着三个塑料模特，她每天给模特搭配不同的套装，醒目，惹眼，在一排排雷同的服装摊位中，她的小摊和她的相貌一样出众。经过摊位的顾客都会不由自主地停下脚步，他们照着董小姐的搭配，买了一套又一套。生意红火，蒸蒸日上。

阿真近水楼台，效仿董小姐，生意也不错。她生于农村，在村办小学读到三年级，父母逼她回家干农活儿，十五岁不到，跟村里的一个妇女进城打工。父母隔三岔五催她寄钱，从不过问她在外面怎么生活，他们眼里只有儿子。

那天，阿真又收到父母催钱的信，正好是雨天，没有生意，阿真读着弟弟代笔的“催款通知”，想起父母对自己的诸多不公，唏嘘痛哭。董丽雅搂着阿真的肩膀，讲《阿信》的故事，还打开随身听让阿真听她录制的《阿信》主题曲。

相比之下，阿真的身世与阿信有更多的相似之处，贫苦农家、不受父母待见的女孩，未成年就进城当女佣……

阿信的故事像一道光照进阿真的心，她脸上的悲伤幽怨一扫而尽，双手攥拳，咬牙发誓：要混出人样，挣很多钱，在村里盖最大最高的房子，让她的父母后悔他们对女儿的歧视。

董丽雅比阿真先离开雅秀服装市场，她在生意中认识了一个俄罗斯小伙子，两人合伙开一家中俄贸易公司。她还没忘记那个消失在俄罗斯的男朋友，一心想把生意做到莫斯科，她要找到他，像秋菊打官司那样，只为当面向他讨一个“说法”。这个“说法”对她很重要，如同缝合伤口的手术，否则，那个家伙抽身离去留下的心灵空洞永远不会愈合。

阿真通过服装生意认识了不少服装行业的专业人士，发现这个行业的秘密，很多品牌服装并没有工厂，都是外包加工制作，她已经积攒了一些关系，自信有能力拿到外包加工的活儿，于是，在北京郊区租一间农家小院，雇几个女工，办一间小加工厂……

董丽雅最后一次见到阿真是在朝阳门大街上，她站在路边等出租车，忽然一个蹬三轮车的女人来到她面前，从车里跳下来，喊一声“董小姐”，抬手重重地拍一下她的肩膀，两人热烈拥抱，迅速地交流了分别后各自的生意。阿真的三轮车里装着从服装公司取来的半成品，要运到乡下加工，往返二十多公里……

她们互相留了电话，却再也没有联系。

这些年流行复古，唐装很受欢迎，许多大商场有“真唐装”专柜，董丽雅还在专柜买过一件“真唐装”中式棉袄，她没有把这个品牌和阿真联系在一起。

为什么阿真能成为成功的阿信？我却死在成功的路上？

关于这个问题，董丽雅自有答案：因为爱情。

男人席卷了她的一切。

早晨七点十五分，我和小葡萄刚刚从卧室移驾到卫生间，还来不及翻看朋友圈各路神仙的“奏折”，董闺蜜就发来视频要求聊天。

说到阿真，我恰好知道一些阿真成功以后的故事，她经常在报刊电视上抛头露面，媒体封她为“时尚女魔头”，称呼她“真老板”。三年前，真老板“娶”了比她小十岁的男演员，这个男演员曾经在我参与的电视剧里扮演一个小配角。他们的婚礼轰动了京城时尚界和演艺界。人们都以为阿真会花重金捧红这个一直在三线徘徊的男演员，有些缺钱的制片人辗转托关系找到真老板年轻的丈夫，拍胸脯承诺让他出演男一号，换取投资。演艺圈就是这么势利，小演员在剧组吃盒饭的时候，哪个制片人会拿正眼看他？精明的阿真通过媒体“闭门谢客”，发表声明：她的丈夫“厌倦”了演艺生涯，从即日起担任“真唐装”的副总裁。有八卦新闻调侃说：真老板的丈夫成了女老板的“战俘”。去年，他们夫妻借助医学手段，让阿真在将近五十岁高龄生下一对龙凤双胞胎。与此同时，“真唐装”上市成功。

董丽雅感慨阿真把人生的一手坏牌打成大赢家。

“如果有来生，我一定不谈恋爱……”

“投胎之前，别忘了让上帝拿走你的美貌，免得招蜂引蝶……”

我们冲着视频哈哈大笑。

小葡萄趴在地上仰起脖子，盯着主人手里的手机，目光困惑，它一定经常在想：那是什么宝贝，能让主人这么开心？

14

我对着镜子换衣服，打理头发，小葡萄知道我要出门了，小家伙满眼幽怨地注视着我的一举一动，等到我拿出口红，拧开盖子的时候，它会默默地走到客厅的落地窗前，等着下一分钟它的主人出现在楼下的小路。我开门离开的那一刻，它不肯回头看我，坚决不看，似乎在诉说：我的小心脏已经碎了……

每一次外出，都要这样“十八相送”，令我脚步迟疑。我总要反复进出抱它，安抚它。每每让我惊叹：你这个巴掌大的小东西怎么会有这么多的小心思？

它已经严重地“扰乱”了我的生活，贝贝和老夫子都对此相当不满和嫉妒，异口同声说我“变态”，“目中无人”，心里只有狗狗。

面对两个亲人的抱怨，我只能虚与委蛇，说他们才是我真正的爱，但其实，我越来越发现，我的家除了我和小葡萄，容不下任何“第三者”。我对两个亲人的爱是理性的，有些清规戒律不能触犯，例如，我不可以突发奇想，登门去看我的女儿，那样，她会让我碰一鼻子灰。我要在记事本里提醒自己，腾出时间和精力尽义务，去艺术区看女儿，买电影票请老夫子看电影，逢年过节给他们买礼物。对小葡萄的爱则是感性的，完全出于本真，我很享受这种感觉。

我当然知道自己为什么会如此“变态”，那是因为小葡萄让我重温了我和女儿曾经的母女情深，我们彼此依恋，毫无保留。

幼年的贝贝跟小葡萄一样缠绵。每一次短暂的分离，都是感情的折磨，她站在窗前看着我从楼道里走出来，撕心裂肺地哭喊：“妈妈，你几点回来？”哪怕我只是下楼买一把青菜，她都会情绪波动，等到我回家，打开门那一瞬间，她立刻破涕为笑，飞奔到我的怀里，亲我，眼泪和口水糊满了我的脸。那时候，我们娘俩也是一个完整的世界，也容不下“第三者”。

我一直努力在今天的贝贝身上寻找她儿时的痕迹，所以每隔十天半个月，就会找一个借口，到她的画室看她，每每看到的是一个冷若冰霜的陌生姑娘。如果事先没有沟通好，她会毫不留情地让我吃闭门羹。偶尔的笑脸相迎，那是她准备伸手的时候，交房租、印画册、参加画展、某某大牌推出新款包包，若是我稍有迟疑，她便立刻收起笑容，变成另外一个人，血溶于水的母女亲情瞬间荡然无存……

我经常呆呆地看着眼前野性十足的青年女艺术家，怀疑她是我女儿吗？思绪穿越，脑际浮现出乖巧可人的小贝贝，我的宝贝女儿是不是滞留在了某一个时空？被我的前世冤家冒名顶替了，来找我讨债？我非常后悔送贝贝出国留学，将近六年的时间在我们母女之间筑起了一道坚固的城墙。虽然我们母女每年都会见面，我却没有觉察到她的变化，直至她变成一个陌生的京漂艺术家，我才大惊失色。

在我的梦里，贝贝还是小鸟依人的乖女儿，每一次梦见她，我都舍不得睁开眼睛，记忆中很多温馨的画面，一页页翻开，仔细回味。多想穿过时空，找回我可爱的女儿。

董闺蜜作为旁观者，对此持有不同“政见”，她认为贝贝上私立学校之后，我就已经失去了对女儿的掌控。她参加过贝贝的十岁生日豪华大派对，排场之大，令人咋舌。那天钟涛花了七万块钱，当时北京的房价一平方米只有三千块钱，七万块可以买下一个不小的客厅。董丽雅说对贝贝成长的忧虑始于那场生日派对，那时候她已经在商场经历了风雨沧桑，怀疑钟涛是否能常胜不败。贝贝就读私立小学期间，从一年级到六年级，正是钟涛飞黄腾达的时期，口口声声说，“我就是要让我女儿过上皇家格格的生活”。他破产以后，我接手的是一个无法由奢入俭的落难“格格”……

我站在大门边换了外出的鞋子：“小葡萄，宝贝，再见……”

小家伙不理我。

我穿着皮鞋踩过客厅，它知道我会返回抱它，听到脚步声，小家伙弓起后背，等着抱抱。

“宝贝，妈妈要出去挣钱，乖乖，哦？”

原先计划今天跟老夫子去看电影，去吃他喜欢的本帮菜。我的工作停摆了，他刚刚完成一个研究项目，两个闲人一起逍遥。可是，昨晚公司老板亲自打电话邀请我参加剧本研讨会，盛情难却。我当即取消跟老夫子的约会，言语委婉地表示自己多么的不得已，私下心里却很有点小得意，猜想那些金融才俊玩不转了，老板不得不请我这个“泥瓦匠”出山。

门铃忽然响起来，小葡萄本能地狂叫。

这几天，我很怕门铃声，总觉得贝贝会突然出现，让我带上房本，一起去银行办理抵押。拒绝或听命？像哈姆雷特的生与死，令我纠结。

打开门，看到送快递的小伙子，我悬浮的心这才放了下来。

旋即，我的心又不踏实了，贝贝为什么没有动静？

如果我有足够的定力和准确无误的先见之明，认定卡卡的“庞氏骗局”必定破产，我的心就不会这样七上八下。我不够脱俗，不能像老夫子那样两耳不闻窗外事，一心只读圣贤书。这些天，我格外关注卡卡的朋友圈，格外关注经济新闻，中国股市一片红，股民们信心满满朝一万点进军。我不敢百分之百认定贝贝和卡卡帮助我“扶贫脱困”不可行。既胆小怕事，又备受诱惑，于是陷入烦恼。

驾车驶入公司楼下的停车场，我看见一辆豪华越野车正在停车，那是对我们公司进行“资本运作”的投资精英的车，车头和车尾镶嵌着金色的大标志，我不认识那是什么品牌，价位一定远超奔驰宝马。我忽然有些自卑，开着老大众绕一圈，停在一个角落。

我坐在车里，看着精英手里举着手机下车，一边说着，一边朝楼里走去。

我的骄傲谴责我的卑琐：不就一辆豪车吗？那是生意人的道具，我的大众哪怕现在只值一千块钱，也是爬格子的血汗钱……

我一向以精神贵族自居，我的客厅挂着老夫子的墨宝：“不以物喜，不以己悲。”

我也一直这样教导贝贝。

贝贝上小学期间，钟涛负责接送，这是他做过的最尽心尽责的事情。周末他会早早地开着银色大奔驰等在学校门口，私立学校学生家境都不错，但跟大奔驰同等级的豪车在当时并不多，贝贝和同学们一起从学校大门走出来，趾高气扬地走向大奔驰。后来，学校门口好车多了，大奔驰不显眼了，钟涛立刻换了一辆宝马越野。他逃离北京之后，我开着名不见经传的车接送贝贝，她不让我的车出现在学校大门口，有一回我越规开车到大门口，贝贝明明看到我却扭头走开，我伤心地一路含着眼泪谆谆教导她……

此时此刻，我才意识到我的教导是多么的苍白无力。进而想到：我对贝贝的所有结论是否充满了主观偏见？

生活在这样的世界，这样的家庭，要求她“不以物喜”未免显得迂腐可笑。我对贝贝的不满和愤懑，心中堆积的三尺冰冻，忽然有了裂缝，松动了。

上午讨论会结束，秦红在楼道里把我叫住。

“五月，我请你吃饭……”

我嘴里答应“好啊”，心里有些纳闷，发现秦红穿一身质地还不错的新衣服，莫非她枯木逢春，夕阳恋了？

秦红是我的大学校友，她读新闻系，我读中文系，在校园里我们有过一些交往，毕业之后各奔东西，直至我来给这家公司打工，我们才意外邂逅。她在楼上一家网站负责新闻版面。时隔三十多年，昔日的女大学生竟然变成一个身材臃肿、衣着邋遢的北方大妈，如果不是她戴着一副深度近视眼镜，很难把她跟一个受高等教育的知识分子联系到一起。久别重逢，认出秦红那一刻，尤其看到她枯槁的花白头发，想起学生时代她那黑油油的大辫子，我的心里相当震撼和酸楚。她在儿子不满三岁时与丈夫离婚，单身至今，我暗自揣度她离婚以后再也没有过男女之情，否则作为女人不会这样自暴自弃。

我以为秦红请我在地下一层的大食堂吃饭，这就已经有点不合常理了，平日里她节约到抠门的程度，在食堂里打一份饭，吃半份，剩下的半份打包回家当晚餐。每一次他们公司员工AA制聚餐，她都不参加，独自在办公室吃泡面。有几次我邀她到楼下咖啡厅叙旧，她都自带茶水。这也难怪，她的前夫没有给过儿子一分钱抚养费，完全靠她微薄的工资把儿子拉扯大，我知道那有多难。如果我没有熬成“泥瓦匠”，还在杂志社上班，我的日子也会跟她一样穷困潦倒，把一分钱掰成两半花。

“燕莎有一家德国餐厅，听说不错……”她说。

我惊讶地瞪大了眼睛，说了一句很没出息的话：“那里的菜很贵呢。”

秦红笑笑：“我请你，什么贵不贵的……”

“哦，发了什么横财？”

“股市指数节节攀升，眼看就要突破5000点了，难道你没有发横财吗？”

我茫然地摇摇头。

秦红有些发急了：“两个月之前，我不是叫你入市的吗？”

两个月之前不止是秦红，还有几个熟人叫我入市炒股，有一个朋友还给了我两只股票的内幕消息，说是就要重组停牌，我忙于改剧本，错失了良机。

我很有些沮丧，自嘲地笑笑：“我就没有发横财的命……”

燕莎就在马路对面，我们走过去，落座后，秦红把菜谱递给我：“你是吃货，你点什么，我吃什么……”

“我们AA吧……”

“不用！真的，我已经财务自由了！好日子谁不会过啊？尽管点，不要考虑价钱！”

我感觉她话里有话。我曾经在电梯轿厢里，近距离看见她身上的羽绒服脏得冒油，从初冬到来年春季没有看到她换过外套，大楼里保洁大妈都穿得比她讲究。我把她叫到一边，善意地提醒她给自己买两身像样的衣服。想必是伤了她的自尊心，她记恨了。

今天算是报一箭之仇吗？

我谨慎地点了两份套餐，两杯鲜啤酒，大约四百块钱。

“老同学，恭喜你获得财务自由！”

我举起酒杯，打量着秦红，想着应该为羽绒服事件向她道歉。

只见秦红两眼放光，笑容灿烂，流露出由衷的感恩之情：“是啊，我抢到了改变命运的机会，对我来说这是一趟末班车。要不然，我这辈子真挺苦的……”

看样子，是我多心了，老同学只是为了跟我分享她得之不易的幸福。

半年前，她的弟弟建议她卖房入股市，弟弟是证券专业人士，若不是千载难逢的机会，弟弟不会这样建议。她迅速地变卖房子，房款加上她的全部积蓄，一共投入三百五十万。弟弟遥控指挥她操盘，手把手教她运用杠杆操作。

“你知道，今天股市碰到五千点，我账户里的股票价值有多少吗？”

我想了想，给出一个大胆的数字：“七百万？”

秦红再次灿烂地一笑：“你太保守了，告诉你吧，一千二百多万。”

“天啊！”

我的下巴惊掉了，张着嘴好一会儿合不拢，想起我在银行里存的几十万，如果及时跟进股市，现在应该可以给贝贝买画室了。

“我想等到我的账户达到两千万那天，撤资一千万，买两套房子，我一套，儿子一套，我儿子没什么出息，一个月只挣两千多，还经常失业，我不帮他，他连媳妇都娶不上……”

我听见一块石头砸进深潭的声响，我的心波澜骤起，彻底乱了方寸。

下午继续开会，我听不见围桌而坐的五六个与会者都说些什么，握着笔埋头在笔记本里胡乱涂写，写满了一页，我惊讶地发现满纸写着两个数字“5000点”和“2000万”。

投资精英以为我“面壁思过”，收敛了嚣张气焰，态度友好地说：“朱老师，您今天还没发言……”

上一次我跟他在这间会议室唇枪舌剑，说到激动之处，我让他去买几本编剧专业的书，先“补课”再染指影视。当时把主持讨论会的制片人吓坏了，公司要进股市套现，全靠他们这些“财神爷”啊。

我缓缓地喝一口茶水，说：

“我现在有点理解‘资本运作’了，你们需要编写股市的剧本讲给股民听，我们的剧本当然要服从你们的剧本，你们在下一盘大棋，我们只是其中的一个小棋子，当然要竭尽全力协助你们……”

在场的同事都瞪着惊讶的眼睛盯着我。

精英满意地点点头：“朱老师有悟性，你们要向朱老师学习，跟我们同心协力。当然，我也理解，你们都是读书人，不太关心外面世界的风云变幻……”

这个项目的第一编剧小李动作缓慢地合上笔记本，深思熟虑地说：“如果是这样，我直接炒股去不更好吗？实话告诉你们吧，我的股票账户每天进账不少于十万，要是多投入点时间精力，可能远不止这个数字。我正式请辞，我是这个剧本的原创，从现在开始它跟我没有关系了，署名不署名都无所谓……”

制片人惊慌了：“小李，不要冲动！”

小李说：“不是冲动，我已经斟酌好些日子了，以后我可能还会写剧本，也可能再也不写剧本，看我的运气吧。不瞒你们，上午半天坐在这里开会，用手机做了高抛低吸，手指点几下，十二万进账……”

会场顿时鸦雀无声。

是啊，一个剧本至少一百多万字，动辄推翻重写，单是在键盘上敲一百多万字就已经累到要吐血了，若不是为了挣钱谁会愿意做这份苦差事？

我担心老板会让我接替小李，我觉得自己已经不可能像过去那样心无旁骛地坐在电脑前打字……

下班路上，我拒绝了老夫子的盛情邀请，今天他“偷得浮生半日闲”，去菜市场买肉，烧了一锅红烧肉，自我感觉相当成功，想得到我的赞美。我没有心情去捧场。

我深刻体会到人格分裂的痛苦，两个我在脑子里争夺控制权，一个催我争分夺秒追赶改变命运的“末班车”；另一个我害怕承担风险，胆战心惊……

我陷入了少有的孤独境地，我不能向老夫子和董闺蜜倾吐心事，这两个不食人间烟火的家伙，一定会火力凶猛地把我的念头扼杀；更不能向贝贝透露丝毫，她会喜出望外、推波助澜……

这一刻，我最需要的是算命大仙。

失眠了，吃了安眠药仍辗转反侧，不到五点就抱着手机在床上看

“新闻联播”。

小葡萄在边上探着小脑袋，疑惑地看看主人，又看看主人手中的手机，好像在问：时间还没到，你怎么就起来看那个东西呢？

我摸摸小葡萄的脑袋：“宝贝，接着睡，乖……”

小葡萄乖乖地回到它的小窝。

我的目光回到卡卡发布的图文报道：

报道之一：公司正式挂牌，金光闪闪的铜匾刻着五个字：海森鑫创投。这是他和他的合伙人花大价钱，从海南岛请来风水大师给起的名字，北京缺水，卡卡八字缺木，他的合伙人八字缺金，“海森鑫”补足了五行的缺失。

报道之二：海森鑫办公区域，上千平方米，一片片格子间，准备招兵买马，大干快上。

报道之三：男女老少在公司门口排长队，他们看好海森鑫，捧着钱抢购海森鑫的投资项目。“海森鑫一号”售罄。

……

卡卡的图片风格有些变化，不再美女如云，只有一个女人重复出现在镜头里。卡卡一只手举着高脚杯，另一只手扶着女人的后腰，在各种场合与各路精英周旋。这个女人浑身名牌包装，浓妆艳抹，表情冷漠僵硬，韩国医生再造的五官，烤瓷的白牙齿，很难从外表判断她的岁数。

似是而非的脸，似是而非的年龄，是当今中国成功女性的标准模样。

成功女人浮出水面，我对卡卡的疑惑得到了解释。他一直都在成功女人身边打转，寻求成功的捷径，在此之前得到一些小恩小惠，但还没有一个女强人富婆把他带进生意的核心圈。这回了不起的卡卡终于俘获成功女性的芳心，成为“入幕之宾”，梦想成真。于是，他之前的所有“吹牛”都变成有远见的“预言”。

我想到他建议的方案，或许他真的只是想帮我一把，三四百万在号称拥有百亿资金的“海森鑫”，连九牛一毛都算不上，他没有必要蒙骗我。

至于炒股，我连K线都看不懂，什么高抛低吸、杠杆操作，更是一窍不通，等我弄懂了，“末班车”已经开走了。

相比之下，抵押房子，买“海森鑫”的金融产品，赚取利息差，可谓一劳永逸，从此不再为“稻粱谋”，在家陪陪小葡萄，写些自己想写的东西，有时间跟老夫子一起去看看世界……

几天过去了，贝贝和卡卡都不联系我，我是不是要主动给卡卡发个信息？

这时，我的人格分裂症又发作了，另一个我，那个骄傲的我，愤怒了，言辞激烈地指责道：想不到你竟是如此势利的小人！我鄙视你！

欲望的黑洞却更加有力地吸引着我，备受诱惑的我对骄傲的我说：你别假装清高，迂腐可笑……

天哪，我有迷魂招不得！

15

我的前夫给我打电话的时候，我正在公司楼下咖啡厅听秦红讲解股市，咖啡厅隔壁就有一家证券交易所，每天门庭若市，排队开户的“预备役”黑压压的一大片。我已经准备好进入股市的所有证件，待会儿秦红会带我走VIP通道去开户。我打算拿出十万块作为实习股民的本金。

前夫向我通报了前婆婆的病情，然后理直气壮地说：“你带贝贝一起回来看看我妈……”

我纳闷了：“我为什么要去？”

“在老太太心里，你还是她的儿媳妇……”

听他的口气似乎这是对我莫大的奖赏，这让我感觉很不舒服，于是，我不怀好意地哈哈大笑：

“钟涛，你是从哪个朝代出土的？你在洞中方一日，不知世上已千年，我有我的生活，我去给前婆婆扮演儿媳妇，难道不要考虑我家老夫子的感受吗？”

不等我说完最后一个字儿，电话就挂断了，想象得出他被激怒的样子，我酣畅淋漓地吐出一口恶气，一秒钟之后，我又自责了。钟涛是一个不得志的男人，而她的母亲已经病入膏肓。何必逞口舌之快呢？

我既不够善良，又不够狠毒，所以总是陷入内心矛盾和争战。

钟妈就要住院了，还是老毛病，肾功能衰竭，医生宣告她的两个肾都坏死了，病情格外危急。老太太心里明白，自己年过八十了，没有医生会建议做肾移植，她也不会提出这样的要求，肾源奇缺，应该让给年轻的肾病患者，这趟住进医院，不可能活着出院回家了。她烧了几本日记，其中有"文革"中思想改造的心得体会；烧了当年钟涛父亲写给她的情书，点火之前一一过目，看到自己年轻时的美貌和活力，回忆自己曾经有过的辉煌。

上世纪五十年代，钟妈是省里最年轻的"劳动模范"，钟爸是省报记者。几次采访之后，钟记者开始给漂亮的女劳模写信，女劳模看到信里有些风花雪月的词汇，例如：窗外飘过一片落叶，思念像秋风在彷徨。她认为这封信有着严重的小资产阶级思想，把信交给车间党支部书记。幸好，这位书记有点文化，思想比较开通，告诉女劳模这是情书，写信的年轻记者喜欢上她了，并鼓励她和钟记者交往。接连收到几封信之后，女劳模开始给钟记者回信，只有小学五年级文化的她笔画笨拙地写些在生产第一线的工作体会。

1957年初夏，女劳模作为省里先进青年代表团的一员赴北京开表彰大会，钟记者争取到随团报道的机会。火车驶入北方平原的那天晚上，他请她去餐车吃宵夜，餐车里空荡荡的只有他们俩，这是他精心安排的浪漫求婚。他们一起憧憬了北京，憧憬见到最高领袖的幸福时刻，相谈甚欢。然后，他调转话题：在这个特别的时刻我想告诉你，我爱你，请求你做我的妻子。她想了想，认真地点头，说：不过，我觉得你有一点小资产阶级思想，以后要注意思想改造。他也认真地点了点头，这绝对不是敷衍，追求女劳模本身就是思想改造的体现……

钟妈感慨人生短暂，却仍然没有放下对丈夫的怨恨，她把自己后半生的不得意归咎于受丈夫的拖累，如果他没有写那些怀疑人民公社大跃进的文章，没有犯那些政治错误，她的政治前途是不可限量的，何至于如此默默地老去，悄悄死去？

钟涛回到家，母亲已经烧完了日记和情书，手里拿着一张发黄的照片正要烧，他一把抢过照片，那是当年钟妈和钟爸在天安门前的合影。阳光洒在两个年轻人的脸上，他们都有一双灼灼发亮的眼睛和一口洁白整齐的牙齿，他们绽开的笑颜透出对未来不容置疑的希望和信心。钟涛已经不记得父母有过年轻和欢乐的时候，晚年的父母同住一个屋檐下却各自开火做饭，母亲一天到晚自言自语怨天尤人，父亲忍辱负重沉默如山，直至一年前心脏病发作，住进医院再没回家。

照片里风华正茂的年轻情侣深深打动了钟涛的心，天安门前素面朝天的“劳动模范”比当今的许多明星还要漂亮，而此时坐在眼前的老太太两眼呆滞，全身浮肿，一脸横肉，牙齿脱落，白发稀疏。人生要经历多少沧桑，才会把照片里面容姣好的大姑娘变成一个面目可憎的老怨妇呢？

每一次母亲肾病发作，他都会想起当年因为看到外婆沦落街头捡破烂，对母亲心生仇恨，明知她不能吃盐，竟偷偷往她的饭菜里放盐，这是他一生中不能原谅自己的恶行。他内心刚硬，并不那么容易自责负疚，除了给母亲碗里“投毒”，还有一个让他想起来会流泪的过失，那就是没能全程陪伴女儿成长。

母亲的生命眼看着就要油尽灯枯，在她最后的日子，他想打开她的心结，让她说出隐匿一生的秘密。传说带着沉重的秘密死去，会在忘川沉没，忍受千年煎熬才能得以轮回转世。那个被遗弃的男婴究竟有着怎样的身世？他还想告诉母亲，那个孩子被丢弃之后的经历，他的名字叫卡卡，如今在北京是金融圈的成功人士，他为卡卡能有今天感到高兴。

“妈，你年轻时真漂亮，怎么没有导演找你去拍电影？”

“漂亮有什么用？嫁给你爸，一切都完了……”

“那是时代造成的悲剧，您不能怨恨我爸……”

“不要跟我讲什么时代，他就是资产阶级右倾思想严重，结婚之前我没有发现他一肚子坏水……”

“妈，你在我爸之外爱过什么人吗？如果没有，那可就太冤了……”

钟妈抬起浮肿的眼皮，瞪着浑浊的眼珠，破口大骂：“你个流氓！说什么呢?！我都快死了，你还要朝我泼脏水?！”

“妈，我只是觉得你当年那么漂亮，一辈子只有我爸一个男人，太亏了……”

“你以为我是你？你跟那个地主家的孙女到现在还不清不白，别以为我不知道，我临死之前会通知朱五月回来，把真相告诉她！”

关于卡卡的话题再一次卡住了。

钟涛赔着笑脸：“妈，跟您开玩笑呢，别生气。其实，我的思想也已经落伍了，贝贝这代人更开放，贝贝换男朋友比换衣服还勤快……”

钟妈摇摇头，感叹道：“堕落啊，我们老一辈快死光了，天要下雨娘要嫁人，管不了了……”

钟涛把父母的照片放进钱包：“这张照片我要寄给贝贝看，让她知道爷爷奶奶年轻的时候也是俊男靓女……”

钟妈沉默许久，口吻悲凉地说：“你能让五月带贝贝回来跟我见一面吗?”

钟涛这二十年里出国、赚钱、破产、离婚，他的母亲一无所知，她还以为儿子是京城的作家，回老家是为了采风、写作。有时她会打听写作进展，钟涛告诉母亲自己将倾尽毕生精力写一本流芳千古、与《红楼梦》媲美的长篇小说。多年前，钟妈在街头与钟涛和梨花狭路相逢，她怒不可遏地给了梨花一巴掌，骂她是不要脸的第三者，当场把钟涛拉回家，逼他写检讨，发誓跟梨花断绝关系，否则她要去北京找作家协会和儿媳妇朱五月，揭发他的丑恶行径。

钟涛犹豫了，他一直在寻找机会对母亲和盘托出，希望在她有生之年能接受梨花，这是出于现实的考虑，他的姐姐跟母亲还是冤家对头，水火不容，一见面就吵，吵得两人都痛不欲生，她们母女这一辈子不可能有机会和解了。照顾母亲的人选，非梨花莫属。

另外，他还有一个心思，想给梨花一纸婚书，这张纸对他没有任何意义，但在梨花眼里却比金银财宝还重要。她跟他一起躲进深山，在那里从养鸡种菜自给自足开始，到现在有了一家生意兴隆的小型度假酒店，整整十三年，他没有挣过一分钱，没有为梨花的餐馆酒店洗过一个盘子，梨花供着他，让他过着悠闲自在的神仙生活。梨花老了，应该给她一个精神安慰奖。

“妈，其实，我跟朱五月的关系早就……”

钟妈打断钟涛的话：“是你不好！你跟那个梨花乱搞男女关系，换了是我，早就跟你离婚了！不但离婚，还要找组织开除你！”

老太太情绪激动喘不过气，张着嘴伸着脖子一副就要窒息的样子。

钟涛赶忙拿来氧气袋，让母亲吸氧。

关于卡卡、关于梨花的话题又一次夭折了。

钟妈何尝不知道儿子跟儿媳妇的关系已经名存实亡，甚至可能名也不存了。她不愿意承认现实，儿子是她灰暗的人生最后的一点光亮，儿子在北京工作，在北京娶妻生子，这是她的荣耀。她保留着钟涛早年发表的小说，逢年过节领导到家里慰问老干部，她都会拿出来炫耀。

她也知道儿子可能会跟梨花一辈子纠缠不清，这让她感到很失败。她从一开始就把这个地主的孙女和自己的较量看成是一场你死我活的阶级斗争，三十多年过去，才意识到对手的强大。她实在无法理解，大逆不道的儿子为什么会被梨花那个乡下女人征服？

钟妈下放大樟溪的一个小山村，三年之后，省里发调令让她回省城工作，可是她没有忘记自己“扎根农村”的誓言，拒绝回省城，于是，县领导调她到大樟溪公社当妇女主任。钟涛的姐姐在下放之初就跟母亲闹翻了，离家出走去另一个县投奔父亲。钟妈带着儿子搬到镇里，他们住的房子当年是梨花爷爷盖的豪宅，已经被没收充公了。三进大院住着七八户人家，地主家三代人挤在最后面两间简陋的小屋子里，那儿原先是长工女仆住的。

少年钟涛和少女梨花就这样相遇了。

这是钟妈后悔终生的重大事件之一，她本可以带儿子从小山村返回省城的，“扎根农村”并没有给她的政治生涯增添任何资本，却把儿子推向地主阶级……

钟涛从大樟溪考上大学，拿到录取通知那一刻，他以为自己跟梨花的关系到此结束了，这个乡下姑娘将成为一段与青春有关的回忆，或酸，或甜，总之从此两茫茫，再也见不到彼此了。就像李春波唱的那首歌《小芳》，从城里下放农村的男生大概心里都有一个“小芳”，否则那首歌怎么会红遍大江南北呢？

他和梨花分别之前的那个晚上，两人躲在山上疯狂地做爱。他亲吻她，一遍遍说：我会一辈子记住你的好。梨花的回答让他惊吓不已，她说：我攒够了钱，就买火车票去找你。他知道乱搞男女关系的后果有多严重，大樟溪前一年考进大学的一个男生就因此被开除了。梨花看出他的恐惧，她说：我不会打扰你，我只要能跟你在一个城市就心满意足了，你可以不理我。钟涛严词厉色要求她不要这样做，但是三个月之后，梨花还是出现了，在男生宿舍门口撞见梨花那瞬间，他惊吓得双腿发软。梨花说她找到一份保姆的工作，发誓只想做他地下的女人，绝无非分之想，她有自知之明，知道自己配不上他，同时她抓住了他的弱点，他抗拒不了她的肉体。第二天他们就开始了“地下活动”，之后，她一直不远不近地跟随他，守株待兔等着他。

回望校园时代，我看到那个傻傻的女生，不厌其烦地追问钟涛：你爱我吗？

他总是闪烁其词，好像对“爱”这个字眼有语言障碍，但不管他怎样回答，我都会心满意足幸福无比。

我知道他有个老乡名叫梨花在附近打工，他时不时地去看她。我还知道一些关于梨花的故事，她的爷爷是大地主，上大学之前他和母亲就住在梨花爷爷的房子里，她没能考上大学，家里逼她嫁人，她逃婚出来做保姆。钟涛经常“关照”从乡下进城当保姆的老乡，他在我心里的形象更加高大了，充满了道德美感的魅力。

多年之后我才恍然看清自己的可笑和可怜。

钟涛为他跟梨花的关系申辩时，必定要数落我的不是，抱怨我满脑子爱情，却从来不在床上满足他，厚颜无耻地说梨花给了他床笫之欢。我们在校园里谈情说爱，梨花就在附近打工，他们经常在主人上班不在家的时间偷情。那时候风靡一时的萨特和弗洛伊德让他心安理得，毫无道德约束。

我们大学毕业分配到北京工作，结婚、生孩子，梨花如影随形，她跟来北京，做保姆、餐厅服务员、商场售货员，每一份工作都离我们住的地方很近。更荒诞的是，贝贝小时候，梨花还来我家当过保姆。我就是这么的愚钝，这么盲目自信。钟涛飞黄腾达期间，年轻美女蜂拥而至投怀送抱，分身乏术，冷落了梨花，梨花黯然离开，直至钟涛破产逃难，她无怨无尤地接受了这个落魄的浪子……

我的前夫对爱情有过无数结论性的阐述，例如：

“爱情是人类为了寻求配偶编造的幻想，男女之间最本质的动力就是上床，繁衍后代；家庭是社会的最小的经济共同体。什么叫经济？就是以最少的付出获取最可能大的利益，那么，就有甄选跟谁组织家庭的问题，人类把它称之为爱情……

“由于时空的局限，梨花出现了，她符合当时我对老婆的定义，她又那么主动，她是地主的孙女，我母亲说这是严重的阶级斗争，那会儿我也对她那个地主家庭充满了怀疑和恐惧，用现在话说成本太高。后来，你出现在我的时空里，我以为你是最经济适用的老婆，没想到你是琼瑶笔下的小说人物，比我妈还要难对付……”

他拒绝承认自己爱过哪个女人，说跟母亲下放在大樟溪期间他很孤独，稚气未脱的少年竟然渴望有一个老婆。关于老婆的定义是：白天可以陪他说话，晚上可以搂着睡觉。老婆一定不会跟她吵架，他受够了母亲和所有亲人的激战，并无师自通地在梦里跟虚拟的老婆做爱，住进地主的房子之后，他梦里的老婆有了清晰的五官，那就是地主的孙女梨花……

梨花究竟是一个什么样的女人？

我对她的怜悯多过怨恨，对她不解的同时，不能不钦佩她的坚韧和隐忍。

感谢岁月带我走出那个可怜可悲的角色，带我走出沼泽地般的婚姻。我不但不再怨恨钟涛对我的欺骗，相反还很感恩有过几年蒙在鼓里的幸福。

幸福本来就是主观感受。

不是吗？

16

老杰瑞越来越不加掩饰地流露出对董丽雅的喜欢，有时候董丽雅也觉得自己跟这个老男人早已是老夫老妻，相敬如宾，配合默契，不需要太多语言，这样的日子仿佛已经过了很久很久，让她沉溺其中。可是，三天前她的肚子又开始绞痛，国内带来的止痛药开始派上用场了，不得不考虑去留的问题了。

挪威的早晨，董小姐正在清理老杰瑞家的老冰箱，清出很多过期食品，冰箱角落里有一包四川榨菜，她想留着食用，她的中国胃已经受不了西餐了，这包冻得硬邦邦的四川榨菜让她垂涎欲滴。她把榨菜包举到亮处，眯着眼睛，看出字迹模糊的生产日期，竟是1997年10月，惊愕地大叫："天哪！老杰瑞！你快来看呀！"

在楼上的老杰瑞丢下正在研究的《阿信》，惊慌地冲下来："出了什么事情？"

董小姐举着一小包榨菜，笑弯了腰："1997，哈哈，香港回归那年……"

老杰瑞接过榨菜，不解地问："这很可笑吗？"

"你看看生产日期！简直是出土文物，可以送去拍卖了！"

老杰瑞看了一眼跟着笑了："嗯，古董，很珍贵……"

他把榨菜丢进垃圾桶，转身往楼梯走了几步，忽然停下，站在高处打量董丽雅，这两天她都在做卫生大扫除，让他有些于心不忍。

“你不需要这么勤劳，有时间多看书，出去散步也好……”

“我要腾出冰箱，给你包几百个饺子让你慢慢吃……”

“为什么要包那么多饺子？”

老杰瑞疑惑地转身回到董丽雅身边。

“我还要继续漫游，完成看世界的计划。为了报答你对我的招待，多包些饺子，让你慢慢吃，我能做的也只有包饺子……”

董丽雅说这番话的时候眼睛紧盯着冰箱，不敢回眸看老杰瑞。

“其实，过几天，我也想给自己放假，我愿意开车带你去旅游……”

董丽雅心里发酸，眼泪就要涌出来，却佯装潇洒地笑笑：“天下没有不散的筵席，我从哪里来，总要回到哪里去的……”

老杰瑞神情黯然，默默走开，脚步缓慢，长叹道：“我理解你不习惯这里的生活，对你来说，这里的确有些无聊……”

董丽雅低下头，滚烫的泪水落在她的手背。

老杰瑞端着托盘从小楼里走出来，托盘里放着两杯咖啡和一碟小甜点，看样子他准备和董小姐做一次长谈。

董丽雅正坐在那棵树下跟我视频聊天，她把手机镜头冲向老杰瑞，我跟老杰瑞互相挥手打招呼。

老杰瑞说：“你好，我可以问你一个问题吗？”

“当然。”

“你看过《阿信》吗？”

“看过。”

“那么，对你有什么影响吗？”

“几乎没有。”

“为什么？”

“可能是因为，我缺少冒险精神……”

我没有告诉他：当时我家里有一个冒险的疯子，他已经让我上天入地不得安生了。

“像你这样不愿意冒险的中国人多吗?”

“嗯，可能不是太多……”

“好，谢谢你的回答。”

老杰瑞摆手示意“采访”结束。

他花了三天时间看完《阿信》，为自己找到解释中国现象的新思路感到亢奋不已。作为中国通，他经常受邀参加与中国有关的文化活动，过些日子就有奥斯陆大学主办的关于中国文化的研讨会。他有一篇现成的演讲稿，这篇谈孔子的演讲稿像万金油，可以在任何讲台通用。现在，他决定推翻重写，把《阿信》与当代中国作为演讲主题。他相信所有与会者都会感到振聋发聩，报以经久不衰的掌声。

老杰瑞品着咖啡，眼睛放光，脸颊泛红，似乎已经听到了如雷的掌声，深深地陶醉其中。

董丽雅向他竖起大拇指：“Good!”

老杰瑞伸出杯子碰了一下董丽雅的杯子：“我衷心地谢谢你!”

董丽雅打趣说：“那么，我可以分享你的演讲稿费吗?”

老杰瑞哈哈笑着，指着董丽雅：“你就是中国的阿信!”

董丽雅听出老杰瑞对阿信的评价含有贬义：“阿信不好吗?”

老杰瑞往嘴里送一小块甜点，慢慢地咀嚼着，思忖着：“嗯，当然，阿信是一个了不起的女性，但是……”

董丽雅在外交公寓做女佣学会了解读外国人的表达方式，前面天花乱坠地夸你，一个“但是”就把你彻底否定了，“但是”后面的话才是他们真正想表达的。

“但是什么?”

“但是，她对中国人起了不怎么好的影响……”

“我不同意!”

“你听我慢慢道来，不要着急，不是阿信不好，而是她在那个时间出现，代表了成功和金钱，成为一代中国人的偶像，任何偶像都是对思想自由的约束……”

董丽雅还惦记跟北京闺蜜视频，无心恋战，哄小孩似的和颜悦色地说：

“亲爱的汉学家，老杰瑞先生，你可以按照你的理解写你的文章，我只是一个普通的中国妇女，没有什么思想……”

“不，你不普通，你有你的思想……”

“我担心讨论太多会影响你的思路，是吧？”

“嗯，有道理，那么，我回书房工作了……”他站起来，神情亲昵地勾了勾董丽雅的肩膀，“你继续跟你的北京朋友说话吧……”

董丽雅看着老杰瑞走进小楼，抬起眼睛等着他出现在楼上窗户前。每一次他都会站在那儿停留片刻，给坐在院子里的她一个微笑或者一个手势再转身伏案工作。

老杰瑞从楼上窗户伸出手里的咖啡杯，董丽雅也朝他举起杯子，四目相视片刻，老杰瑞心满意足地转身回到电脑前写他的演讲稿，董丽雅呆呆地看着空窗户泪流满面。

她忽然开始迷恋生命，开始抱怨上天对自己的不公平，既然要我死，却又为什么让老杰瑞一步步走进我的心？她知道老杰瑞心里也开始有她了，许多时候，只要她稍稍放松一点，可能两个人的关系就会有突破性进展。她心疼自己，更心疼老杰瑞，这个孤僻古怪的老头子并不轻易接受一个女人，我怎么能就这样撇下他，一走了之呢？

董丽雅越想越伤心，抓起手机跑到一个僻静的小山坡，酣畅淋漓地唏嘘痛哭。

我在视频里看到董闺蜜哭成烂桃子的一双眼睛，说了很多安慰的话，劝她回北京治病，哪怕只是多活几年也好……

北京时间上午九点半，股市刚开盘，我在电脑前一边忙着打开股市账户，急着想看我的十万块钱变成多少了，一边有口无心地安慰着董闺蜜。

电脑屏幕一片红，我的账户里显示总资产有十一万七千，仅仅三天，盈利高达百分之十七！

坐看钞票进账并没有给我带来喜悦，我懊悔自己没有下大赌注，想到此刻和我一样坐在电脑前看盘的秦红，正以天文数字的规模挣得金银满钵，我的心又一次五味杂陈。

开户那天，秦红听说我只肯拿出十万试水，急得要跳脚，情绪激烈地说我没出息，白白浪费了大好时机，至少应该凑足一百万资金，跨过加杠杆的门槛，才值得她为我带路导航。她自己已经加了杠杆，开始操作五千万的大盘。

看着火红的股市，我为自己的保守感到羞愧。

秦红并没有因为我的保守抛弃我，每天发信息通知我，让我跟她同进同出。

九点四十分，秦红颁发指令：按兵不动。

我这才缓过神，想起董闺蜜的生死大事，她为什么要哭呢？在她向我告别的最后的晚宴上，她是那么的潇洒，把自己的人生终点定位在豪华邮轮。我还祝福她能搭上“泰坦尼克号”，遇到爱情，在爱人的怀里合上双眼。

上帝似乎应许了我们的祈求，派老杰瑞出演莱昂纳多的角色，她完全可以邀请他一起登上邮轮，在一场浪漫凄美的恋爱中幸福地死去……

我的董闺蜜，一切正在按你的剧本演出，你所求所愿就要实现了，怎么突然变卦，贪生怕死了呢？

也许她考虑的不是自己，而是老杰瑞。在老杰瑞受伤之前，她已经“身先士卒”替他受伤、替他疼痛了。

我看到上个世纪九十年代初风华正茂的董丽雅，那个夕阳绚烂的傍晚，我推着自行车走出杂志社大门，眼前停着一辆崭新的小轿车，车门推开，董闺蜜身穿深蓝色金丝绒长裙，笑吟吟地走来：“生日快乐！”

我愣了一会儿，才记起这天是自己的生日，董闺蜜用心为我制造惊喜，却让我触景伤感欲哭无泪，我想起我的丈夫，多么希望从车里走出来的是他。当时，钟涛已经出国转了一圈，在唐人街洗了一个月碗，跟餐馆老板大吵一架，拂袖而去，连最后一周工资都不要就回国了。随后，摇身一变成了商人，忙生意，忙女人，他慷慨地给我一摞一摞现金，金钱无法买到我对他婚外情的容忍，我正委托律师提起离婚诉讼。表面上我坚强而愤怒，其实我的内心已经完全崩溃。那些日子我像一个游魂，神思恍惚，好几次骑车上下班途中被警察叫住，恍然看见十字路口的红灯，其中一个警察连续抓到我两次。有一次我驮着贝贝在红灯中穿过大马路，年轻的警察冲上前拽住我的车，他没有处罚我，而是满脸同情地说：女士，你是受了什么刺激吧？精神状态很不好，别骑车了，孩子这么小……

那是我一生中最不堪回首的黑暗的岁月。

这个时期的董丽雅正踌躇满志地走向她的人生巅峰，从她光彩照人的样貌可以看出她内心的自信和满足。她已经关闭所有生意，转战还在试运行的中国股市，是第一批“吃螃蟹”的中国股民。她给自己买了一部进口的小车，白天到证券公司看盘炒股，晚上约各路朋友做美容、品美食、唱卡拉OK……

她带我到凯宾斯基大酒店吃西餐，点了最贵的法国鹅肝酱，俄罗斯鱼子酱，这两道菜的价钱比美味留给我的印象更深刻。落地窗外是北京城的夜景，几杯薄酒，两人都醉意蒙眬了，董丽雅故作神秘地凑近我的耳边，压低声音告诉我：“我带着卖服装开公司挣的二十几万投入股市，现在我有一百万的身价了……”

这个数字应该比如今的一个亿更惊人，但当时我满脑子想的都是钟涛，为离婚神思恍惚反应迟钝，并没有表现出震惊。

“一切都会过去的，”她握住我的手，目光真诚地盯着我，“几年前我牵着阿发站在大街上，看着一辆一辆汽车经过，满脑子想的都是抱着阿发朝车轱辘冲去，是你帮我挺过来的。瞧，我现在日子过得风生水起，会好的，一切都会好的，感觉孤独难熬的时候，给我打电话，我会丢下一切去陪你。亲爱的，生命中一定会有一个属于你的男人，那个人正在寻找你的路上，你们一定会相遇……”

她歉意地笑笑，表情有些羞涩：“有一件事情，我担心让你受刺激，所以没有第一时间汇报，可我忍不住要告诉你，希望能给你一点鼓励，勇敢地面对离婚……我的另一半出现了，现在我才知道两个命中注定相爱的人相遇是什么感觉，好比两颗行星迎头相撞，那真是原子弹爆炸的当量，摧枯拉朽，势不可挡……”

正说着，她手边比砖头还重的移动电话，那时候叫“大哥大”，响了。

话筒里传出那个男人的说笑声，音色浑厚磁性，风趣幽默，显得活力十足。

大约一个月之前，董丽雅去坐落在西长安街的燕京饭店，她弟弟的一个朋友出差来北京，下榻在那里，弟媳妇刚生了孩子，她买了几件小衣服，包一个红包，准备请那个朋友捎回去给弟弟。按图索骥，却阴差阳错走错了楼层，敲错了门，住在这里的是一个来自台湾的中年男人。他正在等什么人，满脸笑容地打开门，目光相遇的一瞬间，她觉得一道闪电在眼前划过，迫切地渴望认识这个健康阳光的中年男人。他一定也有相同的感觉，热情洋溢地邀请她进屋，用便携咖啡机煮了两杯香气迷人的咖啡。几个小时里，她醉酒似的飘忽，记忆的碎片无法还原完整的经历，只有她的听觉清晰地留下他迷人的嗓音。如果不是服务员敲门提示房客必须离开，他们一定会聊到第二天。他送她到停车场，两人又站在车门边说了很久。一次又一次的告别之后，她终于打开车门，坐上驾驶座，车轮启动的一瞬间，他突然打开车门跳上车，说太晚了，为了安全，我要送你回家……

这个男人名叫黄念皖。

董丽雅用诗的语言诉说她的幸福和感动：“黄念皖跟我以往认识的所有男人都不一样，我相信上帝在每一个人出生之前就安排好另一半，黄念皖的出现，好比梅雨季节的阳光，人间四月的春风，雾霾尽扫，枯木复苏……

“亲爱的，你也会有这天的。命运的改变，总是由小小不起眼的偶然引发，牵一发动全身，而那些改变命运的偶然隐匿在日常琐碎的生活里，毫不起眼，如同你永远无法预知哪一片云彩会下雨，我和他这场刻骨铭心的爱情来的时候没有任何预兆……”

如此煽情的演说并没有打动我，我仍然无法自拔地为正在进行中的离婚心碎欲裂。离婚诉讼开始之后钟涛销声匿迹，法院的传票无法送达。我的律师正竭尽所能追踪他的下落，借助一切手段查证我们可以分配的财产。但其实，我走的是一步险棋，潜意识里多少还有点想赌他因此幡然醒悟痛改前非。愤怒扭曲了我最真实的期盼，我的自尊心拒绝承认我对我的丈夫仍然心存幻想，但这个幻想时时像一把锯子在我的心头拉扯，血肉模糊，疼痛煎熬。

忽然，西餐厅的背景音乐变成《生日快乐》歌，服务生捧着点着蜡烛的蛋糕来到我跟前：

“朱女士，有一位男士祝你生日快乐……”

我想到了钟涛，却又不敢相信在这个时候他会这么做，问服务生：“那个人呢？”

服务生笑笑：“那位先生要求保密，他已经为您买了单，离开了……”

我又陷入梦游状态，站起来，想去追钟涛。

董丽雅拉住我：“亲爱的，我知道是谁，只有黄念皖会这么做，每一天我都会收到他制造的意外惊喜，每一天都会发现他的新大陆，他非常浪漫，非常慷慨，非常绅士，虽然只相处了短短的一个月时间，我觉得自己此生无憾了，有时候靠在他的怀里，我会问自己，你何德何能得此福气？”

《生日快乐》歌还在唱着，我莫名地生气了，流着眼泪怒斥道：“董丽雅，你太残忍了，你这么做是在我的伤口上撒盐！你和那个男人怎么可以在这个时候，不知羞耻地炫耀你们的所谓爱情?!”

我撇下她，冲出酒店，跳上出租车，她驾车追到我家，我把她关在门外。

那天晚上把阿发急坏了，我喂养阿发许多年，它却没有一刻忘记“亲妈”。我在屋里垂泪啜泣，董丽雅在门外喋喋不休，阿发咬着我的裤脚试图拽我去开门，把我的裤腿都咬烂了……

我的董闺蜜，你怎么把一手好牌输得精光呢？你在自我毁灭中是否有一些无以言说的快乐和满足？

有些人沉迷悲剧如同沉迷毒品，无可救药，心理学专家称之为“悲剧人格”。

如果我们还有机会重聚，我会拉她一起去看心理医生。

我们都有病。人人都有病。

17

我在梦中遇见我的女儿，一条安静的林荫道，地上的落叶清晰可见，贝贝远远地迎面走来，我激动地喊她叫她，她目光漠然地看我一眼，擦肩而过，似乎根本不认识我……

我知道这是因为我想女儿了，日有所思夜有所梦，尽管我对自己说了成千上百遍，放下，放下，但我还是会牵肠挂肚地想她。

我以为她会随时回家来，要求我拿出房本去银行办理抵押，可是没有。许多天过去了，石沉大海。昨天，我发现她限制了我看她朋友圈的“通行证”，之前，想她了，看看她的朋友圈，知道她工作交友的状况，我的心就踏实了。

在梦中喊着“贝贝”惊醒，我心神不宁了，她会不会出什么事儿了？

如果不是公司开会，我一定会早早地起床，穿过“堵城”去艺术区探听她的消息，哪怕只是坐在那家咖啡店，远远地看她一眼也好。

我站在玄关正要出门，小葡萄立刻神情哀婉地跑到落地窗前，开始“十八相送”。看着小葡萄，我的耳边响起贝贝小时候尖利的哭叫声：“妈妈，你几点回家啊？”……

我们的母女关系怎么会变成这样呢？

对此，我做过很多解释，但还是经常陷入困惑。

就在这时，我的电话响了，看到是贝贝来电，我惊恐地捂住胸口，我女儿不会打电话问安闲聊，通常是有求于我，她从未在清晨给我打过电话，我们娘俩都不是早起的“鸟儿”。这通电话让我想到最坏处。

“妈！我在朝阳医院，马上就要做手术，医生要你来签字！”

我惊吓得双腿发软，声音颤抖：“宝贝，出什么事儿了？”

“你马上来就是了！”

贝贝说罢挂了电话，我听出她的愤怒。

小葡萄也感觉到不安，脚步迟疑地朝我走来。我顾不上安抚它，转身就冲出门。

贝贝穿着病号服半躺在床上，一个梳小辫艺术家模样的男生坐在边上，两人手拉手说着什么。男生看到我进来赶忙松手站起来，他没有跟我打招呼，态度冷漠。贝贝的眼睛是红的，显然他们正在说什么伤心的事儿。

我上前勾着她的肩膀，问：“到底出什么事儿了？怎么突然就住院了？”

贝贝面无表情地拿开我的手：“切扁桃体。”

我松了一口气，坐下来，心里有些抱怨：这么点小事儿，搞得像是要出人命似的……

扁桃体发炎是她的老病根，切除不切除，不同的医生有不同的说法，所以我一直没有下决心给她做这个手术。

“宝贝，你应该事先跟我商量一下，我也好安排时间照顾你……”

贝贝读出母亲心里的抱怨，情绪激动：“我没想打扰你，是医生要求你签字，因为你是我法律上的亲人！”

“只是法律上的亲人？”

我有些生气了。

“你说呢？”

“你不是我生的？不是我养大的？”

“我怀疑！”

天哪，这是报应吗？我想起曾经在少不更事的时候这样责难过我的母亲。因为我不在母亲身边长大，总觉得她偏心弟弟不爱我，偶尔见面，我们也会起纷争，我说过最有杀伤力的话就是：我是不是你生的？

我母亲和我根本没有可比性。我母亲生下我就把我丢给外公外婆，她和我父亲在上海工作，我只在每年暑假去上海的家做客。钟涛出国那年，我写信给我母亲，希望她能来北京帮我照看贝贝。那年她退休赋闲在家，母亲回信说她不习惯北方生活，不留余地地拒绝了我的请求。贝贝是我一手带大的，这一路走来并不容易，在我前夫制造的各种磨难中，我像一只嘴里叼着孩子、颠沛流离的母兽，任何时候女儿都占据着我心中最重要的位置……

“贝贝，你不要没良心！我是你妈，我没有亏待过你！”

一直站在旁边的男生，开口了：“阿姨，贝贝要做手术了，本来我想给她签字的，但是医生不同意，我带你去医生办公室吧……”

我看着男生，想说：你是谁？但我竭力克制着，尽管贝贝经常换男朋友，可万一这个男生真成了我的女婿呢？我强忍着满腔义愤，默默地往外走，男生跟出来，快步走到我的前面，穿过长长的过道，我和他没有说一句话。

我能感觉到这个男生对我有着先入为主的偏见，很想知道贝贝向男生灌输了些什么，在贝贝心里我究竟是什么样的母亲？

签字之后，我和男生回到病房，等着护士来接贝贝去手术室，差不多有一个多小时，贝贝和男生低声细语说着他们艺术圈的事情，我被冷落在一边，很想拂袖而去，但我害怕那样做的后果，贝贝一定会更加理直气壮地背离我。

送贝贝进手术室，我和男生守在手术室门前，各坐一把长椅，没有任何交流。

我悲哀地想到如果这个男孩儿将来成为我的女婿，我的晚景将会是多么的凄凉……

一个护士走来，要求贝贝的家属准备冷饮和冰袋。

男生立刻起身说：“我去买。”

我看到他留在长椅上的两部摞在一起的手机，其中一部是贝贝的，刚才在手术室门口贝贝把手机交到男生手中。

我还不知道自己会做出什么举动，心脏已经骤然突突地跳了起来，这是千载难逢窥探秘密的机会。我敏捷地上前抓起手机输入密码，女儿曾经在我的视线里输过密码，我一直牢牢地记在心里。进入微信看到贝贝和这个男生的对话。

“我跟我妈关系不好，我不想让她知道我做手术，我不习惯她装模作样心疼的样子，她为我做任何一点事情都会像下蛋的母鸡呱呱叫好久……

“她是天底下最自私的女人，我从托儿所开始寄宿，一直到上大学，她逍遥自在地做她的事业，跟我爸离婚，交男朋友谈恋爱。你知道吗，托儿所里经常只有我一个人在空空荡荡的黑楼里过夜，值班阿姨会偷偷跑回家，第二天天快亮了才回来，我每天都睡在尿湿的小床里，夜里醒来不敢哭，阿姨说哭了坏人就会跑进来把我抱走……”

男生的回复是：“可怜的贝贝，别人追求你，是因为你的美貌和才华，只有我能在你刚强的外表看到你的软弱，心疼你，怜爱你。忘掉那个所谓母亲吧，她不配做母亲……”

……

我再也看不下去了，捧着手机浑身发冷直打哆嗦，听到楼道里响起脚步声慌忙把手机放回原位，向楼道尽头的窗户走去，推开窗户的那一瞬间真想纵身跳下去。

女儿的评价摧毁了我对自己的估值，一切归零，甚至是负数，仿佛在一面镜子里看到一个丑恶如狼外婆的女人，她是贝贝心中的母亲。

记忆剪辑着完全不同的故事，一个二十几岁的年轻母亲，要工作，要带孩子，骑着车驮着女儿风里来雨里去。为了不淋湿宝贝女儿，给她裹两层雨衣，我自己经常被淋得像落汤鸡。有时赶上雪天，我一路推着车，从东四幼儿园到和平里的家，踩着积雪举步维艰，贝贝在自行车后座里笑着唱着，我心里在流泪，哀叹生活为什么这么艰难？抱怨自己过早地嫁人生孩子是一个无可挽回的错误……

更艰难的是小贝贝生病的时候，她的扁桃体三天两头发炎发烧，一烧就是三十九度四十度，数不清多少次半夜三更抱着她奔向医院挂急诊。有一回儿科急症的男医生出于同情帮我抱了一会儿哭闹的病儿，我都感动得差点要哭出来……

从贝贝出生到长大成人，钟涛出国，做生意，破产逃难，养育孩子的日常琐事，他几乎全程缺席。我不否认他爱女儿，他一直在用无底线的娇惯弥补他的缺席。

我怎能接受女儿这样的恶评？抚今追昔，我感到绝望，我心疼当年的自己，那个年轻母亲已经耗尽了全部气力爱她的孩子，况且她自己也还是一个需要爱的孩子。

我在想象中冲进手术室，跟女儿摊牌，告诉她：我看了你的微信，为什么要跟一个不相干的男生污蔑你的亲生母亲?！因为爱你，我没有破坏你父亲在你心中的形象，现在我要告诉你，你所有的不幸和我所有的不幸都是那个名叫钟涛的男人造成的！你有什么冤屈找他去！

但我只能克制自己，我的理性告诉我：必须克制。我的手指紧紧地抠着窗台，指甲都抠劈了。

摊上这样的女儿是我的命不好吧？我好一番自怜自叹。对命运的无奈和悲哀渐渐熄灭了心中的怒火。

贝贝从手术室里推出来，小男生扑上前弓着腰跟贝贝说着话一路跟进病房。

我像陌路人似的跟后面，进了病房，男生给贝贝喂冰激凌，用冰袋敷她的脖子，我始终默默地站在角落。

贝贝可能发现我的表现有些反常，正常情况下她的妈妈会不失时机咋咋呼呼母爱泛滥，绝不会这样冷眼旁观，让外人代劳。她咽下一口冰激凌问男生："我的手机呢？"

男生从口袋里掏出手机交给贝贝。

贝贝翻弄着手机，狐疑地乜眼看我。

我用明察秋毫又感慨万千的目光回敬贝贝，我相信贝贝能从我的目光里猜出发生了泄密事件。

贝贝的眼睛流露出一丝慌乱和愤怒。

我竭力保持平静地说："医生说你的手术很成功，我回公司处理一些事情，晚点再来。"

贝贝说："不要来了，我很快就出院了。"

"要不要接你回家调养？"

"不用。"

我没有跟男生打招呼就走了。

我猜想男生一定借机讨好，说：你妈果真跟别人家的妈不一样，她手下的员工生病了也不能这么冷漠吧？而贝贝会盘问他是否全程看护好她的手机。

我坐进车里没有马上开车，情绪平复之后，发觉自己的心情并没有想象中的那么受伤，隐隐约约还有一种打了胜仗的释然。的确，在我和女儿数不清的诸多交锋中，今天第一次占了上风。我决定不理她，发誓不主动联系，每一回都是我举白旗，这回一定要让她举一次白旗。

我没有去公司开会，以女儿生病为由请假。回到家，换上居家服装，抱起小葡萄，心里顿然七上八下的慌乱，好像有人在催促我，再也坐不住了，丢下小葡萄冲进厨房，手忙脚乱地用家里现成的水果榨汁，装进保温壶，送去医院。

那个男生不在病房里，我们母女心照不宣地对手机事件保持沉默。

贝贝很给面子地吃了几口加了冰块的果汁。就这样，我的心又软化了。这孩子真是我心头一根无法去除的刺，只要这根刺不扎我，我就母爱满满。

我坐下，拉过她的手，“伤口疼吗？”

“能不疼吗？”

“这应该是你第二次住院，小时候因为痢疾在中日友好医院住过……”

“我记得。”

“那时候你还不到两岁，打针吃药都很配合，医生护士都夸你乖……”

“从小住托儿所的孩子敢不乖吗？”

我闻到了火药味儿，赶忙转移话题：

“这几天我也一直在考虑抵押房子的事儿……”

“不用考虑了，我有钱了……”

我愣了一下，小心翼翼地问：

“哪来的钱？”

“我爸正在卖我奶奶的房子，人家梨花二话不说，已经把全部积蓄都寄给我了……”

我觉得一阵刺痛，一颗子弹从后背穿过胸膛，这颗子弹来自万水千山之外的大樟溪。这时候我应该知趣地认输，承认自己这一辈子输给了钟涛和梨花，但是我还想为自己辩护，张了张嘴，却说不出一个字儿。

贝贝乘胜追击，接着说：“我给他们打一个电话，就搞定了，哪像你，好像我要骗你的钱似的……”

我理屈词穷地支吾道：“你妈只是比较谨慎保守……”

“别说了，你只为你自己活着。”

“你不要这样冤枉你妈，正是因为你妈谨慎保守，我们娘俩的生活才没有受你爸拖累，没有大起大落……”

“你要在病房里跟我吵架吗？”

小男生拎着一袋水果出现在门口，猛地撞见我，似乎感到有些意外，随即不满地皱起眉头，径直走到床头，半跪下，摸着贝贝的头发：

“你没事儿吧？千万别生气，要是伤口出血就麻烦了……”

贝贝回馈小男生一个温暖的微笑。

两个家伙再也不看我一眼，旁若无人地交头接耳。

他们向我发出无声的驱逐令，我满心落寞地离开，转过身那一瞬间泪眼模糊了我的视线。

我委屈，我不理解，从怀孕那天开始，她就是我生命中的唯此为大，我为她付出的还不够吗？

我忽然满怀歉意地想起老夫子，若不是为了贝贝，我们怎么会这样若即若离十几年？

我驾车上路，急切地渴望见到老夫子，我想扑进他的怀里对他说：老夫子，在这个世界上我只有你一个亲人了……

到老夫子家楼下，我犹豫了，早年我们因为贝贝发生过矛盾，甚至一度为此分手，后来我们之间不再谈及贝贝，我对他封锁与贝贝相关的任何事情，今天我该对老夫子说什么呢？

我对着后视镜擦去泪痕，捋了捋头发，打电话给老夫子，口吻轻松地说：“老夫子，本人路过此地，顺便登门打扰……”

……

18

驱车驶入通往公司的小路，我发现前方一辆豪车正穿过停车场闸口，想必又是某家金融机构的精英，说不定一会儿我就要在会议室里听他发号施令。我不由自主地放慢车速，眼睛张望着，想找个角落停车。旋即，我自嘲地笑了，为了证明自己能够做到对豪车视若无睹，我把车停在豪车旁边。

我在车里低头整理文件夹，眼睛的余光捕捉到一个五短身材衣着花哨的男人跳下车，用力关上车门，绕过豪车向我走来，敲了敲我的车窗，抬眼望去，站在身边的竟是卡卡！

我从车里出来：“你怎么跑这儿来了？”

卡卡得意地笑笑：“本来我想在开会的时候给你一个惊喜，嫂子，你大概不知道，我是你们公司的财神爷……”

“在你之前已经来了好几拨投资人……”

“他们都是皮包公司，我才是真正的金主，我会给你最好的稿费，你拿了钱可以参加贝贝的众筹……”

“什么意思？”

“嫂子啊，你有福气了，咱家贝贝可有本事了，她一定会让你和我哥过上富足的生活……”

我心里一紧，慌忙问：“她有什么本事？”

“贝贝筹到一千万投给海森鑫，成为我们公司最年轻的股东……”

我更紧张了：“她哪来的钱？”

“瞧您紧张的，贝贝身边不少富二代，振臂一呼，众筹一千万，小意思，她是牵头的，我们给她抽成。小姑娘很有经济头脑，我要好好栽培她……”

这个消息无异于恐怖袭击，毫无预警地就把我被击倒了。

我呆呆地站在豪车和我的老大众之间，听不见卡卡又说了些什么，不知道他什么时候离开。我女儿的一千万，好像泰山压顶，压得我喘不过气。忧心忡忡地想到万一投资失败，拿什么赔偿她的那些朋友？我还担心这么做是否会触犯法律。

所有与贝贝有关的隐患，一旦被我发现，我就会变成一个焦虑症加强迫症患者，把事情想到最坏处。她是在我充满焦虑的爱中长大的，如同我在我外婆焦虑的爱中长大。她在澳洲读书几年间，我每天上网关注她的QQ空间，一天没有动静，我就会心慌意乱，立刻打越洋电话找她。此刻，我想到钟涛被债主追杀时的恐怖经历，想到前不久一个制片人集资拍片子失败，债务缠身跳楼自杀……

我已经不可能若无其事地参加剧本讨论，只想以最快的速度去艺术区找贝贝，让她亲口告诉我，这一千万是怎么筹集到的。我要请律师介入所有相关的合同。

我钻进车里，拧动车钥匙，伸手准备挂挡上路，眼前浮现出贝贝冰冷的目光，朝阳医院发生的每一个细节栩栩如生地再现着。就在那一刻，我惊愕地发现我的女儿不仅是叛逆，不仅是代沟，而是对我这个母亲心怀深刻的怨恨。我的心死得那么彻底，我以为我能够把她这根刺从心里拔出，不再挂念她。

那天在病房被驱逐出境，我前所未有地用心给老夫子做了一顿饭，两人喝了一点小酒，我忍不住含泪对他说："在这个世界上我只有你这么一个亲人了……"老夫子不以为意地笑笑，说："过两天，我就会降格回到第二位，我已经习惯了……"

果然，时隔两天，她又回到我的心里，成为那个站在窗台边哭喊妈妈的孩子，我不能眼睁睁看着我的孩子涉足险境而袖手旁观。

但同时我清醒地知道，我女儿不会接待我，不会听我一句劝说。我能做的只有对卡卡施加压力，让他放过我的女儿。

我把车挡把手推回停车挡位，下车，昂首挺胸，准备迎接一场激烈的交锋。

卡卡已经在会议室里侃侃而谈了，还是那些已经成为陈词滥调的“精英口头禅”：注资、估值、并购上市、资本运作。

会议室里来了几个新面孔，他们是临时借用的制片人。为了提高估值，卡卡要求我们公司立刻运作三部电视剧，人手不够，老板只好临时收编三个草台班子，滥竽充数。

老金是其中一个草台班子的制片人，他坐在我对面，正专心致志地埋头做笔记。想当年老金是国家电视台金牌制片人，接连拍了几部收视率极高的电视剧，那些电视剧至今还为剧迷们所津津乐道。功成名就的老金辞去公职，自己开影视公司，结果拍了两部戏都砸在手里，债主把他告上法庭，老婆带着孩子离开他。一无所有的老金给各个草台班子打工，以剧组为家四处漂泊，身上还背着这辈子还不清的债务。

我记起老金跟卡卡之间的恩怨，他是卡卡结识的第一个影视圈的“腕儿”，那会儿卡卡是老金的跟屁虫，为他拎包，替他挡酒。老金挺喜欢这个小跟班，走哪儿都带着他，完全没有防范。卡卡却在老金身边悄悄地生出翅膀，时机成熟的时候从背后捅了老金一刀。如今已经不年轻的老金，爱喝酒，爱谈曾经的辉煌岁月，他忘不了小跟班卡卡，把他的失败归咎于卡卡，经常喝下一瓶二锅头，咬牙切齿地骂那个背信弃义的“小矮子”，说：“那个小矮子，别让我撞见，他敢站到我跟前，我非得打断他的腿！”

我感慨地打量着老金，试图在他写满沧桑的脸上读出他的心理活动，他痛恨不齿的卑鄙小人摇身变成“资本大鳄”，此刻的金大制片人作何感想？还会想着打断“小矮子”的腿吗？

他们相遇在二十年之前，一列北上的火车，卧铺车厢面对面的铺位，那四十多个小时的旅途，注定了这两个不相干的男人会发生日后的恩怨。

佛家说百年修得同船渡，今生所有的故事都是延续了前生前世的剧本。那么，这两个男人前生前世是什么样的交往？

钟涛把卡卡带到北京，托关系为他在出版社发行部门安排了一份工作，卡卡很快就卖完了他从福建背来的走私手表、眼镜、香烟、录放机，于是不到三个月就辞职，继续做他的“走私”买卖。往返京福铁路跑单帮，他亲自奔赴海边，从渔民手里买第一手货物，为了逃避检查，用胶带把手表、眼镜、香烟捆在身上，一年四季穿宽大厚实的衣服。

遇见金牌制片人的时候，卡卡已经南北奔波两年，“万元户”变成“十万元户”了。他没有忘记进军演艺圈，去寻找在圈里的“冬妮娅”。命运给了他一个千载难逢的机会，安排金牌制片人与他在狭窄的火车车厢里相遇。火车启动之前，老金给某剧组打电话，说到两个大演员的名字，卡卡立刻意识到这个人是自己命中的贵人，使出浑身解数展开攻势。他慷慨地送老金台湾生产的冒牌手表、冒牌香烟，请老金喝酒。四十几个小时过去，老金就被跑单帮的“小矮子”征服了，两人称兄道弟，下了火车老金立刻带着卡卡去北京电影制片厂参加圈内名流的饭局。

卡卡就这样梦想成真，“进军”影视圈，滚雪球似的迅速拓展人脉。他的交际手段相当高超，颇有“孙子兵法”的风范——打着筹拍影视剧的幌子吸引年轻美女，影视圈外围有的是为了进剧组，哪怕只是在荧幕里露出一个背影，也会不惜献出身体的年轻姑娘；又以这些年轻美女作为诱饵吸引山西煤老板、河南企业家，各路土豪暴发户中还有我的前夫钟涛，偶尔还会有一些著名的导演、明星大腕儿客串他的饭局。每天晚上在京城各饭店歌厅声色犬马，土豪暴发户看到美女当然甘之若饴地掏钱买单，有时阔佬之间还会因为抢着买单“擦枪走火”。我前夫就曾经为了不让一个山西煤老板获得“买单特权”，在歌厅里打擂台，把小女星陪唱一首歌的价码从一千飙升到两万，唱到第五首歌，山西煤老板灰溜溜地举白旗逃离……

卡卡不花一分钱，夜夜笙歌，美女做伴，土豪买单。纸醉金迷之中，他的嗅觉像雷达一样全天候搜寻，蛰伏等待时机进行“偷袭”。

老金连续制作三部热播剧，在如日中天之际辞去国家电视台的公职，自己开公司，凭借着那三部剧的影响力，轻松地获得资金支持。为筹拍新公司的开山之作，老金买了大量的期刊书籍，在其中“淘金”挖掘题材。某一天，老金和卡卡在足疗店做足底按摩，他手捧一本文学期刊，其中一篇小说打动了他，看到激动之处大声朗读起来，金大制片确信这篇小说可以改编成一部了不起的电视剧，拍胸脯保证这部片子将超越他之前的所有作品。老金躺在足疗店的躺椅里，当着卡卡的面，迫不及待地给投资人打电话，要求火速拨款买下小说改编权。

卡卡的嗅觉锁定了目标，毫不犹豫地“揭竿而起”背叛主子。当晚，他通过钟涛得到那位作家的联系方式，第二天带着现金搭乘第一班飞机飞到呼和浩特，敲开作家的门，以粉丝见偶像的虔诚，说自己多么喜欢这部小说，虽然还没有影视公司注意到这篇小说，但他愿意冒着风险自掏腰包先买断改编权。一个还没有红起来的作家，如何能抵挡如此热情的“粉丝”？卡卡带了十万现金，结果只花了六万就跟作家签了改编权买卖协议。

老金过了三天才辗转通过文学期刊编辑打电话给作家，得知改编版权已经被人买断，一部好戏失之交臂，金牌制片人懊恼得捶胸顿足，他丝毫没有怀疑卡卡，还把卡卡叫到酒馆大醉一场。

卡卡把小说改编权卖给另一家公司，价格翻了十几倍，作为附加条件，要求在片尾打出一行字：制片人陈卡卡。这个头衔可比十几倍的改编权价格更有价值，日后混社交圈的时候，陈卡卡可就是名正言顺的制片人了。

那部电视剧果然成为某年度的热播剧，此后卡卡自我介绍的时候，都不忘提及那部电视剧。

时隔一年多老金听说他的小跟班卡卡是那部剧的挂名制片人，当即到街边小摊买盗版光盘回家看，当他亲眼看到卡卡的名字堂而皇之地出现在屏幕上，自尊和自信遭到了前所未有的打击，恍然意识到在火车上认识的小混混从一开始就不安好心，而他一直把小混混当成不图回报的“粉丝”。影视圈名人都很习惯接受粉丝的无私奉献。大意失荆州，把他推向滑铁卢的竟是鞍前马后处处讨好他的“小矮子”。金大制片想过各种复仇方案，但此时他拍的两部剧无人问津，官司缠身，妻离子散，败落成为不得翻身的“咸鱼”……

卡卡的演说进入尾声了，他从我们公司秘书手里接过新泡的茶水，喝一口，自信满满地微笑道："我们要快马加鞭赶上金融时代的高铁，拜托各位排除一切干扰投入工作。如果必要，我可以考虑在郊外租一家度假村，把你们关起来，封闭创作……"

他把目光移向低头写笔记的老金："金老师，您有什么想法？"

老金讨好地笑笑："拿人钱财，替人消灾，咱们都跟着你干呗……"

"钱嘛，放心，只会比你们想的多，公司成功上市之后，我还会拿出一部分股票，作为红包发给你们……"

我注视着老金，面容憔悴，脸色乌黑，比实际年龄苍老很多。二十年前的金大制片人那可是虎虎生威，在某一次卡卡生日派对上我见过还很年轻的老金，那时候他魁梧健壮，相貌堂堂，一副呼风唤雨的大腕儿气度。身材矮小单薄的卡卡在老金身旁像电影里端尿盆的小太监，整个派对上他的眼睛只盯着老金，满脸阿谀献媚，不停地给老金夹菜敬酒。

生活真是一个无可匹敌的造型师，这个造型师手下的老金，让人一眼就能看出他是一个被债务和酒精摧毁的落魄老男人；卡卡也已经被彻底地改头换面了，谁还能从浑身名牌的投资大鳄身上看到那个跑单帮卖走私货的小男人呢？虽然他还是五短身材，但每一个毛孔都散发出的成功人士的嚣张气焰让他高大了许多。

我拿出手机，准备给卡卡发一条信息，约他谈话，只见他晃了晃手腕上的金表，站起来："我要赶去中关村考察一家创业公司……"

坐在他身后的秘书说："我们老总在对面的意大利餐厅订了包间……"

卡卡不以为然地说："我现在哪有时间吃饭？一顿饭的工夫就可能谈成一个大项目……"

紧接着，公司高管前呼后拥送投资大鳄到电梯口，我赶忙把手机和笔记本丢进手提包，抢在卡卡前面下电梯，到停车场等他。

几分钟之后，卡卡出现了，我快步上前拦下他。

"卡卡，我要求你放过贝贝，把那一千万退还给她。"

"怎么了，嫂子？"

"我不能让我女儿身陷风险之中，哪怕你有百分之九十九的胜算把握，我也不允许她承受百分之一的风险，你饶了我们母女。如果你还有良心，应该记得压垮钟涛的最后一根稻草就是你，要不是你让他投资电影，他不至于摔得那么惨！”

我背水一战，作好跟他断交的准备，揭他老底，刺激他，让他一怒之下清退贝贝的钱。一千万对他算不了什么，对我和我的女儿可能意味着倾家荡产。

卡卡的反应却让我大感意外，他欲言又止，目光哀婉地看着我，忽然转过身，肩膀微微颤抖地啜泣。

这不是我要的局面，我不知所措了。

我绕到他面前，支吾地说：“卡卡，请你理解我，像我这样的小康人家，最需要的是太平，而不是冒险……”

卡卡泪流满面哽咽地说：“嫂子，我既不是富二代，也不是官二代，能有今天，真的很不容易，我承认我做过一些让朋友误会的事情，但那是商业竞争，我不伤害他们，也会有别人伤害他们。现在我发达了，我要报答所有给过我滴水之恩的朋友，在我的报恩名单里，首当其冲就是嫂子你和钟哥，还有老金。他是我亲自点名聘请的制片人，他的情况很不好，嗜酒如命，贫病交加，已经没有剧组愿意用他了，我想让他挣点养老钱……”

我的思维彻底混乱了，我为自己口出恶言追悔莫及，皇帝不打笑面臣，我开始相信他做的一切只是为了“涌泉相报”。我怎么能这样挖老底羞辱他？但是，但我还是不能让贝贝上他的“高铁”，我不知道应该怎样才能把贝贝从“高铁”上拉下来……

“嫂子，这些日子我经常加班到深夜，结束一天的工作，关上电脑，我会给自己倒一杯红酒，站在落地窗前，看着灯火辉煌的京城夜景每每浮想联翩。我虽然生在高级知识分子家庭，但是因为父母受迫害，我吃了很多苦，少年时代曾经流落街头乞讨为生。从流浪儿到金融大亨，我的经历超乎一般人的想象，有一天，我会找一个安静的地方，为自己写一部传记……”

如此巧言令色让我的智商降到最低点，我不知所措地点点头，又摇摇头，想拨开云雾，回到主题，解救我的女儿。

卡卡从口袋里提出纸巾，擦了擦眼泪：“对不起，我必须走了！”

话刚落音，他已经打开车门跳上车，旋即，一声轰鸣，箭一般从我的眼前穿过。

我像一尊木偶原地呆站着，过了好一会儿脑子才开始转动，冒出来的第一个念头竟是怀疑自己——我是不是真的太落伍了？在卡卡和贝贝眼里我是不是像民国初期那些不肯剪辫子的遗老遗少，食古不化，顽愚可笑却不自知？

……

19

晚餐摆上饭桌，牛排、土豆泥和蔬菜沙拉，还有红酒和高脚杯。

董小姐站在楼梯扶手边，仰着脖子，喊道：“Dinner is ready！”

这句英语是她在外交公寓做女佣的时候学的，当时她在三户人家做清洁女工，其中有一家是美国人，负责做饭的是一个会讲英语的女厨师，每回摆好餐桌，女厨师就放开嗓子呼唤：“Dinner is ready！”

老杰瑞乐呵呵地用汉语回应：“好了，来了！”

他脚步轻盈地小跑着下楼，手里拿着一张写着汉字的纸张，像是解开一道数学难题的小学生，一脸讨好地把纸张递给董丽雅。

纸张上写着七月份的旅行计划。

“你要旅行？”

“我们一起！”

她模仿外国人，用夸张的表情，张大嘴巴：“哦？真的？你真的有时间旅行？”

在挪威小镇，她接触的每一个当地人，哪怕只是问个路，对方都会这样，用看上去很夸张的表情接待她。

老杰瑞说："我下个月参加完讨论会，就可以出发，在路上继续听你的故事……"

她的肚子痛了一下。当然，这是她的自我暗示在作祟，做饭的时候刚吃了止痛片。因为不忍拒绝眼前这个老小孩儿，她决定推迟离开的计划，直至身体出现崩溃的迹象再走，例如体重骤降，食欲不振。

"好啊，不过一个多月时间有点长，我们先过好每一天……"

"好，我加紧工作，你多看书，上网了解我们将要去的地方的历史，要是感到无聊可以去教堂学唱歌……"

她举起酒杯："谢谢你愿意给我这个中国女佣做导游……"

老杰瑞碰杯，说："为人民服务……"

他又为自己的幽默得意地笑了笑，告诉董丽雅，"文革"期间他还是大学生的时候去中国旅游，朋友带他下馆子，那会儿他已经初识汉字，看到饭馆门前挂着"为人民服务"的招牌，觉得很奇怪；服务员跟那个朋友的对话更让他差点笑到肚子疼，"为人民服务，里面请……""为人民服务，请问你们要吃什么？""为人民服务，猪肉大葱饺子一斤……""为人民服务，还有啤酒两杯……"

她忍不住大笑，嘴里的红酒笑喷到盘子里。

老杰瑞怔怔地看着董小姐。

她以为自己失态了："对不起，原谅我的粗鲁，作为中国女人应该笑不露齿……"

"不，不，我喜欢这个家里有你的笑声……"

霎时，她的眼睛湿润模糊了，赶忙低下头，假装大快朵颐。

老杰瑞的书架里有一本中文版《情人》。法国的玛格丽特·杜拉斯是董小姐最崇拜的女作家，她几乎读遍杜拉斯的所有小说。《情人》更是让她爱不释手百读不厌，其中的某些段落可倒背如流。例如《情人》的开篇："我已经老了，有一天，在一处公共场所的大厅里，一个男人向我走来。他对我说：我认识你，永远记得你。那时候，你还很年轻，人人都说你美，现在，我要告诉你，与你年轻时的容貌相比，我更爱你现在备受摧残的面容……”

她还很年轻的时候就不止一次读过《情人》，在经历了与台湾男人黄念皖的爱恨情仇之后，再读《情人》有了完全不一样的感觉。杜拉斯在爱情中的绝望与激情，跨越国界，跨越种族，让她产生了强烈的共鸣。她会呆呆地发怔，想着当自己老了，会不会有一天，在某一处，一个男人向自己走来，他是老年的黄念皖，他对她说：与你年轻时的容貌相比，我更爱你现在备受摧残的面容……

这么多年，她没有跟任何人说起自己内心的真实感受，对最信任的闺蜜也只说了故事梗概和一些支离破碎的细节。因为她无法准确地说出内心的真实感受，爱和恨像钟摆的两个方向，从未停止左右晃动，更不会告诉任何人，她经常在一些特定的环境中想他，想得心痛。例如，每年生日这天，她会想念他的惊喜浪漫；每每走过燕京饭店，她的目光都会立刻被泪水浸润，那幢建筑的每一块砖都见证了她和他当年的激情……

他是她生命中难以翻越的喜马拉雅山，这座山是爱，也是恨。

如果对爱情做严格的定义，或许董丽雅这一生只爱过一个男人，那就是在燕京饭店遭遇的台湾男人黄念皖。其他的所谓恋爱都不过是对命运的嘲弄，他们留给她的痛，更多的是自尊心受伤与不甘。至于老杰瑞，可能只是一场过分投入的逢场作戏。黄念皖却在她心里安营扎寨，从未离开，他的营寨终将陪伴她走进坟墓。一如仓央嘉措在一首诗中写道：这么多年，你一直在我的心口幽居，我放下过天地，放下过万物，却从未放下过你……

起初，她以为那不过是一次短暂的邂逅，在她和他第一次做爱之后，他们俩疲惫地靠在一起，她对他说：“我们是在火车站相遇的旅客，目的地不一样，你等你的火车，我等我的火车，只是因为山洪暴发，或者别的什么原因，交通受阻，我们一起打扑克消遣……”

他在她耳边爆发出一串剔透的笑声，搂紧她：“我可能会改变旅行目的地，跟着你，上你的火车……”

她不相信他的说法，可是她的身体脱离了理性的管辖，自行其是地沉迷在情欲之中。在他出现之前，她从来不知道自己的身体里蕴藏着那么强烈的欲望，哪怕只是远远地看到他的背影，她都会遏制不住地渴望跟他做爱。她喜欢藏在他的怀里，像一只被主人宠爱的小猫，又仿佛是被襁褓包裹的婴孩；她迷恋他的身体，更迷恋他如父如兄的呵护，在他面前她会不由自主地变成一个被娇宠的孩子，任性、撒娇、浑不讲理……

实际上，她小时候是人见人夸的好孩子，母亲说她三岁的时候就会帮着照看弟弟，在托儿所也是出名的乖巧可人，在她的记忆里自己从来没有对父母师长撒娇任性过。她的第一任男朋友就曾经抱怨她不娇不媚，缺少女人味儿，这很可能是他被别的女人吸引的原因。

“灵修”是当今中国流行的心理学学派，这个学派的领袖是德国人海灵格，他认为：每个人心里都藏着一个没有长大的孩子，这个孩子会在亲密关系中，在一切重大抉择中，扮演着绝对主导的角色，成年人的一切痛苦和挫折的“肇事者”都是自己心中的“孩子”。如今旨在自我救赎的“灵修培训”在中国各大城市遍地开花，精明的商人把心理医治做成热门生意，他们从印度和欧洲请来“灵修大师”，通常为期十天的培训，学费高达数千，仍供不应求。培训的主题，就是帮助学员找到深藏不露的那个“孩子”，让“孩子”说出被压抑的伤害和欲望，帮助他或她长大。

她通过各种信息渠道，知道了有这么一个“长不大的孩子”。如果不是因为生病出走，她可能会用做女佣挣的钱，交一笔不菲的学费，去参加“灵修培训”，她只想得到一个答案，那就是让心里的钟摆停下来，从不能言说的爱与恨中解脱。

那是一段情迷意乱的日子，她每天都对自己说今天不见他，今后不再见他。她是证券交易所的VIP，交易所免费向她提供一间单独的办公室。恋爱之后，她在电脑终端前心猿意马，经常出错，每天坚持不到一两个小时就坐不住了，抬脚去燕京饭店找他。他总能准确地从脚步声判断她来了，抢着在她敲门之前开门，将她揽进怀里，亲吻她，在她耳边倾诉思念之苦，然后昏天黑地地疯狂做爱。她是多么迷恋跟他做爱时的感觉，她的身体在他的手中，仿佛是鉴赏家把玩欣赏的细瓷古董，他是那么的温柔体贴、小心翼翼。比起肉体的欢愉，她更喜欢那一刻他在耳边的绵绵细语……

一直到这个夏天过去，她才渐渐地知道了他的身世，黄家祖籍安徽，所以父亲给他起名叫“念皖”。1949 年父母随国民政府逃难去台湾，他说的是“沦陷那年”，每一次她都打断他的话，纠正说是“解放那年”。他的母亲肚子里怀着他的哥哥、抱着他的姐姐从上海坐船去台湾，他的父亲那时还在重庆，一年之后全家人才得以团圆。他在台湾出生、长大，大学毕业去美国读研究生，之后留在美国，在一家白人公司打工。中国大陆开放之后，他的台湾同学纷纷到大陆做生意淘金，这让他蠢蠢欲动，再也无法安于朝九晚五的平淡生活。经过多方探路努力，拿到某品牌咖啡的中国大陆总代理，他立刻打点行装奔赴北京。

她和他相拥着半卧在燕京饭店的大床里，她侧脸枕在他胸前，听他讲咖啡生意和咖啡文化。他沉浸在对美好前景的憧憬之中，相信咖啡会像电子产品一样被中国人广泛接受，有一天咖啡会像茶叶一样深入每一个中国家庭……

“中国十几亿人口，只要有五分之一的人养成喝咖啡的习惯，那将是多大的需求量？”

她静静地听着，心里琢磨着一个困扰她很久的问题：他是否有妻子和孩子？关于这个问题，她心里自有判断，他已经年过不惑，又是一个如此有魅力的男人，没有理由不婚不娶。但她又心存侥幸地希望他和自己一样，运气欠佳，没能迈进婚姻的门槛，或者，是一个离婚男士……

“一直都没有听你说起你的太太，她支持你到大陆工作吗？”

隐忍很久的话脱口说出，她感到害怕和后悔，本来就是鸵鸟政策，逃避现实，这下把自己和他都逼到悬崖边了。

他没有回答她的问题，过了好一会儿，她转过头看他，他的眼睛睁大着，眼珠在微微颤动，他在思考如何向她解释他的生活。

她从他的表情里得到了自己不愿意正视的答案。

“不要回答我这个愚蠢的问题，我在等我的车，你在等你的车，我们继续打牌……”

他捧起她的脸，目光真挚，语气苍凉："你是我遇到的最美、最纯、最可爱的女人，我爱你，是命运让我们相遇，不要离开我，我不会让你一个人上火车，宝贝，留在我的身边，不要离开我……"

他先说到他的女儿，已经十岁了，是一个漂亮聪明的姑娘，然后用最简短的语言介绍他的妻子，来自广东的移民后裔，文化程度不高，脾气非常暴躁。

他曾经跟一个台湾女生订过婚，他们一起到美国读书，毕业之后，两人都没有申请到工作，他们只好在中餐馆打黑工谋生。不到半年，他的未婚妻就离开他，为了绿卡嫁给一个白人老头儿，而他娶了餐馆老板的女儿……

"她应该是很爱我，但是我……"

她伸手捂住他的嘴："不要再说了，我非常后悔挑起这个话题……"

这个幸福迷乱的季节，她第一次清醒地意识到自己已经不年轻了，想着该不该继续在"火车站"跟他"打牌"……

他看出她的清醒，再一次捧起她的脸，目光哀怜地凝视着她，信誓旦旦：

"相信我，我会给你一个交代，你千万不要做傻事儿，你是一个傻女孩，社会很复杂，男人很坏，我不能让你再受到一丝一毫的伤害……"

……

其实，在这个迷乱的夏天，她并没有完全失明，她的一只眼睛在迷乱中睁开着，她已经看到了他的缺点，霸道、冲动，占有欲极强，可是这些缺点却像能量巨大的漩涡牢牢地吸引着她的心，尤其痴迷享受他对自己的占有欲。他会捧着一杯手工研磨的咖啡，突然出现在她在证券交易所的办公室，其实是因为她身边有几个男性VIP股友让他感到不安全，他用咖啡"宣誓主权"；他查看她的移动电话，盘问通讯录里每一个人的来龙去脉；他巧妙地用浪漫多情包装他的占有欲，以各种方式出现在她的所有社交关系中，慷慨地宴请她的闺蜜和男性朋友，跟他们交朋友，甚至在南方的弟弟也成了他的朋友……

证实了他是有家室的男人，她的理性做出判断：必须离开他。但是，在那个冬天到来之前，她却跟他一起租了房子开始同居生活，还从股市里撤出资金。因为恋爱使她魂不守舍无心操作交易，赔了不少钱，她不再是“百万富翁”了，却为了表示自己心无旁骛的爱，毫不犹豫地“割肉”参与投资咖啡生意，协助他在北京开了第一家咖啡店，从此两人二十四小时形影相随……

现在，她知道自己心里有一个长不大的“孩子”，那个“孩子”甘之如饴地沉迷陶醉在他的占有欲里，因为她缺少父爱，渴望父爱。“孩子”从他充满占有欲、用心良苦的诸多细节里，感受到“父亲”对自己深入骨髓的爱，所以才一步步陷入他的包围圈。

她和父亲唯一的一次亲密接触，就是十岁那年生日，父亲笨手笨脚地为她梳辫子，大多数时候她看不见父亲，他总是早出晚归。后来举家南迁，父亲郁郁不得志，每天心事重重地坐在一个角落，即使在饭桌上吃饭，面对面，父女之间也几乎没有目光交流。有一次，她被鱼刺卡到了，家里的老保姆和母亲忙前忙后，让她喝醋，让她吞馒头，父亲竟然置若罔闻纹丝不动，她记得那天她哭得非常伤心，以至于让母亲感到慌乱无措，要带她去医院……

她做梦也没有想到有一天他们会反目成仇，她至死也无法接受这个现实。他们结束关系的方式十分惨烈——他丢下濒临破产的公司，跟年轻的女会计私奔了，那个女孩是她亲自面试录用的。这样的结局让昔日所有的美好往事都成为用心险恶的阴谋，每一个知情人都同仇敌忾地谴责黄念皖是骗子。

她恨他，他是她这一辈子唯一恨的人。

但是，她经常梦见他，在梦里他的怀抱还是那么温暖有力，他的声音还是那么迷人。尤其是在她开始尝试交男朋友的时候，他的身影更是无所不在。她通过婚姻介绍所见过四十八个男人，大多数都只见一两面就不了了之。那些让她失望的男人，总是勾起她对黄念皖强烈的怀念。她再也没有遇到像他那样集浪漫、风趣、热情、慷慨于一身的男人，再也没有男人以他的方式出现，如父如兄地爱她……

最后一次“相亲”的男人是一个副局级国家干部，婚姻介绍所的工作人员警告她，如果不把握机会嫁入“豪门”，他们再不可能为她找到更好的男人了。她跟“局座”维持了大约两个月的交往。那时候，她还有一部轿车开着，每一次见面都是她穿城而过去接他，看电影、吃饭之后再穿城而过送他回家。一个冬天的深夜，她送他回家，在返回自己家的途中车胎扎了，车停在偏僻的小路，慌乱中给“局座”打电话，打了三遍他才接起电话，不等她开口，他透出明显的抱怨：“我已经睡下了，明天还要上班……”她生气地把手机摔出老远，骤然想起黄念皖的种种好处，肝肠寸断失声痛哭……

他们有过许多年的恩爱时光，那期间哪怕只是分开半天，他也会打电话追踪，问她到了没有，吃饭了没有。第一次见面，离开的时候他跳上她的车，送她回家，以后每一次约会他都坚持这样做，跟车护送她回住所，看着她开门进屋，他才离开。她的车也曾在路上坏过，他接到电话，口吻关切，像是父亲对未成年的孩子，叮嘱她坐在车里，关好车门，把警示灯打开，随后他带着修车工赶到现场……

她哭着在路边草地里爬来爬去找到手机，她已经把他从通讯录名单里删除了，但是她的指尖储存着他的所有电话号码。她坐进车里拨了他在美国、台湾和大陆的所有电话号码，一遍遍听他在答录机的留言：你好，请在嘀声之后留言……

“局座”成为她最后一个相亲的男人，四十八个男人让她悲哀地接受一个现实：今生与婚姻无缘。

她手里捧着《情人》，每读一小片段，都会停下来，回想品味自己的故事，如果心里的痕迹可以剪辑，删去那些痛彻心肺的争吵、背叛和眼泪，她和他的故事或许比《情人》还精彩。如果杜拉斯跟那个华人富商公子哥交往长达十余年，她还会用那么美的文字怀念湄公河畔的浪漫邂逅吗？

她心里的钟摆似乎正缓缓停下，她愿意删除那些想起来就恨得牙齿打颤的往事，留下所有曾经感受到的美好，那些今生再也没有机会复制的幸福和欢乐。

想到这里，她感觉到心里那个“孩子”变得安静了，或许“孩子”从来没有恨过他，“她”爱他，“她”不允许她恨他，所以她的内心才会如此争战不止。

她原以为自己会带着不能言说的爱恨情仇葬身异国他乡，却在这个夜晚，不经意地翻越了盘桓在心里的“喜马拉雅山”。

20

我经常问自己，假如可以重新开始，我是否能做一个让我女儿满意的母亲？

倘若她的父亲仍然是钟涛，那么，答案是否定的。绝无可能。

重返那个浮皮潦草建立的小家，那段一地鸡毛的日子，我还会在她几个月大的时候送她去托儿所，还会在她一岁半的时候让她成为年龄最小的寄宿生。

一切都会克隆复制，重演一遍。别无选择。

那时候，心理学并不像现在这样普及，我还不知道什么叫“分离焦虑”，也不知道婴幼儿没有得到足够的关爱将导致其人格不健全。

知道又能怎样？除非选择不把她带到这个世界。

我又一次坐在艺术区小咖啡店等候我女儿的召见，手边的保温壶里装着用八种水果精心制作的新鲜果汁。

小路对面的画室门口停着我女儿的MINI小车，窗帘低垂，说明我家大小姐还在睡懒觉。

我点了一杯咖啡和一块蛋糕，坐在落地窗前耐心恭候。

这是她扁桃体手术后第五天，病房交锋的阴影还没散去，我并不想在这个时候“求见”我家大小姐，我勉强自己送温暖未必能换取我女儿一个温暖的目光，但是不这么做，肯定会让她身边的小男生嗤之以鼻：她是不是你的亲妈？

我清楚地记得贝贝第一天上托儿所的每一个细节，那天她刚满十个月。抱她下楼，小家伙看到自行车高兴地往前扑，以为妈妈要带她去公园玩，在这之前自行车总是跟玩耍联系在一起；清早的街头车水马龙，这是她第一次见识交通高峰时段的拥堵气势，亢奋得在小座椅里手舞足蹈哇哇乱叫。

托儿所婴儿班的房间里围着一圈木栅栏，三个和小贝贝差不多大的幼儿在里面爬来爬去，贝贝好奇地看着小朋友，一个瘦瘦高高的阿姨面无表情地抱过我怀里的孩子，小屋里顿时响起贝贝的哭叫声。

我想抱抱我的女儿，安抚她的情绪。

阿姨转过身，把正哭闹的贝贝放进木栅栏，面无表情地说：“快走吧，小孩都是鬼精灵，不理她，很快就好了……”

那天我去西郊宾馆采访，紧赶慢赶还是延误了接孩子的时间，昏暗的小屋子里，贝贝扶着栅栏东张西望，阿姨已经穿上外套，挎着手提包，冷漠的脸上显得很不耐烦。

贝贝看到妈妈，小嘴一扁，委屈地哭了。

我心疼地抱起女儿，亲吻她挂满眼泪的小脸，问阿姨：“她吃饭还好吗？中午睡觉了吗？”

阿姨晃了晃手里的钥匙说：“我家孩子等着我做饭呢！”

第二天清早，贝贝一看到自行车就哇哇大哭，泪眼汪汪可怜巴巴地看着我。我狠着心把她放上小座椅，载着她去托儿所。

我愿意相信那个阿姨说的，父母不在跟前孩子都很乖，阿姨已经在托儿所工作二十年了，虽然面无表情冷若冰霜，但是她的经验绝对可信，就像经验丰富的医生不会对患者的病痛大惊小怪一样。

那时，我们杂志新上任一个女主编，她到任之前在杂志里看过我的几篇报道，认为我是可造就的“笔杆子”，决定栽培我。新主编明显的偏爱勾起了我的事业心，为了不让“伯乐”失望，我要坚强，小小的贝贝也要坚强。

一周之后，我被派去外地采访，我只能把贝贝交给托儿所。托儿所有一间屋子供父母出差的孩子留宿，阿姨轮流值班，通常只有一个孩子在小屋里过夜，贝贝成为最经常在那里过夜的孩子。

我回到北京并没有第一时间赶去接贝贝，从火车站直接去办公室赶稿子，把稿件交给主编，得到满意的赞许之后才去托儿所。

贝贝还是那样，孤零零地扶着栅栏，翘首盼望，阿姨急着下班，很是不耐烦，我也不再问长问短，抱起女儿说声再见就走。

又过了些日子，主编再派我外出采访，这次走了十天。虽然每一个深夜都会想孩子，想得心焦失眠，但这不足以抵挡事业对我的诱惑。

我原本不是一个事业型女性，我只想像我外婆那样，一辈子生活在丈夫的光环之中，但婚后的现实让我对我的丈夫越来越失望，在女儿出生之前我就预感到我的婚姻注定要失败。

当时钟涛正跟一个和他一样不安分的同学去深圳探路，深圳是改革开放的起源地，他们摩拳擦掌，野心勃勃，发誓要“借东风”干出一番大事业。

自从大学毕业之后，平均每隔三个月，他就会有一个惊人的大举措。他已经尝试过很多稀奇古怪的所谓事业，也确实做成一些事情。他们把印有美人头像的挂历推向市场，美人挂历成为中国一个时代的印记，大江南北，从城市到农村，几乎家家户户的墙上都有他们策划的艳俗挂历；他们盗版印刷台湾的言情小说和香港武侠小说，一时间畅销全国。他很忙，我们的小家只是他过境的客栈。

我就这样稀里糊涂地把贝贝带到这个被绑在过山车上的家，我还没有脱去女学生的稚气就开始了“单亲”妈妈的艰难生活。虽然我们的婚姻关系维持了好多年，但是从生下孩子那天起，我就是一个名副其实的“单亲妈妈”。

我曾经那么憧憬自己的小家，第一次听到英国民歌home，sweet

home，我还在大学校园里，优美的旋律、动人的歌词，我流下了向往的泪水。

这是一首唯一能让我落泪的歌曲。

将近三十年过去了，我还会在不同境遇下听这首歌，落下不同心境的泪水。

刚刚来北京的时候，我们的小家是筒子楼里的一间小屋子，做饭的炉子放在门口，光线昏暗的过道摆放着十几户人家的小煤炉，洗涮如厕在楼梯口的公用卫生间里。

我爱这个家。曾经在凌乱拥挤的小屋听home，sweet home，流下幸福的泪水。

我惊讶地发现自己有烹调天赋。在结婚之前我没有碰过厨房里的锅碗瓢勺，竟然可以凭着记忆做出外婆的拿手菜，红烧肉、清蒸鱼、蚂蚁上树、排骨炖海带……凡是能想起来的菜肴都能有模有样地做出来。

我每天守着香喷喷的“爱宴”等着丈夫下班回家，竖着耳朵从纷杂的噪音里辨别出他回家的脚步声，那一刻我会兴奋地跳起来开门迎接。

很快我就怀孕了，我又惊讶地发现自己有做针线的天赋，这也是得了外婆的真传。我从小到大穿的衣服都是外婆亲手做的。上大学的时候街上流行穿军大衣，外婆买了布料赶工为我做了一件军大衣，同学都没看出那是赝品。左邻右舍谁家生孩子，外婆都会做一身小衣服送去，外婆的巧手比外公的学问更受欢迎。

我给未来的孩子做了小棉袄小棉裤，还用自己的花裙子改了一件小披风。

钟涛的“宏伟事业”渐入佳境，开始在外面有了各种应酬，越来越频繁地不回家吃晚饭。那时候通讯不方便，整条街只有一部公共电话，开始他还会打电话告诉我不回家吃晚饭，很快他就失去耐心了，因为公用电话实在很难打通。他有比赶着回家吃晚饭更重要的事情，印制挂历和盗版图书之外，还参与买卖一种刺激头发生长的药水，通过在日本留学的朋友卖到日本去，传说日本男人秃子多，药水到那儿身价能翻出十几倍。

钟涛第一次没有通告不回家吃饭，我以为出了什么意外，守在饭桌边看着时间一分一秒地过去，脑子里放映幻灯片似的闪过各种恐怖画面。我实在坐不住了，踩着拖鞋找遍所有钟涛可能去的地方。半夜一点无功而返，发现钟涛和衣趴在床上，浑身酒气鼾声大作。我使劲摇晃，他都不醒，于是气急败坏地拿起喝剩的半杯冷水浇在他的脸上。他被惊醒，跳起来怒吼道：

“朱五月，你就知道吃饭，吃饭，还是吃饭！你想用吃饭限制我的人身自由！我很烦！烦死了！不要再逼我做这样无聊的游戏！”

我丈夫酒后吐真言。仿佛五雷轰顶，我呆呆地站着，看着他躺下，迅速地发出鼾声。我气急败坏地把桌子上的饭菜都掀到地上，他再一次惊醒，我抓了两件衣服塞进书包愤然离家。我以为他会拦住我，可是没有，走出筒子楼，在寂静的小街，我这才意识到在举目无亲的北京无处可去，我只能灰溜溜地回家。

我家的门敞开着，满地饭菜狼藉一片，钟涛趴在床上继续打鼾。

我在他身边坐到天亮。

关于家的概念，我的注解是父母和孩子共同生活的地方，但在整个成长过程中我不曾与父母共同生活过。虽然外公外婆爱我，但世界上最蹩脚的心理医生都会告诉人们：祖辈的爱不可能替代父母的爱。

我以为我和钟涛会给孩子一个真正意义上的家，的确，在新婚的几个月里，怀着孩子做好饭菜，等丈夫下班一起享用“爱宴”的日子我很幸福，我以为我们的家会一直这样幸福。但这个由我一厢情愿建立的家，如昙花一现，迅速地分崩离析。

钟涛对婚姻生活的厌倦，恰恰是从每天的“爱宴”开始。

他对“爱宴”做过“心理分析”，说那是我精心编织的牢笼，为的是占有他，控制他，说我缺乏安全感。

真相是多么的残酷。

“爱宴战争”之后，钟涛彻底不回家吃晚饭了，偶尔没有什么应酬，他也会在街边吃一碗馄饨再回家。

他的心思不在小家庭里，时代猝不及防发生了巨变，五光十色的世界扑面而来，有太多新奇的人和事吸引他的眼球。那时候他和我一样刚满二十六岁，各种合法和不合法的生意让他腰包鼓鼓，在外面呼朋唤友美女蜂拥，他从中获得极大的心理满足……

他的童年充满了饥饿、动荡和屈辱，少年时代跟母亲下放大樟溪，在那偏远的穷山沟里度过成长中最重要的时光。这个乡下青年还没有完全熟悉北京，却突如其来成为小有名气的青年作家、暴发户，他迷失了。

相比外面世界的各种诱惑，筒子楼里的小家实在枯燥无味，他走出家门就忘了自己是已婚的男人。在各种圈子的活动里绝口不提自己的妻子，他并不是故意撒谎，而是打心底里不认同。

八十年代全民经商，那是一场疯狂的运动。街头巷尾公用电话排队打电话的男女老少声嘶力竭又吼又叫的都是买卖，钢铁、冰箱、电视机、外汇券、火车车皮，无奇不有。一手托两家，所有人都在摸着石头过河，削尖脑袋在各种生意里插上一脚。早期中国的“万元户”比如今的巴菲特还更让人羡慕嫉妒恨。

我似乎生活在真空的玻璃屋里，筒子楼里的小家是我的全部，我的世界依然心心念念想着每天的“爱宴”，一到傍晚就挺着大肚子出门打电话找我的丈夫，问他回不回家吃饭。街口的公用电话总是排着长队，打电话的人口沫飞溅地谈生意，身后排队等着打电话的人焦躁不安地催促：快点，快点。

如果联系不上他，我会坚持做好饭菜，等着他，等到深夜，他酒足饭饱地回来，桌上的冷饭冷菜就成为我发难的证据。

于是，吵架、摔盘子，成为家常便饭。

女儿出生前夕，我丈夫迎来一个不同寻常的日子，这天他的挎包里装着整整一万元现金，成为万众瞩目的“万元户”了。他领了几百块钱稿费，外加倒卖一单纺织品指标挣了八千多，还有当月的工资，正好凑足一万整。他已经挣过不少钱了，但进进出出没剩多少钱，这是第一次身揣万元。他兴奋得无以复加，恨不能站在街头高声呼喊：看哪！我的背包里有一万元现金！天文数字！他和所有中国人一样都想象不到在不久的将来，中国的财富榜竟以亿为计算单位。那会儿人民币最高面额是十元，他背包里揣着一千张十元的钞票，破天荒地早早回家，急切地想要亲手数一数一万元现金，真实地感受一下做“万元户”的滋味。

他冲进家门，在我诧异的眼光中，打开书包把钞票倾倒在床上，乐呵呵地邀请我数钱。我们面对面盘腿坐在床上，一遍一遍地数，说着笑着，那是我们相识以来最欢快的一天。

我们丢下做好的饭菜，去新开张的明珠大酒楼，我第一次看见摞成一面墙的玻璃养殖水箱，活生生的各种鱼类和海鲜在水箱里游弋，客人伸出手指一点就成为盘中美餐……

他喝了很多酒，说了很多话，夸耀自己既有做生意的天赋，又有文学的天赋，是百年一遇的奇才……

我懵懵懂懂地以为逝去的爱又回来了，我的丈夫一直在为我和孩子拼搏奋斗，今天他向我交出成绩单，我有点后悔自己许多任性的言行。

饭后，我们十指相扣在街头散步，经过一家空空荡荡的菜市场，地上堆着被丢弃的青菜和烂鱼虾，他捡起一只烂虾塞进嘴里，我尖叫着从他嘴里把烂虾抠出来。

“我小时候经常跟姐姐一起在菜市场捡垃圾吃的，偶尔捡到一条臭鱼，比猫闻到腥味还兴奋，姐姐会把臭鱼做成香喷喷的烤鱼，我们俩围着炉子边忙活边吃，最后出锅的就剩下鱼骨头了……”

我小时候的家附近也有一家菜市场，我和外婆每人每月几两肉票，为了买到定量的肉，人们半夜三更在卖肉的柜台前用篮子、砖头排队，直至天亮，卖肉的人拉来两扇猪肉在人山人海中有条不紊地切割着，分门别类，最耳熟能详的是所有买肉的人都高声呼喊：要肥肉！要肥肉！

“五月，你等着，一万块不算什么，这只是我踏上万里长征的第一步！我会让我们一家人提早进入共产主义！”

我撒娇地说：“我想寄点钱给我外婆……”

他勾过我的肩膀：“没问题，你想怎么花就怎么花！”

甘醇美酒醉了我的心，那一瞬间我无比幸福。

我的丈夫依然故我，不回家吃饭，偶尔回来总是醉醺醺的。从有了孩子之后，我们完全没有夫妻生活了。

我还没有意识到这就是夫妻关系名存实亡的铁证。新婚那会儿我对他没完没了的生理需求十分厌烦，每天晚上早早地裹紧被子，像包春卷似的把自己包得严严实实，表示没有“性趣”。他怀疑我性冷淡，要我去医院看病。我当然不会去，坚持裹紧被子，每周开放领地一次，完全是为了尽义务。被“打入冷宫”之后，我有时候会主动钻进他的被窝，我的皮肤渴望爱抚，渴望温存，酣睡的丈夫大多数的反应是翻转过身继续酣睡，偶尔勉强敷衍，半梦半醒或半醉半醒，我还没进入状态，他已经重返梦乡了，在响彻小屋的鼾声中，我每每陷入无边的孤独……

这时候，我总会想到离婚。

我清楚地看着丈夫迷失在各种诱惑的漩涡里，就像海明威笔下那只死在乞力马扎罗雪山的豹子，看着他朝一条危险的路狂奔，却无力阻拦他。

小街口那部红色的公用电话不再有人排队打电话了，小筒子楼里好几户人家安装了电话，楼道里经常响起此起彼伏的电话铃声。看电话的大妈开始摆摊卖些小杂物，我每次去买东西，大妈都会跟我闲扯几句，问孩子爸是不是挣大钱了。

我们有了寻呼机、电话，不久，钟涛又花高价走后门买了一部比砖头还沉的“大哥大”手机。这些通讯工具最大的好处就是减少了我的焦虑，不必下楼排队打电话，也不必半夜三更站在路口望眼欲穿；通讯便捷也让钟涛心安理得以各种理由不回家吃饭甚至夜不归宿。

我丈夫每天半夜三更回家，带着一身酒气，强打精神抱抱女儿就扑到床上鼾声大作，有时候会穿一身新衣服，换一个新挎包回来，我盘问早晨穿出门的衣物丢哪儿去了，那些衣物都是我精心购置的；还有的时候，我在他的衣领上看到口红的印痕，在他的挎包里发现女人的情书，印着“I love you”的礼物，免不了要引发一场战争。每一次战争都在小贝贝惊恐的号啕大哭中戛然而止，钟涛抱起女儿，竭尽耐心哄劝我，说那不过是逢场作戏，人在江湖身不由己……

一天夜里，哄贝贝睡下，我把洗干净的衣服收进衣柜，无意中摸到一个纸包，那里面装着我大学时期的日记，坐在灯下看自己的日记，一个热情、单纯，对未来充满美好憧憬的文艺女青年跃然纸上。有一篇日记抄写了home，sweet home的歌词，在歌词旁边用粗大的字体写道：

我渴望有这样的家，家里有孩子和琴声，有浓浓的爱……

抬眼看到的是满屋子尿布、奶瓶、屎盆子，一家三口的脏衣服丢得到处都是，饭桌上有吃剩的半碗面汤和一小盘剩菜……

不知从什么时候开始，我接受了钟涛不回家吃饭的现实，心灰意懒，再也不用心做饭，不用心收拾屋子。

乱糟糟的屋子里还有两只鸟笼子，两只画眉无时无刻不隔空对唱。钟涛小时候养过画眉，他们姐弟俩相依为命吃了上顿没下顿的日子里，两只画眉给了他很多快乐。刚住进筒子楼，生活还没安顿好，他就拉着我去花鸟市场买了这一对画眉。他还想在窗户外面搭建鸽子笼养鸽子，我声嘶力竭反对才没有提上议事日程。

鸟笼子已经很脏了，我也没心情收拾。

抬眼望向镜子，镜子就镶在门边，有多久没有认真地照一照镜子了？产假休完，钟涛托朋友给我源源不断地弄来病假条，贫血、植物神经紊乱，五花八门的病症，好几个月不上班了，这期间我没有在镜子跟前打理收拾过自己。

镜子里的女人头发蓬乱衣着邋遢满脸无奈和怨气，让我吓了一跳。

这是我吗？我怎么变成这样了？难道我要这样过一辈子？

我才二十几岁，一辈子像是一条没有尽头的隧道，看不到光，伸手不见五指，无边的黑暗……

我趴在桌子上压抑地啜泣。

钟涛半夜回家，看见我泪流满面，半醉的他顿时惊醒了，赶忙扑向女儿的小床，摸了摸她的额头，转过身来问：“出什么事儿了？”

我哽咽地说："我不想过这样的生活……"

他又气又可笑："那你想过什么样的生活？"

"我要我的工作，我的梦想，我要一个能准时回家吃饭的丈夫！"

他不耐烦地摆摆手，忍了忍，竭力缓和地说："我这么辛苦不都是为了让你和女儿能过上好日子吗？"

我的头摇得像拨浪鼓："不，这不是我要的生活。"

他情绪激动了："这是生活！不是言情小说！"

贝贝从梦中惊醒号啕大哭。

他抱起贝贝，继续咆哮："你到底要什么样的生活?!"

"我要你不再做生意，不要在外面逢场作戏，好好上班，好好写作，过正常的家庭生活！"

"你就想要那么一个普通平庸的丈夫，为什么要嫁给我?！为什么?!"

"是的！我很后悔！"

……

第二天早晨，我穿上连衣裙，站在镜子前把头发扎起来，擦了点口红。

我从镜子里看到钟涛醒来，皱眉头看着我，坐起来："你要干吗？"

"我要上班。"

"孩子怎么办？"

"送托儿所。"

"我不同意！"

"那你留家里看孩子。"

我决然地开门离开，身后传来他的高声叫吼："朱五月！你给我回来！"

他从楼上追下来，我已经骑上自行车飞奔上路。

我以为他会不计代价阻挠送女儿去托儿所，想着以此为筹码，对他提出一些要求。但是没有，他跟他的朋友南下谋求发展，一去三个月。

我努力回忆往事，尽可能还原事实真相，我要跟女儿做一次长谈，告诉她所有发生在她父母之间的恩怨，问她：如果是你，你能做得更好吗？

但眼下，更加迫切需要讨论的是她发起“众筹”，那一千万投资，我想为她请一个律师，以防万一投资失败。她有一个破产跑路的父亲，难道还不足以作为人生警示吗？

小路对面的窗帘打开了。

年轻店主高兴地说：“阿姨，贝贝拉窗帘了！”

我赶忙抓起手机。

“贝贝，我在咖啡店……”

“哦，你没说你要来呀……”

“我给你做了些鲜榨果汁，另外，我想我们需要心平气和地谈话……”

话筒里沉默片刻。

“我一整天都有安排，现在也不方便见你，你把果汁放在咖啡店……”

我没有等到她说完就把电话挂断，从她的口气我知道今天大小姐不会接见我，如果我坚持要见她，最后一定会以互相伤害告终。

我竭力掩饰我的沮丧，但年轻的店长还是感觉到了我的失落，端来一份小甜点。

“阿姨，我请你……”

我心里一酸，不敢抬起湿润的眼睛，假装看手机，说：“谢谢。”

这个男生既是老板又是伙计，还是艺术家，跟我女儿同龄，每次坐在小店里，看他辛勤忙碌，我都会拿他作为参照物对比我的女儿。他家父母是怎么教育出这么懂事的孩子？为什么同样是学艺术的孩子，他能这样踏踏实实地生活？是我的教育失败？还是钟家不安分的DNA太强大？

21

卡卡喜欢在夜深人静的时候，站在CBD核心区高层办公室，俯视灯火辉煌的长安街夜景，品味红酒，品味人生。

这一刻，他是纯纯的诗人，内心弥漫着浪漫的情愫和虚缈的诗意。

他会想起许多真实的往事，还会想起一些他自己编造的、已然信以为真的“往事”。

“冬妮娅”和“少年维特”仍然是他最爱讲述的经典故事。今天大学生创业团队请他演讲，在台上他清楚地看到坐在前排的女生为他的“冬妮娅”和“少年维特”感动落泪，那一瞬间他哽咽了。

作为“天使投资人”，他受到创业群体的膜拜和仰望，所到之处受到的欢迎程度不亚于狂热的粉丝见到大明星偶像，一双双热切的目光，一阵阵发自肺腑的掌声，让他感受到无以伦比的陶醉和满足。

在被称之为中国硅谷的北京中关村，一片树叶落下来会砸到至少两个梦想成为中国的乔布斯的年轻人，天使投资人是成全梦想的“救主”，“救主”手中的资金是他们撬动地球的杠杆，他们如饥似渴地仰望“救主”盼望“福音降临”。

天使投资和影视投资都只是缘于卡卡个人的喜好，才提到海森鑫公司的议事日程。短短的一个月时间，卡卡收到的创业项目多达数十项，但至今决策层未曾通过任何一项“天使投资”。毕竟扶持一个创业团队需要很漫长的时间，而海森鑫每个月要向大小客户支付数额巨大的利息，公司最迫切需要的是快速挣钱的项目，例如某些企业和担保公司的短期高息拆借周转。明知天使投资只是空谈，卡卡还是很喜欢接见创业团队，接见影视圈人士，非常享受被这两个群体瞩目的感觉。他并不认为自己是在“忽悠”，而是真真切切地相信引进“天使投资”和“影视投资”是为公司创造精神财富、社会价值。关于这点，他的女朋友，公司的大老板邱丽女士给了他充分的肯定。

今天的演讲，除了“冬妮娅”和“少年维特”，他还破天荒地在公众场合说到自己曾经是一个流浪儿的悲惨经历，现身说法告诉年轻人：一切皆有可能。

卡卡站在大大的落地窗前，抿着红酒，看着灯火中的长安街，回忆在中关村创业园区的演讲，他为自己敢于说出苦难的历史感到惊讶和自得。

读名人传记是他的嗜好之一，深知只有功成名就的人才有可能坦然说出自己曾经遭遇的人生低谷。乔布斯辍学，在车库里创业，成为划时代的人物；张朝阳搭地铁、吃泡面，成为中国网络的巨人。成功者的故事需要“败走麦城”作为铺垫和衬托，当然如果没有成功，住车库、吃泡面就毫无意义。

他还深情地想起汪姨，他认为的“亲生母亲”，儿时跟汪姨回乡下老家，听到村里人的风言风语，从那时候开始，他就坚信自己是汪姨的私生子。这是一个让他感到耻辱的身世秘密，这也是促成他远走他乡的重要原因。在北京二十多年，他极少跟教授和汪姨联系。

如果成功来得早一些，我可能不会对汪姨和教授那么冷漠。成功人士似乎都有难以启齿的身世秘密。乔布斯就是一个私生子。

站在高楼落地窗前的卡卡，这样想着，第一次对汪姨和教授心生愧疚，可惜两位老人都已经先后离世了。一年前他去南方接洽一桩生意，突发善念想去看看汪姨，给汪姨的大儿子打电话，却被告知汪姨已经去世三个月了，当晚他独自在酒店里哭湿了枕头……

他还想到钟涛，他是真心想帮助贝贝和钟涛借机挣一笔钱，过上好日子。在这个世界，除了“亲生母亲”汪姨，对他最好的就是钟涛。钟涛把他当亲弟弟看待，因为钟家外婆曾经丢弃过一个男婴，卡卡认为这是钟涛的错觉造成的“移情”。他不相信自己是那个男婴，因为不愿意触碰自己的身世秘密，他对寻亲的话题始终回避。钟涛始终一厢情愿地视他为亲弟弟，处处提携照顾，没有钟涛的帮助，他在北京可能会因为站不住脚而打道回府。破产之后的钟涛完全失去了经商的兴趣，这让卡卡深感遗憾和惋惜。哪一个商业巨子没有经历过破产？

卡卡斟了第二杯酒，端着高脚杯回到办公桌，坐在宽大的皮转椅上，从抽屉里取出一个装有钻石戒指的首饰盒，打开黑丝绒盒子，钻石立刻发出锐利的蓝光，这是他这一辈子第一次给女人买钻戒，不惜血本花了十八万，他要向海森鑫的大老板邱丽求婚。

从悄悄地在珠宝店定制这枚婚戒开始，他就一直在苦思冥想求婚仪式，他要让邱丽在戴上钻戒的瞬间流下幸福的眼泪。构思了无数创意，却都一一推翻。究竟什么样的情景能让身经百战的女强人流泪？这让自以为聪明过人的卡卡犯难了。

邱丽来自浙江农村，和那个年代大多数农村女孩一样，没有机会读书，自幼就是家里的劳动力，喂鸡喂猪，背着弟弟妹妹洗衣做饭。邱丽十八岁那年，父母做主把她嫁给邻村的小伙子，为的是给她的哥哥换媳妇，这是贫穷时期中国农村普遍的习俗。丈夫家比娘家更穷，村里的年轻男女都出去打工，已经有两个孩子的邱丽跟村里的女人一起进城打工。第一份工作是当保姆，这份工作几乎是所有农村姑娘进城的第一块踏脚石。她在一个雇主家一做就是三年，深得雇主的喜爱。这个家的孩子上小学之后，雇主介绍她去一家民办小工厂工作，在这里她遇到生命中的贵人，这家企业的老板。当时的工厂还只是一家小作坊，老板亲自外出奔波销售产品，他带着邱丽跑遍大半个中国，建立了稳定的供销渠道。工厂需要扩大生产，厂长把销售的重任交给邱丽。这家民办小企业经过将近二十年的发展，如今已是赫赫有名的上市公司。她拥有公司百分之十的股份，身价数以亿计。她回到农村为娘家婆家盖了房子，给丈夫一笔钱，和平离婚获得自由之身。

大约五年前，卡卡以“制片人”的身份见过邱丽，那时候她的企业已经上市，由专业管理团队接管。邱丽退休赋闲，因为一双儿女喜欢北京，她跟着转场来北京，为了让资金保值，在北京购置了很多房产。大富婆总是受到影视圈人士的欢迎，一个女演员在美容院结识了同在那里做美容的邱丽，把她带到卡卡的饭局。那时候的邱丽刚来北京，非常土气，身材肥胖，脖子上挂着一条很粗的金项链。卡卡并没有格外用心与她建立私人友情，当时他正集中火力追求一个有高官背景的贵妇人，因为他手里压着一部卖不出去的电视剧，总投资两千万，其中三百万是他的“私房钱”，他需要这个有高官背景的女人出手相助疏通关系，把电视剧卖出去。

就在饭局当天，他的住所有一个逼债的投资人。这个让卡卡心烦意乱的债主是做小生意的商人，听说拍戏挣钱，捧着三百万现金参加投资，这笔钱是他们家计划用于买房子的。投资不能按时收回，老婆把他赶出家门，他赖在卡卡家，逼卡卡用房子抵债。

总之，初次见邱丽的时候，卡卡正焦头烂额。

他十多年混迹影视圈，一直都只是扮演掮客的角色。一个偶然的机会，他结交了南方某大电视台一个负责收购电视剧的官员，用尽糖衣炮弹把官员拉拢成铁杆哥们儿，这哥们儿鼓励卡卡操盘拍戏，他保证加价购买。卡卡欣喜若狂，惊呼“天助我也”，出头的日子到了，立马注册影视公司，招兵买马成立剧组拍一部抗战题材的连续剧，想赶着在当年抗战胜利纪念日播出。他在影视基地亲自督战拍戏，还在剧中扮演一个日本翻译官。

那真是一段泡在蜜罐里的好日子，剧组上下两三百人全都毕恭毕敬听从他发号施令，他乐此不疲地享受至高的话语权，每天像注射了吗啡似的，不知疲惫地找导演谈拍戏，找摄影谈镜头，找制片谈管理……

距离杀青不到一周的时候，有一个朋友发信息告诉他：那个电视台官员因为贪污腐败被停职审查了。当时他正在指导一个女演员如何表演，无意中看到手机里的信息，顿时脸色蜡白汗如雨下，女演员以为他心脏病发作，尖声呼叫，制片主任赶忙派车把他送去医院……

之后的两年时间，为了把电视剧卖出去，卡卡到处烧香磕头，求爷爷告奶奶，最后在那个有高官背景的女人帮助下总算出手了，但两千万的投资只收回一千二百万。

影视行业让他心灰意冷了，也很难再混下去了，为了寻找新的“战场”，结交人脉，他交了二十万学费参加某著名商学院办的总裁培训班。众所周知此类培训班是“社交派对”，男人在这里结交权贵建立生意场的关系网，女人在这里图谋嫁“金龟婿”，八卦新闻盛传有几个二三流的女演员通过商学院成功地嫁入豪门。

在总裁培训班卡卡意外地与邱丽重逢，此时邱丽已然脱胎换骨判若两人了，他没有认出她。昔日的乡下富婆经过整形师、美容师的加工，成为标准的京城贵妇。她主动跟卡卡攀谈，说起那年的饭局，当天晚上有一个她喜欢的男演员在场，因此给她留下深刻的印象。

邱丽来此深造也有“钓”一个男人的心愿，同时也是想弥补自己没有机会读书的遗憾。小时候父母不让她读书，七岁的她经常背着弟弟站在村口小学的窗户外面旁听，教室里有女孩背着弟弟妹妹上学，她哀求父母也让她背着弟弟进课堂读书。父母没有同意，说女孩子不需要识文断字，日后父母满含歉意地告诉她，因为家里穷，必须拿她去为她的哥哥换回媳妇，怕她读了书会有想法不听从家里的安排。没有读过书的邱丽却不是文盲，当保姆那三年在雇主的支持下，她用铅笔抄写了三遍《新华字典》。

总裁培训班的导师都是赫赫有名的投资专家，不乏美国华尔街精英和中国金融界精英，他们让卡卡和邱丽见识了“异度空间”，那就是“金融时代”“资本运作”的概念。

第一堂课是全班同学逐一自我介绍，每个同学的履历都很辉煌，邱丽坦然地说自己是从一个农村出来的保姆，为一家企业服务长达二十余年，没有足够吸引眼球的履历，但是，她说出企业的名称和自己拥有的股份，教室里响起热烈的掌声。

卡卡当场悄悄用手机百度查了那家上市公司的资料，毫无疑问，邱同学是总裁班的首富，让“求钱若渴”的卡卡仰慕不已。

第二天，邱丽就被导师作为典型案例举证分析，她是一家业绩优异的上市公司股东，在全国各地有多处房产，以不欠银行一分钱为荣，这是农业经济的观念，若是将她的资金投入资本运作，邱同学完全可以跻身胡润富豪榜，她只需要学会利用银行，拿出部分股份和房产抵押给银行变现，成立投资公司，可以操作的项目很多，股市、楼市都在复苏，大有可为。她的身价将以几何级数提升……

这位导师名叫周格，四十岁出头，真正的“70后”，毕业于赫赫有名的沃顿商学院，在香港著名的投资公司做过成功的大项目。总裁班受训让邱丽眼界大开，决定投入资本运作一显身手，登上胡润富豪榜。她聘请周格做投资总监，周总监手把手引导，邱丽按部就班从银行套出一个亿的资金，成立海森鑫投资公司。

卡卡把与邱丽的重逢看作是命运的馈赠，就像二十年前小保姆邱丽遇见那个亲自做推销的厂长，他没有问厂长跟她是什么关系，但以他的人生经验与世故，断定厂长和小保姆之间必定有不伦的男女关系，否则小保姆凭什么一步登天？对此卡卡只有羡慕，绝无批评的意思。他在“等待戈多”，一直没有结婚，其实就是在等待可以帮助他一步登天的女人。皇天不负有心人，这个女人出现了，总裁班的首富邱丽就是他命中的福星！

因为之前有过“一饭之交”，卡卡和邱丽手机里都还存着对方的电话号码，两人的关系理所当然的比较热络。单身几十年里，卡卡阅女人无数，但追求邱同学仍不敢掉以轻心，调动智商，大胆假设，小心求证，制定获取邱同学芳心的攻略。他深知不论多强悍的女强人，内心都有小女孩儿的渴望，希望得到男人宠爱，这是追求女富豪的基本原则。他并不急于流露出爱意，男女富豪都有极高的警惕性，像监狱外围的电网，一不小心就会触电而死。必须有足够的耐心，温水煮青蛙，慢慢地让她“中毒”，最后发现他在她生活中不可或缺。

他频频邀请她喝咖啡、吃饭、去音乐厅听交响乐，每一次都抢在邱同学之前买单，他会假装去洗手间悄悄结账，等到她要买单的时候，服务生满面笑容地告诉她，先生已经结过账了，这时她的脸上会流露出满足和感激的神情。

卡卡一向忌讳为女人掏钱买单，那些跟他交往的年轻姑娘都没有享受过这样的待遇。他看到她们投怀送抱时的心怀叵测，图谋混入影视圈。他至少跟十个姑娘恋爱甚至同居，从未动心思娶其中任何一个姑娘为妻，乐此不疲地跟姑娘们周旋，目的是把她们当作诱饵勾引好色的有钱男人，把他们拉进影视圈，培养成投资人。

为邱同学买单的策略非常奏效，他们私下见面的次数愈发频繁，邱丽不再对卡卡设防，把他当成心理医生，天天见面，夜夜“煲电话粥”，无所不说。

这个贵妇人显然是孤独的。过去的二十多年，她在企业里一人之下众人之上，超负荷工作非常充实，她的丈夫早就跟别的女人生活在一起，她没有时间伤心，也没有时间回乡办理离婚。公司上市之后，功成身退，她回老家跟丈夫解除婚姻关系，即使丈夫已经跟别的女人同居，她还是给丈夫一大笔钱，一双儿女留学毕业回国，不约而同都选择在北京发展，她也移居北京照顾孩子。这是她期盼已久的生活，因为早年背井离乡，两个孩子是爷爷奶奶带大的，她一直用金钱弥补自己作为母亲的失职，让他们读私立学校，送他们去英国留学。她以为退休以后可以和孩子们住在一起，为他们洗衣做饭，却不料，两个孩子都表示不愿意跟母亲住在一起，女儿更是直截了当地说“我们有我们的生活，你有你的生活，我们互不打扰”。被彻底闲置的女强人无法适应逍遥生活，饱食终日无所事事让她失眠头痛，头发脱落，医生说她患有更年期抑郁症。她的儿子托人介绍她加入一家京城贵妇俱乐部，并慷慨地为她交了高达几十万的年费。在那里她学会了识别名牌服饰，学会健身美容，水疗SPA，好几次跟贵妇们结伴去韩国整容，她的外表发生了巨大的变化，但内心仍然空虚难耐。

有一天，她在街边看到一个白发苍苍的老头蹬着小三轮车，载着同样白发苍苍的老太太，老两口有说有笑，她羡慕感动得鼻子发酸，这时她意识到贵妇生活并不能填补内心的空虚，她需要一个伴儿，只要两人情投意合哪怕只是蹬三轮车看街景也是幸福的。她悄悄地去婚姻介绍所，重金聘请一个专职红娘，通过红娘接触过几个男人，竟然没有一个男人为两人见面掏过一分钱，每个男人都毫不掩饰“吃软饭”的欲望，她十分厌恶这样的男人。每一次遇到这样的男人，她就不禁想起自己年轻时的艰辛，早期作为厂家销售，为了获得订单，为争取客户，做过种种屈辱的事情……

总裁班培训结束，邱丽设宴请二十几个同学联欢，散宴之后卡卡送她回家，这半年里已经数不清送她回家多少次了，每一次他都表现得像一个谦谦君子古典绅士，驻足在她家门口，看着她开门开灯，道一声晚安转身离开。这天邱丽喝了不少酒，她打开门转过身，目光热辣地看着卡卡，卡卡依然保持着绅士风度拥过她，轻轻地吻一下她的额头，说“晚安，做一个好梦”，然后决绝地离开。他回到自己的车里给邱丽写了一条长长的信息，抄写了一首情诗《致橡树》，这是他做攻略的时候就预备好的。

我如果爱你 / 绝不像攀援的凌霄花 / 借你的高枝炫耀自己

我如果爱你 / 绝不学痴情的鸟儿 / 为绿荫重复单调的歌曲

我必须是你近旁的一株木棉 / 作为树的形象和你站在一起

最后，他写道："我亲爱的姑娘，我希望我有坚实的肩膀，托起你内心的软弱，我希望我有父亲般博大的爱，带你重返少女时代，找回你遗落在故乡的天真浪漫……"

信息发出，他没有驾车离开，两分钟之后邱丽打来电话，话筒里传来她哽咽的声音："卡卡，我是一个没有文化的粗人，我这辈子从来没有谈过恋爱，我觉得我配不上你……"

卡卡跳下车，重返电梯，敲开邱丽的门，一把将她抱住，亲吻她："亲爱的，你有一颗比少女还单纯的心，我爱你……"

邱丽把头埋在他的胸口悲伤不已地哭了很久。

卡卡轻抚着邱丽抽动的后背："我知道你走到今天不容易，在通往成功的路上，你经受了常人难以想象的委屈，我心疼你，你不知道我有多心疼你……"

他拥着她到卧室，把她放上床，脱去她浑身名牌武装，她的身体让她的真实年龄和她贫苦的出身显露无遗。其实他们俩是同龄人，这个来自农村的妇女因为结婚早，她的一双儿女都结婚有孩子了。面对皮肤粗糙赘肉松弛祖母级女人的躯体，他的生理抗拒他的意志，兴致索然只想逃离，但他清醒地知道自己耗费半年时间攻坚克难，终于走进邱丽的卧室，这是关键的一步，绝不能功败垂成。他竭尽全力让她得到极大的满足，他从她迷乱的眼神和放纵的呻吟中感觉到这是一个长时间压抑的女人，她需要男人，需要爱和性。

……

从这天开始，他们如胶似漆形影不离，一起生活，一起创办海森鑫投资公司。随着事业的发展，邱丽身边有了许多像周格这样的权威专家，他们经常背着卡卡见面开会。

邱丽是久经沙场的精明女人，她喜欢卡卡的"诗人气质"，但绝不会把公司的决策权给他。她给他封了一个没有什么实权的副总裁头衔，划一笔资金用于他喜好的项目，但最终划拨资金还需要周格等人审核。

卡卡开始感到压力和不安全，迫切地想跟邱丽结婚，只有婚姻能保障他在海森鑫的地位和经济利益，否则夜长梦多，谁知道什么时候半路杀出个程咬金，让他卧薪尝胆枕戈待旦攻占的城池毁于一旦。

邱丽跟投资部门开完会，已经是深夜了，今天周格等专家策划了一个振奋人心的新项目——P2P，网络金融平台，这是互联网时代的新生事物。据说P2P的理论依据来自一个诺贝尔经济奖得主。她对网络和诺贝尔都不了解，但经验告诉她凡是新生事物都会在一段时间里受到市场的追捧。专家们对P2P的畅想，让她亢奋。

她来到卡卡的办公室，每天晚上不管多晚，他们都要一起回家。

卡卡正伏案盯着电脑，在网上搜索与求婚仪式相关的案例，发现策划求婚也是一门生意，有几家公司声称聘请著名艺术家一对一服务，他决定花钱买“惊喜”送给邱丽。

邱丽看到卡卡如此勤奋工作，心里很是感动，因为没有对他委以重任，她心里多少有些愧疚，因此总是以“怀柔政策”作为弥补，对他百般的好。她有二十年销售经验，跟形形色色的人打过交道，知道怎么在细节上表现出对一个人的好，例如，结束一天工作，她会跟卡卡在家里或者在办公室喝一杯红酒。她的家也在长安街旁边，也能看到北京最漂亮的夜景，再累她也要陪他看一会儿夜景。

卡卡合上电脑，为邱丽倒一杯红酒，两人相拥着站在落地窗前。

他们还没有正面讨论过结婚的话题，卡卡从邱丽对他无微不至的好，判断她不会拒绝结婚，但在求婚之前，他还是要谨慎地做一些铺垫。

他们看着美景碰杯喝酒。

邱丽说：“自从认识你以后，我才发现北京有多美……”

卡卡拥着她，亲吻她，说：“亲爱的，在你出现之前，我以为我这辈子不会结婚，也不会有孩子，现在我特别想跟你结婚，跟你生孩子……”

她笑笑：“我也想跟你有个孩子，我们俩的孩子肯定优秀……”

“我们一起努力，现代科学能帮助我们圆梦……”

邱丽满含歉意地摸摸卡卡的脸颊，她见过他的身份证，他们年龄相仿，卡卡的解释是因为小时候流浪多年，重新登记户口的时候，写错了出生年份，一直没有机会纠正。但他看上去的确显得比较年轻。她知道“冬妮娅”的故事，这个痴情男子为“冬妮娅”单身至今，她是儿孙绕膝的“60后”，他还是未婚的“70后”，她理解他想要孩子，他应该有自己的孩子。

她婉转地说：“我看到有些名人领养孤儿院的孩子，也挺好的……”

“我要你为我生一个孩子……”

邱丽不好意思地笑笑：“我希望我行……”

卡卡抿一口红酒喂到邱丽嘴里，深情款款地说：“我要你穿上婚纱，风风光光地嫁给我，做我的妻子，生我的孩子……”

邱丽表情妩媚却态度含糊地说：“我们先要把海森鑫这个孩子带上轨道，等公司运转正常了，交给职业经理人管理，到那时候我们有大把的时间做我们想做的事情……”

卡卡感觉到她的暧昧，勾住她的肩膀，直视她的眼睛：“亲爱的，爱情和婚姻会给我们的事业加持助力，顺其自然，好吗？”

邱丽不置可否莞尔一笑。

22

董丽雅在小镇中心广场和几个闲散的挪威老人一起晒太阳，一只黑色的小泰迪走来，伸长鼻子在她身上嗅着蹭着，这只对她格外友好的小泰迪，让她想起曾经养了七年的宠物狗黑妹，黑妹是她和黄念皖的“孩子”。她伸手抱起挪威的小泰迪，猛然看见它竟然和黑妹一样胸前有一条领带形状的白毛，黑色泰迪很多，但是胸前长着白领带的泰迪她在中国没有见过第二只，一时间竟悲喜交集：“黑妹，黑妹，是你吗？”

一个胖胖的挪威妇女走来，满脸堆笑说着董丽雅听不懂的话，但从她的表情可以看出这个女人是小泰迪的主人，董丽雅拿出手机做了一个手势，狗主人立刻知道她想跟小狗合影，接过手机拍了几张照片。

狗主人牵小泰迪离开，小家伙还一步三回头地看，董丽雅不禁一阵心酸，她把照片上传到朋友圈，写道：挪威的黑妹，你是从北京转世来到峡湾的吗？

她没有忘记对阿发的承诺，为它找一个新爸爸，安一个新家，在黄念皖出现之前，不论在雅秀还是在证券交易所，她都是男人注目的漂亮女人，她也没有停止过跟追求她的男人周旋交往，试图“广泛撒网，重点培养”未来的丈夫。她在生意上顺风顺水多半是因为有男人提携，卖服装的时候有个俄罗斯男人追求她，给她带来不少大宗订单；一个在证券公司工作的男人带她进入股市，经常向她通报“内幕消息”，让她成为“百万女富翁”。从一个男人的怀里流浪到另一个男人的怀里，在风尘沧桑中炼就了一双“火眼金睛”，她能准确地分辨出向她示好的男人心里怀的是什么“鬼胎”。有的男人想玩一夜情，有的男人想玩一段情，还有的男人企图享受“齐人之福”，包养小三。至于结婚、给阿发一个家，随着年岁的增长，希望变得越来越渺茫。

每一次去探望阿发，阿发都以为“亲妈”来接它回家，钻进“亲妈”的怀里，再也不听“养母”的指令。分别的时候，她都要哭一鼻子。那些年她为阿发流的眼泪比为男人流的眼泪还多。

一个雨天，她和黄念皖慵懒地赖在床上看电视，这时他们已经互相交代了各自的过往经历。心理学家做过统计，真正的热恋期只有三十六个小时，这三十六小时里男女双方如同阿里巴巴四十大盗探索宝藏一样，好奇而热切地探索彼此。他们已经在一起数不清多少个三十六个小时了，似乎话题不多了，但这并不妨碍他们相爱，这样的雨天什么都不说，依偎在一起也很幸福。

电视画面出现一只白色的小狗，引发她说了狗儿阿发的故事，以及想为阿发安一个家的愿望。

他跟狗儿也有一段难忘的缘分，少年时代家里养的一只名叫“黑弟”

的小狗，黑弟浑身黝黑，胸前有一条白毛像领带。黑弟早上送他上学，傍晚在路口等他放学，从小学一年级到初中二年级，整整八年风雨无阻。

“有一天，我放学回家，黑弟老远看到我，兴奋地冲上前，一辆货车正好经过，我眼睁睁地看着黑弟，没了……”

说到这里，他哽咽了。

她默默地抱住他，耳朵贴着他怦怦跳动的胸膛，这是一个会为狗儿流泪的男人，她的心里再一次掀起了爱的狂风巨浪，对他的诸多完美评价又加了一条：侠骨柔情。

阿发的故事让这个喜欢制造惊喜浪漫的男人有了新创意，他开始悄悄地着手为阿发安家。那时候她还住在剧团宿舍，一间只有十平方米的小屋。因为她已经不是剧团的员工了，管房子的官员三天两头上门催她搬家。黄念皖坚信改善居住条件是她迫切的愿望。他通过一个经常为他开车的出租车司机，在燕京饭店附近租下一套公寓，花十几天时间对阿发未来的家进行装饰布置，然后亲自登门到阿发“养母”家“借”阿发。他知道阿发在“养母”家好几年了，如果说“接”它回家可能会引起感情纠纷，“借”是达到和平演变的手段。

一切安排妥当，他美滋滋地来到证券交易所，这里的人都知道他是董小姐的男朋友，从保安到经理遇见他都会跟他打招呼，长驱直入畅通无阻。

她正专注地看着电脑屏幕，猛地抬眼撞见他笑容可掬的脸。

他绕过办公桌将她拥入怀，亲吻她：“宝贝，我给你准备了一个礼物，我想你一定会喜欢……”

他经常送她一些小礼物，手表、钢笔、项链，虽然都不是值钱的东西，但她很喜欢收到礼物时的感觉，好像回到小时候，母亲下班回家忽然从口袋里掏出两颗糖，她和弟弟一人一颗，姐弟俩喜出望外。

她闭上眼睛，向他伸出手。

他拍打一下她的手心：“走，我要带你去一个亲戚家串门……”

她纳闷了：“亲戚？我怎么没听说你在北京有亲戚呢？”

“我刚找到的亲戚，”他拿起放在桌上的车钥匙，勾着她的肩膀，“请跟我走。”

他开着她的车，带她到一片新建的小区，轻车熟路地把车停在一栋楼前，她坐在车里一脸迷糊地四下张望，他绕过车头为她开门。

她听到了狗叫声，神情发怔。

他问："怎么了？"

"这只狗的叫声跟阿发很像，又尖又细，阿发做了阉割手术声音变得像太监……"

他捧腹大笑："原来你的阿发是狗太监……"

他带她登上二楼，用钥匙打开门，阿发疯了一样蹿到她的怀里。

"阿发？真的是阿发？"

他张开手臂环抱她和阿发："亲爱的，从今天开始，这里就是阿发的家，也是我们的家……"

她抱着阿发呆呆地看着这个新家，宽敞干净的客厅，家具电器一应俱全，墙上挂着油画，茶几上放着一瓶马蹄莲，那是她最喜欢的花。

黄念皖用一双满含期待的目光看着她。

她觉得自己被带到某一部情天爱海的戏剧之中，剧情骤然推向高潮，此情此景，她应该做出的反应是感激涕零喜极而泣，可是她的心竟然静如止水，隐隐约约地感觉哪儿有些不对使她无法入戏。

在认识黄念皖之前，她已经开始考虑买房子了，只是房屋商品买卖还没有完全开放，买房是一件难度相当大的事情。证券交易所有一个大佬曾经答应帮她拿到买房的许可证。因为黄念皖的出现，原先正常运转的一切都骤然停止，买房的事儿也忘到爪哇岛了。

她还没有把自己的未来和黄念皖联系到一起，理性仍然不时地提醒她：她和他只是在火车站等车的旅客，不管谁的火车进站，他们都会分道扬镳。她的确想给阿发一个家，但那个家的主人首先必须能让她放心地托付终身，她爱这个男人，却还没有做好准备跟他同居。

黄念皖双手捧着她的脸，小心翼翼地问道："宝贝，怎么了？"

她勉强地笑笑，佯装轻松，却口齿不清地说："我，我，我以为你会先向我求婚……"

"会有那天的，我保证，我知道我是有缺陷的，只怪上天没有让我们更早相遇，但毕竟相遇了，给我一点时间，好吗？你看，阿发多高兴，为了阿发……”

阿发好像听懂了黄念皖的话，伸出舌头舔她的脸颊。

她想起寻找“阿发爸”的过程中，遇人不淑的种种遭遇，若不是这场“火车站邂逅”，不知还要在风尘中迷茫、沉沦和挣扎多久。

我怎么能这样不知好歹辜负他一片苦心呢？

她为自己的矫情感到自责，顿时泪流满面，抱着阿发软弱地靠在他的身上，哽咽地说：“谢谢你给我和阿发一个家……”

他紧紧地抱住她和阿发：“宝贝，让我们在一起，永远不分开……”

阿发没有在那个家留下，因为我的贝贝已经离不开阿发了。贝贝周末从学校回家发现阿发不见了大哭大闹，万般无奈之下，我不得不半夜打电话给阿发“亲妈”，贝贝抢过话筒肆无忌惮地又哭又叫：“把阿发还给我！”黄念皖在电话里承诺送她一只“世界上最漂亮的小狗”，贝贝尖利地叫嚷：“不！我就要我的阿发！”董丽雅了解这孩子的性格，不达目的绝不罢休，没有商量余地。这也难怪，阿发到“养母”家的时候，贝贝刚刚开始记事，她的世界一直都有阿发，没有理由不把阿发还给贝贝。下半夜两点，她和黄念皖一起登门把阿发送到贝贝手里……

她和黄念皖的“家”就这样生米煮成熟饭，虽然建立这个家是出于黄念皖的个人意愿，一度让她感觉自己的意志被绑架和控制，但她很快就爱上这个家，甘之如饴地陶醉其中。

第一次和黄念皖一起走进菜市场，看着琳琅满目的各种生鲜食物，听着小贩和家庭主妇讨价还价的喧闹声，董丽雅觉得自己从飘忽的云端落下，双脚站在扎扎实实的地上，心里前所未有的平静安详。

她想不起来自己什么时候到过菜市场，也许根本就没有。小时候家里有老保姆安排一日三餐，只身来北京工作以后一直都在剧团食堂吃饭，她和第一任男朋友都不爱做饭，没钱的时候在街边小摊觅食，有钱的时候在大酒店搭伙。这天她才知道一对相爱的人手挽手逛充满人间烟火的菜市场是一件多么美妙的事情，难怪七仙女下凡来到人间再也不愿意回到天上仙境。

黄念皖喜欢下厨，他会做安徽菜、本帮菜和台湾菜，他和她一起买菜，一起择菜洗菜，然后她站在他身边，看着他像电影里的大厨师，一招一式帅气潇洒，速度飞快地做出色香味俱全的菜肴。

每一次在厨房里袖手旁观，她心里都会荡漾起幸福的涟漪，情不自禁地一遍又一遍问自己：有这样会浪漫又会下厨的男人，我还要什么？

黄念皖还是一个很会玩的男人，他会把郊游远足安排得很有情趣，她只需要带上自己的小手包跟他走。他在出发之前把一个便携保温箱塞满，路上变魔术似的从小箱子里取出各种零食、饮料、擦手的湿纸巾……

那个周末，他们驱车去北戴河，在一家海边餐馆喝啤酒看海。餐馆老板养的狗带着三只小狗在嬉闹，其中一只小黑狗胸前有一条领带形状的白毛，黄念皖看到那只小狗，欣喜不已地抱起它，动容地呼唤道："黑弟，黑弟，你知道我多想你吗?"她立刻掏出钱包找餐馆老板买下"黑弟"。

这只来自北戴河海边的狗狗是"女孩"，他们给它取名"黑妹"。

黑妹和阿发一样，见证了她的幸福，也见证了她的心碎。

早晨七点，我在小葡萄的热吻中醒来，我们照例在床上亲热一番，然后一起移驾到卫生间，小葡萄蹲在我的脚边陪伴我"早朝"，打开手机朋友圈"君临天下"。

我看到挪威的"黑妹"，看到它胸前跟我家黑妹一样的白色"领带"。我对黑妹也有相当深厚的感情，阿发寿终正寝的时候，我和贝贝悲恸欲绝，董丽雅抱着黑妹来到我家，跟我们母女一起痛哭流涕地把阿发埋葬在一棵大树下。

这天晚上，她告诉我一个令人震惊的消息：他们的生意破产了，两人的关系也濒临崩溃。她不愿意说细节，只是口吻悲凉地感叹"很糟糕，非常糟糕，但不管多难我都必须和他在一起"，她再一次"托孤"，把黑妹留给我。

我并没有长期收养黑妹的意愿，阿发给我们欢乐，也给我们伤痛，我发誓不再养这"欺骗感情"的小东西，但是，我们母女很快就爱上了黑妹。在小葡萄出现之前，我以为黑妹是世上最会讨人喜爱的狗狗，我和贝贝经常带它去公园，跟它玩捉迷藏的游戏，趁它不注意我们躲起来，它会东张西望一番之后快速奔跑回家，蹲在门口等着我们；它不让陌生人抱，也不吃陌生人的食物，贝贝试过让她的同学给它喂卤牛肉，这是它最爱吃的食物，它会舔着口水转开脸……

黑妹只活到十二岁因病不治，还是我们三个女人一起，泪流成河地把它葬在阿发身旁。

我记得那是一个阴雨绵绵的春天，站在埋着阿发和黑妹的大树下，董丽雅唏嘘痛哭，说："我一生的悲欢都跟它们俩一起埋葬了……"

我以为我再也不会养狗了，两年前的某一天，贝贝把小葡萄抱回家送给我，当时我刚刚发现她从澳洲辍学回北京，我们母女关系进入"冷战"模式，我猜贝贝真正的用意是想让小葡萄分散我的注意力，减少我对她的"打扰"。

无论如何，从贝贝手里接过小葡萄那一刻开始，我就一如既往、心甘情愿地让它"骗取"感情。小东西搜刮了我所有的爱，我在它身上看到阿发的憨厚、黑妹的娇媚，还有贝贝小时候的乖巧、黏人……

23

"她是天底下最自私的女人，我从托儿所开始寄宿，一直到上大学，她逍遥自在地做她的事业，跟我爸离婚，交男朋友谈恋爱。托儿所里经常只有我一个人在空空荡荡的黑楼里过夜，值班阿姨会偷偷跑回家，第二天天快亮了才回来，我每天都睡在尿湿的小床里，夜里醒来不敢哭，阿姨说哭了坏人就会跑进来把我抱走……"

贝贝写给那个男生的控诉短信，拷贝储存在我的大脑里，一字不漏。

我几次三番约贝贝见面，我要跟她谈一千万集资可能的风险，带她去见律师；我还要跟她谈当年的我，一个二十几岁的年轻母亲如何遭遇来自丈夫的身心摧残。

在我接连发了十几条信息之后，她回了一条："我很忙，很忙，很忙，还是很忙!!"

我已经黔驴技穷。

谁能阻止来自钟家血缘DNA的能量？他们都是海明威笔下奔向乞力马扎罗雪山的豹子。

我也无法阻止思绪纷呈的大脑，针对女儿的指控，义愤填膺地为自己构思"辩护词"，那些作为证据的往事潮水般涌来……

不知是因为我的愚笨，还是因为我的骄傲，我不但没有怀疑过如影随形的梨花，还对她心怀悲悯和感恩，一个因为逃婚而离乡背井的农村姑娘，在大城市举目无亲，我真心地同情这个弱女子；我生贝贝的时候，梨花辞了工作，在我们狭小的家里睡地铺照顾我整整一个月，她谦恭勤勉周到，给我留下极好的印象。以至于在之后很长时间里，我都把她当成"救命稻草"，工作出差分身乏术的时候请她照顾贝贝。

我第一次正面遭遇的"第三者"是一个笔名叫"豆豆"的女诗人。钟涛在出版社当编辑，几乎所有跟他有过工作往来的女作者都是他的"粉丝"，她们给他写情意绵绵的信件，送各种暧昧意味的礼物，我从未因此吃醋，那些舞文弄墨的姑娘无非是希望自己的作品获得发表出版的机会，情有可原。

豆豆是南京姑娘，漂亮、瘦弱、苍白，像林黛玉，她的模样很招男人怜爱。豆豆在云南旅游邂逅一个北京小伙子，两人迅速堕入情网，旅行结束，她退了回南京的火车票，跟小伙子来到北京。这段浪漫的爱情故事只维持了半年。男朋友的母亲把她赶出家门，她没有回南京，住进东单一座大楼的地下室，那里聚集着一批带着梦想来北京流浪的艺术家。

她经常给钟涛写信，钟涛把那些信带回家随意丢放，有时他给女诗人回信，一次写不完也随意地铺在桌子上。在书信里钟涛扮演着灵魂导师救世主的角色，高谈阔论人生，女诗人则透出越来越浓烈的爱慕和依恋。她的许多诗歌是写给钟涛的。

我丈夫在女诗人的景仰中，情绪饱满地扮演“救美”英雄，为豆豆的诗歌写评论，向各家文学期刊推荐她的作品，微薄的稿费连地下室的房租也交不起，我丈夫自告奋勇承担每个月的租金。豆豆有严重的抑郁倾向，据说这是诗人的通病。豆豆每一次抑郁发作就准备好一瓶烈酒和一瓶安眠药，向钟涛发出呼救。有时半夜三更，我们楼下看守公共电话的大妈会在楼下扯着嗓子叫喊：“钟涛！电话！”我丈夫就会立刻从床上跳起来，像接到火警的消防队员，抓起衣服就往外跑，第一时间赶赴现场……

我心里对女诗人怀有强烈的醋意，甚至到了敌意的程度，但我只能做一只逃避现实的鸵鸟，压抑自己内心真实的感受。因为在这件事情上，我丈夫占据着道德制高点，他说豆豆是“被侮辱被损害的女人”，帮助她是出于正义感和同情心。我怕他说我“庸俗”，这是他攻击我最有力的武器，年轻的我是一个自命清高的文艺女青年，非常害怕被贴上“庸俗”的标签。一旦他占据了道德优势，我就束手无策。

我是一个被“高尚情操”绑架的斯德哥尔摩症患者。

一个风雪交加的夜晚，小贝贝刚满两个月，我抱着她站在窗口，眺望昏暗的路灯下一片银白的街景，焦虑地等着钟涛回家。小贝贝出生以后我和他有了共同的关注焦点，我们都爱女儿，他对女儿的爱更是超出了我的预料。这时期我自作多情地以为幸福回到我们的小家，我们几乎不吵架，我饶有兴致地又开始预备每天的“爱宴”，他很少不回家吃晚饭，总是早早地回家，一进门就抱着女儿不肯放下。

我想到了我的“情敌”豆豆，这个风雪交加的日子，女诗人是不是又“抑郁”了？我丈夫不得不奔赴地下室“救美”？

直至深夜，我远远地看到他在白雪皑皑的街口出现，立刻放下女儿，忙着加热已经冰凉的饭菜。

他回到家没有像平常那样扑向女儿，闷头坐在饭桌边垂头丧气，一副要哭的样子。

我端着热好的一盘菜，撞见他正低头揉眼睛，顿时吓坏了，猜测他遇到了什么灾祸，赶忙腾出手揽过他肩膀，问：“怎么了？”

“豆豆住院了，医生说她可能过不了这关……”

“怎么会呢？”

他抱起贝贝，饱含热泪对熟睡的女儿说：“宝贝，爸爸一定会保护你，不让坏男人伤害你……”

我感动落泪了，关于女诗人的猜想引起的不快旋即烟消云散。

他告诉我，豆豆早在儿时就患有肾功能衰竭症，有一个肾已经萎缩消失了，北京男朋友与她分手的理由就是因为她身体不好，不能生育。

“豆豆的病情相当危重，医生签发了病危通知……”

我丈夫抱着女儿长吁短叹。

此刻，在我眼里我的丈夫情操高尚如耶稣，作为妻子我应该做点什么，呼应他的伟大？

我四下看看，想着有什么可以变卖了去帮助女诗人，打开抽屉，拿出外婆给我的手镯。

“咱们家大概也就这只镯子值点钱，你把它当了吧……”

我原本想说把它卖了，但实在舍不得，话到嘴边改口说“当了”。

钟涛把手镯塞还给我，说：“文学圈的朋友在为她筹集善款，她自己也有些钱，钱不是问题……”

“那我们还能为她做什么呢？”

钟涛答非所问：“我向医生详细了解了她的病情，如果不换肾，她不可能活着出院……”

我心里一惊，他不会是要给她捐肾吧？如果他要这么做，我该阻拦吗？我下意识地看向睡在小床里的贝贝，孩子这么小，万一爸爸倒下了，我们母女怎么办？

我小心翼翼地问道：“换肾手术要多少钱？”

钟涛摇摇头：“如果有人捐肾，要不了多少钱，我可以为她捐一个肾……”

我失控地发出尖叫：“啊?!”

我丈夫的肾跟我无关吗？况且他的母亲也有肾脏的疾病，谁能保证他一辈子不得病？

可是，我不敢说出我的忧虑，因为我不能在一个伟大的男人面前表现出卑下自私。

“但是，目前她的身体做不了手术，她对生命毫无眷念，一直拒绝治疗，这次病情来势凶猛，高烧好几天，要不是被房东发现，她已经死了，先要挺过这次发病才能做换肾手术，医生表示情况很悲观……”

我暗暗地松一口气，至少我丈夫的肾目前还安全。

“豆豆很可怜，没有遇到过好男人，每一场恋爱都是始乱终弃。如果生活一帆风顺，有一个好男人照料她，她是可以活到老的……”

“应该是吧……”

我言不由衷附和着，心里另有说辞：你不是思想挺解放的吗？你对存在主义和萨特很有研究，任何人都应该拥有绝对自由，她的男朋友有选择的自由，怎么就成了“始乱终弃”呢？她一个新潮的女诗人为什么要扮演可怜的弃妇？再说，她的病不是一朝一夕，隐瞒病情就是不对……

“最近一段时间，我会尽量多地去医院陪她……”

我点点头。

“我要让她在爱中离开这个世界……”

我以为他说的是耶稣的博爱，也点头表示支持。

但后来发生的故事让我彻底崩溃了，我的丈夫竟然跟一个濒临死亡的女诗人谈了一场恋爱！

他每天都在医院陪护，深夜坐最后一班公共汽车回家，带着一身药水的气味，带着他记录的女诗人口述的情诗，含着眼泪告诉我病情的发展，读诗歌给我听。爱情点燃了女诗人求生的欲望，她哭着哀求医生一定要救活她，因为她有了一个值得她活下去的男人，因为她找到了人间的真爱，她后悔自己放任病情发展到如此地步，医生护士都为病房里发生的旷世之恋感动落泪……

我瞪大眼睛看着他的嘴巴，心里疑惑：他们接吻了吗？

这个联想让我觉得非常恶心，刹那间仿佛看到了我丈夫从病房带回的病毒在小小的家里幽灵般游荡。但我被道德绑架束缚着，只能违心地包容忍耐。

一个月之后，女诗人离开人世，在我丈夫的怀里咽下最后一口气。她弥留之际，他的父母和哥哥都在病榻边守着，她从昏迷中醒来，眼睛只看钟涛，气若游丝地说了最后一句话：我爱你，下辈子我一定不会错过你……

钟涛为她操持了一场隆重的葬礼，女诗人的父母和哥哥都以为他就是豆豆在云南邂逅的北京男生，一家人抱着钟涛痛彻心扉地哭，哭豆豆没有福气，撇下这么好的男朋友撒手人寰……

豆豆临终之前，钟涛含着眼泪信誓旦旦，承诺将为她出版一部诗集，让她的灵魂永生。豆豆的家人把豆豆从小到大的照片和诗歌手稿交给他，那一大包遗物一直放在我们家的床铺底下，我们搬离那间小屋的时候，我当着钟涛的面，把那包落满灰尘的遗物和一堆旧书报一起卖给收废品的老头。这是我对女诗人生前侵犯我的家庭生活的报复，他并没有发觉到我的恶毒，显然他早就忘了病榻边的“信誓旦旦”。

他所有的“伟大义举”都不过是出于变态的自恋，这个幼年缺少爱和关注的男人只想站在聚光灯下，在观众的掌声和喝彩中寻找存在的价值。豆豆的故事谢幕了，观众散去了，他便转身投入新的舞台。

这并不是钟涛唯一的“义举”，我们结婚之初，他每个月只有几十块工资就乐此不疲地“救美”，卖了手表、卖了家里最早的一台小冰箱，救助身陷困境的女同学、女同事，他知道我不会反对他，我会假装跟他一样情操高尚。

他飞黄腾达挥金如土的时期，“英雄救美”的剧情更是高潮迭起登峰造极。那时我们已经分居了，没有机会现场观摩他的“演出”，但在他破产消失之后，我接待了两个女人，她们联手四处寻找突然销声匿迹的“恩人”，辗转找到我。一个曾经是歌厅小姐，一个曾经是办公楼的清洁女工。两个年轻女子都是在受到坏男人欺负的时刻，由钟涛出手解救她们于危难。他给她们学费和生活费，让她们去培训班学一技之长，他的“义举”彻底改变了两个农村姑娘的命运。她们出现在我面前的时候都已经是北京的中产阶级，有自己的生意，嫁人生子。她们描述的钟大哥，无疑是世界上绝无仅有的好男人，钟大哥是她们的偶像，是她们的指路明灯，是她们在大城市奋斗的力量。我不忍心让她们信仰的“偶像”破灭，只说钟涛厌倦了大都市，厌倦了生意场，去一个谁也不知道的地方静心写作……

当年文艺女青年的我，就是这么懦弱、无知又无助，钟涛的意志有不可抗逆的磁力，严重干扰了我的思路，让我失去辨别方向、辨别是非黑白的能力。

我为年轻时自己的愚昧感到羞愧，恨不能穿越时空拉她一把，火力凶猛地讨伐站在道德制高点上的自恋狂、伪君子…

我应该怎样对我的女儿说当年的故事？我忽然发觉这是一件很困难的事情。我在剖析前夫的病态人格的同时，也发现了自己的病态，我们带着时代和家庭的伤害走到一起，在夫妻关系中互相伤害并殃及我们的女儿。

或许，我应该换一个角度去理解贝贝，选择一对病态的年轻夫妻做父母已经是莫大的不幸，她怎样抱怨都不为过……

24

我在咖啡厅，坐在曾经跟秦红谈论股市的位置，买了两杯咖啡，等着卡卡。虽然他已经是亿万富豪了，但仍抹不去我对他的刻板印象，小气抠门，因此尽管是他约我谈话，我还是主动为他买了咖啡。

经不住高达七位数稿费的诱惑，我跟公司签了一部四十集电视剧的编剧合同。这部戏的原作是一篇只有七八万字的网络小说，据说内容既诡异又魔幻。

负责这个项目的执行制片人是老金，这个曾经被卡卡背后捅刀子的老男人，也许是酒喝多了不记事儿，也许是失业太久了，昔日金牌制片人的自尊和傲气被消耗殆尽，他很珍惜卡卡恩赐的工作机会，感激涕零，心无芥蒂地全情投入，乐此不疲，几乎每天都召集我们开会。

今天老金把原著作者，一个二十岁出头、长得像豆芽菜的小男生请来，阐述他的创作意图。我只是滥竽充数，坐在会议室里，一言不发，因为我还没有看那部“魔幻”小说。

我在等老板给我的账号拨款，老板在等“海森鑫”的投资。

按惯例，第一笔预付金到账合同才生效，在此之前我不会花一分钟研究我将要改编的小说。作为一个资深文字劳工，这一路走来吃了很多亏，大多数新手都以为签了合同便是板上钉钉，不会发生任何变故，通常合同一签，编剧就立刻埋头苦干，写出十几万字的分集大纲，结果经常是一分钱也拿不到，老板两手一摊说这个项目搁浅了。我至少白写过一两百万字。险恶的江湖把我修炼成一个斤斤计较的“老油条”，不见兔子不撒鹰，绝不在合同生效之前点燃“创作冲动”。

刚才散会的时候，老金把我留下，问我对改编剧本的想法，我直言不讳地告诉他，我在等预付金。老金拍胸脯保证“钱不是问题”，他担心的是时间太紧促，因为有两个新生派“小鲜肉”演员的档期迫在眉睫。

制片人这番说辞并不新鲜，每一个制片人都急切地想让剧组运转起来，唯有如此，他们才能把老板绑上战车，挣到钱。如果签下某个大明星的出演合同，项目就很难下马，即使老板反悔了，也要拿出一笔遣散费。

江湖上妖魔鬼怪见多了，我才不会上当呢。

我猜卡卡约我喝咖啡的用意也是催我动笔，我一定要反问他：投资为什么还不能到位？我要了解贝贝集资的一千万究竟用于什么项目？可千万别是投资影视行业……

我看到卡卡向咖啡厅走来，在行色匆匆的人群中，他显得很醒目，果真是人靠衣装马靠鞍，高档名牌全副包装，大大地提振了他的气场。

我们喝着咖啡寒暄着北京的天气，这时楼群上方狭小的天空飘着纯白的云朵，北京的好天气如同中东和平一样弥足珍贵。

我心里琢磨着即将开始的谈话，如果他像老金一样拍胸脯保证“钱不是问题”，我要告诉他钱是“契约精神”的体现。

只见卡卡从LV手包里取出一张烫金的请柬，郑重其事地双手递给我。

我注意到他的笑容里带着与他的年龄不相符的羞涩。

请柬上写着“敬请观摩海森鑫投资集团宣传片”。

“我们的宣传片是著名导演夏钢亲自操刀拍摄的，他当年拍的《一半火焰一半海水》《大撒把》，那可是轰动一时。夏导是一个有情怀、有担当的文化人，我们就是看中这点，所以请他出山，情怀和担当将成为我们海森鑫的企业文化……”

我纳闷了，手里翻弄着请柬，说：“看宣传片发一个信息就足够了，印制这么高级的请柬，太浪费了吧？”

卡卡眼睛发亮，情绪激昂地说：“嫂子，这可不是一般的观摩，是我们公司重大的外交公关活动，海森鑫已经很有些知名度了，但远远不够，知名度是无形资产，比有形资产更有价值。我们不惜重金邀请中央经济台、政府要员，所有著名的报刊和网站，将来还要把宣传片放到纽约时代广场，让海森鑫无人不知无人不晓……”

“哦，原来如此。”

“嫂子啊，你也应该包装包装自己，你剧本写得挺好，可是你只在乎工钱，不在乎名气，在影视圈你只是一个高级枪手，为他人作嫁衣裳……”

哼，拐了这么大一个弯儿，终于切入主题了，想用名气吸引我让我干活儿，没门儿。

我笑笑，“为他人作嫁衣裳没关系，只要能按时拿到工钱，我本来就是为了生活混迹影视圈的……”

卡卡笑着摆摆手：“嫂子，我们之间有代沟，咱们以后有时间再讨论……”

他看了看手表。

我心里给自己定下原则，不论他怎样口吐莲花巧言令色，都不要上当。

但似乎他没有劝说我开工的意思，他喝一口咖啡，神秘地笑笑：“嫂子，你是我们自家人，不妨先向你剧透交底，但你一定要保密，我恋爱了，我终于找到一个想娶她为妻的女人了，她是我的合作伙伴邱丽，我要在观影会上制造一个惊喜，向她求婚……”

“哦，那真是恭喜了，你守身如玉几十年，终于等到了你的‘冬妮娅’……”

“冬妮娅是抽象的，她是具体的，鲜活的，我想我之所以一直没有结婚，不是因为冬妮娅，而是冥冥之中在等邱丽，她们两人的名字都有一个‘丽’，这一定不是偶然的……”

看着卡卡一脸真诚的幸福，我怎么能怀疑他在这桩爱情中有阴谋呢？

他拿出手机让我看许多邱丽的照片，他们一起生活的现场记录，他没有介绍邱丽的成功与富有，网络上有很多关于邱丽的公开资料，他只说她如何的贤惠体贴。

“她很忙，但是不管多忙，每天早上一定要比我早起床，亲手准备好早餐；我们分工不同，各自忙碌一天之后，她会到办公室接我回家，陪我喝一杯红酒，她还会抽空为我熨衬衫和领带，有时候半夜醒来，看到她正在角落里为我熨衬衫，我感动得在被窝里偷偷流眼泪……”

单是这两三个小细节就足以说明这个女强人的与众不同，这让我对她有了一点好感。

女强人是影视剧里经常出现的人物，她们几乎个个都是颐指气使说一不二的“女汉子”，她们通常留不住男人，能留下的都是卑躬屈膝唯唯诺诺的小男人。我经手的剧本也是这样的套路。

卡卡深情款款地说到邱丽不幸的出身，没有进过校门的农村姑娘，靠抄写字典识文断字，做保姆、当工人、销售产品，一步步把企业带到上市……

“我虽然出生在高级知识分子家庭，但因为‘文革’中我的父母被打倒了，保姆把我带回乡下，我在农村生活过，经历过最底层人的苦难，所以我们惺惺相惜，遇到邱丽，大概是命运对我的补偿吧……”

我的眼睛盯着卡卡的牙齿，他有一口整齐、洁白、颗粒饱满的牙齿，这一口好牙齿给他平庸的五官增色不少。钟涛和贝贝也有这样的好牙齿，他们的牙齿来自钟妈的遗传。我第一次见到钟妈的时候，她的牙齿还很好，单凭这一口牙齿就足以证明卡卡和钟家人存在着血缘联系。

卡卡开始承认自己儿时的不幸，说明他内心变得强大了，不需要杜撰故事支撑他的自尊了。

他是否愿意弄清自己的身世？此时钟妈正在医院里靠各种医疗仪器

维持生命，也许他会愿意回老家探望他真正的生身母亲？

我想到这里忽然打住了，责问自己：我为什么要多管钟家的闲事？

为了找到与女儿缓解关系的“药方”，我把婚前婚后所有与钟涛有关的事件如数家珍般一一过滤，我为自己竟然没有恨过他感到匪夷所思，这个坏男人不但毁了我的平静和幸福，他还是我们母女失和的始作俑者，我有百分之百的理由恨他。

“我本来还想请钟哥来北京见证我和邱丽的幸福，遗憾的是钟妈妈重病住在医院里……”

卡卡这句话把我的思绪带回现实。

“钟哥待我如亲人，他的家人就是我的家人，这两天我正想回去给我的保姆汪姨扫墓，可能会顺便去看望钟妈妈。汪姨没能活到现在，让我感到非常遗憾。小时候总觉得汪姨是我的亲生母亲，到现在也还疑惑，我的长辈都已经过世，没有机会了解真相了……”

卡卡似乎真的变了，不再满嘴胡言乱语了。以马斯洛为首的人本主义心理学派认为成功是最有效的心理医治，此刻坐在我面前的卡卡也许就是这一理论的佐证。

“卡卡，如果你想知道自己的身世，可以回老家跟钟涛谈谈，他应该知道关于你的一些事情……”

卡卡目光发怔想了一会儿：“我听说钟家丢了一个男孩，我有可能是那个男孩吗？”

我记起钟涛小说里的卡卡，那个被油条铺的阿蹁收养的弃婴，心里不禁一阵柔软，语气温柔地说：“如果你有了解自己身世的愿望，不妨跟钟涛谈谈。如果你觉得过去的事情已经不重要了，你可以选择沉默……”

“我很矛盾，我小时候吃过很多苦，那些噩梦一样的记忆一直埋在我的心底里，遇到邱丽之前我没有跟任何人说起我的童年。有一天，她说起小时候背着弟弟在河边洗全家人的衣服，冬天生冻疮的双手都烂了还要洗，我拉着她的手，情不自禁地说出我小时候的遭遇，我不知道自己哪来的勇气，敢于揭开伤疤回忆往事，嫂子，我没有童年，我的童年是一只可怜的流浪狗……”

卡卡哽咽了，低下头，两行泪水在他的脸颊缓缓流下。

我的心揪紧了，忍着眼泪，默默地递给他一张纸巾。

前一分钟，我还想跟他谈剧本的预付金和贝贝的集资，此刻我只想真诚地表达对他的同情。

卡卡擦了擦眼睛，整理了情绪："嫂子，其实我早就知道钟哥把我当成他的弟弟，如果我真是钟家的孩子，我很难原谅他们抛弃我的行为，甚至会影响我和钟哥的关系。一个孩子不应该吃那么多苦，当年看到你收养阿发和黑妹，你那么爱它们，我很羡慕它们……"

我动容地拉住他的手，认识他二十多年了，这是我们第一次握手。

"听从你的内心，你有权做任何的决定……"

卡卡用力握了握我的手："嫂子，谢谢你……"

"卡卡，对不起，当年我应该给你多一些关心……"

"不，不，嫂子，你也不容易，真的，我跟贝贝说过要爱你妈妈，你妈妈不容易……"

这句话直接撞进我的心窝，我的眼泪大把大把地掉下来。

卡卡取了纸巾递给我："嫂子，别难过，一切都会好起来的，就像我遇到邱丽才恍然大悟，上天让我吃苦的同时给我预备了丰盛的惊喜……"

我擦着眼泪，竭力不让自己在大庭广众之下情绪失控。

卡卡看了看手表，意味着他要告辞了。

我忽然脱口而出："有一件事情，我想应该告诉你，我认识你的冬妮娅……"

话刚落音，我就为自己感情用事后悔不迭，紧接着我应该怎样叙说董丽雅的故事？

卡卡惊讶地说："哦？她在哪里？过得好吗？"

我喝一口咖啡，理了理思绪："她在挪威，挺好……"

"她那么善良又那么漂亮，一定生活得不错……"

卡卡忽然沉默了，低下头想了一会儿："嫂子，知道她过得不错，我就满足了，我不想知道更多，不想看到她现在的模样，我想保留少年时代的美好印象，永远记住那个穿红裙子骑自行车的少女……"

我如获大赦地松了一口气。

卡卡再一次看看手表站起来："我必须走了，嫂子，你保重……"

目送卡卡匆匆离开的背影，我忽然有一种大梦初醒的感觉，既恍惚又混沌。

我怎么会这样掏心掏肺感情泛滥，把他劣迹斑斑的历史全都洗白了呢？

我想起一些跟钟涛过招交锋的往事，他总能轻而易举地把我带上他的思路轨道，按照他的脚本，扮演他为我量身定制的角色。

他们似乎都有拍花子的特异功能，只要轻轻地朝我比画一下，我就会不由自主地跟着他们走……

25

卡卡瞒天过海，悄悄地为"求婚惊喜"忙碌着，他准备亲自奔赴邱丽的老家浙江东阳，把请柬送到邱丽的恩人、一路提携她的那位老厂长手里。他自信以他的公关能力，一定能说服老人家出席盛会，并且跟他结成同盟，安排老人家突然出现在会场，在求婚之前先给邱丽一个小小的惊喜。

在嘉宾名单里有三个人让卡卡犯难了，他们是周格、邱丽的儿子和女儿。

周格是海森鑫的实权人物，身兼副总裁、投资总监和财务总监，卡卡上报的"天使投资"项目和影视公司收购方案都压在周格手里。邱丽拨出专款为卡卡成立影视投资部，但钱由财务部掌控，没有周格的签字一分钱也动不了。邱丽在公司运作方面倚重周格，周格是总裁班的导师，她始终毕恭毕敬称他"周老师"。周格头上顶着美国名校、世界著名投资银行的冠冕，卡卡有自知之明，并没有与周格一争高低的心气儿，但是周格对他却相当不友好，这让他心里感到十分恼怒不安却又无计可施。

周格从不直接跟卡卡面对面交谈工作，每次都派秘书转述意见；偶尔他们俩在电梯里相遇，周格只会轻描淡写地朝他点点头，但是遇见邱丽的时候，周格的表现很不一样，每每热情高涨妙语连珠地夸赞邱总，对邱丽身边的卡卡视而不见……

邱丽一直没有把卡卡介绍给她的儿女，两个孩子居住的公寓与母亲的公寓直线距离不超过两百米，他们与母亲很少互动。邱丽经常向卡卡诉苦，抱怨儿女跟她不亲，在他们心目中妈妈只是一张没有额度限制的银行卡。如果不是因为跟两个孩子关系疏淡，她不会去贵妇俱乐部，不会去总裁班进修，也不会调拨资金创办海森鑫。但无论如何，他们终究是邱丽的孩子，他们早已经把母亲的财富当成自己的财富，忽然冒出一个可能瓜分他们财富的男人，必将引发一场严重的家族纠纷……

这三个人都可能成为他和邱丽走向婚姻的路障。

邱丽会愿意绕开他们跟我结婚吗？

卡卡虽然没有百分之百的把握，但他要孤注一掷，采取一切可能采取的手段，推动邱丽走进婚姻，甚至不惜以分手为筹码，置之死地而后生……

周格的女秘书轻轻敲了敲虚掩的玻璃门。

卡卡朝门口瞥一眼，没好气地应道："请进。"

女秘书把一摞文件放在办公桌上，那是卡卡上交的影视剧策划案。

"陈总，周总说策划案还需要附加一份制片方与购片方合作的文件，具体要求周总会给您发邮件说明……"

卡卡想说：制片方不可能在开机之前得到购片方的任何承诺，更不可能形成白纸黑字的文件，所有能够生存的制片方都跟购片方有私底下的"关系"，这种"关系"不可能摆上桌面。他选择的两家影视公司的老板都有官方背景，关系深厚。

但他觉得跟周格的女秘书费口舌是一件有失身份的事情。他的眼睛盯着电脑朝女秘书摆摆手，示意她可以走了。

女秘书前脚刚出门，卡卡怒不可遏地站起来，关上门，抄起那一摞文件重重地摔到地上，文件散开，满地纸片。

他踩着白纸黑字的纸张走到酒柜前，倒一杯红酒，一只手端着酒杯，一只手叉腰，绕着办公桌来回踱步，想着应对周格的策略。

玻璃门推开，探进一个脑袋，来人竟是老金。

卡卡一愣："你怎么跑这儿来了？"

老金乐呵呵地走上前拍拍卡卡的肩膀："老弟，真行啊，你！你比我想的还牛，整整一层楼都是你的地盘……"

老金说着像回到自己家似的到酒柜前拿杯子倒酒，又给卡卡的杯子里添了点酒。

卡卡赶忙捡起散落在地上的文件，坐回自己的大皮转椅："老金，你怎么能这样不预约就闯进来了？你以为大公司跟剧组一样没规矩？"

老金喝着酒，不以为意地笑笑："老弟，实不相瞒，这次为你打工，我动用了所有能动用的关系。我以前手下一个副导演现在开经纪公司。陆寒，就是那个红得发紫的演员，就在他手上。你应该知道陆寒有多热门，多少制片人用麻袋装现金排队找他签约，人家答应为我调整陆寒的档期，给我一个月的时间，我得给人家定金啊，还有编剧那儿，不给钱不动工，我着急啊……"

"我们海森鑫是正规的公司，每一个项目，不论大小，都有一套严格的流程，你以为是草台班子，我一个人独裁？"

"是，是，老弟原谅我小心眼，春草闯堂偷袭你，看到你坐在这么高大上的地方办公，我心里踏实了，有底气了……"老金晃了晃手里的酒杯，"这酒不错……"

"老金，以后工作上的事情，你不要越级来找我……"

"那是，咱俩不还有点老交情吗？你应该不会忘记，是老金大哥把你带上路的，以后不工作的时候，咱哥俩应该常见见面，喝喝酒，我跟你学学新生事物……"

卡卡态度冷漠，抬起手腕看表："我还约了人谈事情……"

"行，不打扰了……"

老金一口喝光杯子里的酒，转身往门口走去。

卡卡反锁了办公室的门，放下卷帘，坐回大转椅，把双腿架在办公桌上，下意识地抓起一支铅笔，在手指尖飞快地转动着。

这是他内心焦虑时的肢体反应，从跑单帮卖走私货开始，每当遇到困境他就会抓起一支铅笔在手指间转动，一直转到脑子里灵光一现，找到突围的方案。

他发现自己有点过于自信，邱丽并不像她表现的那样单纯朴素，这个做了二十几年销售的女人是一只善于伪装、藏得很深的老狐狸，他轻敌了，大意了，在这场感情游戏中，其实是他被她玩弄在股掌之间。如果没有她为虎作伥，周格不可能如此气焰嚣张。她成立影视投资部是为了架空他，让周格掌控专项资金，实际上是开了一张无法兑现的空头支票哄骗他……

如此想来，以分手要挟她并不是获胜的筹码，让这个女人下决心正式领结婚证嫁给他，似乎也前途渺茫，他必须按兵不动，继续让“爱情”升温。

他从抽屉里取出价值十八万的钻戒，思忖道：现在是求婚的时候吗？不，拔苗助长只会把事情搞砸，根据目前的情况只能把“求婚”的节目调整成“示爱”，那么钻戒可以免了。

他又从另一个抽屉里找出发票，准备送回店家退货。十八万不是一笔小数字，即使是只有一百八十块钱他也舍不得“打水漂”。

他把钻戒和发票锁进保险柜，嘴里恶狠狠地嘀咕道：“我陈卡卡交往过多少香艳美女，花的钱加起来也没有十八万，你一个老奶奶凭什么让我花钱?”

卡卡被自己的这句话惊呆了，就在昨天他还跟嫂子说他是多么幸运遇到邱丽，这场爱情是上天赐予的“惊喜”……

那一刻他并没有说假话，邱丽的确对他很好，做早饭、熨衣服、接他下班回家，许多时候让他觉得这个女人是他的母亲，是他的姐姐，让他进入角色不能自拔。亲情是卡卡最缺失的，因此他的心是一幅有缺损的拼图，邱丽带着那块丢失的碎片填进他的心，严丝合缝地修补完好。

邱丽的好也让卡卡有些自我膨胀，他以为她在诸多细节里表达的是感恩，以及自知不配的谦卑，这样的女人怎么会拒绝他的求婚呢？

事实不是这样的，我只是她的弄臣男宠，她所谓的“好”就像狗主人驯狗时手里抓着的零食……

卡卡心里极度不平衡了，他又抓起铅笔在手指间飞速转动。

夜里，邱丽忙完一天的工作，走进卡卡办公室扑了个空，办公桌收拾干净，电脑关闭。通常卡卡晚上不能跟她一起回家都会向她提前报备，她拿出手机查看，没有信息，也没有未接电话，立刻拨打电话给卡卡。

卡卡正在三里屯一家名叫“老书虫”的酒吧喝酒，他喝酒容易脸红，两杯鸡尾酒已经让他脸红脖子粗了。他并没有醉，他已经做好准备演出一场高潮迭起的激情戏。手机就放在手边，看到邱丽来电，他没有接，淡定地等到邱丽拨打第三通电话才抓起手机，口齿不清地说：“我心情不好，在三里屯喝酒，不醉不归……”

邱丽着急地说：“怎么了？出什么事儿了？”

“有人辜负了我，伤心……”

“谁啊？男的女的？”

“我最爱最信任的女人……”

“你在哪里？”

“不要问我在哪里，何以解忧唯有杜康……”

邱丽一边讲着电话，一边往外走，让司机送她到“老书虫”，他们在总裁班进修的时候卡卡经常请她在“老书虫”喝酒，那儿是文艺青年聚集的地方，卡卡说他喜欢那儿简朴高雅的氛围。

几分钟之后，邱丽出现在“老书虫”，径直坐在卡卡身边，向酒保要了一杯名叫“血红玛丽”的鸡尾酒。

卡卡醉眼迷离地看着邱丽：“你是谁啊？我不认识你……”

邱丽抚摸着卡卡的后背：“怎么了，我哪儿做不好了？”

“你不爱我，根本不爱我……”

“怎么会呢？”

“你心里只有周格，你爱的是他。是啊，人家是海归，美国名校毕业的……”

邱丽哭笑不得无言以对：“你真是喝多了！”

她害臊地四下看看，拉着卡卡的手，嘴巴凑到卡卡耳边：“我们回家吧，回家让我好好爱你……”

卡卡百感交集地盯着邱丽，霎时泪如雨下。

他在剧组混的时候跟一个男演员学过“一秒钟泪水潸然”的功夫，今天第一次派上用场了。

卡卡的眼泪真的打动了邱丽，她动情地靠在卡卡身上：“卡卡啊，卡卡，认识你之前，在这个世界上没有人真心疼我，真的，我的父母，我的孩子，我的亲戚，他们都只爱我的钱……”

邱丽搀扶卡卡回家，剧情发展的每一步都符合卡卡的预期，互诉衷肠，忆苦思甜，两人一起在按摩浴缸泡澡，做爱……

爱情与阴谋并不总是泾渭分明的，在卡卡心里有一处灰色地带，爱情与阴谋纠缠在一起，难分难解。

从决定追求邱丽那天开始，卡卡一步步演着自己设计的剧情，却总是身不由己动情地融入角色，分不清戏里戏外。这是以前和别的女人交往不曾有过的感觉，他交往过形形色色不同年龄、不同职业的女人，唯有邱丽能让他卸去面具与盔甲，放松地做一个率性的人。

那天早晨，他们一起在衣帽间大镜子前穿戴，准备出门。邱丽穿的是一件后背拉锁的连衣裙，卡卡在边上穿西装系领带，邱丽背着手试了几次没能拉上拉锁，转过身看着卡卡，用江南小女子的声调，娇滴滴地说：

“老公，我拉不上拉锁，帮帮我吧……”

话音未落，她惊呆了，顿时面红耳赤，二十多年销售生涯炼就了她人情练达宠辱不惊的大将风范，忽然变一个人，仿佛小鬼附身，让她感到很不自在。

卡卡适时地伸手将她搂住，双手绕到她的后背，为她拉上拉锁。

邱丽含着眼泪说：“我不知道我还会撒娇，我生下来就是干苦力的女奴，活了大半辈子没有撒过娇……”

卡卡亲了亲她：“我就是要你脱去女强人的外衣，做一个小女人……”

他们都有过不幸的童年，这是他们互相吸引的根基。他们经常在夜里迷迷蒙蒙地互相抱紧对方，像两个走失的孩子终于找到了亲人，悲喜交集，害怕再一次失散。他们是饱经沧桑的中年男女，他们两个人独处的时候经常配合默契地释放童真，像一对青梅竹马毫无防范之心的孩童。他们互相撒娇，真真假假，真作假时假亦真。

这场“爱情夜戏”让卡卡的“阴谋”得逞，第二天邱丽宣布：周格不再监管影视投资专项资金，由她自己掌控最终审批权，并当即给影视公司划拨了一笔启动资金。

26

厨房里剁肉的声音惊动了在楼上做学问的老杰瑞，他摘下眼镜慌忙下楼走到董丽雅身旁。

她继续剁着肉馅：“对不起，打扰了，很快就好了……”

他端起面盆看一眼，盆里放着一团揉好的面：“嗯，看样子包得不怎么多……”

“只包五十个，你吃三十个，够吗？”

老杰瑞开心地笑笑：“我以为你要包五百个饺子……”

她说过在她离开峡湾小镇之前要为老杰瑞包五百个饺子，让他慢慢吃。听到剁肉馅的声响，老杰瑞以为她又动了告别小镇的心思，开始制作五百个饺子，心里一瞬间有点小小的失落。

她读懂了他细微的心理活动，读懂这个北欧老头儿很容易，不需要多么深的世故，她一向认为西方人比中国人要简单，当他认为你值得信任，就会向你袒露赤子之心。

她调皮地笑笑："我取消五百个饺子的计划了……"

他心花怒放了："很好，我愿意经常吃新鲜的饺子。"

"想得美，我的意思是，我会悄悄地逃跑，不跟你告别，某一天你一觉醒来，发现厨房里的中国女佣不见了……"

他看她，她正专注地忙着，他分不清她是不是开玩笑，疑惑地问道："为什么？你对我有意见吗？"

"嗯，有意见，有很多很多的意见，有一句中国成语叫'罄竹难书'，你知道吗？"

老杰瑞一头雾水了："哦？我不知道有这么严重……"

她想忍住笑继续逗他玩儿，却扑哧笑了："严重，相当严重……"

老杰瑞这才确认董小姐是在跟他开玩笑，释然一笑："哦，我愿意接受革命群众的批判斗争……"

说着，挽起袖子到水池边洗手。

她问："你要干吗？"

他擦着手："我必须向你学习包饺子，以后中国女佣逃跑了，我可以自己包饺子……"

两人在灶台边开始"过家家"忙起来。

老杰瑞两眼直勾勾地瞪着十个手指头，笨拙吃力专心致志地包着饺子。

董丽雅想起了黄念皖，她也曾经这样笨拙地跟他学包饺子。他贴在她的后背，伸长手臂手把手教她。他调制的饺子馅儿特别香，据说是他母亲娘家的祖传配方。她一直沿用这份"配方"，肉要手工剁，葱、姜、香菜、鸡蛋、香油、老抽加生抽……他们经常在厨房里"过家家"，黄念皖会偷偷地在一个饺子里放一颗花生酥糖，他总能让她吃到那个饺子。

她曾经在北京外交公寓跟老杰瑞说过她和黄念皖的爱情故事，当时可能是因为无法认同自己女佣的身份，既自卑又自尊，说起黄念皖只是想证明自己有别于普通的女佣，是一个落难的"公主格格"。甚至她还说她父亲的军衔是少将。她的确引起了老杰瑞对她的好奇，但那会儿他并不信任她，也不曾试图跟她成为朋友。

他们在外交公寓的阳台喝着红酒，她站起来朝一个方向指了指，说："我们在那个街角开过咖啡厅，叫'丽咖啡'……"

老杰瑞说："哦，我在那里喝过咖啡，是你的店？"

"本来以为外国人多的地方生意会好，没想到你们比中国人小气多了，买一杯咖啡坐几个小时，害得我们交不起房租，倒闭了……"

"哦，他呢？他在做什么？他知道你在做女佣吗？"

董丽雅沉吟许久，黯然说："他死了……"

老杰瑞愣了一下，连声说"sorry"。

她并不是只对老杰瑞说"他死了"，也这样搪塞熟人朋友，包括她的母亲和弟弟，"他死了"是一个强有力的盾牌，可以躲过刨根问底的伤害。

如果可以选择，她宁愿黄念皖以死的方式离开，那样她可以像三毛怀念荷西"此爱绵绵无绝期"；他跟别的女人"私奔"，如同广岛原子弹，毁灭一切，寸草不留。

现在她就要死了，或许是"人之将死其言也善"，黄念皖留下的痛苦和屈辱渐渐地消散，记忆中被"广岛原子弹"毁灭的那块土地顽强地生出一片绿荫。她正在对自己的记忆做减法，就像离开北京之前处理了整整一货车"垃圾"，只剩下一个拉杆箱，那一刻她觉得轻松极了。她不想带着仇恨、冤屈和困惑离开这个世界，如果真有来世，她希望自己活得轻松一些。

一念松动，乾坤扭转。"不识庐山真面目，只缘身在此山中"，现在她离开了爱恨交织的这座"庐山"，看清了黄念皖，也看清了自己。

她对那段经历开始有了感恩之心，怀念他的好，点点滴滴的细节，以至于接连几个晚上都梦见黄念皖，他还像最初认识时的模样，健康、阳光、热情，他的声音还是那么性感迷人……

……

董丽雅包好最后一个饺子，老杰瑞还在全神贯注地包着第三个饺子，这个饺子是他唯一独立完成的并且有点模样了，这让他乐不可支。

"怎么样？不错吧？"

“万里长征迈上了第一步……”

他数了数，不多不少五十个，面和馅儿也一点不剩，他表情夸张地向董丽雅竖起大拇指：

“佩服！佩服！”

“你的中国女佣还不错吧？”

“不是不错，是伟大！”

她开玩笑地说：“加工资吧。”

老杰瑞收敛了脸上的笑容，认真地说：“我想我应该付你工资，如果你愿意留下……”

她愣了一下，心里有些酸楚，却虚张声势哈哈大笑：“老杰瑞，我是一个有诗和远方的女佣，我还要去实现自己的梦想……”

“我可以要求你不要悄悄地离开吗？我们是好朋友，那样不好……”

她正把一锅水放在炉灶上，扭过头说：“跟你开玩笑呢，我怎么可能那样对待你？别忘了我爸妈都是山东人，我们山东人最讲文明礼貌……”

老杰瑞释然地笑了：“嗯，山东是孔子的故乡，我去过……”

他继续欣赏台面上摆放整齐的饺子，除了他包的三个歪歪扭扭的饺子，其余四十七个饺子一模一样，像是用模子铸造的。

“你是跟你家的保姆学会包饺子的吗？”

她沉吟片刻：“是那个台湾男朋友教我的……”

在北京讲故事的时候，她称黄念皖“台湾男朋友”，称初恋“高干子弟”。

老杰瑞赶忙赔不是：“对不起，sorry，我不应该让你想起伤心的事情……”

“我不伤心了……”

“哦，那很好，我想他在天上会为你的快乐感到安慰……”

老杰瑞斟酌了一下，伸出手，搂着她的肩膀。

锅里的水开了，她转过身下饺子，想到自己身患绝症心里很是感伤。

“老杰瑞，在北京的时候，我欺骗了你，对不起……”

“哦？”

“我的台湾男朋友没有死，我们分手了，反目成仇，当时可能是因为心里恨他，希望他死了……”

老杰瑞有些不知所措了：“哦……”

“都过去了，我饶恕了他，也饶恕了自己，我和他的故事画上句号了。仇恨像一把刀扎在我心里十多年，现在这把刀拔出来，丢掉了，我觉得好轻松，解放了……”

“Good！就应该是这样，我不能理解相爱的人为什么会因为分手变成敌人，不爱不应该成为仇恨的理由……”

她相信老杰瑞没有恨过他的前妻、前女友们，他很自我，也很尊重别人的自我。

“老杰瑞，那是因为你没有经历过深入骨髓的爱情，没有爱到失去自我的程度……”

老杰瑞不以为然地瞪大眼睛：“是吗？为什么要失去自我？”

她笑笑：“是啊，不应该失去自我，我现在才明白，太晚了……”

这时，饺子在锅里潽了，电炉发出吱吱的响声。

在老杰瑞走进厨房之前，董闺蜜一边忙着一边跟我视频聊天，我的“千里眼”看到了挪威厨房里的“好戏”，他们专注地“调情”没有发现锅潽了，我着急地大叫：“董丽雅！饺子潽了！”

董丽雅跳转过身揭开锅盖，抓起手机。

我听到老杰瑞惊讶地叫道：“Oh，My God！北京的克格勃在监视我家的厨房！”

我们三个人对着视频哈哈大笑。

董闺蜜远离滚滚红尘，进入“六根清净”的境界，让我羡慕至极，她是我目前生活中唯一的“正能量”，她和老杰瑞看上去风平浪静却暗流激涌、柏拉图式的精神交流，让我对这个地球的人类不至于太绝望。

当然，我还有老夫子和小葡萄，尤其是小葡萄，它那颗装有“核动力”的小心脏源源不断地爱着我。

想到这里，我回眸看一眼趴在我脚边的小家伙，它正在打瞌睡，却立刻振作精神朝我深情回望，它就这样二十四小时全天候张开“雷达”关注我的一举一动。

我情不自禁地抱起小葡萄，感慨道：“我的宝贝儿，能把你的爱分一点点给你的姐姐吗？你姐姐要是能给妈妈一点点爱，哪怕只是你的百分之一或者千分之一，妈妈就是世界上最幸福的人了……”

27

我生于五月，那时候还在闹饥荒，外婆急于报户口领取属于我的粮食配额，暂且填写了“五月”，这个名字就这样成为我一生的符号。

生日的早晨和平时一样，被小葡萄叫醒之后，完成按部就班的程序，钻进卫生间捧着手机“君临天下”。

我收到的第一条“贺电”是秦红发来的，我的股市账户委托她兼管，所以她很清楚我的个人资料。秦红已经辞去网站编辑的工作，成为全职股民。这是一个红色的五月，股指节节攀升，我的胆子越发强壮，倾尽所有把七十万积蓄投入股市，目前正大阔步朝百万富翁进军。

第二条“贺电”是老夫子的：“再一次祝你生日快乐，今天若是贝贝小姐爽约，我随时候补……”

老夫子昨天提前为我过生日，我们吃大餐、看电影、逛公园。

因为贝贝跟老夫子“不共戴天”，老夫子自觉地扮演“隐身人”，每逢节假日他都会提前或延迟跟我相聚，为我们母女的“二人世界”腾出时间。我对此深感歉意，每当我表示歉意的时候，老夫子都说：起初是不得已而为之，但现在我喜欢这样的关系，很舒服。

我和老夫子曾经有过结婚成家的意愿，那会儿贝贝小学还没有毕业，当她感觉到这个男人将要“入侵”她的家时，反应之激烈超出了我的想象和承受能力，她一次又一次地离家出走，我一次又一次疯了似的满世界找女儿，逼得我们不得不转入“地下活动”。渐渐地，我们都在这样的关系中找到了“食髓知味”的感觉。如果说婚姻是围城，城里的人想出来，城外的人想进去，那么，我和老夫子的关系是墙头上的草，我们有时在城里，有时在城外，不远不近，不离不弃。

尽管我还忘不了贝贝对我的控诉和指责，但我终究拗不过她，我想她了，我只能举白旗认输，我期盼生日的到来，今天她应该会对我网开一面吧？

“贝贝，早上好，今天老妈生日，求见，一起吃顿饭吧……”

信息刚发出去，手机铃声响了，来电显示是贝贝的电话号码，我顿时惊喜不已，以为我的女儿良心发现幡然悔悟。

话筒里传来我前夫因为烟酒无度变得嘶哑的声音，这让我感到有些扫兴。

钟涛每年都会在这天打电话问候前妻。这是我们一段婚姻的一个小小的“后遗症”，我们之间最大的“后遗症”是我们的女儿，她让我像一个痴情的“弃妇”，凄凄切切地等她给我一点点温暖。

“五月，祝你生日快乐，福如东海，寿比南山……”

“谢谢了，你也快乐，再见……”

“别急着挂电话……”

哦，对了，他用的是贝贝的手机，莫非他在北京？

“你在哪儿？”

钟涛调侃道：“专程来北京给你过生日……”

我立刻猜到他是受邀前来参加卡卡的“惊喜派对”，二十几年里他对卡卡恒久忍耐鼎力支持，如同一个溺爱孩子的父亲，不论卡卡做了什么荒唐出格的事儿他都包容接受，他理应坐上VIP的席位，分享卡卡的成功与荣耀。

“我和贝贝准备去买菜，我亲自下厨，在画室为你摆一桌生日宴……”

今天我最不想见的人可能就是我的前夫，但他跟我的女儿捆绑在一起，我和他都知道我一定会欣然以赴。

我已经不记得上一次钟涛为我过生日是什么时候，但我清楚地记得某一年生日他送给我的“大礼包”——前所未有的惊愕和恐惧。

我们的家还是一如既往的鸡犬不宁，就像电视新闻里的以色列和巴勒斯坦，三天两头毫无预警地硝烟骤起，但我还是很想听我的丈夫对我说一声“生日快乐”。那天我要上班，准备出门的时候，他还在睡觉，我唤醒他，问他今天能不能去幼儿园接女儿。他迷迷糊糊地反问：“今天星期几？”

贝贝的幼儿园规定寄宿的孩子一周回家两次，周三和周六。

我告诉他这天不是周三也不是周六。

他有些不高兴了：“你要是想孩子了，自己去接吧。”

说罢转过身接着睡。他完全不记得我的生日。这让我怒火万丈，眼看“巴以战争”又要爆发。

当时的我就是这么个小女人，跟这么一个“感情阳痿”的男人朝夕相处这么久，竟然还会期待他呼应我的小资情调，给我浪漫惊喜。

我想摔门离开，却突然叫嚷道：“今天是我的生日！”

他转过身，我以为一场战争不可避免地开始了，但他表现出少有的温和，息事宁人地笑笑：“哦，生日快乐，你想怎么过？”

“我就想把贝贝接回家，我们一家三口在家吃饭。”

“行。”

“你能早点回来吗？”

“没问题。”

钟涛起床拿起他的挎包，从里面掏出一沓钞票：“你给自己买个礼物，算我送你的……”

我心满意足地骑车上班，中午请办公室的两个同事下馆子，然后直接去幼儿园接了贝贝，去商场给自己和女儿各买一身新衣服，再到超市买菜。我们母女的情绪都好极了，小贝贝喋喋不休地跟我说了许多幼儿园小朋友的故事。

不安的情绪从打不通钟涛的电话开始，我想让他回家路上买一瓶葡萄酒，当时我们家新安了电话，钟涛也用上“大哥大”了。我一遍一遍拨打，话筒里重复回答："您所拨叫的电话已关机。"

一桌菜做好了，天黑了，钟涛还是泥牛入海不见踪影，我认定他欺骗了我，早晨给我钱的时候他就知道自己不会回家吃饭，此刻正在跟狐朋狗友一起寻欢作乐。我的坏情绪显然传染给女儿了，她哭闹着要找爸爸，我心烦意乱地给了她一巴掌，小贝贝哭得更凶了。我看着她哭，自己也想哭，心里绝望至极，还有无以言说的懊悔：我为什么要生下这个孩子？我以为如果没有孩子，我早就义无反顾地离开这个坏男人了。

伴随着这个念头出现的是深深的自责和罪恶感，我流着眼泪抱过小贝贝，哽咽地说："宝贝，妈妈爱你，可是妈妈不知道该怎么办。"

天快亮的时候家里的电话响了，我抓起话筒怒不可遏地吼道："姓钟的！我要跟你离婚！"

话筒里一阵沉默，一个男人说："你是钟涛的爱人吧？"

听到这句话，仿佛一桶冰水当头浇下，我意识到出大事了，呆若木鸡，我的牙齿打着寒战，可怜巴巴地问："钟涛他，怎么了？人，没事吧？"

打电话的人是钟涛的领导，他告诉我：钟涛牵涉到一起非法出版的案子被警察带走了，目前还不清楚他的问题有多大。

就在前几天我们的战争中，我说过"监狱的大门离你不远了"。

如何料到竟一语成谶？

天崩地裂。

阳光从窗外照进来，我发现自己趴在床上，小贝贝在我身边用她湿漉漉的小嘴在我的脸上舔来舔去，我恍恍惚惚地记起钟涛被抓了，搂过小贝贝默默流泪。

钟涛养的两只画眉大概是饿极了，叽叽喳喳地发出难听的叫声，它们只有在吃饱喝足的时候才会发出悦耳的鸣啭。

我放下女儿上前拎起两个鸟笼，打开窗户，打开笼门，两只画眉从未离开鸟笼，惊惶不已地在笼子里乱窜，我伸手把它们抓出来抛向高处，再也不看它们一眼。

许多年以后，生活安逸感情满足了，我偶尔会想起那两只画眉，不知道它们是否有能力觅食生存？后悔当时放飞之前没有喂饱它们……

一个月之后，钟涛的一个哥们儿打电话告诉我：经过朋友们的多方努力，为钟涛争取到免予刑事处罚，今天可以离开看守所。哥们儿叮嘱我，带一包香烟去接钟涛，说“他在里面一定憋坏了”。

这天我很忙，早就预约了采访一个新闻人物，工作结束天已经快黑了，赶去幼儿园接贝贝。她又成了最后一个“留守儿童”，一个人孤零零地坐在教室里，眼巴巴地看着门口。听到我的脚步声，她冲了出来，我抱起她，我的女儿含着泪花的笑容让我永生难忘。

我安慰她：“宝贝，爸爸回家了，以后爸爸会来接你……”

贝贝立刻情绪振奋：“真的吗？我要回家看爸爸……”

我忽然感到有些内疚，我应该去接钟涛，我应该打个电话另约采访时间，但我没有那么做。这一个多月里，我想得最多的是离婚，看到贝贝这么爱她的爸爸，我对自己说：为了贝贝，我必须把这个家维持下去。

我想给钟涛一些补偿，买了酒，又去梨花的小饭馆准备买点下酒菜。小饭馆很小，厨房加餐厅只有三十平方米，就在我们上下班必经的小街。让梨花开餐馆是钟涛的主意，也是他出的钱，理由是为了方便我们家的生活，不想做饭的时候可以去饭馆搭伙，还可以请梨花帮忙照看贝贝。

梨花不在店里，服务员说老板回家了。我点了几样小菜，抱着小贝贝坐下等。小贝贝忽然指着一个角落叫道：“爸爸的书包。”我亲了亲女儿，说：“宝贝想爸爸了是吧？”小贝贝又指着那个角落说：“就是爸爸的书包。”我转眼望去，看到对面一张桌子底下有一个挎包，上前拿起来，翻开，里面有钟涛的“大哥大”移动电话、BP机和钱包，钱包里有小贝贝的照片。

家里没有吃的，钟涛来这里吃饭也很正常。

服务员送来一包小菜。

“今天贝贝爸爸来过？”

服务员脸上的表情变得很怪异，张口结舌地说：“没有吧，嗯，好久没有看见钟大哥了……”

服务员的反应让我有点疑惑：钟涛带梨花回家了？

我拿了打包的小菜，背上钟涛的挎包，抱着女儿匆忙骑车赶回家。

家门敞开着，我的心情顿时大好，喊道："爸爸，我们回来了！"

家里没有人，但很显然钟涛回来过。

我开始钻牛角尖琢磨服务员不自然的表情，琢磨梨花跟钟涛的关系，他们俩会是情人关系吗？有过越轨的行为吗？

结论似是而非。

首先，我不相信钟涛会爱梨花，所以不存在情人关系；其次，我对床第之欢兴趣不大，想到最坏处，他们上床了，好像也不是什么特别严重的事情……

想着想着跟女儿一起睡着了，一觉醒来已经下半夜了，我开始着急了，起床抓起电话却蒙了：打给谁？我想去找梨花，但不知道梨花住在哪里。翻开钟涛的挎包找出通讯录，看到上面有梨花的BP机号码，立刻给她留言：请你让钟涛回家。

发出这条留言，我有点懊悔，自尊很受伤。我怎么会半夜三更向一个乡下女人讨要自己的丈夫？却又止不住想象钟涛和梨花在一起的各种画面，心如针扎。

半个小时之后，钟涛小心翼翼地推开门，一眼看到放在地上的挎包，立刻明白我凭什么找梨花要人。他关了门，走到小床边弯下腰深情地亲了亲熟睡的女儿，转过身从背后抱住我。

"这一个多月让你受苦了，对不起，我们不吵架好吗？我可以跟你解释所有的事情……"

"你去哪儿了？"

"去梨花住的地方喝酒，喝多了，睡着了，五月啊，五月，在大墙里朝思暮想的就是你们娘俩啊，我以为你会带贝贝去看守所接我，想不到你竟然若无其事地去上班……你不能这么冷血无情，我是你的丈夫，你孩子的亲生父亲啊……"

"梨花为什么要把你带回她的家？"

钟涛夸张地说："你这么纯洁的人不应该往歪了想呀？"

我不相信他的解释，却又没有勇气深究，如果他承认跟梨花越轨了，我真的不知道该怎么办。

钟涛再一次成功地利用了我的软弱，他抱着我，哀求道："亲爱的，全世界的人都可以抛弃我，你和小贝贝不能抛弃我，你们娘俩要是抛弃我，我活在这个世界还有什么意义呢？相信我，我会东山再起，一定会给你和小贝贝更好的生活，我爱你，爱我们的女儿……"

多久没有听钟涛说"我爱你"了？多久没有这样被他拥在怀里听他的心跳了？文艺女青年的心被打动了。

我感动、哽咽、泪水婆娑地亲吻我的丈夫："我也爱你……"

钟涛突然涕泗横流地哭了起来，我以为他在看守所受了非人的折磨，听说牢房里有狱霸，新犯人会被虐待，我心疼地扒开他的衣服查看伤情。

……

后来，过了很久，他告诉我，那个深夜他是被我的"傻"感动哭了，他女儿的母亲还是一个不谙世事的女学生，彻头彻尾的"傻瓜女人"，实在太容易蒙骗了，他感动之余开始担心我会被别的男人蒙骗。他还告诉我，就在那天夜里，他开始对我有了超越爱情的感情，暗暗发誓要像保护女儿一样保护我……

那是在我第三次向法院递交离婚起诉书期间，前面两次起诉都被他蒙骗过关了，这次不一样了，我认识了老夫子，我知道像老夫子那样专心做学问的男人才是我应该嫁的男人。我生性软弱，如果没有老夫子伸手抓我一把，真的应付不了钟涛的软硬兼施。我以为我和钟涛可以和平分手，坦率地告诉他：我移情别恋了，请求他放手。他还是坚决不同意离婚，固执地认定我遇到"坏男人"，上当受骗了。为了开导我，现身说法坦白了他的许多"罪行"，试图让我明白天下的男人一样坏，正如天下的乌鸦一般黑……

今天的生日礼遇像一场梦幻之旅，完全出乎我的意料，让我受宠若惊感激涕零。

下午三点，我接到贝贝的电话问我出门了吗，这就已经让我受宠若惊了，我赶忙给小葡萄穿上小裙子，它是我最重要的家庭成员，当然不应该缺席我的生日宴会。驱车进入艺术区，又接到贝贝的电话问我到哪儿了。我有些恍惚了，难道太阳从西边出来了？

我猜想是钟涛做了外交斡旋，心里对前夫有了几分感激，其实我从未真正恨过他，尽管他恶贯满盈。

抱着小葡萄在画室门口停留片刻，我和女儿在这扇门里发生过很多不愉快的摩擦，必须整理一下自己的情绪，告诫自己要珍惜来之不易的和平，不论贝贝说什么做什么都不许生气，也不要跟钟涛翻旧账。

轻轻地推开门，展现在我眼前的是魔幻场景，满屋鲜花、蜡烛、彩色气球，音乐骤然响起，七八个年轻人站成一列高唱home，sweet home。

这是一首跟我的青春有关的歌，倾注了我稚嫩的梦想，虽然如今我对家的观念已经完全颠覆，但听到熟悉的旋律和动人心魄的歌词，我又回到当年挺着怀孕的大肚子，做好“爱宴”等着丈夫回家的日子……

我站在大门边，双脚像是被胶水粘在地上，泪水哗啦啦控制不住地流淌。

贝贝上前抱过小葡萄，淘气地笑道：“小葡萄，祝你妈生日快乐……”

钟涛穿着一身亚麻唐装，很是仙风道骨的模样，走过来，给我一个拥抱，然后哈哈大笑：“我的前妻还是个傻女生，这就感动成泪人儿啦？”

我擦了擦眼泪，佯装不屑地说：“跟你没关系……”

他欠身伸手比画：“寿星请……”

我走到沙发边，还没坐下又一次惊呆了，我看到茶几上铺满了一捆捆百元大钞。

贝贝抱着小葡萄一脸得意地笑着：“这是我们投资海森鑫二号的第一次分红，”她指了指那几个年轻人，“他们都是股东，今天用现金分红是想让您老人家沾点儿喜气……”

贝贝炫耀中暗含着挑衅，我不介意，今天能在她的地盘过生日，我已经非常知足了。

我的眼睛看着满桌现金，心里还是觉得集资一千万是一件冒险的事情，我不能在这个时刻说出我的忧虑。同时，我也疑惑事实可能证明我错了。但愿如此。

“很好，恭喜了……”

贝贝皱了皱鼻子，说：“你前怕狼后怕虎，失去了挣钱的机会，后悔吗？”

“可能是你妈没有发横财的命吧……”

“弱者才拿命运做借口……”

我提醒自己不要逞口舌之快，笑而不语。

紧接着，我的手机收到两条信息：“稿费预付金已经划入你的账号，请查收。——老金”

“你的账户资产突破百万！——秦红”

钟涛捧来点着蜡烛的蛋糕，年轻的孩子们唱起《生日快乐》。

我搂过贝贝，在她耳边说：“女儿，老妈爱你……”

小葡萄在贝贝怀里不安分了，伸长小脖子凑上前，亲亲我，又亲亲贝贝。

我醉了。

派对结束，钟涛坚持要坐我的车回他下榻的酒店，路上他说：“我这次来北京，是为了参加卡卡的庆典活动，也是为了跟你当面商量一件事……”

“我们之间还有什么事情需要商量？”

“我想帮贝贝把画室买下来……”

“这事儿你跟贝贝商量……”

“不，不能用她的名字买，这孩子胆大妄为，像我年轻的时候。房产放在她名下肯定会被她拿去变卖或者抵押，我把钱汇给你，用你的名字买，画室总价大约两百万，我没有那么多钱，我们各出一半，你同意吗？”

我调侃地笑笑：“认识你几十年，第一次发现你还有正常人的一面，那些年跟你在一起，我永远不知道一觉睡醒来，你会生出什么新花招……”

“别再愤愤不平了，咱们也该相逢一笑泯恩仇……”

“没有恩仇，只有故事，还有，我要面对你的后遗症，我女儿得了你的真传，跟你一个德行，三天两头生出幺蛾子，让我不得安宁……”

“所以啊，我支持她学艺术，做一个单纯的艺术家，哪怕只是一个匠人，也比在险恶的江湖上尔虞我诈好得多……”

想起三年前贝贝瞒着我从澳洲回来继续领取学费和生活费，还骗我给她寄钱买车，顿时气不打一处来：

“当初贝贝放弃学金融，偷偷回来当艺术家，是你指使的？”

钟涛哈哈地大笑：“都过去了，别再耿耿于怀，唉，我本来也应该做一个专注的艺术家，我甚至不应该娶妻生子，连累你和女儿……”

“嫁给你是我一生最后悔的事情！”

“五月，请息怒，所有的事情都是命中注定的，世上根本没有后悔二字。再说，我们不是都挺好的吗？”

我停止了伶牙俐齿的“围剿”，一直以来，我既担心他太落魄潦倒，却更不愿意看到他过得太好。

我告诫自己：是时候打扫内心，把这家伙留下的各种“垃圾”清理干净了。

在酒店门口，他推开车门，又转过头说：“我并不支持贝贝跟卡卡搅和到一起，卡卡的金融公司根本就是庞氏骗局的复制品。不过，如今这世道，比的就是谁更能骗，贝贝经历一下也好，咱们做父母的给她留一条退路吧……”

这家伙在深山老林仙风道骨却也还通晓人间凡事。

我心平气和地朝他笑笑：“好吧，我愿意最后再跟你合作一次。”

28

此刻，卡卡站在落地窗前眺望清晨六点钟的长安街，若有所思地抽着雪茄。

这些天他很忙，影视项目启动了，老金在宾馆租下三间客房，剧组就算正式成立了，正紧锣密鼓地招兵买马。他坐镇剧组，海选导演、副导演和演员，大多数人都认识他，在此之前没有人把这个影视圈的“皮条客”陈卡卡放在眼里，当“皮条客”成为“大金主”，所有人都对他刮目相看，有名气的和没名气的导演和演员都毕恭毕敬地称他“卡卡老师”。

卡卡深刻地领会了“得道升天”的真谛：道就是钱。

他放弃了“求婚惊喜”，理所当然地也就忘记了邱丽的恩人老厂长，却没有料到老厂长不请自来了，给了他一个不大不小的“惊喜”。

昨天晚上，他宴请当红小生陆寒，觥筹交错，讨价还价，签下演出合同。他跟陆寒勾肩搭背称兄道弟，拍了许多合影照片发到他的各个社交网页，因为陆寒关注了他的微博，一夜之间粉丝暴涨。

他很晚才回到家，邱丽在客厅熨衣服，他最喜欢操持家务的邱丽，这时的她是一个贤良女人，他带着醉意搂着邱丽，撒娇地说：“你为什么不参加签约仪式？陆寒可是国民老公哪，从黄花姑娘到八十岁老太太都喜欢他……”

“我是老派女人，只认识从前印在挂历里的明星……”

她告诉他，老厂长来北京了，老人家带来三个他亲自挑选的女会计，作为礼物送给海森鑫，她准备把三个来自家乡的心腹安插在各要害部门。

卡卡表示支持，建议最先给周格身边安插一个耳目，周格掌控海森鑫百分之七十以上的资金，其中很大一部分投资给了他在新加坡注册的对冲基金，没有人知道他是怎样操作的。卡卡强调“安插在他身边的亲信，不但要忠诚，还要通晓国际金融”。邱丽夸他想得周全，老厂长已经替她想到了，他带来的女士中有一个毕业于新加坡一大学金融专业。

他们像往常一样，洗了澡，换上宽松的睡袍，相拥着站在落地窗前，喝着红酒看北京夜景，说了很多云里雾里的话。邱丽问起电视剧销售前景，卡卡请她放一千个心，这部剧有双重保险，陆寒是收视率保障，影视公司老板有官方背景。邱丽希望他能起用一个男演员，当年她住在女工宿舍，床头一直贴着那个男演员的图片。卡卡满口答应，说他已经很老了，早就被观众遗忘了，请他在剧中客串一个小配角，他一定会喜出望外，剧本里有个小角色是看大门的老头儿可以留给他。他们转而为光阴似箭人生苦短感慨一番。邱丽又碎碎叨叨说了一些老厂长当年的创业传奇，老头子退休之后闲不住，回老家承包果园，她要不是去总裁班进修，认识了周格和卡卡，很可能也会回家种地……

“老厂长听说我们要进军影视，推荐一个在浙江影视基地工作的财务人员，我想让她做你的助理……”

邱丽说这句话的时候，手里正在开着一瓶红酒，眼睛没有看卡卡。

卡卡震怒了，他放下酒杯走进卫生间，咬牙切齿地站在洗手台镜子前。原先对邱丽只是有些狐疑，此刻所有的狐疑都成为冰冷的现实，他看清了她的司马昭之心，所谓老厂长的“礼物”根本就是欲盖弥彰的手腕和阴谋。这个女人在玩弄他的感情，从这一刻开始，她就是他的对手和敌人，他必须要跟她斗智斗勇，一定要比她更坏才不吃亏。

从善如流从恶如流，是他信奉的生存法则，向来不惧怕别人对他不好，却特别害怕有人对他好。

他盯着镜子里的自己，想起儿时流浪街头绝地反击的一些往事，那时候瘦小孱弱，打架的时候他的首选是逃跑，但是一旦被逼到死角，他就会变得无比勇猛。有一回因为偷一包饼干被人追杀，他窜进一条死胡同，对方上前拎着他的耳朵，要把他扭送去派出所，他顺从地跟着那人走，经过一处残垣断壁，他突然抄起一块砖头砸去，那人应声倒下，他回过头捡起那包饼干，淡定地走开……

流浪的时候数不清扒过多少次火车，摇摇晃晃的绿皮火车永远人满为患，他和小伙伴们在车厢里顺手牵羊小偷小摸，从花生米到钱包，能吃能用的都是他们的目标。有一回他偷了一个老太太的钱包，正打算溜走的时候，老太太打开包袱，拿出一只烧鸡，掰下鸡腿递给他，怜爱地说：“你这么小，自己一个人出门，你爸妈放心吗？”流浪儿卡卡顿时五官抽动就要哭出来。他一边吃着鸡腿，一边悄悄地把钱包塞还给老太太……

卡卡盯着镜子里的自己，想着那只鸡腿，扼腕浩叹：邱丽啊，邱丽，是你把我逼上绝路，不要怪我心狠手辣……

他拧开水龙头洗把脸，笑容满面地回到邱丽身旁。

邱丽正坐在沙发里看电视，关切地问："怎么了？肚子不舒服？"

"有点儿，没事儿了……"

"睡觉吧，明天会很忙。"

卡卡看着邱丽，欲言又止。

"你还不想睡？"

"有一件事情，我一直犹豫要不要告诉你……"

"哦，我们之间还有什么不好说出口的呢？"

"好吧，我说，我为明天的活动准备了一个大惊喜给你……"

"哦？是应该给我交个底，免得我太激动犯心脏病了……"

卡卡突然半跪在地："邱丽，我爱你，嫁给我吧……"

邱丽惊讶地张着嘴，好一会儿说不出话。

卡卡站起来，坐回沙发，勾住邱丽的肩膀："我看不出你是高兴呢，还是不高兴……"

邱丽斟酌地想了一会儿："亲爱的，明天的活动是为我们海森鑫做宣传，花边新闻会分散注意力，况且那些收了红包的记者，口无遮拦，谁知道他们说什么，不行，不行，你千万不要那么做……"

卡卡庆幸自己敏锐地发现问题，否则明天真是出丑了，此刻他只是拿求婚作为筹码，让邱丽追加"补偿金"。

他拉过邱丽的手："现在只有我们两个人，请你嫁给我……"

邱丽目光闪烁，摸了摸卡卡的脸颊："我的心已经嫁给你了，你是我的爱人，结婚证书不过是一张纸，有那么重要吗？我们每一天相亲相爱，心心相印，不比一张纸重要吗？"

卡卡搂着邱丽的肩膀："你会愿意抛弃一切，跟我去一个远离尘世的地方，过普通夫妻的生活吗？"

邱丽高兴地说："当然愿意！我可以做不管事儿的股东，让周格全面负责，他是海森鑫的一面旗帜，没有他，我不会，也不敢贸然闯进金融领域……"

卡卡压下对周格的嫉妒，佯装开心地哈哈大笑，亲了亲邱丽："很好，你有一颗年轻浪漫的心，我真的越来越爱你了，但是，亲爱的，我不会要求你这样做，因为海森鑫是我们共同的孩子，我们不能在它还在摇篮里就丢下他。周格毕竟是外人，我们一起努力把孩子带大，周格负责的项目进展情况我不了解，但是我负责的影视项目很快就会见到利润，我有信心……”

邱丽释然地笑笑，把头靠在卡卡的肩膀：“我很想跟你一起去周游世界，到现在为止，我只去过新加坡、泰国和韩国，都是去推销产品，从机场直接到酒店，等于没有去过……”

“我也很期待，到时候，我们买一部旅行车，花上两三年时间，把地球走遍……”

“听说现在外面的世界挺乱的，我们应该准备两部旅行车，带上厨师、司机、保安……”

“嗯，还要有翻译和汽车维修工……”

两人各怀鬼胎，你一言我一语，憧憬着虚无缥缈的未来。

六点半，邱丽醒来，这是她几十年勤奋工作养成的生物钟，从进城当保姆至今，没有一天睡超过这个时间点。她发现卡卡不在身边，坐起来，闻到雪茄的气味儿，怔忡了，心里有些忐忑。

卡卡已经多次明示或暗示提出结婚，她预感到他可能在某个特殊的场合向她求婚，昨天晚上这个话题摆到桌面上讨论，她敷衍过去了，但躲得过初一躲不过十五，终究要面对这个问题。

她不敢告诉卡卡，她正顶着巨大的压力维护他们的恋情，她的儿女曾经多次在住所附近撞见她和卡卡在一起，看到他们十指相扣出现在车库和电梯间，这引起了儿子和女儿的高度警觉，认为单身富婆遭遇“小白脸”谋财害命的经典剧情，正发生在他们的母亲身上。儿子找侦探公司调查卡卡，资料显示卡卡一向嗜好勾搭富婆，他上一任“女朋友”是某一个贪官的前妻……

儿子约母亲见面，让她看“调查报告”，邱丽大怒，责问儿子：

“我孤独寂寞的时候你们在哪里？你们不是为我好，你们是担心我的遗产被外人瓜分！我的钱是我用血汗换来的，我想怎么花就怎么花！就算他是小白脸，我也愿意！”

母子不欢而散。

这更加让儿女们忧心忡忡，他们觉得母亲已经站在悬崖边了，立刻提高了“作战级别”，他们结伴回老家搬救兵，请来老厂长。昨天老厂长和三位女士在酒店里给邱丽“洗脑”，这三位女士都曾经在邱丽的手下工作，情同姐妹，他们给邱丽划定一条红线，那就是不能结婚。

邱丽很清楚身价亿万的女人再婚有多大的风险，她想过把全部财产转移给儿女，两袖清风，如果卡卡还想结婚，她就毫不犹豫地跟他结婚。这样做的风险是她再也控制不了财产，她的一双儿女是不思进取的“富二代”，金山银山也有可能被他们玩完。

儿女的所作所为让邱丽恼羞成怒，同时也动摇了她对卡卡的信任，那份调查报告在她心里投下了难以抹去的阴影，但她无法割舍卡卡带来的快乐，她愿意在不登记结婚的前提下，对他采取“怀柔政策”，尽可能在别的方面满足他。

邱丽走上前，靠在卡卡的肩膀上：“今天你怎么起得这么早？”

卡卡缓缓抽一口雪茄，沉默片刻，长叹道：“心有千千结啊……”

“想什么呢？”

“今天是海森鑫在媒体亮相的日子，我作为现场总监必须做到万无一失……”

“你一定行，我相信你。”

卡卡笑笑：“还有马上就要开拍的剧本，也让我千思百虑，一剧之本，唯此为大啊……”

“别想了，去冲个澡，我准备早餐……”

邱丽转身正要走开，卡卡拉住她：“亲爱的，你每天日理万机，请个保姆做家务吧……”

“不，我喜欢伺候我的男人……”

卡卡说着双手捧起邱丽的脸亲吻：“我上辈子一定是个好人，这辈子才会遇见你……”

邱丽故作娇嗔地说：“还有冬妮娅……”

“是啊，还有冬妮娅，她是我少年时代的一缕阳光……”

“要不要请征信公司找找她？”

卡卡摇摇头：“我已经把你当成她了，你是我后半生的太阳……”

“亲爱的，你总说你上辈子是好人，那这辈子呢？”

“你说呢？”

“人家都说男人不坏女人不爱，我被你迷得神魂颠倒，你一定够坏……”

卡卡哈哈大笑：“我呀，魔鬼与天使同在，比坏人更坏，比好人更好，你这么好，我除了做好男人，没有别的选择……”

邱丽动情地说：“我会对你好，一千个好，一万个好……”

两人再次激情亲吻。

海森鑫的宣传活动现场洋溢着一派生逢盛世的踌躇得意，宣传片作为背景滚动播出，影视明星、金融名流、各大媒体共济一堂，记者们扛着各种设备在会场穿梭。名流巨擘上台致贺词，一个个如雷贯耳的名字，主持人每念到一个名字都引起一阵喧哗与骚动。当“国民小老公”陆寒登台，这个即将在海森鑫投资的电视剧出演男一号的演员，把热烈气氛推向了沸腾，女人尖叫，男人吹口哨，经久不息。超预期的成功，可以预见明天海森鑫将毫无悬念地成为头版头条的重磅炸弹。

邱丽最后一个上台发言，她手里的演讲稿是卡卡写的，东施效颦，学奥斯卡领奖的明星，说了一连串感谢的名单，老厂长、周格老师、官员、明星、企业家。最后她放下演讲稿，看一眼坐在第一排的卡卡，说：“在这个特别的日子，我要特别感谢一个人，他是我亲密的爱人，并肩创业的战友，陈卡卡先生！”

她伸手邀请卡卡。

卡卡惊喜地站起来朝四周点头示意，上台拥过邱丽：“邱丽，你是最棒的女人，最棒的企业家，上天爱你，我更爱你！”

掌声潮水般涌起，数十个记者把长枪短炮对准台上的爱人和战友，闪光灯亮瞎了人们的眼睛。

只有卡卡心如明镜，洞悉邱丽的“怀柔政策”，看清她的阴谋，今天她“册封”赐他“爱人”的身份，懿旨颁布，一锤定音。

……

29

巨型邮轮行驶在金色的海天之间，炫目的光芒让董丽雅眯起双眼，她不知道自己从哪儿空降到邮轮的顶层。一个男人的朗朗笑声随风飘来，浑厚、磁性、有力度，她内心喜悦、慌乱、羞涩，宛如情窦初开的少女被异性吸引时的感觉。循声走去，她看到船舷边一个男人和一个女人的背影，男人的手勾着女人的肩膀，她认识这个男人，想叫他，却忽然记不起他的名字。

男人谈笑风生，女人身穿红色连衣裙开心地笑着。她定睛看着女人身上的连衣裙。

她怎么穿了我的连衣裙？

这条连衣裙是她自己设计亲手缝制的，不可能有第二条。

女人笑着侧过脸亲吻男人，她惊愕地发现这个女人就是自己！

我是谁？我在哪里？难道我已经死了？

董丽雅从诡异的梦中醒来，这时挪威时间凌晨三点钟，北京时间已经是上午九点了，因为时差，她几乎每天都会在这个点醒来，有时吃一片安定接着睡，有时一个人坐在院子里发呆，或者一个人信步游走。

她走进空无一人的小镇，坐在教堂门前的台阶上，玩味地想着那艘金色邮轮，咀嚼那份久违的爱意萌动。

她几乎忘了自己曾经真实地经历过那样的梦幻场景，那是在悉尼海湾邮轮上，一场大雨过后，夕阳穿透滚动的云层，漫天燃起火烧云，天地一片金色，船舱里游客们正在看表演，黄念皖拉着她登上邮轮的顶层。

梦幻般的世界只有她和他，他们站在船舷边，她身穿红色连衣裙，他穿的是黄色T恤和白色运动短裤，他的手勾着她的肩膀。他们在一起的时候他总是勾着她肩膀或者揽着她的后腰，在厨房里炒菜、在柜台算账他也会腾出一只手勾着她的肩膀。咖啡店里的员工开玩笑说：黄先生的手臂长在董小姐肩膀上。他在她耳边说笑着，她不记得他说了什么，只记得在他好听的声音环绕中内心爱意萌动如初恋的感觉。

那是他们爱情和事业的黄金时期，咖啡店的生意很好，每天宾客盈门，他们正着手开第三家咖啡店，股市行情低迷，她撤出全部资金投入生意。

圣诞节临近的一天早晨，黄念皖忽然决定带她去澳大利亚使馆办旅游签证，在签证拿到之前就急切地订好了机票和酒店

这是她一生中唯一的一次奢华旅游，头等舱、五星级酒店、悉尼歌剧院看演出、黄金海岸的海鲜大餐……

……

澳洲之旅，以及许多与黄念皖相关的往事，在她的记忆中很长时间是空白的，甚至在这次出游之前办理签证填写表格，其中有一栏要求申请人填写曾经去过的国家，她不假思索地写了一个字：无。

一个懂点心理学的朋友说：失忆和休克一样，是人体逃避痛苦的自我保护机制。黄念皖的背叛给她留下难以承受的痛，所以出现了选择性失忆。

澳洲之旅结束的前一天傍晚，他们坐在悉尼海边一家酒吧里，隔着小路停着一艘巨型邮轮，看上去像是一座白色的大楼矗立在眼前，街头有艺人在弹唱，夕阳无限，美酒飘香。

她说："悉尼是离天堂最近的地方。"

他哈哈大笑："我还要带你去离天堂更近的地方。"

他把街头艺人唤来，慷慨地塞给艺人一把钞票，点一首英语情歌送给她。

艺人抱着吉他唱了一首又一首。

深夜了，他们干杯喝掉最后一口酒。他放下空酒杯，神情有些异样欲言又止地看着她。

他的神情让她醉意顿消，心里打着鼓胡乱猜想，是不是他的身体出什么问题了，所以才丢下北京的生意出来旅游寻欢？

“怎么了？”

他目光闪烁，口齿不清地说：“她在北京……”

她的脊背发凉，胸口刺痛，十几天的梦幻之旅顿然成了“一枕黄粱”。她看到那个“她”忧怨的眼睛，“她”是黄念皖的妻子，从一开始“她”就像一颗生锈的钉子扎在她的心头，稍稍触碰就会撕心裂肺地痛。

他接到“她”要到北京找他的消息，当即做出外出旅游的决定，他告诉“她”必须出差，没有时间接待“她”。但“她”还是来了，辗转找到咖啡店。每天买一杯咖啡默默地坐在一个角落，直至天黑。

他攥住她的手：“宝贝，我是你的，没有人可以把我们分开，她这么逼宫，只能是加快我和她离婚的速度……”

她没有告诉他，这并不是她的痛点，她的压力来自道德的鞭挞和对另一个女人的愧疚，原以为这是一场“火车站邂逅”，却身不由己一步步沉陷，现在已经像是两个泥人打碎了重新塑造，你中有我我中有你，真的很难分开了。开第一家咖啡店的时候，黄念皖要求以她的名字进行工商登记，当时她并没有意识到他是在为离婚做财产保全，她正和闺蜜准备各买一套房子，已经从股市撤出一半资金，选好了楼盘，为了不辜负黄念皖对自己的信任，她决定把这笔钱投到咖啡店，当时闺蜜气急败坏地说她疯了。

每当想起在他们俩中间还有一个“她”，她还会想离开他，她从来没有催他离婚。她是山东人的后代，父母都是军人，有着根深蒂固的传统道德观念，在她看来“第三者”和小偷强盗一样可耻。她看过小说《红字》，从认识黄念皖那天开始她就对号入座，把自己看成《红字》里的那个万人唾弃的女人。

前些时候，弟弟两口子吵架，弟媳妇口不择言说“你们董家没一个好人，你姐姐是外商包养的第三者”，母亲在隔壁房间听到，当即打电话称病要她回家，她急匆匆地奔向机场赶回家。一进门，母亲从床上跳起来，面对面盯着她，严词厉色问道：“那个姓黄的是不是有老婆孩子？”她无言以对，母亲伸手给了她一耳光，怒斥道：“你丢尽了我们革命军人的脸！你要么跟他断绝关系，要么跟我断绝关系！”

她放弃买房把钱投进第一家咖啡店似乎是为了减轻罪恶感，证明他们之间是纯纯的爱，她没有被外商包养；第二次倾囊而出投资另外一家咖啡店，是因为第一家店的成功让他们俩“利令智昏”，每天晚上盘点营业流水，两人一起数钱做账，黄念皖说两年之后他们就可以在美国买一栋海滨大房子，房子里每一扇窗户都能看到大海。数着钱想着看海的大房子的感觉美妙极了，她已经不再有在北京买房子的想法了。

他们相对无言心情郁郁度过悉尼的最后一个夜晚，第二天飞回北京，他安排她回家休息，他自己单刀赴会去见“她”。

她在家里坐卧不安，一股鬼使神差的力量推着她驾车追到店里。

黄念皖和“她”在小包间里谈话，她穿上工作制服，端两杯咖啡送进去。

他明显地愣了一下。

“她”正低头啜泣，抬起泪眼看看她，又看看他。

她摆放好咖啡，转身正要离开，“她”突然站起来：“小姐，等等！”

她慌乱无措地呆站着不敢回头。

“我丈夫说他爱上一个北京女人，一定就是你，我们谈谈好吗？”

女人的直觉就是这么可怕，“她”远在大洋彼岸却早就感觉到丈夫感情出轨，这时仅凭他和她之间的一个眼神就准确无误地抓到“第三者”。

她想逃离却一脸羞愧呆站着，像一个被捉到现行无地自容的小偷。

“她”在她身后说：“你要知道我丈夫是台湾男人，台湾男人都很花心，他们觉得玩的女人越多越有本事，我丈夫一直都很有本事，从跟我结婚以后，外面的女人没有断过……”

心头那颗生锈的钉子在晃动，疼得她大汗淋漓，她并不后悔自己贸然闯进来自取其辱，这正是她一直等待的“第二只靴子”，等待来自“正宫娘娘”的羞辱，“她”有资格羞辱她。

“小姐，我来这里不是要拆散你们，我只想跟你和平相处……”

黄念皖突然暴怒地蹿起来，一把将她搂进怀里，朝“她”叫吼道：“够了！我要跟你离婚！跟她结婚！”

“她”瞪大了眼睛，跌坐下，声音颤抖地说：“我不离婚，我不同意离婚，我们的女儿也不会同意爹地妈咪离婚。念皖，对不起，我不应该来北京打扰你们……”

他松开她，坐回原来的座位，低着头唉声叹气。

她拉开门哭着跑出咖啡店。

那天晚上，她没有回家，在一家酒店房间里，哭着喝光一瓶烈酒，人事不知地倒在地上。第二天服务员发现昏迷不醒的客人，她身边的手机响个不停，服务员接起电话，打电话的人是黄念皖。

她醒来的时候已经在家里又昏睡了一整天，他告诉她，他把“她”送上飞机了，“她”再也不会来打扰我们了。

她愣了一会儿，忽然悲恸欲绝惊天动地地恸哭不止，心里一团乱麻，理不清悲伤从何而来。

他更是被她哭得莫名其妙手足无措，两个女人当面对决，他义无反顾态度鲜明地选边站队，大获全胜的她应该额手称庆才是，他以为她会柔情万种感恩戴德。

时隔许多年，她才渐渐地解读出那会儿的心理活动，她心底的善良在谴责她和他，她无法漠视“她”的悲伤，“她”那双哀怜绝望的眼睛深深地印在她的脑际，她相信“她”也和自己一样爱黄念皖，他们之间一定也有过刻骨铭心的爱情。她为自己伤害无辜感到内疚，内疚毒害着她的身心，也腐蚀着她和他的感情。那些日子她想得最多的是跟黄念皖分手，为此陷入沮丧和抑郁的情绪。

黄念皖的内心也并不是像他表现的那样义无反顾，自从离婚提上议事日程，他变得暴躁易怒，他比任何时候都更加牵挂女儿，每一次跟女儿通完电话都会情绪低落很久，甚至痛哭流涕……

董丽雅坐在空无一人的北欧小镇教堂前的台阶上，抽丝剥茧，一个画面一个画面地还原她和黄念皖的恩怨，回望那份美艳的爱情，豁然看清那是一棵有毒的树生出的毒果。在她奋不顾身吞下毒果的那一刻，就注定了日后的蒙难，有什么理由怨天尤人？

30

小葡萄蹲在落地玻璃墙后面，目光哀怨地眺望，等着我从楼道里走出来。

出门前我忘了跟它“十八相送”，没有抱它、安抚它。这些日子废寝忘食昼夜赶工写电视剧分集大纲，明显地忽视了小葡萄的存在。

我满含歉意地站在楼下朝小葡萄连连飞吻，小家伙立起身子激动地伸长舌头狂舔玻璃。

我对自己说：下次出门一定不要忘记抱抱这个多情的小东西。

钻进车里，扶着方向盘，我自嘲地笑了，对着后视镜调侃道：你明明只是一个靠文字生活的“泥瓦匠”，却像个文豪大师沉浸在文字世界里不能自拔，经常忽视了自己的衣食住行和周边的人际关系。

今天将由剧本总监召集会议讨论我写的分集提纲，所谓讨论无异于“讨伐”，这是编剧工作流程中最煎熬的一个环节，那些拿了“审稿费”的专家极尽口诛笔伐之能事，不推翻剧本决不罢休。我参与的好几个项目都在创作热情高涨的时候，被专家们的“灭火器”无情抨击之下心冷意寒，彻底灰飞烟灭，不得不自动请辞。

我已经有充足的“战斗经验”应付“讨伐”，绝不“低头认罪”，以一当十“舌战群儒”，这样反而可能蒙混过关。谦卑的结果就一定是推翻重写，然后不是老板炒我的鱿鱼，就是我炒老板的鱿鱼。

无欲则刚，顶多再一次举白旗拂袖而去，每一次接手新项目我都做好随时撤退的准备，我心坦荡。

正是京城的交通高峰时段，我的老大众在几近瘫痪的大街上缓缓蠕动，我的眼睛看着蔚为壮观的滚滚车流，脑子里挥之不去小葡萄在落地窗后面忧怨的神情，它让我想起贝贝小时候在托儿所望眼欲穿等妈妈的小模样，那时候她也像小葡萄一样爱我，黏我。我经常为“有意义”的事业忙得忽视了她的存在，而且，大多数时候，我完全没有意识到自己忽视了女儿幼小的心灵和感情需求……

记不清那是贝贝几岁的时候，大概是一个节假日，我在书桌上为杂志赶稿子，贝贝在我脚边的地上玩耍，那时候我经常跟她说“妈妈要写字挣钱给你买玩具”，以此作为借口敷衍孩子的各种要求。这天贝贝闹着去地坛公园坐碰碰车，我用同样的办法抑制了她的欲望。

我投入地爬格子，不知道贝贝在我的脚边玩了多久，也不知道她手里玩的是什么，她突然兴高采烈地扑到我的身上，手里举着我的钱包：“妈妈，你有钱了！”说着从钱包里掏出来几张十元的纸币，“妈妈，你忘了你的钱包里有这么多钱，是吗？今天可以不用写字挣钱了，带我出去玩吧……”

我这才仿佛从另一个世界收回我的灵魂，满含歉意地抱过女儿。那天我们母女玩遍公园里所有可以玩的项目，旋转木马、飞机、碰碰车……

我记得贝贝开心的笑声，从出门开始一直夸张地笑，回家路上，她坐在自行车后面的儿童座，搂着我，循环不停地唱《世上只有妈妈好》……

我为这桩遥远的往事感到心酸，为贝贝年幼时的乖巧感到愧疚自责。过于乖巧的孩子一定是缺少关爱和温暖的孩子。

贝贝发给那个男生的信息再一次从我的记忆库里调出来：“她是天底下最自私的女人，我从托儿所开始寄宿，一直到上大学，她逍遥自在地做她的事业，跟我爸离婚，交男朋友谈恋爱。托儿所里经常只有我一个人在空空荡荡的黑楼里过夜，值班阿姨会偷偷跑回家，第二天天快亮了才回来，我每天都睡在尿湿的小床里，夜里醒来不敢哭，阿姨说哭了坏人就会跑进来把我抱走……”

是的，我不知道她一个人在空空荡荡的黑楼里过夜，不知道她每天都睡在尿湿的小床里，那些年我对女儿的关爱远不及如今对小葡萄的关爱。二十多年前，身为一个母亲，我的心冷如坚冰，我没有精力品味咀嚼生活的细节，我和钟涛动荡不安的婚姻和我对事业的欲望已经让我超负荷得疲于应对……

我也曾经自省过，劝说自己不要妄想贝贝能像别人家的孩子那样孝敬温顺，她活得真实潇洒，身心也还健康，我应该安静地淡出她的生活。

贝贝成年之后，我开始感情泛滥，总想修复母女关系，满含愧疚地满足她的予取予求，但适得其反，她越发肆无忌惮地予取予求，同时也更加肆无忌惮地逆忤，她的每一个眼神和表情都写着：你欠我的。

我必须阻止这样的恶性循环，我要接受我们母女关系的现实，“君子之交淡如水”未尝不可。

我和我母亲的关系也很疏远，从出生至今我和母亲一起生活的时间大约不超过半年，我把母亲看成家里的亲戚，我母亲当我是外婆的另一个孩子，从不试图改善我们的母女关系。直到外婆去世之后，我母亲也老了，我和母亲的关系才渐渐回暖。

世上有太多无解，所以才有玄而又玄的“缘分”之说。

我和贝贝的“缘分”大概也只能是这样了。

看似大彻大悟了，我却并没有因此感受到解脱，满心的无奈和酸楚。

停车场里停放着卡卡和我们公司几位大将的豪车，还有老金那辆又脏又破的老捷达，看来今天开会的阵容相当强大。

我把车开到老捷达旁边，一边停车一边想道：但愿今天的“讨伐”不至于让我偃旗息鼓半途而废，如果能顺利完成这个项目，我就犒赏自己一部新车……

这些年我跟进的项目很多，但成功率很低，能够善始善终的剧本屈指可数，绝大多数的项目进行到分集提纲就因为找不到投资流产了，有个别项目是我受不了“讨伐”主动退出的。

所以，犒赏自己一部新车并不是那么容易实现的，渺茫如庙里的香客许愿为菩萨再塑金身。

会议室里已经烟雾缭绕了，我们公司老大宋总是个大烟枪，所以我们公司不执行禁烟令。

老金看到我，吐出一口烟雾：“朱大编剧，姗姗来迟啊……”

卡卡说：“姗姗来迟的都是重要人物……”

“什么意思？你们不能等我坐下喘口气儿，再开批斗会吗？”

大伙一阵哄笑。

宋总说：“朱大编剧，刚才我已经收集了各位大师的意见，首先，我们一致认为提纲写得很好，其次，有一些小意见，我会让秘书整理了发给你……”

我简直不敢相信自己的耳朵，这是我从业以来未曾有过的礼遇，我仿佛看到了崭新的轿车，唾手可及，它是奔驰、宝马、沃尔沃？

“朱编剧，我们已经签了陆寒，时间很紧，我给你派个助手。”老金说着指了指坐在他身边的小伙子，“小刘，他年轻，手快，昨天我把你的提纲转给他，这家伙一个晚上就写出一集来，你负责统稿把关，给不给他署名，由你决定，小刘的稿费嘛，我们再商量，不会让你吃亏的……”

我有些恍惚了，这事儿顺利得有点离谱，香喷喷的馅饼就这样从天上掉到我跟前了？

我的手机放在眼前，我看到一条来自卡卡的信息：助手的稿酬由我负责。

我抬起眼睛，撞见卡卡脸上带着邀功请赏的笑容。

老金问道：“朱老师，您有意见吗？”

我按捺不住内心的激动，词不达意地说：“没意见，太没意见了！只是，只是，你们的速度太快了，我有点不适应……”

宋总哈哈一笑：“以前是剧本找钱，现在是钱找剧本，朱编剧啊，你要与时俱进，资本运作进入影视行业，改朝换代了……”

有人附和道：“是啊，大好时光来了！”

我感觉到此刻众人一心：快马加鞭，开机，花钱。

老金看着我正要说什么，宋总突然脸色凝重地站起来：“我有点急事需要处理，你们继续开会，我回头看会议记录……”不等说完，他就抓起手机往外走。

会议室里一阵安静。

在场的人互相看看，他们一定和我一样，猜想宋总家里出了什么不好的事情。

卡卡用手指敲敲桌子：“我们继续开会……”

老金说：“朱老师，你带着小刘另外找一个地方讨论剧本，我们谈些别的事情，我对你们的要求只有一个字儿，快……”

我梦游似的起身离开，走到会议室门口，听到卡卡说：“好好写，我马上通知会计给你们发稿费……”

小刘是来自云南的“北漂”，他作为“影子写手”参与了将近十部电视剧。他说出几部剧名，我立刻知道他是谁的“枪手”，那几部剧的署名编剧被称为“中国第一编剧”，稿费高达每集二十万。早前也有人介绍我参加他的“工作室”，但因为工作量巨大报酬极低，低到接近打字员的薪资，我拒绝与之合作。

我也做过别人的“影子写手”，知道作为影视圈底层的苦力多艰辛，熬了很多年才获得署名的资格。

我已经看了小刘写的第一集剧本，的确相当不错，当即做出一个决定：给这个年轻人一个机会，让他署名。

“小刘，不管这个项目能不能最终顺利播出，我愿意跟你一起署名……”

小刘的眼睛立刻亮了起来：“真的吗？”

我肯定地点点头。

小刘感激涕零地举起手里的一次性纸杯：“谢谢朱老师，我一定不会让你失望的……”

小刘离开之后，我到楼下咖啡厅买一杯冰咖啡坐在一个角落，试图让自己安静下来。

进展如此顺利，我仍然有些恍惚，不仅是剧本，最近跟女儿的关系有所和解，股市也获得超预期的利润，更值得庆贺的是我也用上“影子写手”，我的江湖地位提升了，成为一个不劳而获的剥削阶级……

所有的事情都否极泰来福星高照。

不远处一辆红褐色的沃尔沃驶过，我眼前一亮：这就是我要买的车！

我估算一下自己的“动产”，股市价值超过一百万了，剧本稿费分四期发放，以目前的进展，第二期稿费很快就要囊括入袋了，两笔稿费足够买一部红褐色的沃尔沃……

我为自己的“富有”狂喜不已，我承认我是一个俗人，根本就做不到“不以物喜”，正如贝贝说的我的清高不过是弱者的遮羞布。

我迫切地需要找一个人分享内心的喜悦，今天晚上我要请老夫子吃一顿大餐。

我拿起手机正要打电话给老夫子，看到一条信息，是我们公司另一个项目的编剧发来的。

“朱姐，不好了，宋总的铁杆哥们儿张局昨天夜里心脏病发作猝死，唉，无常最迅速，我们说不定要失业了……”

我的心脏停止了跳动，空气顿时凝固了。

宋总和张局是老战友，两人一同在上个世纪八十年代的老山前线当兵，战火中结下生死之交，张局是我们公司的保护伞，这是公开的秘密，否则卖水泥的宋总凭什么在影视行业风生水起？

是啊，无常最迅速。

我似乎又觉得这才是正常的，惊喜连连反而让我惶恐不安。

我们这一代人生于饥荒时期，长在动乱岁月，我们普遍地缺乏安全感，总是杞人忧天，所以中国楼市才成为神一样的存在，因为只有结结实实的钢筋水泥才是安全可靠的。

据说祖父母带大的孩子普遍缺乏安全感，因此，我有着来自社会和家庭双重叠加的安全感缺失。所以，我总是忧心忡忡不敢享受当下的快乐，遇事总是最先想到可能发生的不好的结局，这样的性格决定了我与许多本该享受的福分无缘。

不幸的是，我的悲观主义思维方式经常被证明是“先知先觉”，例如，我们的项目一帆风顺的时候，宋总的战友竟心脏病猝死……

钟涛的一百万已经到账了，我告诉秦红我要和前夫联手给女儿买画室，需要撤出资金，我的“导师”秦红同学坚决不同意，说再给她十天半个月，她要帮我弄一次“杠杆”，至少可以再翻一倍。她甚至建议把钟涛的钱也暂时放进股市，一起做杠杆，我不敢。

此时此刻，我的“导师”正在贝加尔湖畔修身养性，她已经在东三环凤凰城选定两套豪华公寓，付了总房款的百分之五定金，其余的钱还在股市里，她要利用时间差抓紧“杠杆”，狠赚一笔，旅行结束再付清房款搬家进驻。

秦红出游之前专门约我见面，邀请我一同去度假，慷慨赠送我贝加尔湖之旅的费用，特别强调“全程五星级”。我正在写分集提纲，实在走不开，秦红同学一脸黯然，发自内心地同情我的境遇，表示一定要帮我脱离“煮字疗饥”的苦海。

我坐在咖啡厅里，打开手机证券交易软件，股市还是一片通红，我的总资产达到一百一十七万七千元，几分钟之后我的总资产数字跌了一万多，我立刻感觉到危险降临，慌忙伸出手指，在手机屏幕上点了几下，把我名下的股票全部清空。

放下手机，我意识到“辜负”了秦红的一片好心，但我的心情很愉悦，好像去赌场逛了一圈，不但没有赔钱，还赢了一大把。

世事太无常，把股市上蹿下跳的数字变成看得见摸得着的“不动产”比较安全踏实。

弗洛伊德说：小事听从明意识，大事听从潜意识。

我想象在贝加尔湖畔的秦红发现我从股市撤出，会怎样咬牙切齿恨铁不成钢。

对不起，老同学，我必须听从我的潜意识……

我心情很好地给老夫子发一条信息：亲，今晚想吃什么？

31

邱丽睁开眼睛看到已经穿戴一新的“老公”，以为自己睡过点了，一骨碌坐起来，回眸看一眼床头的电子钟，刚五点半。

卡卡弓腰亲了亲邱丽的额头：“老婆，我走了，你别起来，接着睡……”

“老公，这么早就走？”

自从邱丽公开“爱人”关系之后，他们开始互称“老公”“老婆”。

卡卡表情凝重地叹一口气：“钟家母亲快不行了，我本来不想跟她见面的……昨晚做了一整夜的梦，我看到她躺在病床上，可是她的脸上没有五官，恐怖极了，我想可能是上天催我去看她最后一眼……”

邱丽怜爱地抱住卡卡：“我陪你一起去……”

“不，我想自己一个人去面对，去疗伤……”

“老公，记住，我爱你，我就在你的身边……”

卡卡把头靠在邱丽的肩膀上：“还好遇到了你……”

被冠以“爱人”的身份之后，卡卡表现出比任何时候都更缠绵更依恋“老婆”，他要让“老婆”感觉到他的感恩之心，让她相信外人的狐疑与攻讦是无稽之谈，她的“老公”只在乎感情别无他求。

昨天晚上，他们和往常一样一起喝红酒看街景，卡卡告诉“老婆”未曾对任何人提及的身世之谜。

他读过钟涛的小说《阿蹁与卡卡》，那是跟钟涛一起北上在火车里，钟涛有意把那本文学期刊放在小茶桌上，卡卡读了《阿蹁与卡卡》，对钟哥的才华赞不绝口，说：“钟哥，你给小说人物起名叫卡卡，一定没有想到日后有个名叫卡卡的人成为你的结拜兄弟，这说明咱俩的缘分是上天注定的，没准上辈子是亲兄弟……”

当时他真的不认为小说里的“卡卡”跟自己有什么关系，他心里深藏着另外一个“秘密”，他是教授爸爸跟保姆汪姨的孩子。这个秘密让他感到耻辱，所以敏感而顽强地拒绝外人探寻他的身世，口口声声称“我爸爸我妈妈是高级知识分子”。

如今身世之谜成为他跟“老婆”亲近的黏合剂，在这个出身贫苦的女人面前，他不需要戴假面具，每一次挤牙膏似的挤出一点苦难史，都会推波助澜使得“夫妻”感情升温。

在那天的酒会上，他把邱丽带到钟涛跟前，介绍说：“钟哥一直很照顾我，我们情同手足……”

当他告诉“老婆”，钟涛跟他可能存在血缘关系时，她认真地想了想说：“你们的牙齿和耳朵长得非常像，应该就是亲兄弟，要不要去做个验血检查？”

卡卡决然摇头：“不，在我心里汪姨就是我的母亲……”

夜里他做了很多很奇怪的梦，一个没有五官的老妇人反复出现，让他毛骨悚然，这个梦促使他做出决定，去看看那个可能是他的生母，在病床上苟延残喘的老太太。

卡卡没有告诉“老婆”他回南方还有另外一个更重要的事情，他要在南方的文化创意园区注册一家公司，把正在筹拍的剧目放到新公司的名下，以便享受税务优惠政策。这也是各个影视公司操作剧目的“潜规则”，哪儿的税务政策有利可图就在哪儿注册公司。

宋总至今没有跟他提及那位老战友心脏病猝死，这是一个重大的利空消息，让这家影视公司所有正在进行的项目都面临卖不出去的风险。如果邱丽和周格知道了，极有可能终止投资。因此宋总不说，他也装作不知道，冠冕堂皇地以“税务优惠”为由注册新公司，转移剧组的账目以便掌控，如果形势不妙，可以随时金蝉脱壳。

老金开着剧组新租的越野吉普来接卡卡，看到卡卡从公寓楼里出来赶忙跳下车，迎上前接过卡卡手里的小行李箱。

卡卡有些意外地说："咱们剧组的司机呢？"

老金讨好地笑道："老大出门，我理应亲自接送，为了送你去机场，昨晚我都没敢喝酒……"

车窗外是清晨安静的街道，车厢里两个人相对无言，一路驱车到机场。

两人在沉默中各自想着自己的心事，他们都经历过由于人事变动中途"翻船"的事件，宋总的保护伞没了，一定会对这个项目造成致命的负面影响。对投资方而言，剧组刚开张花费有限，选择止损无疑是上上策。

老金担心自己拿不到酬劳，他已经穷困潦倒很久了，确实很需要这笔钱，想着怎么开口让卡卡提前支付酬劳，落袋为安。

卡卡想的是他和邱丽的关系，两人确定了"爱人"的关系，表面上你唱我和情意浓浓，但卡卡发现自己已经不爱这个老奸巨猾的老女人了。他是一个江湖混混，同时还有些诗人情怀，如果不爱一个女人，哪怕是自我欺骗的爱，绝不可能长时间在这个女人身边扮演浪漫情人。有时候肉体的意志会比大脑的意志更加强大，一旦他的肉体拒绝一个女人，两人的关系就无以为继。他怀疑自己是否还有耐心继续做邱丽的"玩偶"，但他不甘心就这样两手空空地败退。如果他在剧组做小动作是瞒不过老金的，所以必须拉老金入伙……

老金停了车，若有所思地说："老板，咱俩不是一般的雇佣关系，咱俩还是兄弟、铁哥们儿，想当年，咱俩那是形影不离啊……"

卡卡拍了一下老金肩膀，笑道："老金大哥，别这么兜圈子，见外了，您想说什么？"

"小弟，你知道老哥很缺钱，雪中送炭给我工作机会，老哥感恩不尽……"

"您就直说吧……"

"我女儿下个月结婚，唉，我总要有点表示吧，你能不能先把我的酬劳给结了……"

卡卡盯着老金，狡黠地笑着："是不是因为宋总的哥们儿死了，你心里慌了？"

老金被将了一军，黝黑的脸通红了，词不达意地说："那，那，我，没想那么多……"

卡卡又拍拍老金的肩膀，哈哈一笑："我理解，人嘛，总是要考虑自己的切身利益。行，没问题，我一会儿就发信息通知会计预付你百分之五十，行吧，咱们也不能做得太过分……"

老金喜出望外，双手合十："谢谢，除了谢谢，我真不知道该说什么了……"

"不用谢，实话告诉你，我心里也没底儿了，咱俩在同一条船上，风雨同舟，我还要靠您帮扶……"

老金是老江湖，立刻听出卡卡的言外之意："你放心，老哥随时准备着挺身而出为你挡子弹……"

"我也要考虑我的利益，我必须采取一些防范措施，你那边进度放慢些，不要打草惊蛇……"

"明白了，看样子陆寒咱们是用不上了……"

"毁约吧……"

"行，我负责处理，编剧的稿费呢？"

"照发。"

卡卡跟老金握手，意味深长地说："拜托了。"

卡卡办完公务径直坐出租车来到西街，今日西街已经不是当年的模样，一片片低矮破旧歪歪斜斜的木板搭建的民居不复存在，取而代之的是钢筋水泥的高层建筑，路的两边是五花八门的商铺。

他在街口下车，信步游走在陌生的西街。他仍然没有想起任何关于油条铺和阿蹁的故事，他和这条街的关联是从读初中开始，在这里他跟几个坏孩子血拼打斗过，在这里遇见穿红裙子骑自行车的"冬妮娅"，在这里见到钟涛和钟家外婆……

"冬妮娅"唤起的那分朦胧而强烈的爱，对他的少年时代有着不可估量的作用，他经常用生命中的"太阳"形容"冬妮娅"，那并不是夸张的比喻。如果没有"冬妮娅"的召唤，他不知道自己会变成什么样的人，很有可能在监狱里度过今生，因为他的内心充满对这个世界的仇恨，那群坏男生欺负了他，他一定会寻机报复，不惜以命抵命。那天穿红裙子的“冬妮娅”喝退了围殴他的坏男生，从此，他的世界颠覆了……

在那之前，他的记忆是一部部血泪史组成的漫漫长夜，他能想起来的最早的画面是终日被关在汪姨的保姆屋，教授的妻子不愿意见到他，不许他走出保姆屋一步。有时候汪姨带着他在客厅或者厨房做家务，远远地听到脚步声，汪姨就会丢下手里的活儿，抱起他冲进小屋，那段日子留下的只有压抑和惊恐；大约六岁的时候，汪姨把他带回乡下生活，在那里有一个比教授妻子更恐怖的恶魔男人，他跟恶魔一起生活了整整三年，逃离乡下的时候他以为汪姨被那个恶魔打死了，他打伤恶魔踏上逃亡流浪之路，风餐露宿饥寒交迫，比丧家之犬还要可怜，若不是被师父收容到庙里，可能早就冻死饿死或者被人打死了……

自从迷恋上“冬妮娅”之后，他的人生有了明确的方向，要出人头地，要让“冬妮娅”在茫茫人群中一眼看到他。二十岁成为“万元户”的时候，他的目标更加远大了，以为自己必将成为霍英东那样的大富商。随着岁数的增长，梦想变得越来越渺茫……

“天将降大任于斯人也，必先苦其心志，劳其筋骨，饿其体肤”，我尝遍了人间所有苦难，为什么上天就是不肯成全我呢？

卡卡经常这样仰天长叹。

他在一家卖油条豆浆的小店门口停下脚步，钟涛第一次约他见面的小餐馆似乎就在马路对面。那时候西街还是百年不变的老街，他们坐在餐馆里可以看到烟熏火燎黑幽幽的油条铺，那就是钟涛小说里写的阿蹁的小店。

这家店跟阿蹁的店是否有渊源？他有两个同学家里在老西街开小店，拆迁重建之后，他们又搬回来，在新房子的底层商铺继续开店做生意。

小店门口立着一块木牌，上面写着：百年老油条。

卡卡一怔，这几个字几乎可以确证这家店是阿蹁家族的遗产，几十年前的寒冬深夜钟家外婆就是在这里丢下新生的男婴……

户籍记录他生于12月，那时候天一定很冷，小男婴来到人间一口奶都还没有吃到，他冷吗，饿吗，害怕吗？

卡卡心碎了，真想找一个地方为可怜的小弃婴痛哭一场。

这会儿不是吃饭的时间，店里没有客人，一个中年女人在打扫卫生。女人的目光被呆站在门口衣冠楚楚的男人吸引住了，她手里抓着抹布走出来。

“这位客人，你是找人，还是要吃饭？”

卡卡看到中年妇女满满的一口大龅牙，他清楚地记得在钟涛笔下阿蹁的老婆有“满满的一口大龅牙”，那个形象呼之欲出，给他留下深刻的印象。

那么，这个女人一定是阿蹁的亲生女儿，我小时候跟她吃过一锅饭吗？

他走进店里，坐下，看了看挂在店里的招牌。

女人说：“油条没有了……”

卡卡点了一碗“台湾烧仙草”。

“你们店有一百年历史？”

“是啊，我爸爸的爷爷一百年前就在西街卖油条了……”

“哦，我听说以前有一个名叫阿蹁的人是……”

不等卡卡说完，女人抢着说：“阿蹁是我爸，我三岁的时候我爸就死了，后来我舅舅来帮我们开店，我舅舅死了把店传给我和我老公，因为我们家没有男孩子……”

“哦，没有男孩子……”

“听说本来我们家是有男孩子的，不知道为什么，我爸临死前把家里唯一的男孩子送给别人了……”

卡卡心里一紧，每一个细节都对上了，这让他感觉很奇怪，看钟涛小说的时候他以为那是一篇荒诞派小说，没有想到真实的生活就是这么荒诞。

我就是那个被阿蹁爱得死去活来的小弃婴，我就是阿蹁临死前托孤给教授的小男孩。阿蹁一定以为他心爱的儿子在教授家过上幸福的生活，如果他地下有知看到了他的儿子在人间颠沛流离吃了那么多苦该是多么难过……

这时，一个五十多岁的男人端着一大筐食材吃力地走进店里，浑身都被汗湿了，男人放下大筐子站到电风扇前吹风，嘴里直喊热。

卡卡这才注意到小店里没有装空调。

“你们店为什么不装空调?”

“没有钱啊，生意不好做……”

“房子不是你们自己家的吗?”

男人抓着大毛巾擦汗：“房子是我老婆娘家四个姐妹共有的，我们要给那三个姐妹交房租……”

卡卡不再说话了，安静地吃了几口台湾烧仙草，斟酌许久拿出钱包，抽出全部现金，数了数，三千七百块。他想把这笔钱送给老板夫妻，却下意识地犹豫了一下，这辈子他还没有给任何人送过这么一大笔钱，即使对曾经以为是亲生母亲的汪姨，最多的一次也就给了五百元。每一个离开他的姑娘都四处散布他如何小气，他为自己暗自辩解：你们谁有过为了一分钱一块饼干豁出命去偷去抢的经历？他记起钟涛小说里的阿蹁，阿蹁救了他，无缘无故地爱他，汪姨也爱他，但汪姨始终领着教授的工资，这笔钱算是对阿蹁的纪念……

“老板，买单……”

女人走上前：“十二块……”

卡卡把一摞百元大钞递给女人：“我送你们一台空调……”

女人显然被手里的钞票惊吓住了，扯着嗓子朝丈夫喊道：“老公，你快来呀!”

男人快步冲上前，问：“怎么了?”

女人说：“这个客人给我们这么多钱，让我们买空调……”

男人也愣了。

卡卡站起来笑笑：“拿着吧，我最近生意上比较顺利，小意思……”

男人突然捶胸顿足哭丧似的：“哎呀，活菩萨，你一定会发大财，长命百岁!”

卡卡默默离开小店。

夫妻俩追出来，呆若木鸡地目送“活菩萨”远去。

下雨了，淅淅沥沥，卡卡在雨中继续漫步西街，脸上有雨滴也有泪滴。

他看到一家杂货铺里一个白头发老伯面无表情地坐在柜台后面抽烟，从面部轮廓看出是他当年的一个同学，隔着几十年岁月，少年变成了老伯。他在店门口站了一会儿，相信老伯不可能认出自己，他们的外表看上去至少相差二十岁。

老伯抽着香烟，喊道：“要买雨伞吗？一次性的雨伞十块钱……”

卡卡摆摆手走了。

他又一次想起“冬妮娅”的自行车和红裙子，如果不是“冬妮娅”的召唤，他也有可能像那个“老伯”一样，在这个城市的某一个角落，守着一份吃不饱饿不死的小生意，无聊无趣地度过一生……

下一个行程安排是去医院看老太太，钟涛正守在病房里等他，据说老太太虽然行将就木神智却还清晰，他很想听她亲口说出真相。

他站在路口拦下出租车，刚想说去医院，却改口让司机送他回酒店。

邱丽正在酒店大堂一侧的酒廊喝着甜酒，明天她要回老家参加一个亲戚的婚宴，特别绕道前来慰问“老公”。对“老公”的身世知道越多，她越是心疼怜惜他，担心他独自旧地重游会触碰内心的伤疤。

她对卡卡萌生了浓浓的母性之爱，这点她自己都没有意识到。她有一双儿女，儿子两岁、女儿刚断奶，她就进城打工了。那时候实在太穷了，娘家婆家都靠她打工挣钱才能勉强吃饱饭。后来有钱了，孩子已经十多岁了，孩子跟她的关系全靠金钱维持，她压抑的母性在卡卡哭诉身世那一刻被激活了……

她看到卡卡浑身湿漉漉地走进酒店，目不斜视地穿过大堂向电梯间走去。

卡卡用电子房卡打开门，转过身要关门，撞见邱丽一双饱含疼惜怜爱的眼睛，他愣住了。

邱丽抱住湿漉漉的卡卡：“老公，我放心不下你，你没事吧？”

卡卡憋在心中的悲伤委屈顿时化作倾盆泪水，靠在邱丽身上痛彻心扉地失声痛哭。这是他第二次如此悲切地痛哭，上一次是四十年前在庙里与汪姨重逢，两人抱头痛哭。

邱丽流着眼泪抚摸卡卡被雨水打湿的头发："哭吧，哭吧，哭出来就好了……"

她的儿女们还在给她施压，继续"上奏"罗列卡卡的罪状，最荒诞不经的是"揭露"卡卡至今未婚的"真相"——他是同性恋，儿子和女儿以为单凭这条就可以坐实卡卡居心之不良。可偏偏正是这个罪名让邱丽看到两个孩子的险恶，她不相信卡卡是同性恋，他们同床共枕这么久了，怎么可能没有发现睡在身边的男人是同性恋？她的儿女是要对卡卡赶尽杀绝，这就等同于赶尽杀绝她最后的幸福。她心寒如坚冰，怒不可遏地警告儿女：我已经做出让步，保证不跟卡卡结婚了，人家卡卡也同意不结婚了，如果你们再敢背后捅刀子，我就跟你们断绝关系，风风光光地嫁给卡卡！儿子说：你非要一条道走到黑，我们救不了你，但你必须把我们家的财产做一个安排……

邱丽想到自己大半生的艰辛和儿女的薄情寡义，不禁哽咽唏嘘。

一对苦命鸳鸯抱头痛哭。

卡卡来到病房的时候，钟妈正清醒，梨花喂她喝水，老太太突然一巴掌打翻水杯，梨花的衣服湿了一大片。

钟涛把梨花带到病房的时候，告诉母亲这个人是他雇来的保姆。他显然低估了老太太的智力，她一眼就认出这个女人是梨花。这些日子，她越来越多的时间处在昏睡状态，但只要醒来看到守在病榻边的梨花，就会生出一些花样折磨梨花。

梨花埋头擦拭地上的水，抬眼看到站在门口的卡卡："哟，你来了，你钟哥以为你不来了，他上山找师父喝茶了，我打电话给他……"

卡卡摆摆手："我马上就要赶去机场，我的剧组等着我开机，我想请你回避一会儿，让我跟钟妈单独说说话……"

梨花走后，卡卡关上门坐在床头，近距离盯着老太太焦黄浮肿的脸。他见过钟妈年轻时的照片，天安门前她和钟爸的合影，那个漂亮的大姑娘变成行将就木的老太太，像是一具泡过水的木乃伊，他感受到极大的刺激和震撼，但他的心里没有怜悯只有愤怒，他恨这个心狠手辣的女人，比他自己预想的还要恨。

卡卡的目光让钟妈惊吓不已。

“你是谁？”

卡卡本来想说：我就是你扔掉的小儿子。但他拒绝跟生身母亲相认。

“我有一个朋友是你扔掉的小儿子！你不知道他叫什么名字，因为你生下他还没有给他起名字就把他扔掉了！”

钟妈浑身发抖，上气不接下气地说：“造谣，造谣，警察快来抓坏人啊！”

“你才是坏人，遗弃亲生骨肉，警察应该把你抓起来，应该把你送进牢房！”

仇恨像恣意的野火在胸中疯狂燃烧，他冲动地想伸手掐死老太太，却又担心自己真的会那么做，站起来，双手紧紧地攥住。

老太太惊吓地叫道：“钟涛！儿子！你快来啊！”

“不许叫，再叫我就掐死你！掐死你，再掐死你最爱的大儿子！”

老太太真的安静了，可怜巴巴地说：“不要伤害我儿子，你要什么，我都给你……”

卡卡把脸凑近老太太的鼻尖，咬牙切齿地说：“我要真相，你为什么要把你的小儿子扔掉？”

老太太沉默片刻，问道：“他在哪里？你让他来找我。”

如果在此之前还有一丝丝狐疑，老太太这句问话再一次证实了她的确扔掉过亲生骨肉。

卡卡恶狠狠地说：“他很有钱，他很成功，比你大儿子成功，他恨你，因为他不知道他的亲生母亲为什么要把他扔掉，是你害他尝遍人间苦难……”

“哦……”

“说，为什么把他扔掉？你要是不肯说，他会找你的儿子和你的孙女报仇，你的孙女叫钟贝贝，她在北京住在哪里，我一清二楚……”

钟妈害怕地摆着颤抖的手：“不要，不要伤害下一代，她什么都不知道，钟涛也什么都不知道……”

卡卡再一次坐下：“只要你说出真相，我就放过他们。”

老太太眼睛瞪着天花板，泪水涟涟，叹了一口气：“那孩子命真大，我喝了几个月打胎中药没打下来，生下的时候没有哭，我以为他死了……”

“是的，他命大没有死，他活着是为了找你报仇！”

“不要找我，我这一辈子毁在我丈夫手里，我十六岁就当上劳动模范，十七岁当上团支部书记，二十三岁去北京见到国家最高领导，我丈夫思想反动……”

卡卡喝道：“不要说这些没用的！说你为什么扔掉你的小儿子！他是你跟谁生的孩子?!”

老太太激动了，挣扎着要坐起来。

“躺下，别动！”

“我一生正派，除了老钟我没有跟过别的男人！”

“那你为什么要抛弃亲生骨肉？你知道那会儿闹饥荒，他可能被冻死饿死在路边！”

“我跟老钟离婚以后才发现怀孕了，我怎么向组织上交代？别人会怎么看我？我恨死老钟了，老钟他已经死了，要不然你应该去把他掐死……”

“就这样了？”

“我生下那个孩子，没看他一眼，怕看了会舍不得……我让我妈扔掉他，我真的以为他已经死了……”

卡卡更是义愤难平，这个老女人到现在都没有一点悔意，冷血无情令人发指，他害怕自己做出冲动的事情，把双手叉进裤兜，凑近钟妈的耳边说：“上天不公，竟然让你舒舒服服地躺在病房里死去！快点咽气吧，你丈夫在地下等着你！”说罢，丢下魂飞魄散的老太太径直离开。

32

董丽雅小时候家里的老保姆也姓董，是董丽雅父亲的远房亲戚，他们姐弟叫老保姆“姑奶”，其实姑奶只比父亲大一两岁。

姑奶每天晚上都坐在灯下做针线，那时候家里四口人都只在过年才添置一身新衣服，真不知道怎么会有永远做不完的针线。

姑奶双手灵巧地穿针引线，嘴里总要嘀嘀咕咕说着山东老家的人和事，以至于董丽雅觉得自己对那个小村庄熟悉到可以画出每一家的房子和房子里住的人，实际上她小时候没有去过父亲的老家。父亲生前一直都惦记着带他们回老家看看，但“文革”刚结束父亲就客死他乡。董丽雅从小跟姑奶住一间屋子，听了很多老家的故事，还听了很多姑奶自己感悟到的人生格言。

姑奶说：“人一辈子的福分有多大是命中注定的，你要省着点用你的福分，免得福分用光了，将来受苦……”

记得那天放学回家，和平日一样，丢下书包冲进厨房，从吊篮里拿馒头吃，可能是天气太冷，面没有发起来，馒头硬得像石头，她咬一口就把馒头扔进垃圾桶，姑奶从垃圾桶捡起馒头，语重心长地说了这番话。

当她一无所有地跟打工小妹合租破旧的楼房，四处求职碰壁，万念俱灰的时候，常想起姑奶说的“福分”，感慨自己跟黄念皖在一起的日子挥霍了一生的福分。

第一家咖啡厅成功了，紧接着开第二家咖啡店也成功了，他们立刻着手开第三家。生意顺风顺水，各家店雇用的人也都顺心可靠。黄念皖喜欢旅游，带着她走遍中国的名山大川，那些年他们几乎有三分之一的时间都在旅游。为了旅游买了一部越野车，驱车去了内蒙古、新疆和西藏。黄念皖是最好的旅伴，全职保姆、司机、导游，还是制造惊喜浪漫的高手。她只需要管好自己的身份证件和随身衣物，所到之处吃最好的餐厅，住最好的酒店，数不清多少次面对风景名胜她心生爱意情不自禁地亲吻黄念皖。尽管他的妻子不肯离婚，给他们的生活投下巨大的阴影，但她还是会经常在他制造的浪漫中头脑发昏……

他们外出旅游从来不事先预订酒店和机票，那真是有钱任性啊，有一个周末，他们刚从九寨沟飞到北京机场，她无意中说到想吃糖醋鱼，黄念皖立刻拉着她到柜台买机票，要带她去杭州著名的“楼外楼”酒家吃糖醋鱼，普通舱没有位置就买头等舱。

几个小时之后，他们来到离“楼外楼”最近的香格里拉大酒店。酒店客满，前台工作人员随口说只剩下总统套房了，黄念皖毫不犹豫地拿出信用卡办理入住登记。她在旁边傻傻地看着，不知道房费是多少，更不知道总统套房有多奢华。当服务员把他们送到位于顶层的总统套房时，她目瞪口呆了，套房几乎占据整整一层楼，里面的设施应有尽有，从家具到水晶玻璃的烟灰缸、酒具、茶杯无不透出奢华的质感，洗漱间比他们住的公寓还大，她在按摩池泡过澡，穿上白色的浴袍，从一个房间走到另一个房间，晃来晃去，像做梦一样。

她问黄念皖这一晚的房费多少钱，黄念皖笑笑说：“为你花再多钱都值得。”最后她还是知道了，为了吃“楼外楼”的糖醋鱼，他们在这里落脚一个晚上花了将近两万元人民币。她心疼了，站在窗前，面对西湖美景却视而不见，看到的是姑奶和母亲的身影，姑奶吃了大半辈子董家的剩饭剩菜，一颗米粒都舍不得丢掉；父亲去世之后，家里的生活靠母亲微薄的工资维持，每到交学费的日子，母亲都愁眉不展，当时她和弟弟两份学费加起来还不到十块钱就让母亲吃不香睡不着。母亲和姑奶一辈子没有走进过五星级大酒店，她们要是知道她在酒店里睡一觉花了两万块钱会作何感想？黄念皖问她在想什么，她说：“我想让我妈和我姑奶住一次五星级大酒店。”黄念皖哈哈大笑，觉得这个愿望太低端了。

是啊，钱不是问题，但自从被母亲扇一巴掌以后，她骗家里人说已经跟“台湾男人”彻底断绝关系了……

生意兴隆财源滚滚，手中的财富一定会像滚雪球似的越滚越大，对此他们都毫不怀疑，他们俩风险意识和危机意识都比较欠缺，这或许是因为他们都出身在军人家庭，小时候的家境相对还算比较好。他们分别生长在被铁幕隔绝的海峡两岸，双方的家庭却惊人的相似，他的父亲也是军人，同样因为父亲早逝家道中落，母亲是恪守传统的贤妻良母，他家也有一个从大陆带去的亲戚，为他们家无怨无悔地奉献了大半生的“表姨”……

所有的细节都证明他们的相遇相爱不是偶然的，她相信他们的爱情注定天长地久，也相信他们最后会携手在加州海边的大房子里一起慢慢地变老，从来没有想过她会有缺钱的那天。

她出资帮他开第一家店的时候，闺蜜劝她买房。开第二家店，闺蜜又劝她买房。开第三家店的时候，闺蜜还是劝她买房。她觉得这个闺蜜是一个缺少情怀目光短浅的俗人。

总统套房奢华之旅发生在2003年的3月份的最后一天，她之所以记得如此真切，并不是因为住了一晚总统套房，而是紧随其后他们遭遇了万劫不复的“非典”(SARS)。

在“楼外楼”大平台上看着西湖美景吃了糖醋鱼，径直赶往机场，在飞往北京的机舱里，他们发现有一半以上的乘客全程戴着口罩，而且个个神情严肃。黄念皖上一趟洗手间强忍着笑回到座位，凑着她的耳朵打趣说：这个航班是不是正在拍恐怖片？那些戴口罩的人是群众演员吧？说罢他终于忍不住哈哈大笑。

坐在他们边上的一个男人告诉他们，广州爆发一种很厉害的病毒性肺炎，死亡率很高。

黄念皖说：“小概率的事件，何必这么风声鹤唳草木皆兵？”

她也一样觉得小概率事件离自己很遥远，打着哈欠靠在黄念皖厚实的肩膀上，一路睡回北京。

第二天，她去阿发的“养母”家接寄养在那儿的黑妹，他们每一次出门都把黑妹放在闺蜜家，闺蜜接到电话神经兮兮地千叮咛万嘱咐要求她不要上楼，让她站在楼下小花园等着。

闺蜜带着口罩、手套和眼镜抱着黑妹出现，远远地喊道：“你不要走过来！”

说着放下黑妹，黑妹飞奔着蹿到“亲妈”的怀里。

她们隔着好几米远喊话聊天。

“有这么严重吗？感觉好像要爆发一场生化战争……”

“很严重！很严重！北京已经是灾区了！我同事的姑姑是医生，因为抢救病人没有戴眼镜被传染了，一家五口已经死了两口，另外三口被隔离了，病死的人直接送去火化，亲人生死永隔，连最后一面都见不上……”

“真的啊？”

“千万千万不要疏忽大意，这个病毒叫非典，据说是通过呼吸道和黏膜传染的，它可以在空气里存活五天！我已经把贝贝接回家了，我不上班了，你也赶快回家，关门闭户不要出门，千万不要用手摸眼睛和鼻子……”

这时，她才意识到事态似乎比想象的严重。

她抱着黑妹来到新开张的咖啡店，刚到门口就感觉到气氛凝重。一个客人都没有，十来个员工都戴着口罩，分散开各坐一张桌子，黄念皖托着下巴站在柜台后面。

她走到黄念皖身边，听到他唉声叹气，她第一次看到他如此无助绝望，顿时感到天真的要塌下来了。

黄念皖搂过她的肩膀，声音颤抖地说：“我看了CNN新闻，情况很糟糕，很糟糕……”

一个来自山西的年轻服务员忽然哭着说：“老板，我家三代单传，我不能死在北京，把这月工资给我，我要买车票回家……”

街上响起救护车的鸣笛声，远远近近，经久不绝。

就在这天，他们艰难地做出决定，三家店全部暂时停业。这是一个止损的手段，三家店没有生意已经好几天了，不停业每天产生的各种费用是一笔不小的开支。

他们不知道“暂时”会是多久，情况越发严重，从杭州回来第四天她感冒发烧了。黄念皖不让她去医院看病，他说如果她得的是“SARS”，他宁可跟她一起死，也不愿意把她送进医院，他受不了彼此生死两茫茫。由此想到有一天死亡会将他们分开，两人抱头痛哭，那一刻他们都相信除了死亡再没有任何人与事可以把他们分开……

一周过去了，两周过去了，她的病好了，外面的情况似乎更加严峻了，他们站在窗前看到一辆辆救护车呼啸而过，看到身穿防化服的医务人员，网络上各种流言飞起，他们在国内国外的朋友不论关系远近，都设法打电话找到他们，黄念皖接起电话也不问对方是谁就说“我还活着”……

随着灾难一天天拖延着，他们都预感三家店的生意可能一蹶不振，两人陷入空前的悲观绝望。

一个月之后，黄念皖的精神彻底崩溃了，躺在沙发里不言不语，两眼呆呆地看着天花板好几天。

她没有想到他也会崩溃，他是她危难中最后可以依靠的一道墙，这道墙垮塌了，她也支撑不住了。

有一天，她自言自语地说：“要是不开第三家店就好了……”

他突然暴跳如雷地弹跳起来：“你是在怪罪我吗？”

决定开第三家店的时候，她明确地表示反对，那会儿她只想淡出江湖生孩子，作为四十岁的女人没有什么比生孩子更紧迫的了。她可以等十年二十年再结婚，即使一辈子不结婚，她也要生一个自己的孩子。两家店的成功让黄念皖的野心膨胀了，在他看来把他们家的咖啡店开成全国乃至全世界的连锁品牌指日可待，执意要开第三家店……

她从来没有见过他如此凶恶的面目，她曾经痴迷的声音像炸弹一样在她耳边炸开：“你后悔了是吗?！告诉你，我更后悔！我就不应该来大陆！只有大陆会让SARS变成世界末日！”

她惊愕得说不出话，他不仅是崩溃而且精神失常了，这让她既伤心又害怕，捂着脸跑进卧房关上门扑倒在床，压抑地哭了很久……

她想象中他不会这样，面对天灾人祸，即使真的破产，只要他还能像平日一样，一只手“长在”她的肩膀上，还能发出迷人的笑声，就算他们沦落到上街讨饭，她也会满心幸福地爱他。在她感冒发烧那些日子，他们抱头痛哭生死相许的时候，她就想过如果能活过SARS一定要更好地爱他，还想过如果灾难让他们一无所有，她可以重新去雅秀摆摊卖衣服……

黄念皖的失态让她对他的信任和依赖破产了。

持续将近两个月的SARS，是一场风花雪月爱情的终结，也是他们财富美梦的终结。

这年秋天，有两家店因为交不出房租，被房东强行锁门关张，剩下使馆区的店也风雨飘摇勉强维持，他们开始无休止地吵架，互相口不择言指责对方……

最后一家店倒闭的时候，他已经离开北京去广东谋生了，在一家台湾企业任职，企业老板是他的高中同学，如果不是走投无路，他不会放下身段去给同学打工。他的妻子得知他在广东打工，立刻签字同意了他们之前起草的离婚协议，那份协议写明他们在美国的所有财产都归“她”所有。尽管离婚是他提出的，协议也是他起草的，但在这个时候他妻子突然同意离婚给了他一个不小的打击，说明他作为男人在妻子眼里已经没有争夺的价值了。

她记得那是春节前的一个晚上，天很冷，员工们领了最后的工资，所有人都悲悲切切地散去，她独自留在空荡荡的店里，想独自喝点酒痛哭一场，但是没有，神经似乎已经麻木了，耳边飘来姑奶苍老的声音：“人一辈子的福分有多大是命中注定的，你要省着点用你的福分，免得福分用光了，将来受苦……”

她相信是因为自己和黄念皖过度透支了“福分”才招致如此下场，做好了日后吃苦耐劳的精神准备，她要南下去找黄念皖，两人一起打工，有福共享有难同当，告诫自己再也不要跟他吵架。分开两个多月，她已经淡忘了他的不好，记住的都是两人的恩爱浪漫，况且黄念皖已经离婚了，他们可以光明正大地在一起了。她不止一次在电话里向他忏悔，为自己在吵架的时候口不择言说的那些伤害他自尊心的话……

最后，独自一人孤零零地关灯关门，孤零零地穿过寒冷的冬夜回家，她的心情很平静，不但没有觉得凄凉，甚至有一种走向新生活的喜悦……

这时她还不知道黄念皖跟店里的女会计“私奔”了。

老杰瑞站在楼上窗口看着坐在院子里发呆的董丽雅，过了好一会儿，他悄悄地走到她身边。

她朝他笑笑。

“我是不是打扰了你的冥想？”

“不，我在想我家的老保姆，我的姑奶……”

“哦，可以告诉我吗？”

“我姑奶说一个人的福气是命中注定的，如果不节约使用，老了要受苦……”

老杰瑞觉得很有意思，笑说：“这也是中国人跟西方人不一样的地方，中国人喜欢把钱存进银行……”

董丽雅说起姑奶的故事，老人家一生储蓄的“福分”换来幸福圆满的晚年，姑奶七十二岁的时候，有一个离休的老干部来到董家。这时他们一家人才知道一生未婚的姑奶年轻的时候曾经订过婚，而且是作为童养媳七岁就被卖到婆家，跟未婚夫青梅竹马一起长大，未婚夫外出读书期间参加革命，后来当了大官，娶了城里的女学生。几十年过去，当年的未婚夫成为白发苍苍的老人了，当年的女学生已经病逝，他千里迢迢找到姑奶，两人一起回山东老家养老，还在村里办了结婚宴席。几年前董丽雅去看过他们，两位老人都已经八十多了，身体健康精神矍铄，每天形影不离，恩爱如初，好像从来不曾分开过……

“我没有听姑奶的话，挥霍了我的福分，所以我注定不会有美好的晚年，活该……”

老杰瑞被“中国女佣”的奇思异想逗乐了，哈哈大笑：“难道你会算命？怎么知道你没有美好的晚年？”

33

我外婆也有很多“人生哲理”，每一次打开水龙头洗手，外婆都会在我搓肥皂的时候抢着把水龙头关上，她说“你这辈子浪费水，下辈子会没有水喝”；饭碗里的米粒吃干净，要不然“下辈子脸上会长麻子”；不能嘲笑身体残疾的人，否则“下辈子你也会残疾”……

“下辈子”是外婆教育我的“教鞭”，让我诚惶诚恐，或许我的不安全感与时代无关，而是我最爱的外婆一手造成的？

我更愿意接受董家姑奶的说法，撙节的“福分”可以带来美好的未来。我在越洋视频里听董闺蜜说她家姑奶的故事，心里想着我的“福分”，按捺着喜悦之情，不敢在好闺蜜悲叹她把“福分”挥霍殆尽的时候炫耀我的“福分”。

我在外婆“教鞭”的阴影中克勤克俭地过了几十年，即使是在我前夫最风光的时候也没有分得一杯羹，现在终于熬到时来运转了，我正开始享用我积攒的“福分”。

我和前夫联手为贝贝买画室的购房合同已经签了，第二期剧本稿费进账了。我的助理小刘平均一周能写出四集高水平剧本，几乎可以一字不改，我一边挣着稿费一边过着悠闲的日子。因为不习惯做“剥削阶级”，我心有不安，于是主动从稿费中拿出百分之十作为奖金犒赏小刘，小刘感激涕零，更加发愤图强……

今天的议事日程是去4S店看汽车，我早早地醒来，躺在床上满脑子想的都是红褐色沃尔沃。

早晨七点，小葡萄跳到我的枕边，我抱起它。

“宝贝，今天妈妈要买新汽车，买一部大大的汽车，咱们一家三口去旅游……”

我说的一家三口是老夫子、小葡萄和我，贝贝是不可能跟我们一起出去旅游的，所以被剔除在外了。

小葡萄似乎听懂了，激动地摇起小尾巴。

我的手伸向放在床头柜上的手机，小葡萄立刻跳下床，奔向卫生间，等着陪伴我“君临天下”。

朋友圈里热闹依旧。卡卡发了一组谈生意签合同的图片，他还是那样，当仁不让的“男一号”，趾高气扬地举着高脚杯，醉意迷蒙，美女环绕；秦红发了一张股市一片惨绿的图片，还有几个朋友惊呼股市怎么了。

自从退出股市，我就不再关注股市了，害怕面对股市继续疯涨，如果那样，我会像一只吃不着葡萄的狐狸心里发酸。此刻许多信息告诉我股市暴跌，我并没有太在意，秦红说过股市曲线与心电图相似，下探到底就会反弹。不过，看到股市绿了我还是偷偷地乐了一小下。

董丽雅今天上传一张图片，她赤脚站在电子秤上，红色的数字显示“68kg”，她写道：难道我需要减肥了？

这是今天我坐在马桶上“君临天下”看到的最振奋人心的消息。

我知道她的体重从来没有超过66公斤，我有限的医学常识告诉我，身患绝症的人是不可能发胖的，我开始怀疑她的医生判断有误，当然还有一个可能，那就是传说中的奇迹，绝无仅有的个别案例：身患癌症的人放弃医治外出旅行不治自愈了。

我开始梳洗换装的时候，小葡萄故技重演，黯然神伤地朝落地窗走去等着我跟它“十八相送”。

我是要带它一起去看新车的，却故意逗它，穿上皮鞋打开门假装要走，恶作剧地站在门口看它表演，它躬起身子等着我抱它，过了一会儿它以为我走了，发出呜呜的哭声。

我笑着上前抱起它：“小傻瓜，走，妈妈带你去买新车……”

七月初的北京，天上没有雾霾，路上也不怎么堵车，祥云吉兆，预示着我可以心安理得地享用我的“福分”了。

在一个路口等绿灯的时候，我的手摸着坐在边上的小葡萄，忽然想起贝贝。我买车的时候贝贝已经读初中了，钟涛破产之后为了维持她上私立学校我玩命写剧本挣钱，没有闲情逸致开车带她兜风，她坐在我的车里永远是两点一线，从学校接她回家，从家里送她去学校……

我的心开始忐忑不安了，外婆的“教鞭”又高高地举起震慑我，为自己决定花几十万元买车感到愧疚，这似乎太奢侈了。一个声音在责问：你不做生意，也不经常上班，你在炫耀什么呢？到这把年纪连虚荣的资格都没有了……

4S店在正前方，艺术区往右转，就在绿灯亮起的那一刻，我下意识地选择了右转。

我想到一个折中的、并且一石二鸟的方案：给贝贝换一部新车，我接手她的小MINI。贝贝曾经抱怨MINI太小了，连一张一米乘一米的油画都放不下，她的确需要大一点的车……

画室的门敞开着，贝贝正在画画，我抱着小葡萄站在门口看了一会儿，等到她放下画笔转身喝水的时候才敲了敲门走进去。

贝贝一脸惊愕和不满，我读出她心里的潜台词：我妈妈早就被我训练得不预约不登门了，今天怎么又打破规矩了呢？

她回到画架前拿起画笔背对着我和小葡萄说："怎么不打电话就闯进来了？"

这就是我的女儿，虽然只在国外生活短短的几年，却比外国人还外国人，一点不客气。

我笑眯眯地凑上前，"老妈想送你一个惊喜……"

我已经决定跟我的女儿遵守"君子之交淡如水"的原则，却还是挖空心思想讨好她，物质上的给予胜于甜言蜜语，什么促膝交谈苦口婆心忆苦思甜，都抵不上一辆新车有感召力。

这不是贝贝独有的"品性"，这一代独生子女在娇宠中长大，父母省吃俭用把孩子当"小皇帝"供养，如今他们长大了，仍然习惯于把父母当成忠心耿耿无私奉献的"微臣"。

处境最尴尬的莫过于像我这样小中产阶级的父母，"富二代"可以恣意挥霍父母的财富，或者像万达的老板那样拿出一两个亿给儿子"创业"；"穷二代"大多都能自强不息而且孝敬父母。中等家庭的孩子，他们从小生活标准参照"富二代"，我很多朋友卖房卖地让孩子读私立学校，送去国外留学，自己一辈子没有开过私家车，给孩子买名牌豪车，结果他们不但得不到孩子的感恩，相反他们的孩子会因为不能像真正的"富二代"那样为所欲为而抱怨父母，仿佛把他们生在不够富有的家庭是父母的错。我以前杂志社的女同事经常聚会，年轻的时候我们谈男人，如今谈孩子，每个人都有一肚子苦水……

“什么惊喜不能在电话里说吗？”贝贝闷头调着手里的调色板嘀咕道，“我刚有点画画的感觉，你们要是没有别的事儿，赶快走吧……”

贝贝小时候围着我的书桌想接近我，正在写作的我经常不胜其烦，现在我们的角色互换，我成了那个可怜巴巴期望得到关注的人。

“你妈挣到钱了……”

“跟我有什么关系？”

“当然有关系，我要买你的MINI……”

她将信将疑地回头看我：“你想出多少钱？”

“你去挑一部新车……”

她放下画笔，脸上有那么一点笑意了：“看样子您老人家是发大财了……”

“嗯，刚刚领了第二期稿费，一共五十万，你看着办……”

贝贝笑着露出白白的牙齿，抱过小葡萄亲了一下：“小葡萄，你妈居然肯给你姐买车，出什么事儿了？地球倒着转了吗？”

“地球还是原来的地球，你妈倾囊而出只为博你一笑……”

贝贝情绪大好，放下小葡萄转身拿起烧水壶：“请坐，我给您老人家泡一壶好茶，我爸刚给我寄来的新茶，特别香……”

一部新车果然胜过千言万语，我的斡旋成功了，心里却有些发酸。

我坐下，抱起小葡萄，暗自感叹：只有小葡萄的爱是无条件的。

贝贝递来一杯茶水，乐呵呵地坐下：“哈哈，最近我正想换车，MINI实在太小了，不过，您开挺合适……”

这些年很少看到贝贝在我面前这么开心，今天我的慷慨显然超出她的预期，让她喜出望外。自从她成为艺术家之后，我对她物质上的资助每一次都是她索取在先，甚至纠缠胡闹，我总是很不情愿，唠叨说：你妈不是富婆，你妈的每一分钱都是写字写出来的。

我心中感慨万千，眼睛看着女儿，不自觉地叹了一口气。

贝贝放下手里的茶杯，打量着我：“你怎么了？”

怎么跟我女儿说此刻我的心情呢?

我又叹了一口气。

“妈，我怎么觉得你有点不对呀?”

我忽然冒出一个非常荒诞可笑的念头，想测试女儿对我的感情：“你妈跟董丽雅阿姨一样，没多少日子了，与其被医生折磨死，不如潇洒点……”

贝贝的眼睛瞪大了，错愕地说：“不可能，不可能！我有个同学的爸得癌症，医生说他活不过半年，后来去美国斯坦福大学医院治病，用最先进的生物介入法治疗，现在好了……”

“那要花很多钱……”

“不能因为钱放弃生命啊!”

我在女儿的眼睛里看到焦虑和关切，顿时惊呆了，止不住地唏嘘落泪。

我们可能平日互相疏忽，但毕竟血浓于水，这就够了。

我拉过贝贝的手：“没事儿，只是董丽雅阿姨的遭遇让你妈开始思考生与死，如果有一天我也遇到和她一样的健康问题……”

贝贝气急败坏了：“你不要这样吓人好不好?！我没见过比你更杞人忧天的人了，好像天下所有不好的事情都会落在你身上……”

是啊，我为什么总是要为那些概率极低的坏事情忧心忡忡呢？我外公很忙，他留给我的印象是永远坐在书房里读书写字，他的书房是我儿时的禁地，他没有在我的生活中替代我的父亲，父爱缺失肯定也是我缺乏安全感的原因之一。

贝贝生在一个动荡不安的家庭，但她并不缺少父爱，相反，钟涛对她骄纵无度，所以她的内心很安全，很强大。

我擦了擦泪汪汪的眼睛，笑道：“我很高兴你没有遗传我的毛病，你爸给了你过度的安全感……”

“那有什么不好？就算明天会发生不幸的事情，忧愁有用吗？我不但不忧愁，而且还要把今天过好……”

“也许你是对的……”

“就是对的。”

“我们看车去吧，你喜欢什么车？”

贝贝喝一口茶水，缓缓地说：“奔驰宝马太俗气，再高端的咱们也买不起，就买沃尔沃吧……”

我笑了：“哦，英雄所见略同，走吧……”

贝贝抱起小葡萄，我们仨钻进我的老大众，今天我就要跟陪伴我十二年的老车说再见了。

我发动了汽车，正要上路，贝贝指着小路对面一个中年男人：“那人是房东代理，估计又要涨房租了，我最近挣了点钱，不用你掏房租钱了……”

我抿嘴笑笑：“你不用交房租了……”

贝贝皱起眉头歪过脑袋：“什么意思？”

“再送给你一个惊喜吧，你妈买下了你的画室，当然是贷款，贷了很多款……”

遵照钟涛的叮嘱，为了不让女儿生出新花样，我特别强调“贷款”。

贝贝一头雾水：“哇唔，妈，你好奇怪，到底是不是医生跟你说了什么？”

“我没有去看医生，你这么关心老妈，老妈感到很温暖，证明你是我亲生的……”

我伸出手想搂抱她。

贝贝躲闪着，调侃道：“别煽情，你写剧本写出职业病了，把生活当电视剧，每天都要来点悬念和高潮……”

我怔了一下，想了想：“嗯，可能，我名气不大，职业病挺严重……”

我们相视着大笑，小葡萄跟着呜呜地叫起来。

在路上，我跟贝贝说起我外婆的“教鞭”，说到我的不安全感，我总是诚惶诚恐，不敢坦坦荡荡地享受当下的生活，我要用我的余生去了解自己，去改造自己，让自己学会心安理得地“及时行乐”……

“还有，我总是觉得自己做的不够好，总是对你满含歉意，现在我要严正声明，我已经尽了我最大的能力做你的母亲，我不欠你的！”

贝贝开玩笑说："嗯，有点深度了，您老人家可能快要写出好作品了……"

"好，我继续努力……"

我们说说笑笑到了4S店，贝贝一眼看到红褐色的沃尔沃，手指一伸："就是它！"

我搂过她的肩膀："咱娘俩心有灵犀一点通……"

第二天，我开上贝贝的MINI去公司参加每周一次的例会，在距离写字楼两个路口的地方遇见脚步匆匆的秦红，我在她身边停下车，放下车窗："秦红！"

秦红转过身，看着我一脸怒气。

"上车吧……"

她拉开车门气呼呼地坐到我身边。

一定是我"先斩后奏"擅自从股市撤退冒犯了她。

"老同学，对不起，我急着用钱，所以……"

秦红冷冷道："哼，换车了……"

"原先的老大众开了十二年，已经快要散架了……"

"你有钱了呗……"

"我胆小挣得不多，但无论如何都要感谢老同学的帮扶……"

车在停车场停下，我拔了钥匙，推门下车。

秦红没有下车的意思。

我弓下腰仔细打量她，发现她突然憔悴苍老了很多，头发一片片灰白。

"秦红，别生气，你的好意我心领了，我这人没出息，前怕狼后怕虎，不敢在股市里坚持，请你原谅……"

我心里有些不高兴了：那是我的钱，你凭什么大动肝火？

秦红突然情绪激动地叫嚷道："你有内幕消息竟然不通知我！自己跑了！你太不仗义了！"

"什么内幕消息？我真的只是想给女儿买画室！秦红，你冤枉我了！如果你不高兴，我可以把股市里挣的钱给你一半，可以了吧？我不想欠你的人情！我不是股市的奴才，也不是你的奴才……”

秦红看到我生气了，沉默片刻：“你知道最近股市什么情况吗？”

“好像不太好，我退出之后就不再关注股市了，我怕我看到别人继续挣钱，后悔自己没有坚持下去，我是一个不够俗气，也不够清高的人，我再一次请求你原谅，也请你不要因为帮我挣了点钱就对我颐指气使！”

秦红瞪着眼睛，突然泪如泉涌，哭道：“我完了，我破产了，我儿子怎么办？他没工作，没房子，怎么办……”

我的心向下坠落，我想安慰她，却找不到任何词汇，默默地回到车里，拉着她的手呆坐着。

原来，就在我为自己“时来运转”陶醉的时候，股市天天千股跌停，股指从五千点直线跌到三千点。这是一场股灾，这场灾难注定会跟十多年前的SARS一样被历史记录。

其实在一个月之前她应该抽出资金付清两套房款，但她要了一个小心眼，声称要外出度假，拖延付款时间，企图让资金在股市里通过杠杆再博一把。她在贝加尔湖第一天就遇到千股跌停，损失惨重，如果当天撤出，还能买房子，但除了我这样的胆小鬼，谁会在这个时候撤退呢？第二天又千股跌停，第三天、第四天、第五天，股民们惊呼股灾来了……

秦红以五千万的身价飞往贝加尔湖度假，十二天之后回到北京，就在飞机落地的那一刻，她的股市账户被金融公司强行平仓了，血本无归彻底破产……

我没有为自己侥幸逃过一劫感到庆幸，我那点盈亏实在不足挂齿，就算没有撤出股市，我没有使用杠杆也不至于破产。

我可怜的老同学在炒股之前一件冬衣穿二十年，含辛茹苦用微薄的工资独自养大儿子，终于盼到财富自由，却一夜之间跌落深渊，她能挺过这样的变故吗？她那个不肯工作闷在家里打游戏的儿子，是否能在危难中幡然醒悟？

34

飞机落地杭州的时候，卡卡打开手机，收到钟涛的信息："谢谢你病榻前探视家母，老太太与你见面之后寡言少语默默流泪，或许是把你当成她早年丢弃的小儿子，希望她能因此消弭今生心中的郁结。"

这条信息说明老太太不敢对钟涛说"那个朋友"对她说了什么做了什么，她一定陷入了恐惧的深渊。

卡卡的脸上露出冷笑，就让她带着恐惧去死吧！

病榻前的复仇行动好似卸下压在心头的巨石，让他感到酣畅淋漓的快意。生身母亲之谜始终困扰着他，如同一道无法愈合的伤口，现在他清楚地知道自己从何而来，是谁制造了他悲惨的命运，他解脱了。

他们的剧组已经转移到横店影视基地，老金开着剧组的大切诺基专程赶到杭州机场接卡卡。在开往影视基地的路上，卡卡继续翻看手机里的信息，有一个他熟悉的演员写道："股市阴云弥漫横店，已经有几个剧组因为老板炒股失败资金链断裂，鸟兽散了……"

卡卡问老金："你知道有剧组因为资金链断裂散伙了吗？"

老金沉吟片刻："听说了，正想跟你说呢，我知道有一个剧组，戏拍到一半资金断了，在没钱的情况下又坚持拍了几天，欠了很多钱，制片人和制片主任半夜开车跑了……"

"跟股市有关系吗？"

"哦，是，听说投资人炒股赔了，咱们公司跟股市没啥关系吧？你不炒股吧？"

"我对股市没有兴趣……"

"这就对了，我认识不少炒股的人，没见谁靠炒股发财，那是赌博，神仙都赌不赢……"

"哦，看样子股市跌得很厉害，这些天我没时间看新闻……"

“是啊，电视新闻天天都在说股市，闹股灾了。我听说有个小子炒股挣了一两个亿，准备移民澳大利亚，去悉尼买房子，结果他在国内的账户被证券公司强行平仓了……”

卡卡低头用手机搜索浏览股市新闻，十年前他也曾经在股市里赔了一些钱，对股市略知一二，看了看近期股市K线图，心情顿然沉重。宋总的战友猝死让他对这部戏的前景感到悲观，因此下令放慢筹备速度，准备以新注册的公司牵头再找有实力的影视公司合作。股市如此无疑是雪上加霜，他知道海森鑫的金融产品跟股市有着千丝万缕的关系，如果股市不能及时好转，海森鑫的前景也不乐观。一旦资金紧张，影视项目注定首当其冲被砍掉，到目前为止，他只拿到总投资的三分之一，如果匆忙开机很有可能中途弹尽粮绝狼狈夭折……

老金回眸打量卡卡，看出他心有千千结。其实这些天影视基地传出资金吃紧的剧组绝对不止一两家，难道实力强大的“海森鑫”也会受股市牵连？老金急切地想让剧组开机，只要摄影机转起来他就有收入，除了工资，还有各种灰色收入，他聘用的演员和工作人员都会给他回扣，这也是“潜规则”。

“咱们赶紧开机吧？”

卡卡侧过脸盯着老金，心想：哼，这个老江湖想哄我开机。

“金大哥，担心夜长梦多，是吧？”

老金局促地笑笑：“江湖险恶，咱们都是过来人……”

“老金，你是打一天工领一天薪水，你考虑问题的角度跟我不一样，我必须全盘统筹，既要考虑这部片子的成败，也要考虑海森鑫的利益……”

“那是，你是老板。”

两人无言以对陷入沉默。

老金的手机响了，他接起来，听了一会儿：“当然要按时开机，我刚接了老板，正往影视基地赶路。咱们的后台是大公司，大集团，放心吧，哦……”

卡卡几乎可以确定老金这番话是讲给自己听的。当年他作为金大制片人的“小跟班”在剧组混过，老金在工资报表里给他开一份“助理”的工资，一分钱也没有给他，全部落入金大制片的口袋。工资报表里还有另外几个领空饷的名字；老金带进剧组的新演员不但领不到工资，还要给老金“进贡”；卡卡还见过老金敷衍老板打“假电话”，对着无人接听的空话筒说他想让老板听的话，例如给子虚乌有的某电视台购片负责人或大片明星打电话，“哥们儿，我老金的片子你能不支持吗？你敢不支持吗？”

制片人动辄掌管数千万投资，调遣几百号人，个个都是“黑白通吃”的江湖老手，他们抓到项目急切地推动开机。至于日后片子是否能卖出去，与他们无关……

卡卡瞥一眼正专注开车的老金，心里嘀咕道：你这个老江湖，别把所有人都当傻子，至少我不是傻子。

傍晚，老金带着卡卡径直驱车驶入横店的商业街。

“老板，咱哥俩喝一口？”

“行。”

老金带卡卡到一家火锅店，还没走进店门，一个浓妆艳抹的女老板就迎出来。

“金大老板来了……”

老金指了指卡卡：“这位才是大老板……”

女老板热情地说：“幸会啊，大老板的大老板，请，楼上请……”

每到夜晚剧组收工了，大明星小演员就会拥向这条小街，影视基地使得原本名不见经传的小镇商业街成为明星集散地，辉煌如好莱坞的星光大道。这里的商家见多识广，他们的热情程度取决于客人的名气，例如这家火锅店楼上的装修比较讲究，大牌人物来了“楼上请”。

这时楼上还空着，女老板亲自端茶递水。

卡卡说：“看样子你是常客……”

“嗯，十年前我领着龚莉、紫怡来过，老板记住我了……”

老金喝一口茶水：“嗯，香，今年的新茶，楼上的贵宾才能喝上好茶，楼下的客人没这待遇……”

卡卡没有心情闲谈，这一路他想着如何以最快的速度下手获得第二笔资金，那就是要抢在海森鑫出现资金困境之前开机。

“老金，开机吧。”

老金愣了，从剧本到演员和服装道具都没有到位，怎么开机？

“你想什么时候开机？”

“先搞个开机仪式再慢慢筹备……”

老金狡黠地一笑：“这好办，拍几张照片放到网上就行了，一般剧组开机都得烧香拜菩萨，明天你去庙里烧香，我给你拍照片……”

“邱丽要亲自出席开机仪式。”

“哦，那得来点真的……”

“给你两天时间，行吗？”

“没问题，花点小钱找几个演员和摄影师演一场开机的戏，小菜一碟！”

老金心情很好地给几个演员打电话，其中有邱丽喜欢的那个老演员，很快就都安排好了。他给自己斟满一杯酒，大口喝光，立刻脸红脖子粗口无遮拦了。

“兄弟，咱俩想到一起了，我知道海森鑫是大公司大集团，你也不能独断专行，眼下大势不妙，要赶紧把资金握住，哪怕咱们不拍了，也别把钱还给海森鑫，要我说呢，这钱你就留着，我给你做出一份漂亮的账目……”

卡卡冷眼相看，心里琢磨着这个“战友”的胃口有多大。

“开机”之后有两种可能，如果股市在各方干预之下回暖，就真刀真抢拍戏；如果股市依然低迷不振，就在影视基地假装拍戏，等着邱丽“弹尽粮绝”，到那时他就可以把大部分资金装进自己的口袋。

当然，要给老金一笔“封口费”。

老金喝了大半瓶二锅头，两眼醉意迷蒙，止不住地呵呵笑：“老弟，第二笔投资进账，咱们就坐等股市崩盘……”

卡卡目光犀利地盯着老金：“你希望拿到多少？”

老金放下手里的杯子：“咱俩什么关系？所有的事儿我给你担着，

钱嘛，我相信你不会亏待我……”

卡卡朝老金伸出巴掌张开五个手指。

“五百万？这，这，我有点不好意思……”

卡卡面无表情地说：“五十。”

老金怔了一下，哂笑道：“这个数？老弟，你有点不好意思了吧？”

卡卡伸出另一只手：“一百。”

老金的脸上露出心满意足的笑容，举起杯子：“干杯！”

卡卡大致知道老金的价码了，不到最后，还不能把自己的“底牌”交给这个老江湖，他突然爆发出夸张的笑声，笑得上气不接下气。

“老金大哥，我怎么能坑害我老婆？你呀，还是想着跟我同心协力把片子拍好吧！不但要拍得好，还要卖得好！”

老金尴尬得满脸涨红：“那当然，那当然，我，我是你的老大哥，总要替你着想，不但要想好事儿，也得想坏事儿，做好万全的准备……”

卡卡收敛了笑容，举起杯：“金大哥，你对我的好，点点滴滴都铭记在我的心里，谢谢……”

两人目光真诚地对视着干了杯中酒。

女老板又带了几批贵宾上楼，没有特别大牌的明星，但至少都是在影视剧里经常露面的二三线演员，其中有一个男演员一眼认出老金，飞奔上前一把抱住老金的肩膀：“哇，金大制片！好久不见了！”说着径直坐下，冲着老金开心地傻笑，“上帝关上一道门必定会打开一扇窗，我正走投无路，没想到在这里碰见您了……”

老金不无得意地笑笑，指着卡卡：“这位是投资人陈老板……”

男演员站起来朝卡卡鞠躬：“老板好。”

老金给男演员倒一杯酒：“坐下，喝杯酒。你呀，这么多年没见你接一部好片子，演员都得靠片子走红，接不到好片子就红不了……”

“是啊，这回终于接到一个好角色，在戏里跟两个大红大紫的女明星谈三角恋爱……”

“哦，好啊……”

“别提了，剧组停机三天了，我有九十场戏，刚拍了十一场，制片人消失了，一分工钱都没拿到，连我来横店的机票都还没有报销……”

“哟，又一桩，平时也总有剧组因为老板资金链断裂半道停机，最近这事儿有点多啊……”

男演员拉住老金的手：“您一定要救救我，给我安排一个角色，今晚我就去您剧组报到……”

“你留个电话，我跟老板商量商量……”

男演员很认真地在老金手机里输入自己的电话号码，千恩万谢一番离开。

老金说：“瞧，咱们不能不做应变的准备……”

卡卡不置可否，闷头喝酒。

夜里，卡卡给邱丽打电话，邱丽没有马上接，过了一会儿她打过来。

“老公，对不起，我正在开会……”

“哦，这么晚了还开会？”

话筒里传来邱丽沉闷的叹气声。

“情况有点不妙，股市暴跌，我们正在讨论怎么应对……”

“不要太紧张，政府不会允许股市崩盘，一定会出台利好消息……”

“但愿吧……”

“剧组这边已经定了开机的日子，后天，万事俱备，等着你亲自来剪彩……”

邱丽沉默了一会儿：“我可能走不开，再过三天是发红利的日子，如果投资者不能及时领到钱，就可能发生恐慌性提前赎回，目前我们的金融产品几乎都被套住了，唉，这些日子公司高管天天晚上开会开到半夜三更……”

“哦……”

两人沉默片刻。

邱丽很为难地开口说：“有人建议影视投资先暂停，你看，是不是……”

卡卡心头一阵发凉，事态发展的速度超出预料，他停顿片刻，假装很生气："为什么要拿我开刀？一定是周格在耍花招，借机在我背后捅刀子，我这边启动资金都花出去了，人员都到齐了，怎么暂停？"

邱丽一声长叹。

"不要慌，就算经济环境不太好也跟影视业没有关系，相反，越是经济不好的时候，影视业越是繁荣，好莱坞就是在美国经济大萧条时期发达起来的，我要求你不要受周格的蛊惑……"

邱丽没有接卡卡的话，沉吟片刻，转而说："天很热，你要保重，早点休息。"

挂了电话，卡卡把手机一扔，点起一支雪茄，在烟雾缭绕的房间里来回踱步。他想起老金正在张罗"开机仪式"，赶忙拨电话："我刚跟邱丽通完电话，她没有时间来参加开机仪式，这笔花销可以省了，明天你给我拍点照片……"

"开机仪式"如期在卡卡的社交网页登出，他和老金在庙里进香祈求平安，他持剪刀剪彩，鞭炮、横幅，几张从别的剧组借来的演员剧照。

看起来很热闹。

接着，卡卡要北上"逼宫"，争取第二期资金。老金为卡卡订了机票，送他去机场。

这时他们已经心照不宣地成为荣辱与共的"战友"。

在候机厅等飞机的时候，卡卡收到钟涛发来的信息："家母于今晨七点十五分驾鹤西去。"

卡卡仰起头枕着椅背，两眼盯着候机大厅的天花板，脑际划过一幕幕儿时往事……

35

我承认董丽雅和黄念皖童话般的爱情故事曾经让我羡慕嫉妒，此爱只应天上有。我相信几乎所有认识他们的女性朋友都和我一样，因为这一对爱侣而相信古今中外所有的爱情传说是真实的存在，为自己没能遇到像黄念皖这样的“白马王子”扼腕浩叹，或许因此而勇敢地走出苟且的婚姻去寻求“真爱”。董丽雅身边的女朋友离婚率超出百分之百，其中有人离婚两次三次。我不知道当年我决然走出一地鸡毛的婚姻的勇气，是否也因为他们而鼓起勇气去追求“真爱”?

黄念皖好客，他们的家经常开派对，黄念皖下厨掌勺为朋友们烹制美味佳肴，董丽雅站在他身边，为他递送各种调料，他的一只手总是很自然地勾着她的肩膀或者轻抚她的后背。至今我都还记得这个画面对我的刺激，每一次看到他们恩爱的场面，我就会想起我丈夫的种种恶行，以至于我不愿意参加他们家的派对。

那年冬天，董丽雅把“黑妹”托孤给我，告诉我她和黄念皖的关系出问题了，这时黄念皖在广东工作，她要南下去挽救他们的感情。又过了一段时间她只身回到北京，一段爱情童话成为她心中不能言说的痛。

此刻，我的董闺蜜慵懒地靠在奥斯陆酒店的床上，向我“禀报”她的行踪和心得；老杰瑞正站在大学讲坛上兴致高昂地阐述“阿信精神与现代化中国”。

老杰瑞坚信董丽雅屡屡流露出去意是因为受不了小镇的寂寞，终于可以借着研讨会带“爱热闹”的董小姐离开安静的小镇，做一次短途旅行。

他们提前两天驱车来到奥斯陆，老杰瑞带她到易卜生经常到访的咖啡厅喝咖啡，参观了易卜生的剧院，跟她聊“娜拉出走”；带她浏览著名的维尔兰雕塑公园，热情洋溢地讲解艺术家古斯塔夫·维尔兰的生平和创作，这座公园占地五十公顷，雕像六百多座，表达了维尔兰穷尽一生的思索：关于生与死。

站在公园中央的生死柱前，说到生与死，她想借机向老杰瑞透露自己身患绝症的信息。

“关于死亡，我思考了很多。如果不是因为看到了人生的尽头，我不会卖了我母亲留给我的房子出来旅行……”

老杰瑞觉得不可思议，连连摇头："旅行是生活的部分，一个小小的部分，跟死亡没有关系……"

"你思考过生命的终点吗？"

"孔夫子说不知生焉知死，我不知道我的生命的终点在哪里，可能是明天，也可能是三十年以后，但是它不影响我今天的生活。"他调侃地笑笑，"我不会因为将来要死亡，卖了房子去旅行……"

董丽雅偷偷摁了一下自己的肚子，还有一些隐隐的痛，已经好几天没有吃止痛药了，而且体重还长了两公斤，似乎还可以苟且偷生，再多陪陪老杰瑞。

她调皮地笑笑："嗯，人生得意须尽欢，莫使金樽空对月……"

"这是李白的《将进酒》，我会背！"

"我也会背！"

"君不见，黄河之水天上来，奔流到海不复回。"

"君不见，高堂明镜悲白发，朝如青丝暮成雪。"

他们在庄严肃穆的生死柱前你一句我一句地背诵。

董丽雅忽然觉得这首诗的主题同样是对生与死的思考，李白表现出的是诗人的浪漫潇洒，维尔兰则沉重如他用一生打磨的石头。

她把这个想法告诉老杰瑞。

老杰瑞眼睛一亮欣喜地说："很好，很有思想，这是一篇论文的好标题……"

"嗯，我是一个有思想的中国女佣！"

……

跟老杰瑞相处是轻松愉快的，语言和文化的差异在他们中间形成一道防火的沟壑，交流到一定程度就会戛然而止，她多次明示暗示自己身体有恙，他从来没有准确地理解过，总是各说各话，仿佛隔靴搔痒，不折不扣的"君子之交"。他们之间不太可能发生刻骨铭心的爱，更不会因爱生恨彼此伤害。

在雕塑公园，她和老杰瑞背诵古诗谈笑风生，心里想着黄念皖，试图解析那种你中有我、我中有你的亲密关系，豁然发现自己放不下的不是黄念皖，而是跟他在一起时的感觉，他的宠爱让她回到孩童时代……

“如果二十年前同时邂逅黄念皖和老杰瑞，我还会毫不犹豫地选择黄念皖，奋不顾身飞蛾扑火地投入，直至把自己烧成灰烬……”

董丽雅说这句话的时候，若无其事地端起茶杯喝水。

我第一次看到她如此平静地说到黄念皖。

“亲爱的董大小姐，这么多年我都不敢在你面前提到黄念皖，那是你心里的伤，我不敢去碰，现在你可以这么淡定地说到他，一定是老杰瑞修补了你破碎的心……”

她哈哈一笑：“佛祖在菩提树下觉悟，我在旅行中开窍，客观公正地评判我一生中最重大的历史事件，拨乱反正，为过去平反昭雪……”

“哦？那么，假如今天黄念皖和老杰瑞一起出现在你面前，他们同时追求你，你会选择谁？”

她想了想，说：“首先，所有的假设都是不存在的，这么说吧，忘记黄念皖是没有良心的，但是企图重返那段关系是愚蠢的。跟黄念皖相遇的时候，我的心理年龄大概只有十岁，他像一个疼爱女儿的父亲爱我，当时我很需要那样的爱，就像缺钙的时候需要吃钙片。如果没有他的爱，我可能一辈子都会缺钙，如今我已经成熟到像一个百岁老媪，在我眼里男人都是假装大人的小孩儿，他们是戴着脸谱面具扮演生旦净末丑的儿童，女人只是被男人的脸谱面具欺骗了……”

“有点道理……”

“不是有点道理，是颠扑不破的真理！老杰瑞为什么会舍不得我离开，因为我把他当成老男孩哄着，他很开心；黄念皖也是一个孩子，他扮演白马王子，扮演救美的英雄，他需要女人仰慕他，一旦这个女人不再仰慕他，他就会去追寻另一个仰慕他的女人……”

我的前夫无疑也是戴面具的儿童，黄念皖扮演的是迷人的情圣，我的前夫扮演的是混世魔王，我从来没有后悔离开钟涛，在我们离婚之前他就已经从我的心里走出去了。这两个男人扮演的角色不同，但有一点是相同的，他们都需要被女人仰慕。这是我的前夫跟梨花纠缠一生唯一的解释。

当年一对“真爱楷模”为何砰然粉碎是一桩“悬案”，好似看了一部剪辑错误的电影，从《红楼梦》突然穿越到《三国演义》。我曾经怀疑黄念皖是高级骗子，他在董丽雅身边蛰伏多年，就是为了将她洗劫一空。

当然，黄念皖移情别恋并不是毫无预警的，在SARS期间他们的关系就从巅峰开始急剧滑落，只是当时人人自危家家关门闭户，那场转折性的“剧情”没有观众。

董丽雅把黑妹托付给我的时候，她以为只是短暂寄养，因为黄念皖住在员工宿舍，他是这样告诉她的，为此她还难过地哭了一场。黄念皖一向讲究生活品质、注重私人空间，早晨要洗澡喝咖啡吃煎蛋，晚上要喝一杯红酒吃几片奶酪，而今竟然落魄到住进员工宿舍。她南下要做的第一件事情就是租房子，给黄念皖一个家，给黑妹一个家，她还要给新家添一个宝宝。她带去了咖啡机和咖啡豆，要像在北京的家里一样，每天早上一起喝香浓的手工现磨咖啡。

为了省钱，她坐火车去深圳，她以为黄念皖会在深圳火车站月台接她，像过去每一次外出旅行那样，大包小包都挂在他的身上，不让她有任何负重。

火车驶入广东的境内，黄念皖打电话让她自己从深圳坐汽车去工厂所在地东莞，这很不像他的风格，她感到超乎寻常的意外。三个月前他离开北京开走了他们的越野车，深圳和东莞不过区区几十公里，他为什么不开车到深圳接我？她意识到他们的关系比她预想的还要严峻，经过破产、与原配妻子离婚，以及他们俩一度无休止的吵架，这个曾激情四射的男人彻底心灰意懒了，她告诫自己必须振作起来，忍辱负重，全力挽救两人的关系。

离开北京之前，有一个朋友带董丽雅去见一个很有名的算命“大师”，“大师”是不识字儿的郊区农妇，据说有神仙附体，名振京城各界，成功商人、演艺明星、富婆阔太争先恐后慕名找她算命，排队预约要一两个月。董丽雅的朋友是医生，正在给“大师”看妇科病，于是有机会“走后门”安排她和大师见面。在医院附近的小餐馆，大师拿出一张白纸要她写名字，她将信将疑地写了自己的名字和黄念皖的名字。大师盯着两人的名字说：“你和他的缘分尽了，你是水上漂萍的命……”董丽雅听了一阵毛骨悚然，强作镇静地安慰自己：我爸妈都是共产党军人，唯物主义者，不要相信这个装神弄鬼的乡下女人。

深圳越来越近了，回想起那个“大师”对他们的关系下结论时不容置疑的神情，她开始感到恐惧，如果一语成谶，她和他真的就此散了……

她的呼吸停止了，眼睛顿时失明，仿佛置身在密不透风的铁盒子里，伸手不见五指。

火车缓缓进站的时候，她心里忽然敞亮了，猜想他让她自己拖着行李去东莞是为了制造一个惊喜。他总是不厌其烦花样百出地制造各种惊喜，过去的几年里他们每一次小别重聚，他都会在机场车站悄然出现在她的身旁，抱住她开心地大笑……

她最后一个下车，客流退尽，在站台上守着行李又等了很久，没有等到她预期的惊喜。

长途汽车驶入东莞车站，她远远地看到黄念皖站在人流中，眉头紧蹙呆站着，一辆又一辆大巴进站，在他眼前停下，一批批乘客下车，他的眼睛没有四下张望，好像是不得已来此接一个不熟悉的人，只能站在那里等着那人前来认领。

后来她才明白，那一刻他心里很烦，她的出现迫使他面临抉择，他放不下跟他私奔的女会计，也放不下一起生活多年的董丽雅，他不知道该怎么办。

身高一米七零，穿红色风衣的董丽雅在人群中相当醒目，黄念皖竟然视而不见，她拖着大包小箱绕到他的身后，放下行李呆呆地盯着他的背影。

他的双手插在裤兜里，木然地站着，她第一次发现他的身材不再挺拔了，黄色的夹克又旧又皱，他的肢体语言告诉她：这是一个被生活击垮的男人。她的心怦然碎裂泪水汹涌，百感交集地走上前，扑进他的怀里悲伤不已地啜泣。

他愣了，过了一会儿好像失忆的人突然记起自己跟这个女人的瓜葛，这才从裤兜里抽出双手紧紧地搂住她，泪水潸然。

那一刻，她觉得他们是一对在战争中失散的恩爱夫妻，历尽劫难终于重逢，失去的都是身外之物，我们还活着，我们在一起，一切都可以重新开始。

她仰起脸擦去他的泪水："对不起，念皖，我不该跟你吵架，从今往后我不会再跟你吵架，我爱你，分开这三个月我才知道我有多爱你……"

他们在酒店下榻，他每天早出晚归，几天过去了，她仍然没能找回那个爱笑爱说激情四射的黄念皖，她也不再是那个爱撒娇事事依赖他的小女人了。她怜惜他，试图理解他，事业是男人的立身之本，他怀着豪情万丈来到大陆创业，耗费许多年时间竟落到一无所有两手空空的境地，不得不放下身段给朋友打工，尽管身为高管，薪水也很高，但对他而言却是"无颜见江东父老"的落魄潦倒。

她对他百般柔顺，到东莞第二天她就开始走街串巷找房子找工作，他每天回到酒店都很晚，总是显得很疲惫，话也不多。

这天，她看中一套临街的两层小房，计划在楼下开服装店，楼上住家。她给他打电话，想第一时间跟他分享美好的愿景，在签合同之前拉他看看房子，他说正在开会匆忙挂了。她不知道他在哪里上班，这几个月他们只用手机联系，她只能回酒店等他下班。

在酒店门口，迎面走来一个年轻女子，笑吟吟地拦住董丽雅。此人原先是她在北京的雇员，会计阿娟。直至此刻董丽雅都没有任何疑心联想。阿娟来自苏北一个小县城，董丽雅给了她闯荡北京的第一份工作，当时应聘会计的人有十几个，面试的时候阿娟说这份工作对她很重要，因为她的男朋友还没有找到工作，董丽雅当即把她留下。他乡遇故知，董丽雅非常高兴，听说阿娟也在东莞工作，开心极了，说："哇，太好了，我还发愁在这里没有朋友呢。"

其实，蛛丝马迹很多，从车站出来，坐上他们的越野车，她看到后视镜上挂着一块心形水晶，座椅多了两个粉色的小靠垫，他带到酒店的箱子里有一支女人用的发夹，他不肯告诉她办公室电话……

这些细节都在东窗事发之后才被一一想起。

阿娟盛情邀请董丽雅去她家喝茶，她的家就在酒店附近。董丽雅高高兴兴地跟去了。那是一栋新建的公寓楼，步入电梯那一瞬间她想：看起来阿娟在东莞过得不错，人挪活树挪死，当初阿娟的男朋友在北京工作一直不稳定，两人经常连一间地下室的租金都交不起。

阿娟打开房门，董丽雅往屋里扫一眼顿时错愕不已，这个家似乎复制了她和黄念皖在北京的家，风格相似的家具，电视机两旁放着一对大音箱，连窗帘的花色都是一样的，还有花瓶里的马蹄莲……

她一头雾水地走进去，看到沙发后面的墙上挂着一张大照片，照片里的男人竟是黄念皖！他满面笑容地搂着身材娇小的阿娟站在花丛中。

她的胸口疼得要窒息，一句话都说不出来，瘫软地跌坐在沙发里。

阿娟扑通跪在她的脚下，流着眼泪说："丽雅姐，对不起，我爱念皖哥，从见到他第一面就爱上他。有一段时间你们总吵架，他的心情很不好，那会儿我男朋友变心了，我的心情也很不好，我们互相安慰就在一起了，现在你来了，他又陷入痛苦，求求你不要再让他痛苦了……"

董丽雅想说你也配跟我抢男人？还想扇她一耳光，可是发不出声，也动弹不得，恍恍惚惚像是陷入梦魇。

不知过了多久，黄念皖出现在门口，他显然被眼前的场景惊呆了。

董丽雅仍然没能从梦魇中醒来。

她不记得怎么离开那个家，怎么回到酒店，等到她从梦魇中醒来，发现自己和黄念皖在酒店房间里抱头痛哭。

黄念皖哀求她给他一些时间，他愿意跟阿娟断绝关系，回到北京跟她重新开始。

第二天，她趁他不在的时候收拾了行李返回北京，在东郊租了房子，换了电话号码，切断跟所有人的联系……

我还记得当年热恋中的董闺蜜用诗一般的语言说："我相信上帝在每一个人出生之前就安排好了另一半，那个人的出现，好比梅雨季节的阳光，人间四月的春风，雾霾尽扫，枯木复苏……"

他们一见钟情如火如荼，仿佛两个泥人打碎了搅在一起重新再塑了彼此，两个生命如胶似漆血脉相融。然而，他们的爱有多激情，分手就有多惨烈。两个泥人再一次打碎，一点一点地从碎片里找回属于自己的血肉。她找了十多年，才终于找回已经面目全非的自己。

36

我捧着手机坐在卫生间里“君临天下”读到一条好消息，同时也是让我困惑的“重磅新闻”：卡卡在朋友圈发表了一组开机仪式的图片，他在庙里跪地进香，他在剪彩，放鞭炮……

我讶异地发出一声尖叫：“哇！开机了！”

蹲守脚边的小葡萄惊吓地跳起来汪汪直叫。

我摸了摸小葡萄：“宝贝，别害怕，是好事儿……”

这部电视剧计划写四十集，小刘完成了三十集初稿，我稍稍做了调整，昨天才发给老金，他们应该还没有看剧本就开机了，这太不可思议了！

我首先想到我和小刘很快就会领到第三笔稿费，在我的职业生涯中还没有过这样的好事儿，我真的中奖了；其次，由股灾引发的我对卡卡和“海森鑫”的种种担心和猜想顷刻之间化为乌有。

亢奋之余，我感到一丝不安，卡卡可能还不知道我们公司的保护伞、那位身居要职的官员心脏病猝死，我“知情不报”似乎有违良心和道德，如果几个月之后这部预计耗资四千万的电视剧卖不出去，让卡卡的海森鑫蒙受如此巨额的损失，我一定会被罪恶感困扰。

我抱着小葡萄在客厅里来回踱步，四千万，这个天文数字在我脑子里挥之不去。

老夫子昨晚“客居”我家，他从厨房里出来，把手里的煎鸡蛋烤面包放到餐桌上，侧过身讶异地打量着我。

“朱大编剧，是不是又进入写作状态了？吃完早点我就走，不打扰你……”

“不，不，我现在已经退居二线了，欢迎打扰……”

老夫子笑了：“那好啊，以后我可以经常打扰退休老编剧了……”

我们面对面坐上餐桌，我忍不住告诉他：“我们的剧本还没脱稿，剧组已经开机了……”

老夫子也为此感到吃惊：“哦，这是怎么回事儿？”

“投资方可能还不知道我们公司发生的变故，我觉得有必要把真实的情况告诉卡卡……”

“应该这么做，问心无愧比眼前的蝇头小利重要得多……”

“我知道你会这么说，你是这个世上绝无仅有的、坚守道统的老夫子……”

这是他吸引我的地方，却可能也是我和他过去十多年没能生活在一起的原因，我们像两个玻璃球永远只能在一个点上互相触碰，有许多方面我并不愿意暴露在他的视线中。例如，我对贝贝的节节退让，我为了挣钱做的许多事情，包括炒股。

今天又是我们公司每周一次的例会时间，我想在会上可能会见到卡卡，为了在开会之前让他知道公司的情况，我不等吃完早点就放下筷子给卡卡打电话。

卡卡听了我的“小报告”，沉默片刻，答非所问地说：“朱编剧，放心吧，项目从你们公司转到我新成立的公司，原先签的所有合同都还有效，不会欠任何人一分钱，好吧，就这样，再见……”

电话断了，我还攥着手机，丈二和尚摸不着头脑，卡卡为什么一本正经地称呼我“朱编剧”？为什么说那些云山雾罩的话？这一刻他不是在家里吗？难道在他的爱人邱丽面前也要欲盖弥彰？

老夫子见我眉头紧蹙一脸迷雾，问：“怎么了？”

老夫子对卡卡所知甚少，我无法跟他说清楚我的狐疑，敷衍道：“哦，他已经知道了……”

“那就好，恭喜你大功告成……”

“嗯，你挑个日子，我们带上小葡萄开车去北戴河海边吹风……”

老夫子情绪大好：“好啊，我们好久没有一起出去度假了……”

我已经记不清上一次跟他一起外出度假是什么时候了，总觉得来日方长。我把他当成遮风避雨的港湾，港湾一直在那里，我这只小船却一直追逐着名与利。现在我人生的义务都已经完成了，我应该回港靠岸了。

我停下车看了看手表，九点四十七分，我已经迟到了，停车场还有不少空车位，卡卡和宋总的豪车都没有出现。

我径直上楼小跑着穿过通道奔向会议室，大长桌边稀稀拉拉地坐着几个人，策划部总监正在说着什么。

我气喘吁吁地朝我经常坐的角落走去：“对不起，我迟到了……”

总监说：“您没收到我的信息吗？”

我赶忙拿出手机翻看，找到总监昨天夜里发给我的信息：

“朱老师，您负责撰写的剧本今后由投资方直接负责，在此期间您不必参加每周例会，直至项目完成。”

总监讪讽地笑笑：“听说已经开机了，神速啊……”

有人问：“剧本完工了吗？”

我支吾地说：“差不多了……”

心里莫名的慌乱了，好像自己做了什么见不得人的事情，我赶忙起身告辞。

我买一杯咖啡，坐在咖啡厅落地玻璃窗边看着街景，心里琢磨推敲着卡卡究竟在下一盘什么样的棋。

不管他如何布局，我都是棋盘上的一个棋子。

卡卡一向对有钱有势的人有着极为敏锐的嗅觉，并且公关能力极强。他是一只伪装完美的“毒蜂”，通常被他目光锁定的人都会被他狠狠蜇一口。我前夫、老金，还有曾经与他交往过的富豪富婆们无一幸免。

我并不是第一次成为卡卡手中的“棋子”，他为富豪富婆组织的饭局需要有导演和演员，也需要有编剧，有时我会被他盛情邀请。某一次饭局上出现一个双手戴着八个不同颜色宝石戒指的中年女人，那个女人说山西某县有一半的煤矿是她家的，富婆为自己马上转战影视圈亢奋不已，频频与卡卡干杯，感谢他引路带领她从事高端的投资。那个女人给我留下难忘的印象是她用沙哑粗糙的嗓音，挥着戴满宝石戒指的手，说：“你们好好搞艺术，我养着你们！我家一天挖出的煤够拍好几部电影电视剧！”大约过了一年，那个戴八个戒指的女人到处找卡卡追讨投资，她给所有在饭局上留下名片的人打电话，其中包括我。事后卡卡的解释是那个女人想嫁给他，他讥讽地笑说：“我怎么能娶一个手上戴八个宝石戒指的女人呢？”……

我开始怀疑卡卡眼下这盘棋与邱丽的钱包有关，他所谓的爱情不过是故技重演。

可是，前些日子就在这家咖啡厅，我竟然被卡卡的真诚打动了，摘下对他的“有色眼镜”，我甚至还跟他谈到他的“冬妮娅”……

我试图看清卡卡的面目却陷入迷魂阵，越发糊涂了。

我始终不知道我前夫当年是怎么一夜暴富的，但我知道他的破产与卡卡有关，至少压垮他的最后一根稻草是因为投资卡卡的电视剧。钟涛把卡卡带到北京之后，卡卡很快就混得很好，南北奔波贩卖走私物品，在火车上结识老金之后更是如鱼得水在影视圈呼风唤雨。混入“上流社会”的卡卡从我的视线消失了。

上个世纪九十年代初，钟涛耗费两年时间奔波在北京使馆区，终于得到澳大利亚的学生签证，踌躇满志地登上飞机，在悉尼的中餐馆洗了一个月盘子，因为打破几个盘子被老板羞辱，他一怒之下摘掉身上的围裙，当即决定买机票回国。

我以为他再也不会回来了，有一天下班回家打开门一眼看到一双男人的大皮鞋，紧接着发现一个男人裹着棉被在我的床上呼呼大睡，那时候我们房子很小，打开门就能看到床，当时我着实被吓得灵魂出窍。就在那天晚上，钟涛发誓说他要挣钱，要挣很多钱，没有钱去哪儿都是下等人。

他说到做到了，很快就找到挣钱的门路，不久就开着一辆崭新的宝马到处招摇，这时消失的卡卡出现了，宝马的副座几乎成为卡卡的专座。卡卡带着钟老板夜夜笙歌，为他的社交活动提供资金保证，作为回报他向钟涛提供各种美色，那些渴望成为明星的女孩，环肥燕瘦趋之若鹜环绕着钟老板。

钟涛不回家吃饭，也不在家里睡觉，我们之间完全没有夫妻之实，没有肌肤接触。他经常开着宝马去学校接了女儿送回家，陪女儿玩一会儿，天黑之前卡卡会给他打电话，通报当晚夜生活的节目安排，钟涛接了电话转身就走。他经常在抽屉里丢下一摞现金，他的挎包像移动的提款机，永远有取不完的现金，或许他以为金钱可以替代他对这个家所承当的义务。我不在乎他挣多少钱，我还年轻，我要我的男人爱我，绝望之下我把想了千万遍的离婚念头付诸行动，在我丈夫最有钱，也是最疯狂的时候向法院提交离婚诉状。

我们离婚之后，钟涛一度跟一个女演员同居在东郊大别墅里，别墅里有保姆、司机和两条大狗。那些年卡卡推介了很多影视项目让钟涛参加，钟涛都不动心，却为了捧红小情人不惜重金投资卡卡“拉皮条”介绍的电视剧项目，条件是让他的小情人出演女一号。其实这时候钟涛的资金已经很紧张了，他正在郊区开发度假村，由于合作方资金不到位陷入困境。卡卡拍胸脯保证投拍电视剧半年之后就能收回本金，钟涛用大别墅和其他不动产作抵押获得资金投拍电视剧。一年之后度假村项目资金链断裂，欠工程队和原材料供应商很多钱，电视剧拍好了却石沉大海，债主围堵追杀，我前夫连夜乔装打扮逃到火车站，买了车票身上只剩下三块五毛钱，一路三十几个小时他只吃了一包方便面……

钟涛逃离北京之前把一切都托付给卡卡，嘱咐他先把欠工人的十几万工资付清，让他住在别墅里照看两条大狗。那时钟涛还指望电视剧能卖出去，补上资金缺口，继续寻找合作方完成开发度假村的项目。却不料，卡卡换了电话号码消失得无影无踪，两条大狗活活饿死在别墅里，钟涛的小情人，那个女演员迅速地投入另一个有钱男人的怀抱……

钟涛对电视剧投资失败无怨无悔，只是念念不忘他的两条大狗，那是血缘纯正的拉布拉多，一只名叫黑豹，一只名叫黑妞。

谁也没见过当年卡卡操作的那部电视剧，会不会是“假拍”？那个女演员是不是卡卡的“卧底”？莫非他们联手设下陷阱坑害钟涛？

我为自己丰富的联想感到震惊，脊背发凉，汗毛倒立。

如果我的推理是正确的，那么，卡卡就不仅仅是蜇人的毒蜂，而是吃人不吐骨头的恶狼……

忽然，我的心一紧，杯弓蛇影地想到我女儿集资的一千万，这只恶狼不会吃了我前夫，再把我女儿也吃了吧？

我必须去见贝贝，我要带她去见律师。

就在这一刻，我看到秦红的身影，她从写字楼里走出来，我知道她正试图回到网络公司上班。几年前她为了多挣点钱从报社提前退休，应聘网站主编，现在她的老板还会接受她吗？如果找不到工作，靠她微薄的退休金如何养活她的儿子？

秦红擦着我眼前的落地玻璃匆匆走过，我清楚地看到她眉头紧蹙一脸焦虑。

我很想叫住她，请她一起吃个便饭，但是我们坐下来说什么呢？任何安慰的言语都显得虚伪做作。

我来到艺术区咖啡店，尽管刚刚向贝贝“进贡”了一部新车，我还是不敢贸然闯进画室，自觉地驻足在咖啡店等待召见。

年轻的店长一边跟客人打招呼，一边忙不迭地收杯子擦桌子。

我心里仍然暗自感慨一番“人家的孩子”。

贝贝接到我的电话，态度很友好，说：“哦，我正好也该吃饭了，我们一起下馆子去，今天我请客……”

看起来“沃尔沃外交”还没有失效，我自嘲地笑笑，三年来贝贝对我的目光和言语都是没有温度的，我似乎已经习惯了来自她的寒冷，忽然升温还有点不习惯，感觉怪异。

我第一次坐上崭新的沃尔沃，贝贝为了让我感受沃尔沃的优良性能绕道去机场高速转了一圈，然后带我到丽都饭店，这里有我们都喜欢的泰国餐馆。

我们吃着喝着，天南海北地聊天，贝贝居然让我分享了她的隐私，她跟那个曾经在病房里照顾她的男朋友分手了，就是那个在微信里和贝贝一起对我口诛笔伐的小男生。

贝贝说："那人很无趣，跟无趣的人在一起是浪费生命。"

我很高兴那个小家伙没有成为我未来的女婿，我清楚地记得在病房里他充满敌意的目光。

"我希望你能遇到一个心智成熟的男生，至少在咱们母女发生冲突的时候，不会火上加油……"

贝贝抿着嘴狡黠地一笑："我知道你偷看了我的手机，我跟他吹了，你是不是特别开心，特别幸灾乐祸?"

贝贝出乎意料的反守为攻主动提及手机事件，令我尴尬局促无言以对。

"我小时候你就偷看我的日记，您老人家有偷窥的癖好……"她说着满不在乎地耸耸肩膀，"不过，我听说别人的妈也一样，您是记者编剧，有偷窥癖也正常……"

我讪讪道："亲人之间所有摩擦和矛盾都是因为爱……"

"嗯，爱有时候挺可怕的，它可能演变成仇恨和战争，例如中东战争就是因为各派都爱自己的上帝……"

我发现我女儿挺有思想，但今天我不想谈思想。山雨欲来风满楼，我必须为我的女儿加固"防洪堤"，切换话题，说到股市和秦红，说到当年钟涛破产，那些债主曾经穷凶极恶地堵到我们家门口。

"你应该记得吧? 十几个男人堵在门口，威胁说要绑架你……"

"嗯，有印象，那时候特别害怕，天天做噩梦……"

我乘胜追击，直奔主题："你集资买海森鑫的金融产品也有风险，尤其是现在股市这么糟糕，万一海森鑫出现问题怎么办? 你考虑过后果吗?"

贝贝笑了："妈，我爸说你是不折不扣的焦虑症患者，忧心忡忡，总觉得天上掉一片叶子必定会砸到你的脑袋上……"

是的，我不但有焦虑症，而且还有强迫症，我每天出门都要回头用钥匙开门再巡视一眼，否则我在外面一整天都会心神不宁，我认定这是跟钟涛生活那些年落下的病根，但这会儿我不想控诉我女儿的爸。

“我承认我是一个保守的人，因为保守我没有机会大富大贵，但也绝对不会落到你爸的下场，他有钱的时候曾经在歌厅花两万块钱请小姐唱一支歌，落荒而逃的时候连火车上的盒饭都吃不起……”

“嗯，保守和冒进像赌场轮盘里的红与黑，只要坚守一种颜色，就不至于输得太惨，甚至可能赢钱，妈，你就坚持你的保守吧……”

感谢沃尔沃，让我和女儿能这样坐下来深度交谈。

“我要带你去见律师，让律师从法律的角度给你和你的朋友起草一份备忘录，以防万一。贝贝，我们经历过债主上门逼债，我不想再经历一次……”

贝贝淡定地笑笑：“我爸上次来北京已经把律师叫到我的画室，让所有参与投资的朋友一起起草了有法律效力的合同……”

我大大地松了一口气。

“你怎么不早告诉我？”

“忘了，那不过是保险，人们买保险是为了防范基本上不可能发生的意外事故，只要海森鑫按时给红利，那份合同就是废纸一张，但是，最近好像情况有点不妙……”

“你也知道情况不妙？”

“当然，我们艺术圈是经济形势的晴雨表，经济好的时候有钱人买画就像买大白菜，就在一个月之前，好多土豪开着豪车到我们艺术区买画，有个富婆带着她的小男朋友拿着画册随手乱点，买了几十张油画，当场请搬家公司搬走，其中有我的三张……”

“哇，你也是小富婆啦！我说呢，你心急火燎地要我抵押房子忽然就没下文了……”

“我爸不让我抵押你的房子，他说你很脆弱，像薄瓷花瓶，一碰就碎……”

哦，我那个十恶不赦的前夫还算良心未泯。

贝贝有点不好意思地笑笑：“妈，你猜我上个月卖了几张画？”

“两张？三张？”

贝贝伸手比画道：“八张！”

“哇！太好了，你完全可以自立了，这是历史性的转折！恭喜你，宝贝女儿！”

“您别高兴太早，我的钱都在海森鑫，昨天还听说有人要求退货，股市崩盘了，土豪把画送回艺术区要求画家退钱……”

“你们艺术圈果真是晴雨表呢，股市刚跌下来，就有人要退画了……”

贝贝调侃地笑道：“谁要找我退货，要钱没有！要命一条！他们以为我们艺术家是开淘宝店的小商小贩，无理由退换？哼，没门儿！”

这时服务员端来咖喱螃蟹。

贝贝乐呵呵地夹起一块蟹黄放在我的碗里，这可是她回国三年来第一次为我夹菜，三年里我们母女几乎没有像这样面对面坐着吃过一顿气氛友好的饭。感动之余，我又不禁想到刚刚给她进贡的沃尔沃，一笔巨资促成的友好会不会是经不起风浪的沙器？“有效期”能维持多久？

贝贝热情专注地消灭着螃蟹，一边吃着一边说：“这是我最爱吃的一道泰国菜，每次卖了画我都会来这里犒劳自己，但愿股市回升，艺术品市场繁荣昌盛，我可以经常请您吃咖喱螃蟹……”

我注视着我的女儿，心里安详释然，仿佛在风暴到来之前我为女儿做了安全检查，排除了隐患，加固了门窗。

今晚我这个“焦虑症患者”可以高枕无忧地睡个好觉。

37

那天杭州飞往北京的航班晚点了，卡卡在贵宾候机室闭目养神，很累很疲乏，却完全没有睡意，钟妈去世的消息令他心潮翻涌难以平静，仿佛万马腾。西街阿蹁的油条铺，黑暗中小婴儿微弱的啼哭声，汪姨的丈夫穷凶极恶地挥舞着拳头，一群流浪儿和绿皮火车，一个男孩从车窗跳下来，砸在一块大石头上，顿时血肉模糊……

他不知道此时自己已经泪流满面，下意识地摘了帽子摸头顶上的伤疤，这道伤疤就是当年摔伤留下的，那会儿没有去医院缝合，愈合后留下难看的疤痕，坑坑洼洼的一大片，他一年四季都戴棒球帽就是因为不想让人看见头顶上的疤痕。

他没有听见航班起飞的广播通知，直到贵宾厅里所有乘客都走光了，服务人员上前轻拍他的肩膀，告诉他今天所有离港航班都已经起飞了。

卡卡一语不发地走出候机厅，叫了一部出租车直奔西湖边上的香格里拉大酒店，每一次到杭州他都在这里落脚。十多年前他第一次入住香格里拉，在酒店大堂酒吧跟人谈生意看到一个身穿红长裙的女人像极了“冬妮娅”，当时他很想追上前问“你是不是冬妮娅”，但那会儿他的身边有一个“金主”，一个做房地产生意的女人，他正小心翼翼地讨好她，意图把她引入影视圈做投资人。红裙子女人身边也有一个看上去像富商的男人，他们手挽手进出两次从他眼前穿过。或许是因为那场“相逢不相识”让卡卡爱上西湖边上的香格里拉，至今数不清多少次入住，几乎成为他在杭州的行宫。

卡卡在大堂酒吧喝酒，喝着相同的酒，坐在相同的座位，就是在这里遇见貌似“冬妮娅”的女人，每一次入住香格里拉，他都会独自在这里薄酒微醺，看着大堂里进进出出的人，似乎在期待什么，又似乎重返少年维特时代。这让他的内心感受到一丝宁静甜美的诗意。

卡卡的确写过不少诗，他和钟涛身上都有来自父亲的文学细胞和来自母亲渴求出人头地的强烈欲望。当年兄弟俩一起在北上的列车里，文学是他们谈论的主要话题。卡卡拿出自己的诗作请钟涛“指正”，钟涛赞不绝口，但他不鼓励卡卡去做一个诗人。在他看来诗人等同于穷人，诗人是无法生存的“濒危动物”。在拜金的年代，他们兄弟俩受血液里强烈而旺盛的欲望驱使，别无选择地铤而走险投身商场，绝不可能去做一个安贫乐道的穷酸文人。

品着鸡尾酒，想着飘过西街的红裙子，卡卡觉得此时此刻的自己才是真实的。在现实生活中不得不戴着各种面具尔虞我诈厮杀血拼，他知道自己对不起很多人，但比起命运对他的残害，那些“对不起”又算得了什么呢？而那些人不被他“对不起”也会被别人“对不起”。他曾经作为最后一根稻草压垮过老金和钟涛，还有那些被他拉到影视圈做投资的有钱人，没有他这根稻草他们不过是多走几步，终究躲不过垮掉的宿命。

一条红裙子从酒店大门口飘进来，醉眼蒙眬的卡卡顿时屏住呼吸直勾勾地盯着红裙子，会是“冬妮娅”吗？

红裙子女人被卡卡盯得有些发蒙，她放慢脚步回望卡卡，忽然惊喜不已地奔向卡卡。

“卡卡！是你呀！”

卡卡一时想不起这个女人是谁，他迅速地对她进行扫描，断定这个衣着考究风姿绰约的中年妇女是一个有钱有地位的贵夫人，一边热情地虚与委蛇，一边竭力在记忆中搜索她的来历。

女人说：“我们有二十年没见面了，你没什么变化，比那会儿更有气派了，看样子事业做得不错……”

她的声音唤起卡卡模模糊糊的印象，二十年前他是老金的小跟班，她在老金的戏里扮演一个小角色，他们在剧组里混了三四个月，当时相当熟稔。

“哦，刘一静！”

“这才想起来啊？”

那会儿刘一静有一个做生意的男朋友，男朋友经常到剧组探班，总是悄悄地偷袭，在演员下榻的宾馆或者拍摄现场突然冒出来。如果刘一静正在跟某个异性说笑，她的男朋友就会吃醋生气，甚至当众吵闹。

“想起来了，你有一个爱吃醋的男朋友……”

刘一静摇摇头：“别提了，拍完那部戏，我嫁给他了，为他生了两个孩子，他把我和孩子送去加拿大，他自己留在国内跟别的女人又生了两个孩子……唉，不说了，总之我离婚了，现在孩子也大了，他们都在英国读书，我回国来看看有没有什么事情可以做……”

“有啊，有很多事情可以做……”

卡卡想说可以投资拍戏，却忽然打住，这个年过四十依然靓丽动人的女人符合他对中年冬妮娅的想象，她身上的红裙子让他胸口怦然不敢直视。眼前这个冬妮娅的“替身”勾起他纯粹的爱意，这是一种久违的感觉，他不会把她拖进影视投资的“火坑”，况且他自己也已经厌倦了这个江湖。

他为她点了一杯名叫“血红玛丽”的鸡尾酒，这个举动表明他对她有长远交往的愿望。

刘一静问：“这二十年你做什么呢？”

“当年被老金带进影视圈，深陷泥潭不能自拔……”

“哦？”

卡卡在手机里搜索了自己的资料递给刘一静看。

刘一静眼睛发亮：“哇，大制片人，大老板啊！”

卡卡淡淡一笑：“都是虚名而已，我现在只想淡出江湖，择一城终老，遇一人白首……”

刘一静的眼睛更亮了，倾慕不已地说：“卡卡，你真棒。我回国一个多月，遇见的每一个人都猴急猴急地谈投资谈挣钱，我来杭州就是因为以前的一个老朋友想拉我成立影视公司，打算明天去影视基地考察……”

“千万不要投资影视，十部戏有一部挣钱就不错了……”

“那为什么有那么多人投资拍戏呢？”

“水很深，一时半会儿讲不清楚，你的资金没有大到可以玩资本运作的游戏，还是不要去　这潭浑水……”

刘一静感动了：“卡卡，你很真诚，我相信你……”

“我们不是无缘无故地在这里重逢，或许是命运不让你去冒险，派我来绊你一脚……”

“嗯，遇到你可能是我前世修来的福报……”

“其实衣食无忧了，做点公益，或者什么都不做也很好……”

“有道理。”

两人欢快地畅谈，直至下半夜两点酒吧打烊。

他扶着有些醉意的刘一静回房间，在电梯里刘一静突然亲了一下卡卡，贴着他的耳朵问：“你是单身吗？”

卡卡捋了捋她的头发：“我一直在等我的女神……”

"等到了吗?"

卡卡笑而不答。

他送刘一静回房间，很绅士地亲了亲她的额头，道一声"晚安"，立刻转身离开。

穿过安静的通道，他清晰地意识到自己已经走进一段故事，心里涌起一串凌乱的诗句：西街的红裙子，如火焰点燃少年的梦想。历经沧桑，我再一次遇见你，冥冥之中听到命运的启示，一切的开始都注定了结局，终点必将回到起点……

第二天一早卡卡收拾了行李匆匆赶往机场，他不想让故事落入俗套，他要仔细品味一场来之不易的干干净净的感情。

在登机前，他给刘一静发了一条信息：静悄悄地我走了，不敢贸然靠近你。如果是命中注定，天涯海角终将重逢；如果是萍水相逢，又何必逢场作戏?

飞机在北京机场落地，他迫不及待地打开手机，满屏都是刘一静发来的信息。

卡卡确信自己的人生已经在昨晚的"意外事故"中改变了方向。

卡卡推开门看到呆坐在沙发里的邱丽。

这个时候她怎么会在家呢？难道海森鑫已经崩盘了？

邱丽喜出望外地迎上前拥抱卡卡："老公，你回来啦?"

往日哪怕只是一天的小别，两人见面都会拥抱热吻，迫不及待地相拥着一起进浴室，一起洗澡，然后上床打滚做爱。卡卡呆站着忽然有些不知所措，想给邱丽一个亲吻，眼前忽然飘过香格里拉的红裙子，一股力量逼迫他推开邱丽。

"我去洗个澡……"

说着拎起旅行箱往卧房走去。

卡卡在浴室里冲着热水，心里酝酿着分手告白：我不爱你了，我们结束吧。他想象邱丽被雷击电打当即崩溃的场面，心里很是快意。

哼，我陈卡卡不是穷光蛋，你以为那点小恩小惠就能买我一生对你俯首帖耳？

是的，他十八岁高考落榜就开始做小买卖，混演艺圈“拉皮条”促成好几项投资，每一项投资都有数目可观的回扣，他吝啬小气堪比巴尔扎克笔下的“葛朗台”，连买一杯咖啡请客都要算计投入和产出。有时候他也为自己超乎寻常的小气感到尴尬，但他总会找到让自己心安理得的理由，天下有几个人有过我的经历？一个画面经久不息地在他眼前出现：骨瘦如柴、脏得看不出肤色的少年像电影里的非洲饥民，站在街边小馆子门前，饥肠辘辘，饿得前胸贴后背，眼睛直勾勾地看着食客手里的碗，只盼着食客能留下一口剩菜剩饭。每当他想着要不要请某人吃饭喝咖啡的时候，那个“非洲小饥民”就会站出来阻止他。

三十年只进不出，攒下三套房子还有数目可观的存款，为了安全起见，他把现金都换成美元和英镑，他的三套房子从买到手那天就用于出租，他长年策划影视项目住宾馆酒店，由各路投资人买单。他的身家足以吸引姿色不错的姑娘，但他总被更富有的女人吸引，每一个被他搜索到的富婆都会被他剥去一层皮。

他真的想“金盆洗手”换一种活法了，譬如跟刘一静去加拿大安大略湖边安居乐业，或者去大理的洱海湖畔采菊东篱下，天天看她穿着红裙子在眼前晃来晃去，钓鱼看书写诗，那样的日子想一想都让他陶醉。

但是，在邱丽身上花费了将近一年的时间精力，就这么一刀两断净身出户，他心有不甘。

卡卡站在水龙头底下劝自己要再忍耐一段时间，不动声色地“善后”，贝贝集资的一千万中有钟涛的钱。在这个世上对他最好的可能是西街油条铺的阿蹁，但是那时候他还不记事，其次就是汪姨和钟涛了。钟涛一直把他当成亲弟弟呵护有加，他作为“最后一根稻草”把钟涛压垮了，以为钟涛会恨他，但是没有，钟涛一如既往地待他如亲人……

他要掩护贝贝安全撤退，还要给钟涛和老金留出一笔养老糊口的钱。

邱丽感觉到卡卡的异样，她一边井井有条地下厨房给卡卡煮粥做菜，一边想着要不要继续投资他的影视项目。

这几天公司管理层夜以继日地开会，股市完全没有复苏的迹象，公司面临着巨大的资金压力。所有的压力都落在邱丽一个人的肩膀上，各个部门负责人都追着她调拨资金渡过难关，否则一旦投资者不能按时拿到红利，挤兑潮涌起，海森鑫必将瞬间破产。她已经向银行抵押了一部分股权，要筹出资金必须继续抵押股权，如果出手拯救海森鑫，她自己可能面临破产的风险。

每天开完会她都会打电话向老厂长汇报，只有老厂长会从她的自身利益出发提出建议。老厂长坚决反对她出资拯救海森鑫，他让派给邱丽的三个亲信说服她接受现实，放弃海森鑫，止损是唯一的选择。邱丽亲眼见证老厂长曾经几次对重大投资做出止损决定，事后都证明他的决定是正确的，否则他们的企业就不可能有日后的辉煌。

一直到昨天晚上，邱丽才最终下了壮士断腕的决心，接受止损的方案，今天她关了用于工作联系的手机，让她来自老家的姐妹告诉周格“邱总突患急病”。

影视项目当然也要止损，邱丽的姐妹说这正是考验卡卡的时候，如果他不体恤她的处境，一意孤行要继续投拍电视剧，那么这样的男人还是不要为好。对此，邱丽有所保留，她不愿意失去卡卡，却又隐隐地觉得卡卡的内心并不单纯。

卡卡换了一身休闲服装，带着洗发水和沐浴露的香气笑吟吟地从卧房里出来。

餐桌上已经摆放好皮蛋瘦肉粥和几样小菜，邱丽端坐着等他。

卡卡走上前，捧起她的脸亲吻了一下。

“老婆，谢谢你给我准备这么可口的饭菜……”

他坐下，抓起筷子，打量着坐在对面的邱丽，“你的脸色不太好，身体不舒服吗？”

邱丽叹了一口气：“海森鑫可能要破产……”

卡卡惊讶地放下筷子：“哦？为什么？”

"如果要出手救海森鑫，我可能会破产……"

卡卡呆坐着，他没有想到事态发展如此迅猛。

"我不该去读什么总裁班，不该认识周格，不过，没有总裁班我就没有机会遇见你，就算损失半壁江山能换来你的陪伴也值得……"

卡卡再次抓起筷子，勉强地吃了两口。

邱丽盯着卡卡，揣度着他的心思。

沉默中，邱丽的手机响了，这部手机平时只用于卡卡和她的家人之间的联系，昨天晚上新添了留守在公司里的三个姐妹。

邱丽在客厅里踱步，眉头紧皱脸色凝重听着电话，不时地"嗯哦"。

卡卡猜想海森鑫真的垮了，他这次回北京是为剧组争取第二笔投资，中途意外地遇到刘一静，他无心恋战了，决定见好就收。

邱丽回到餐桌边坐下，卡卡伸手握住她的手。

"怎么了？"

"有两百多个客户上门要求撤资兑现，场面失控了……"

"别担心，天大的灾难来了，我和你一起担当……"

邱丽顿时热泪盈眶："老公，你真好……"

卡卡起身走到窗前双手抱臂思忖着，目前剧组账号里还有三百多万，还可以冠冕堂皇地向邱丽要一笔"遣散费"，这可能比继续假装拍戏更安全更实惠；至于贝贝的损失，也可以冠冕堂皇地让邱丽去艺术区买几幅画作为补偿，完成这些"善后"就可以挥挥衣袖说再见……

邱丽上前默默地靠在卡卡身上，轻声问："你在想什么？"

他勾住她的肩膀："我想把剧组也停了……"

邱丽惊呆了："真的？"

卡卡肯定地点点头："我已经没有心情拍戏了，这段时间我应该陪伴在你身边……"

邱丽突然又哭又笑地抱住卡卡："我知道你是好人，天下的人都不相信你，我也应该相信你……"

……

38

董丽雅试图用最决绝、最彻底的隐身消失惩罚黄念皖，离开东莞回到北京埋名隐姓、变换电话号码和居住区域，切断与所有朋友的联系。这样做的目的是为了平息自己内心的愤怒，也是为了饶恕黄念皖，重新接受他。她相信她的消失一定狠狠地打击了黄念皖，从她不辞而别那天起他就抛下一切，踏上万水千山，挖地三尺地寻找她，她还相信只要他决意要找她就一定能够找到她，无论隐藏得多深，总有蛛丝马迹可以追踪。

那些日子她经常幻想某一个清晨楼道里响起敲门的声音，她睡眼惺忪地打开门，还来不及看清楚眼前的来人就被他一把抱住，一双有力的臂膀和温暖的胸膛告诉她：黄念皖回来了，他们的感情历经劫波却坚不可摧……

她一次又一次地被自己的想象感动得唏嘘痛哭。

她租住在东郊一片破旧的楼房里，屋里只有几件廉价的旧家具，光秃秃的水泥地板，墙皮脱落斑斑驳驳。有时候她一个人在家里看着眼前破败的景象，想着黄念皖敲开门看到自己心爱的女人沦落到如此地步会怎样的悲伤，他一定会当即带她离开这里，从此不论富贵贫穷不再分开……

这是幻想，也是精神支柱，住在东郊贫民区的董丽雅在朝阳路一家商场的顶楼食堂租了不到三米宽的小排档，卖她最拿手的饺子。每天起早贪黑，蹬着小三轮车去批发市场采买新鲜食材，揉面和馅，在中午11点之前包好几百个饺子。董小姐的饺子很快就在食客中口口相传，天天都供不应求。她想让黄念皖知道她能享福也能吃苦，即使他一文不名，她可以用双手养家糊口。从开私家车的百万富姐儿沦落成蹬三轮车的小商贩，挣扎在人生的低谷，却因为心中还有梦想和希望，她一点儿都没有觉得苦和累。她给自己的饺子注册了商标，叫“董小姐手工水饺”，期盼有一天能和黄念皖一起把“董小姐手工水饺”经营成著名的品牌在市场占一席之地。

时间一天天流逝，黄念皖并没有找上门。大约过了将近一年，董丽雅期待的敲门声终于在一个清晨响起，她从睡梦中弹跳起来，光着脚扑上前开门，站在门前的竟然是阿娟。她狠狠地揉了揉眼睛，试图让自己清醒。阿娟推开董丽雅径直闯进屋四处张望一圈，看到小木板桌上有半碗吃剩的方便面，立刻明白这个家里没有她要找的黄念皖。阿娟愣了一会儿如丧考妣抱住董丽雅失声痛哭：

"丽雅姐，黄念皖丢下我跑了，我以为他来北京找你……"

阿娟自作聪明把董丽雅请到家里，企图逼她接受现实主动退出，这件事大大地激怒了黄念皖，他们的幸福瞬间化为泡影。黄念皖在董丽雅愤然出走的第二天就搬出他们在东莞的家，阿娟软磨硬泡，一次次长跪不起，分分合合闹了几回，黄念皖忽然从东莞消失了，有人说他回台湾了，有人说他回美国了，阿娟再次自作聪明地断定他是去北京找董丽雅了。为了找到黄念皖，阿娟辞职来到北京，原先跟她一起打工的小姐妹撞见过董丽雅在商场卖水饺，阿娟毫不费力地找上门来。

阿娟的泪水浇灭了董丽雅心头的希望，他走了，他没有来北京找她，那个你中有我我中有你、伤痕累累的"泥人"瞬间碎裂了，她的身体从里到外无处不是伤口，无处不在流血，她没有力气流泪哭泣，一语不发地回到床上，动作机械地缓缓躺下，为自己盖好被子。

阿娟坐在床边悲悲切切哭诉："丽雅姐，我是不是遭了报应？我不该跟你抢念皖哥，可我是真的爱他，从见他第一面就被他迷住了。那时候我非常羡慕你，你能遇到这样的男人是多大的福气啊，他帅气、干练、幽默、成熟，听他笑和说话的声音，我都有喝醉酒的感觉，我觉得你们就是传说中的白雪公主和王子……"

阿娟每天上班目睹黄念皖的一言一行，回到地下室的家对男朋友百般不满，但她并没有跟男朋友分手的念头，还希望介绍男朋友跟黄念皖认识，学习怎么做一个成熟成功的好男人。有一天，男朋友请她吃饭，送一条白金项链给她，还给了她两万块现金，她以为男朋友在她的教导下有了进步，却不料，当晚他们回到地下室，男朋友抱住她痛哭流涕地说："阿娟，我们不能这样耗在一起过这种毫无希望的日子，我们俩奋斗一辈子也未必能在北京买一套房子，你年轻漂亮，我放你一条生路，去找一个有钱人嫁吧……"阿娟傻傻地问："那你呢？你怎么办？"男朋友忽然痛扇自己的耳光，吞吞吐吐地说出真相："我老板想让我做他家女婿，阿娟，求求你成全我……"阿娟当时居然表示同意，第二天下班回家发现男朋友把他的衣物都搬空了，她转身离开，一路哭着回到空无一人的咖啡店。

就在那天晚上，黄念皖和董丽雅吵了一架，起因是董丽雅把饭烧煳了，黄念皖大发雷霆，那会儿SARS刚结束不久，生意陷入困境，黄念皖心情不好动辄发怒。董丽雅终于忍不住斥责他："你太让我失望了！生意失利居然会让你精神崩溃到如此地步，你的风度、你的气量哪儿去了？别忘了，在你的生意里有我的全部身家！我都还没有崩溃呢！"黄念皖暴跳如雷摔碎餐桌上的碗盘拂袖而去。他也回到店里，遇到已经喝醉的阿娟，阿娟控诉男朋友变心，大胆表白了自己对黄念皖的爱慕，黄念皖在这个娇小无助的女人面前重拾偶像面具，扮演情圣骑士……

阿娟的出现击垮了董丽雅最后的希望，当天晚上她发高烧，一病不起，阿娟留下照顾她。一个月之后董丽雅才死而复活，阿娟重返东莞开始了寻找黄念皖的漫漫旅途，她很快就得到线索：黄念皖跟一个台湾富商的遗孀"私奔"回台湾了，那个女人在东莞的企业拥有股份，第一次接替死去的丈夫到东莞开董事会就被黄念皖迷住了。为追求黄念皖，年轻的寡妇在东莞长期租住酒店，黄念皖如何能抗拒这样的诱惑？毫无疑问，那时他就已经走进年轻寡妇的人生舞台，兴致高昂甘之如饴地扮演他的经典角色。阿娟把董丽雅请到家里只是给黄念皖"私奔"的理由，其实跟董丽雅毫无关系。

阿娟放不下黄念皖，为了找到他，把他抢回来，她通过婚姻介绍所的红娘嫁给一个六十岁的台湾老头，耗费整整三年时间才终于去了台湾，之后再没有消息反馈给董丽雅。也许她如愿以偿地找到黄念皖，引发一场三角关系的激烈混战，黄念皖为此痛并快乐……

董丽雅则用另一种方式跟残留在她心里的黄念皖说再见。她卖了从东莞开回来的越野车，手上有二十万现金，把自己打扮得漂漂亮亮的重返股市，跟不同的男人约会。那是一段她不敢回忆不敢面对的沉沦岁月，风尘中跌跌撞撞炼就了一双火眼金睛，她对男人有许多结论性的总结，男人是半人半兽的物种，他们对女人只会用下半身思考。正因为如此，古代的文人墨客才编造出柳下惠坐怀不乱的传说……

她并没有因此而释怀，黄念皖仍然是一座无法翻越的大山盘桓在她的心里，爱和恨的钟摆始终不能停止晃动。

这么浑浑噩噩地过了三年，她在股市里的钱赔得所剩无几，最后连平民区的小公寓都住不起了，不得不搬进条件更差的合租房。徐娘半老的她跟两个外地打工女孩成了室友，为生存疲于奔命……

董丽雅留下黑妹，杳无音信长达两年之久，我以为她跟黄念皖在东莞安家立业，直至有一天她忽然登门探视黑妹，我才知道他们俩分手了，她又杀回股市弄潮。她变得有些玩世不恭，嬉笑怒骂，对一切都满不在乎。那天我和贝贝最挂念的是黑妹，担心“亲妈”会接走黑妹，这时黑妹已经和阿发一样成为我和贝贝爱的焦点。贝贝听说董丽雅要来，早早地抱着黑妹去同学家“避难”。董丽雅并没有提及黑妹，我家客厅放着好几张黑妹和贝贝的合影，她也没有看一眼，临走前满怀歉意地说：“对不起，五月，黑妹还得留在你家……”

直至此刻，挪威的董丽雅对我“解密”公开了全部的历史档案。

她的大脑选择性地忘记了许多人和事，阿娟是其中的一个，这个女人是她和黄念皖分崩离析的“墓碑”，她的记忆库长时间屏蔽了这块“墓碑”。

我没有告诉董丽雅，“解密”之后的黄念皖在我看来是一文不值的感情骗子，当初他所有的浪漫不过是为了让你倾囊而出参与他的生意。那是一个不值得你念想的“烂仔渣男”，比起我的前夫有过之而无不及，而这段故事中的小人物阿娟的命运却让我有些好奇和牵挂。

“我很想知道阿娟到台湾以后的遭遇……”

“是啊，这姑娘的命运令人担忧，凶多吉少……”

她突发奇想当即在电脑上搜索黄念皖和阿娟，登陆台湾搜索网站一无所获，再登美国搜索网站输入黄念皖的英文名字“David nian wan huang”。

她的手机放在电脑旁边，我在视频里看到她目瞪口呆的侧脸。

我的心一阵发紧：不会是发生情仇命案了吧？

“怎么了？”

董丽雅拿起手机，把镜头对向电脑屏幕，我看到网页里是洛杉矶一家中餐馆的广告，黄念皖和一个女人站在餐厅收银台后面，老夫少妻脸上笑容灿烂，他搂着她的肩膀，就像当年在咖啡店搂着董丽雅的肩膀。

董丽雅说：“她就是阿娟！天哪，天哪，这太意外了……”

阿娟去台湾找到黄念皖之后他们之间发生了什么？经历了怎样的“战乱”走到一起？

无论如何，故事的结局推翻了前一刻我对黄念皖的看法，或许他只是一个事业受挫不得志的男人，董丽雅当时表现得很强势，雪上加霜打击了他已经崩溃的自信。阿娟踏破铁鞋，不惜用自己的身体作为桥梁，穿越海峡去台湾找他，这个意志坚定的小女人给了他作为男人最需要的自信和存在感……

莎士比亚说：一千个观众心中有一千个哈姆雷特。相同的故事，不同的解读和演绎。黄念皖会怎样描述他和董丽雅的一段爱恨情仇？

董丽雅沉默了很久，长叹一声：“命运啊……”

……

39

闹钟响之前，我家的门铃响了。

小葡萄惊愕地大声狂吠。

我在睡梦中被吵醒，先是一惊，谁会这么早敲我的门？继而怀疑什么人敲错门了，心里很是恼火，门铃一波未停一波喧闹不止，什么事儿急成这样？莫非谁家着火了？

透过门镜，我看到一头灰白的乱发，接着看见秦红憔悴的脸庞和眼镜后面一双坚毅执着的目光，我顿时愣住了，她要干什么？我答应过给她一笔钱答谢她带领我炒股，可是给贝贝买车买房之后我的手头有点紧，我在等第三笔稿费，我和小刘已经交出四十集全剧剧本，卡卡不是说我们的合同还有效吗？

就在我迟疑斟酌的片刻门铃再度焦躁地炸响。

我打开门："秦红，出什么事儿了？"

秦红朝屋里指了指："进去说。"

我打开鞋柜想给她拿一双拖鞋，刚弯下腰，她已经光着脚走进客厅，在沙发里坐了片刻又站起来。

"五月，我要告诉你一个好消息，政府出手救市了……"

"哦……"

秦红挺胸昂首目光发亮，像一个传播进步思想的女革命党人。

我发现她衬衣扣子错位了，衣襟一高一低，走上前为她把扣子扣好，近距离闻到她身上浓浓的体味儿，七月流火，这么热的天她不会不洗澡吧？

秦红完全没有感觉到我在为她做什么，投入地慷慨演讲："这次股市暴跌根本原因是境外反华势力的阴谋，做空中国股市就是做空中国，他们企图让中国一夜之间回到改革开放之前！我给总理写信了，一定要动用国库救市，绝不能让敌对势力做空中国的阴谋得逞！中国人要团结一心护盘，我们十几亿人口，每人投入几百块钱，一定能让那些企图做空中国的反动势力破产！这是一场战争！一场保家卫国的战争！"

我悲哀地意识到我的老同学精神失常了，满心的疑惑霎时变成了同情，上前扶着她的肩膀："秦红，你先坐会儿，我去厨房煮杯咖啡，你一定还没有吃早饭，我们一起吃……"

秦红情绪激动大声在我耳边叫嚷："吃饭就那么重要吗？我正在跟

你讲我们国家和民族生死存亡的大事，你竟然还有心情煮咖啡?！你还是中国人吗?!”

“我想喝杯咖啡让头脑清醒一点，你敲门的时候我还在梦里，你看我睡眼惺忪的……”

秦红感慨地摇摇头：“朱五月，中华民族到了最危急时刻，你还能睡得着，我对你太失望了，我们中国就因为像你这样麻木不仁的芸芸众生太多，所以才会出现这次金融危机。你们是鲁迅笔下的阿Q，是吃人血馒头的市井小民，辛亥革命至今已经一百多年了，我们的国民性竟然一点都没有进步……”

她说着说着哽咽落泪了，我也心酸得想哭。

大学时代的秦红皮肤白皙，梳着两条又黑又亮的大辫子，她还是学生会的党员干部，按逻辑推论这样的女大学生通常会走上仕途成为女高官，她怎么没有走上仕途?

我立刻回答了自己的问题：这是一个没有逻辑的年代，所有人都是脱轨的流星，被命运的惯性摔得体无完肤支离破碎。

我丢下情绪激动的秦红进卫生间刷牙洗脸，回卧房换了出门的衣服，今天我还要去公司开会，几天前我的上司把我划归卡卡的新公司，昨天夜里他又通知我开会，我预感不是什么好事儿，我和小刘的第三期稿费还能拿到吗?

再回到客厅只见秦红双手掩脸肩膀抽动哭成了泪人，我默默地坐到她身边，给她递一把纸巾，一只手抚摸着她的后背。

“秦红，告诉我，你有什么困难，只要我帮得上一定不遗余力……”

“我不是为我个人伤心！我是为我们国家！为你们这些自私的小人感到悲哀!”

我的老同学疯成这样了，她在北京无亲无故只有一个沉迷电子游戏的儿子，我不应该丢下不管，我必须亲手把她交给她的儿子。

“秦红，今天我要去公司开会，先送你回家，好吗?”

秦红忽然止住哭泣，摘下近视眼镜用纸巾擦了擦眼睛：“五月，我需要你支持我重新进入股市……”

我想我不能把钱交到她的手中，我计划给她十万块钱，我应该用这笔钱为她交一两年的房租，否则她还会把钱丢进股市。

“秦红，我在股市里挣了一点钱，我应该答谢你，我想为你先交一年房租，好吗？”

秦红怒不可遏地从沙发里跳起来：“你把我当叫花子了？！”

“我应该给你多少？你说！”

“燕雀安知鸿鹄之志，朱五月，我没有想到你的目光这么短浅！”她忽然抓住我的手，“五月，要相信我们的政府，股市不会这样倒下去，这些日子每一天上层都在推出救市政策，国家队已经进场了，经过股灾的洗礼，股市一定会稳步前进，你跟我一起战斗，这是千载难遇的好机会……”

“可是我没有钱啊，我刚为女儿买了房子……”

“你这套房子没有贷款吧？”

“没有。”

“抵押给银行，至少可以拿到三百万现金，借给我，我付利息给你！分红也行……”

谁要我把房子抵押给银行就等同于把我赶到大街上，为保卫家园我甚至不惜得罪我的女儿，秦红的提议触碰到我的敏感神经，我突然抬高嗓门言辞激烈地拒绝她。

“不，这不可能，秦红，你连想都不要想，我就是一个胸无大志的燕雀，我只想过粗茶淡饭的安逸生活，请你免开尊口！”

秦红瞪了我一会儿，咬牙切齿地说：“朱五月，我看不起你！”说罢扭头走了。

重重的摔门声吓得小葡萄尖叫起来。

我呆站着，心里疑云密布。

到底是秦红疯了？还是我不理解她的胆量和气魄？

电梯打开，一眼看到堆积如山的办公桌，层层叠叠几乎顶到天花板，楼道里几个工人正在搬家具，我艰难地迂回在各种家具中走进会议室。

编剧们都到齐了，总监大口地吞云吐雾。

我找一个座位坐下，问："咱们公司要搬家？"

有人答道："是的，搬五环外去……"

五环外的房租比核心区便宜一半以上，看样子我们公司也受到这轮股灾的影响，老板要开源节流，这是可以理解的。我最迫切想知道的是我的命运将何去何从。

"总监，怎么又突然把我调回来了？"

总监叼着香烟调侃地笑笑："装傻吧？"

我茫然地摇摇头："完全不知情，一头雾水……"

坐在我旁边的编剧说："你们的项目下马了……"

项目下马意味着我的稿费泡汤，虽然已经有思想准备，可我还是感觉当头一棒，煮熟的鸭子竟然从筷子底下长翅膀飞走了，我沮丧地想到我在银行账户里的余额只剩下几万块钱，我还有能力帮秦红交房租么？

"大家应该都知道股市翻船了，那些投资精英全都鸟兽散了，宋总身体不好，要去国外休养。公司决定暂停所有电视剧项目，各个部门自谋生路。今后我就是你们的经纪人，包工头，我为你们找写剧本的活儿，提成百分之三十，如果你们自己在外面找到活儿，我收百分之十的管理费，我要负责给你们交各种保险，这是一笔不小的开支哪……"总监说着从桌上拿起合同范本，"如果没有意见，我们就签合同……"

会议室里一片沉寂。

我的手机跳出小刘发的信息："朱老师，我在公司楼下咖啡厅等您……"

我抱着一个大纸箱下楼，箱子里装的是我的个人用品，在电梯的镜子里看着自己，想到电视新闻里公司破产员工们抱着纸箱黯然离开的画面。我们公司也只剩下一个壳了，搬家以后策划部只有一间办公室用于开会，我不再有专用的办公桌了。

仿佛就在昨天，投资精英们争先恐后要把我们公司包装上市，宋总在会上信誓旦旦承诺让每一个员工都成为股东，言犹在耳，转瞬之间树倒猢狲散，真是无常最迅速啊。

小刘看到我抱着纸箱出现霎时目光错愕。

“朱老师，怎么了?”

我敷衍道：“公司搬家……”

小刘释然地笑笑，随即开始谈他对剧本的一些想法。

我静静地听着没有打断他，如何忍心告诉他项目流产的噩耗?

小刘发现我对谈论剧本没有兴趣，神情有些狐疑地停顿片刻，转而说：“这两天联系不上老金，他的电话关机了。朱老师，您能帮我一个忙吗?”

“你说……”

小刘局促地笑笑：“我买房了，在北京十几年了，终于可以住上自己的房子。还有，我老婆怀孕了……”

我立刻明白小刘要我帮什么忙。

“您能不能帮我向老板求个情，让我预支稿费，我保证对剧本负责到底，我可以去剧组边拍边改……”

我在小刘期待的目光中缓慢地喝着咖啡，一口又一口，小刘的目光开始变得有些慌乱。

“朱老师，我们的项目不会出问题了吧?”

我放下咖啡杯，艰难地点点头：“我也是刚刚得到消息……”

小刘张开嘴欲言又止，十个手指紧紧绞着骨节发出脆响。

他来自偏远的云南小城，这么多年做某大编剧的廉价写手，能在北京买房结婚生孩子是多么的不容易，眼看着时来运转，终于可以成为堂堂正正的编剧，不料出师未捷身先死。

我的同情心又要泛滥成灾了，想说：我会帮助你，却立刻咽下到嘴边的话。我不过是一个卑微的文字“泥瓦匠”，所有的承诺都可能成为一笔债务压在心里，我要谨言慎行，否则就会沦为轻诺寡信的人。

小刘悲愤不已地嘀咕道：“妈的，这个圈子都是骗子……”

我的同情心还是逼迫我委婉地表达了帮助他的意愿：“小刘，你很有才华，你一定会成为一个优秀的编剧。我试试能不能把你推荐给我们公司，如果可行，你就不用再为别人捉刀了……”

小刘眼睛湿润了：“谢谢您，朱老师……”

“不急着谢，我试试，结果会怎样，我不敢保证……”

“无论结果如何，我都应该谢您……”

我们站起来郑重其事地握手。

我抱着纸箱子回到楼上，这时会议室也开始搬家具了，总监在角落里整理他的纸箱子。

我说着事先构思的台词，鼎力推荐小刘。

“他一直是一个大编剧的影子写手，他写的剧本几乎可以一字不改，手非常快，一周三四集的速度，这样的人才非常难得……”

不等我陈述完毕，总监就表态了：“你叫他来找我，我跟他签合同，正好有一个急活儿，就需要这样的快手……”

我喜出望外地给小刘打电话，小刘听说马上签合同，马上有工作做，顿时激动不已，他还没走远，接着电话立刻调头返回。

再一次抱着纸箱搭电梯下楼的时候，我似乎不再为稿费落空感到沮丧了，不仅如此，还很阿Q地暗自窃喜：在这场所谓“做空中国”的风浪中，我成功地平安着陆全身而退，这要感谢我一贯的保守派风格……

走出写字楼大门口，秦红迎面走来，我们在台阶上狭路相遇。

秦红瞥了我一眼，陌路人似的走开。

我追上前：“秦红，我们谈谈，好吗？”

秦红停下脚步转过身，疑惑地说：“你想通了？你要相信我，现在是进入股市黄金时机，大灾之后必有大福……”

我赶忙摇摇头，语无伦次地说：“哦，不，不是的，你，你回来上班了，是吗？”

“你不要耍滑头答非所问！我最后再问你一遍，要不要跟我合作进入股市？”

“不，我已经发誓这辈子不再碰股票。”

秦红怒目圆睁愤然离去。

我呆呆地看着她的背影，无奈地连连叹气。

人各有命，我不是上帝，帮不了秦红，帮不了任何人。

或许她真的能拉到资金，或许股市真的会浴火重生杀回五千点，或许……

谁知道呢？

40

卡卡已经分不清刘一静和冬妮娅了。杭州邂逅红裙子，移花接木，激活了少年时代的单相思苦恋。这些日子诗情澎湃，每天写情诗，有时候睡梦中被精彩的诗句唤醒，立刻跳起来用手机把一闪而过的灵感记录下来，第二天清早钻进卫生间，坐在马桶上整理诗句发给刘一静。刘一静的回应总是很得体，不卑不亢，偶尔抄一两句唐诗宋词发给卡卡，她从不贸然打电话问：你在哪里？正在做什么？这正是卡卡喜欢成熟女人的原因之一。

两个中年男女配合默契，返老还童，享受着情窦初开的朦胧恋情。

“西街的红裙，你撩拨了少年心弦，三十年足迹踏遍千山万水，你的红裙子一如乡愁，夜夜入梦……”

这是昨天夜里的杰作，正整理着，手机铃声响了，不用看他就知道是老金打来的。

“老金，过二十分钟再打来……”

老金接到解散剧组的指令，立刻紧锣密鼓地“演戏”，他导演的“剧情”远远地超过了卡卡的预期。昨天金大制片人请了五六十个当地的群众演员出演“逼债”的苦情戏，拍了很多“剧照”发给卡卡，照片里老金鼻青脸肿抱头鼠窜，一伙愤怒的男人围堵老金讨要工资，有人打出横幅“还我血汗钱”……

卡卡看到“剧照”不由得感慨：老金真不愧是老江湖啊！这个老坏

蛋要是有机会干坏事肯定比我心狠手辣……

二十分钟之后，卡卡和邱丽坐在餐桌旁，餐厅里新安了一台电视机，邱丽一边吃着早点一边关注财经新闻，毕竟放弃这么一笔巨额投资在她的职业生涯中是前所未有的重大事件，需要极大的魄力。这些天政府救市的新闻铺天盖地，她的心难免有些动摇。卡卡从杭州回来变化显著，她都看在眼里，但没有心情仔细揣摩，“海森鑫”的生死存亡到了最关键的时候，出手或不出手？虽然在此之前已经下决心止损，但是官方接连出台利好政策，又让她心意彷徨了。

老金准时地打来电话，邱丽赶忙拿起遥控器把电视声音调小，卡卡摁了扩音键，让邱丽一起听。

“老板啊，要出人命了，昨天差点被他们打死了，几百号人堵着我，你得救救我啊！”

卡卡看一眼邱丽。

邱丽问：“需要多少遣散费？”

老金说：“怎么也得两三百万吧！”

卡卡说：“我们商量一下，待会儿给你回电话……”

邱丽并不傻，她怀疑老金在搞鬼：“我们去影视基地看看，到底欠人家多少钱？”

“不，不，你可别去，那是一帮亡命之徒，什么事都干得出来！”

邱丽疑惑地说：“我记得你说过，经济不景气影视行业更繁荣……”

卡卡被邱丽这句话噎住了，怔忡地想了想：“唉，追逐名利二十多年，我已经厌倦了，想换一种活法，或许我会选择做一个文人雅士，我血液里有文人的遗传细胞……”

“剧组才开张，几百万启动资金还不够做遣散费吗？如果我们不亲自去现场，也应该派人去了解情况。我的一个好朋友也做影视投资，她的公司就在东阳，请她去做个评估，如果是好项目，我们就接着做……”

卡卡心里暗暗叫苦，这个沙场老将并不那么好糊弄。他佯装淡定地吃着早点，脑子里飞速运算着，邱丽这一招足以把他和老金的路堵死了，敷衍搪塞只会加剧她的疑心，他决定反守为攻。

“你是一个成功的商人，你很难信任别人，哪怕是你我这样的关系也很难让你信任，我理解，没有这样的警惕，你不会如此成功，但我是信任老金的，他现在有生命危险，我不能见死不救……”

“报警吧，老公，绑架人质是犯法的，警察不可能不管，先把老金救出来再解决债务纠纷，解决不了还可以上法院，一般来说法院会先做调解，对方很有可能做出让步，那样花的钱更少……”

邱丽这一招更是让卡卡黔驴技穷，心里抱怨老金把戏演过头了。这老家伙没有跟有钱人打过交道，以为钱多一定人傻，聪明反被聪明误。邱丽的老家离横店不远，她可以轻而易举地找个亲信去探究竟，或者打电话向当地派出所报警。

卡卡站起来走到客厅，来回踱步，忽然转过身说：“你这个办法好！报警！我认识影视基地的一个地头蛇，马上找他帮忙！”

说着拿起手机拨给老金，这通电话没有用免提。

“冯哥，你好……”

电话那头的老金听卡卡喊“冯哥”立刻就变身扮演“冯哥”。

“你好，你好，好久不见，最近拍戏吗？”

“冯哥，不好意思，不跟你闲聊，我的剧组出了点事儿，制片人被人绑架了……”

“啊，还有这事儿?!”

“在金花宾馆，求你帮个忙，找几个警察，先去把人救出来……”

“没问题，小事儿一桩！我这就去！”

卡卡打完电话沮丧地跌坐在沙发里。

邱丽默默地泡了茶端到卡卡跟前：“警察出面应该不会出大问题了，不要太担心……”

卡卡看着正弯着腰侍弄茶水的邱丽，忽然觉得她又老又丑，心想在这个女人身上大概是榨不出什么油水了，不要再做无用功了，收拾行装走了吧。

邱丽讨好地说：“前两天你说要去艺术区买几张画，咱们去看看？”

贝贝参与的“海森鑫二号”首当其冲地成为撤资止损的项目，公司发出“安民告示”告知投资者可以赎回百分之六十五的本金。贝贝集资的一千万只剩下六百五十万，扣除她和她的同伴领的一个月的红利和她暗中吃的回扣，实际损失两百多万。

卡卡要通过买画的方式让贝贝和她的朋友们得到补偿，毕竟贝贝是他看着长大的孩子，而且还跟他有血缘关系，这是他离开邱丽之前要做的另一项“善后”工作。

他已经给邱丽上了几天艺术欣赏的课程，给她看贝贝和其他年轻艺术家的画册，看嘉德拍卖的资料，告诉她艺术品是比房子更具有升值空间的商品，国外的大商人大银行家都把收藏艺术品当作重要的投资手段。

邱丽在北京和浙江拥有多处豪宅却从未买过任何艺术品，家里挂的都是她和孩子们的巨幅照片，照片被过度修饰面目全非，个个都像影视明星。

卡卡指着“明星照”讥讽地说：“家中无字画必是俗人家，没有字画的豪宅是豪华厕所，像你这样满墙艳照更是俗上加俗……”

这番洗脑游说相当见效，邱丽再看墙上的大照片满心自卑，跃跃欲试想买画替换墙上的照片。

他们到地下车库坐上保时捷卡宴，这部车是邱丽新买的，号称送给卡卡，但他得到的只是一把车钥匙，他原先开的宾利被邱丽的儿子开走了。

卡卡发动汽车的一瞬间心中戚戚然：这个老奸巨猾的女人连一部车都不肯登记在我的名下，真的是要行囊空空地离开了。

一直以来，他开的车和他住的房子一样，都是各路富人的，有的是捧着钱想进军影视的土豪老板，有的是他追逐交往的富婆。有奶喝何必养奶牛？他没有买过车却一直都有好车开，在他看来这是劫富济贫的义举。有时候也会有空当期，坐公交车或出租车去跟人谈生意，他会告诉人家他正在换车，旧车卖了，新车还没办妥牌照。的确，他总能很快就找到给他提供轿车的车主。

在一个路口停车等绿灯的时候，邱丽拉过卡卡的手。

“老公，如果你真的不想拍戏做生意了，我们去买一部旅行房车，先去新疆西藏转转，我看电视里播的有一对老夫妻卖了房子去旅行，人家没钱也能找乐，我们不用卖房卖地，随时说走就走，真是有福不会享受……”

卡卡回眸看一眼邱丽，心里说：那是我跟我的冬妮娅的未来。

他玩味地侧目看着邱丽，调侃地笑道：“好啊，我的余生就做你的面首陪你玩……”

邱丽听出卡卡话里有话，猜他因为没有婚姻关系心存不满，最近卡卡一系列的反常可能都跟结婚有关，他们终究绕不开这个死结。她暗自问自己：我守着钱财又是为了什么呢？

“我们结婚吧……”

卡卡一惊：“你说什么？”

邱丽一字一顿地说：“我们去登记结婚。”

卡卡把车停到路边，沉吟许久，深思熟虑地说：“这个问题已经翻篇儿了，过时了，就算结婚，我一样是你的面首，合法的面首。我是一个有尊严的人，一个酷爱自由的人，这是我至今未婚的根本原因……”

邱丽惊讶地竖起双眉，张着嘴说不出话。

卡卡拍拍邱丽的肩膀，笑道：“我们这样挺好的，因为感情在一起，如果有一天没有感情了，一纸婚书也约束不了你我，你说呢？”

邱丽叹一口气：“你再考虑考虑，反正我是表达了我的心意……”

卡卡搂过邱丽的肩膀，温情地说：“我知道，谢谢你。”

贝贝和她的画家朋友在画室里备好茶水果盘，恭候大买主的到来。事先他们赶制了精美的画册，还请来艺术网站的记者进行现场采访录像。

这些都是卡卡一手策划的，他亲历亲为预选了十几张油画，每张画都标上不菲的价格，带领贝贝和她的小伙伴把画室布置成小画廊。他们还签署了书面协议，成交之后卡卡收取百分之二十的经纪费，贝贝另外加收百分之十的服务费和介绍费。她说没有进入流通的商品是没有价值的，年轻小伙伴们心悦诚服皆大欢喜。

万事俱备只等买家金主的到来。

终于，保时捷卡宴出现在敞开的大门前，卡卡和邱丽在年轻艺术家们的望眼欲穿中出现。

邱丽有生以来第一次如此近距离地接触艺术家和艺术品，卡卡口吐莲花说得天花乱坠，邱丽被灌了迷魂汤似的买下所有卡卡推荐的油画，不到两个小时买下二十张画，成交金额高达三百万。

晚上，邱丽家里灯火明亮，色彩斑斓的油画替换了那些艳俗的照片，豪宅果然焕然一新。

卡卡站在客厅里，双手抱臂得意地说："这才是豪宅的格调和品位。价值几千万的房子，装修花了一二百万，却没有艺术品的点缀，这就像一个人没有眼睛，今天我为这个家画龙点睛，让豪宅有了它本该有的高雅……"

邱丽点来两杯红酒，笑眯眯地附和道："是啊，我感觉住进了皇宫……"

他们端着高脚杯，抿着红酒，相拥着看着长安街夜景。

邱丽觉得这些天有些降温的感情开始回暖。

卡卡想象自己抽身离去之后邱丽痛不欲生的模样，不由得动了恻隐怜悯之心。

转念又想：在这世界里谁离了谁会活不下去呢？当年我饥肠辘辘流浪街头都没死……

他搂紧邱丽，说："记得我说过你是一棵大树，我必须也成为一棵大树，我们才有可能在地底下盘根错节纠缠一生……"

邱丽温柔地笑笑："你越来越像文人了……"

"我是一个生错时代的文人……"

"我一直都很崇拜文人，进城打工第一个东家两口子都是教书先生，没有他们就没有后来的我，以后你就安心做一个文人，我做你的保姆……”

他亲了亲她，有些动容地说：“邱丽啊，邱丽，你真是一个好女人，我怕我自己不是一棵大树，可能连小树苗都不是，我是你树枝上的鸟儿，飞翔是我的天性和使命……”

她觉得他是在调情，嘴巴贴在他的耳边，娇媚地说：“你想飞去哪儿？”

“如果某一天清晨，你听不见鸟儿鸣唱，请你为它高兴，它正飞向蓝天寻找自我，实现生命的价值……”

邱丽醉意地哈哈大笑：“文人真可爱……”

卡卡搂着邱丽心里有些伤感，他很享受这分诗意浓郁的伤感。

“相见时难别亦难，东风无力百花残……”

邱丽还是笑啊笑，笑得比阳光下的花朵还灿烂……

41

2015年进入倒计时，窗外下着今年的最后一场雪。

我已经赋闲将近半年之久，床头的闹钟不再设置叫醒的功能，可是小葡萄仍然坚持在早晨七点跳上我的枕边把我吵醒。

我抱起它：“小东西，你这个闹钟什么时候才能关闭呢？”

小葡萄用更加热烈的激吻回答我。

厨房传来搅拌机的响声，老夫子正在做豆浆，他每天都早早地起床钻进厨房制作健康早餐。自从我这个“泥瓦匠”停工之后，我们开始尝试正常夫妻的生活，明明已经是老夫老妻了却刚刚开始“试婚”。

每天早晨抱着小葡萄，听老夫子在厨房摆弄锅碗瓢盆，我都无比幸福，无比感恩。

不过，今天我没有心情品味幸福的人间烟火，我和老夫子即将启程去海南过新年，小葡萄寄养何处？实在不忍心把它送去宠物店，在那里关在小黑屋里它会以为自己被抛弃了，惊恐不安地度日如年。如果那样，我宁可取消度假计划。

以往我每一次出门都是贝贝代管小葡萄，因此我不得不面对又陷入僵局的母女关系，整整两个月了，我和贝贝没有任何互动。沃尔沃的“有效期”如此短暂，友谊的小船说翻就翻了，令人扼腕。

两个月之前，那天是中秋节，我带了月饼前往艺术区探视贝贝。贝贝外出剪头发了，一个看上去比贝贝大十几岁的男人反客为主，殷勤地为我端茶递水。凭着女人的直觉，我断定此人跟我女儿关系匪浅。那家伙留长发蓄胡子，实在非我族类。出于保护孩子的母性本能，我对他进行了一番“拷问”，哪里人？多大岁数？结婚了吗？贝贝回到画室，我对男艺术家说“我要跟我女儿谈话，请你回避”，贝贝暴怒了，横眉立目说：“他是我的客人，你凭什么在我这儿指手画脚?!”一场母女大战不可避免地爆发了，我再一次被驱逐出境，狼狈不堪地流泪离开，我发誓再也不要为这个忤逆的女儿流一滴眼泪……

我没有告诉老夫子是因为我的女儿让我彻底心灰意冷才迈出“试婚”的脚步，十几年来我把他拒之门外是为女儿留守一个专属于她的家，如今这个家已经毫无意义了，我还等什么呢？

我以为我真的彻底放下了，可是从计划出行那天开始我又想借由小葡萄联系贝贝，同时我又在说服自己不理她，坚决不理她。我下意识地拖延给小葡萄找更合适的托养人，毫无疑问在我心里贝贝是不二的人选。

我伸手拿起手机准备给女儿发信息。

小葡萄以为我要开始“早朝”，立刻跳下床冲向卫生间。

“贝贝，我要外出度假几天，能否请你照看小葡萄？”

信息刚写好，没有马上发出去，我心里狐疑：她会拒绝我吗？

小葡萄从卫生间返回我的床边，仰着小脑袋瞪着眼睛纳闷地看着我，好像在问：“主人，你怎么了？还不去卫生间玩手机？”

“宝贝，马上就好……”

我盯着手机屏幕，自嘲地摇摇头，伸手点击“发送”，抱起小葡萄钻进卫生间批阅奏折君临天下。

朋友圈似乎清净了许多，大概是股市不好所有人都乏善可陈了。

卡卡有些日子没有更新他的朋友圈，这让我生出很多猜想，他太爱在这个虚拟舞台作秀了，即使生活中没有什么值得炫耀的事件也要编造一些情节夺人眼球，例如从网上下载旧金山或马尔代夫风光图片假装在度假。

卡卡销声匿迹，好似一部戏留下一个大包袱大悬念，是东方列车谋杀案？还是被外星人劫持了？总之，我感觉他出事儿了，出大事儿了。

他的页面停留在两个月前的加勒比海邮轮之旅，他身穿白色运动装在邮轮的甲板上搔首弄姿，身边有一个穿红色连衣裙的中年妇女，他称她“我的冬妮娅”。数不清这是第几个“冬妮娅”。

我翻开他的朋友圈，仔细打量豪华邮轮甲板上和他在一起的女人。这是一个五官精致皮肤白皙的漂亮女人，她的目光妩媚迷离，笑不露齿显示出她缺乏自信，可以肯定不是一个独立自主有事业的女性，更像一个长期被养在深闺里的富家太太。这样的女人很昂贵，她的美貌就是她获取奢华生活的“兑换券”。卡卡为女人买一杯咖啡都不愿意，他会愿意花钱养这么一只“金丝鸟”吗？都说了解一个人就跟他（她）去旅行，或许这个“冬妮娅”与卡卡的故事戛然而止在加勒比海邮轮之旅？

这似乎也不太符合逻辑，分手对卡卡并不是什么新鲜的事儿，他究竟为什么忽然销声匿迹了呢？

他的上一任“冬妮娅”邱丽正官司缠身，“海森鑫集资事件”一度成为新闻热点，我在电视里看到过海森鑫成立之初风光的邱丽，也看到过股灾之后落魄的邱丽。短短几个月叱咤风云的女强人变成形容枯槁的老大妈，憔悴的脸上每一道皱纹都流露出深深的绝望和无助。她目光呆滞地对记者说她不是海森鑫的法人，她只是大股东，也是投资者，和所有投资者一样是受害人。重伤她的可能不是股灾，而是卡卡的背信弃义。

董丽雅正在包饺子，新年到来之前她要为老杰瑞包五百个冻饺子，她已经订了回北京的机票，新年过后回国治病。这时的她寄希望于自己的病不是不治之症，她想搏一搏。这半年她和老杰瑞游遍北欧各国，越来越像一对从未分开的“老伴”，这让她有求生的欲望。一个月明星疏的夜晚，老杰瑞终于向董小姐表白了，他希望她能留下来跟他共度余生。她流着眼泪说：我愿意，但请给我半年时间。为了不让“老伴”担忧，她没有告诉他自己的病情。她向老杰瑞保证：半年之后只要她还活着，一定重返小镇，再也不离开。老杰瑞纳闷地问：“为什么你总是说如果活着？”她说：“现在世界这么不安全，谁敢说自己出门不会遇到马航370？”老杰瑞觉得她很可爱，哈哈一笑：“百分之九十九点九九九九九九的人不会遇到马航370……”

秦红继续在微信里为振兴中国股市奔走呼号，股市没有奇迹发生，半年来一直在谷底徘徊，股民期盼的重返5000点遥不可及。

遵照贝贝的指令，我带着小葡萄来到艺术区咖啡店，她安排我把小葡萄交给店长，由店长转交，言下之意很清楚，交接过程我们母女无须照面。

我不应该为此感到受伤，这就是我的女儿，尤其是现在她翅膀硬了，不需要每个月向我索取“俸禄”，更可以剪断最后的绳索为所欲为。

但是，我还是受伤了，满眼残雪，天气阴郁，我很想哭。

我买了一杯咖啡坐在窗前，呆呆地看着女儿的画室，窗帘已经拉开了，多想走进去看看，那个留长发蓄胡须的男艺术家是否还跟她在一起？天这么冷，暖气够热吗？她的生活还那么不规律吗？

店长不在，一个看上去像刚刚进城打工的农妇在店堂里收杯子擦桌子，从她皮肤黝黑皱纹深刻的脸上能看出与店长相似的五官，这引起我的好奇。

“你好，你是店长的母亲么？”

农妇朝我茫然地笑笑。

在柜台后面忙碌的男生说：“她听不懂普通话……”

“哦，我看她跟你们店长有点像……”

“是的，她是店长的妈妈。”

不用再问她是做什么的，从哪里来，这位农妇有一个好儿子足以让我自惭形秽。我们母女关系至此肯定是家庭教育失败所致，我又不由得满心怨懟地想到钟涛，想到那一地鸡毛的婚姻生活。

唉，昨日之日不可追，我除了接受自己亲手栽种的果实，还有别的什么办法呢？

我发信息告诉贝贝小葡萄已经送到咖啡店。

她回复：知道了，放心走吧。

我愤怒了，冲动地在手机里敲了一行字：你就这么不想见到你的母亲么？

我不敢发出这条信息，在我和女儿的战争中，我注定是输家，因为我爱她比她爱我多。

我继续流连在咖啡店里，喝了咖啡，又买了果汁和蛋糕慢慢消磨时间，我不相信等不到贝贝，哪怕只是看她一个背影也不虚此行。

午饭时间，店长回来了，一进门就热情地跟我打招呼：“阿姨，您来了，贝贝让我照顾两天小葡萄……”

“她呢？”

“贝贝去天津开画展了，阿姨，贝贝就要成功了，最近好几个重要的画展都邀请她参加，昨天在画展上有两个收藏家买了她的画……”

我心里大喜过望，这两个多月她不理我可能只是因为太忙？

店长拉过他的母亲：“阿姨，这位是我妈……”

“哦，我看出来了。”

母子俩说了几句家乡话，店长母亲一脸虔诚地朝我笑。

“我告诉我妈您是贝贝的妈妈，她夸您年轻漂亮……”

瞧，人家的孩子，这位农妇没有花钱让他读私立学校，没有送他出国留学，她的孩子这么有教养有礼貌。

店长弓下腰拎起装着小葡萄的小篮子：“小葡萄，你姐说要把你接回来养呢……”

“那可不行，小葡萄是我的心肝！”

店长笑笑："阿姨，我们一起把小葡萄送去贝贝的画室，然后我请你和我妈一起吃个便饭……"

能有机会入侵我女儿的领地，我当然趋之若鹜："谢谢你，店长，饭就不吃了，安顿好小葡萄我就走，我明天要出门，行李还没准备好……"

"阿姨，我叫雷明，您就叫我小雷吧……"

我急于探究女儿的小世界竟没有感觉到今天小店长的热情有些超乎寻常。

我和店长一起送小葡萄到贝贝的画室，屋里明显的干净整洁了许多，一扫过去颓废散漫的气息，窗边墙角放着许多植物盆栽。

店长轻车熟路地拿起水壶浇花，打开窗户透气。

我打量着小店长的一举一动，心里顿生疑惑，我女儿不会轻易把房门钥匙交给一个泛泛之交的朋友，难道他们好上了？

"阿姨，贝贝特别喜欢小狗，她说她是跟家里的狗一起长大的，我有个朋友家的泰迪快生孩子了，我订了一只给贝贝……"

这句话几乎坐实了这两个小家伙的关系，我心里窃喜，如果这个小伙子成为我的女婿，他一定会是一个和平使者。

店长，哦，我该叫他小雷了，小雷的手机放在桌上，铃声响起屏幕一亮，我看到我女儿的照片！

我赶忙佯装若无其事，转身抱起小葡萄："宝贝，乖乖听你姐姐的话，哦？"

少说为佳，言多必失，千万不要打草惊蛇。

小雷接完电话，我立刻告辞。

小雷抱着小葡萄送我上车，驱车上路，离开他们的视线，我忍不住大笑三声。

车窗外满眼残雪的天地忽然变得亮堂了。

图书在版编目（CIP）数据

迷恋 / 林哲著．-- 北京：作家出版社，2018.5
ISBN 978-7-5063-9878-7

Ⅰ．①迷… Ⅱ．①林… Ⅲ．①长篇小说 - 中国 - 当代
Ⅳ．①I247.5

中国版本图书馆CIP数据核字（2018）第010519号

迷　恋

作　　者：林　哲
责任编辑：王宝生
装帧设计：曹全弘
书名题字：贾平凹
出版发行：作家出版社
社　　址：北京农展馆南里10号　　**邮　　编：**100125
电话传真：86-10-65930756（出版发行部）
86-10-65004079（总编室）
86-10-65015116（邮购部）
E-mail:zuojia@zuojia.net.cn
http://www.haozuojia.com（作家在线）
印　　刷：三河市北燕印装有限公司
成品尺寸：152×230
字　　数：280千
印　　张：18.5
版　　次：2018年5月第1版
印　　次：2018年5月第1次印刷
ISBN 978-7-5063-9878-7
定　　价：38.00元